KEY·可以文化

赵柏田作品

买办的女儿

长篇历史小说

By
Zhao Botian

Comprador's Daughter

赵柏田

著

浙江文艺出版社
Zhejiang Literature & Art Publishing House

目　录

序　章　花厅往事⋯⋯⋯⋯⋯⋯⋯⋯⋯⋯⋯⋯⋯⋯⋯⋯⋯⋯ *001*

第一章　上海是一只蝴蝶⋯⋯⋯⋯⋯⋯⋯⋯⋯⋯⋯⋯ *039*

　　　1. 坍塌的偶像⋯⋯⋯⋯⋯⋯⋯⋯⋯⋯⋯⋯⋯ *045*

　　　2. 大赢家⋯⋯⋯⋯⋯⋯⋯⋯⋯⋯⋯⋯⋯⋯⋯ *051*

　　　3. "海狼"⋯⋯⋯⋯⋯⋯⋯⋯⋯⋯⋯⋯⋯⋯⋯ *065*

　　　4. 来自塞勒姆的坏小子⋯⋯⋯⋯⋯⋯⋯⋯ *076*

第二章　泥泞中的大军⋯⋯⋯⋯⋯⋯⋯⋯⋯⋯⋯⋯⋯ *085*

　　　1. 当兵打仗挣银子⋯⋯⋯⋯⋯⋯⋯⋯⋯⋯ *090*

　　　2. 恋爱中的雇佣兵⋯⋯⋯⋯⋯⋯⋯⋯⋯⋯ *102*

　　　3. 一战上海⋯⋯⋯⋯⋯⋯⋯⋯⋯⋯⋯⋯⋯ *108*

　　　4. 汽轮船上的大副⋯⋯⋯⋯⋯⋯⋯⋯⋯⋯ *121*

5. 北方消息⋯⋯⋯⋯⋯⋯⋯⋯⋯⋯⋯⋯⋯ 127

6. 西征⋯⋯⋯⋯⋯⋯⋯⋯⋯⋯⋯⋯⋯⋯⋯ 136

第三章　浮华尘世　漂泊心灵⋯⋯⋯⋯⋯⋯ 147

1. 逃跑的囚徒⋯⋯⋯⋯⋯⋯⋯⋯⋯⋯⋯⋯ 155

2. 拯救玛丽⋯⋯⋯⋯⋯⋯⋯⋯⋯⋯⋯⋯ 169

3. 夜行⋯⋯⋯⋯⋯⋯⋯⋯⋯⋯⋯⋯⋯⋯ 179

4. 安息日早晨的礼拜⋯⋯⋯⋯⋯⋯⋯⋯ 189

5. 名士⋯⋯⋯⋯⋯⋯⋯⋯⋯⋯⋯⋯⋯⋯ 200

6. 绣锦营女兵⋯⋯⋯⋯⋯⋯⋯⋯⋯⋯⋯ 211

第四章　东进⋯⋯⋯⋯⋯⋯⋯⋯⋯⋯⋯⋯⋯⋯ 227

1. 经略浙江⋯⋯⋯⋯⋯⋯⋯⋯⋯⋯⋯⋯ 232

2. 二战上海⋯⋯⋯⋯⋯⋯⋯⋯⋯⋯⋯⋯ 249

3. 罗神父⋯⋯⋯⋯⋯⋯⋯⋯⋯⋯⋯⋯⋯ 262

4. 僵持之局⋯⋯⋯⋯⋯⋯⋯⋯⋯⋯⋯⋯ 277

第五章　屠场⋯⋯⋯⋯⋯⋯⋯⋯⋯⋯⋯⋯⋯⋯ 283

1. 克星⋯⋯⋯⋯⋯⋯⋯⋯⋯⋯⋯⋯⋯⋯ 288

2. 三战上海⋯⋯⋯⋯⋯⋯⋯⋯⋯⋯⋯⋯ 295

3. 捕鲸人的儿子法尔思德 ………………………… *303*

4. 苦夏 ……………………………………………… *314*

5. 变味的革命 ……………………………………… *323*

第六章　危巢 ……………………………………………… *337*

1. 阿巴克 …………………………………………… 342

2. 塔楼上的狙击手 ………………………………… 362

3. 被攻占的炮台 …………………………………… 376

4. 火龙船 …………………………………………… 388

5. 失苏州 …………………………………………… 399

6. 战争尽头 ………………………………………… 405

7. 鲜血梅花 ………………………………………… 414

8. 上帝终于把他等待的那个人送来了 …………… 422

第七章　尾声　天国来信 ………………………………… 431

跋　　　二十一个词 ……………………………………… 435

序章

花厅往事

我知道杨坊这个人，并进而对美国人华尔在中国的一段历史感兴趣，是因为一个叫管筱梅的女人。和管筱梅交往的一段时间，我们成了月湖边上"盛氏花厅"的常客，常常是中午吃好饭过去，带一堆闲书，沏一壶茶，有一搭没一搭地说闲话，在里面消磨大半个时日。管筱梅的老公是某医疗企业在本城的代理商，生意做得很大，经常各处飞，作为对她寂寞的补偿，管筱梅的手中握有各种消费年卡，盛氏花园只是其中之一。

管筱梅告诉我，这幢老房子是晚清时一个姓盛的官员辞官回乡后建的，现在是市里的一处文保单位，她老公参股的"盛氏花厅"，实际上是一家私人会所。

这幢老房子所在的郁家巷，南宋时设有司户厅，所以这条巷子也叫司巷。以前，本城这样的旧巷很多，巷名也好听，什么布政巷拗花巷柳庄巷，樟树叶、梧桐叶几乎把天光遮没了，阳光透过枝叶落在青石路面上，投下一个个光斑，风一吹就晃动不止，让你行在地上如同行在水底。巷头巷尾，临街的房子皆有上百年历史，排门都成酱色的了。巷子中段的民居，风水最好的都是从前大户人家的台门，门楣、照壁、中堂、廊檐，都造得十分考究，不是祖上做过大官就是在上海地面做生意发达后建的。这些寻常巷陌里散落着这个城市里生民的记忆，一抬脚，那些记忆就会骨碌碌地满街乱滚，但在本世纪初抽风一般发作的旧城改建中，这些巷子大多消失了。司巷被拆除后，原先废墟上新出现的是一个叫"月湖盛园"的大型商贸区，"汉唐园林""豪食汇""美宴摩登""贴阁壁""樱料理"，一家家饭店人气都旺得爆棚。食客们当然不会知道，就在厅堂美轮美奂的大理石地面下，几百上千年的故事已经永远消失了。

我和管筱梅三个月的交往史都封存在花厅二楼一个幽静的房间里。那些房间都以植物和花卉命名，枫林厅、曲柳厅、樱花厅、玫瑰厅等等。与隔墙的茶楼比起来，花厅要冷清得多。一楼过厅，时不时还坐着些附近公司的白领、捧着 IPAD 打发时间的大学生，二楼包厢没有白金卡就上不去了。我第一次踩着吱嘎作响的木楼梯上楼，有一种走进哥特式故事里去的好奇与紧张。那是一个初秋的中午，楼道没有开灯，只有楼梯转角处的木窗投进来的一缕天光，照着走在我前面的管筱梅的小腿肚。那天管筱梅的上身是一件米黄色长袖衬衣，带皱褶的，下面是一条黑色呢短裙和黑色丝袜。就是那一截从黑暗中生长出来不断起落的黑丝腿肚让我喉咙发干。

与管筱梅认识是在几年前的春天，一个饭局上。张罗饭局的是我中学同学，一家广告公司老总，人脉颇广，到场的有市政府几个处长、几家银行的高管。管筱梅则是他夫人带来的一个闺蜜。和本城所有饭局一样，那天也是主宾间忙不迭地敬酒，偌大的包厢里全是穿梭的人影。坐在我邻席的管筱梅却没有另外几位女士人来疯，一落座几乎没有离开过。她的脸上有一种与现场的热闹格格不入的落寞。席间我与她有几句交谈，得知她是本城一所大学的英语教师。我看她穿着一件做工精致的束腰印花连衣裙，颈项间挂着一块绿琥珀，一款小巧的百达斐丽腕表，手提包的款式和颜色也很潮，就觉得这个妇人虽看上去三十出头，心态却还年轻。后来管筱梅告诉我，那天饭局散场后我主动向她要了手机号，而且那一刻我的眼睛，"发出了猎人

序章 花厅往事 | 005

遇到猎物一般的光"。我扑哧笑了，说我不记得了。她说看你笑得坏坏的，肯定有什么事瞒着我。我说，那天你坐在边上我想到的是张爱玲《倾城之恋》，套用那小说里的一句话，管筱梅你就是一块粉蒸肉，那天你身上有一股好闻的气息。听我这一说，她提起拳头就扑过来。

我第一次来花厅，就在那次饭局一星期后。电话是我约的，地点她定。我们进了楼上朝南的大包间，包间有一个朝南的木格窗，像老式石库门房子的老虎窗，窗沿上放着几盆花，推开窗就是屋脊和远处的高楼。那天中午的菜是外面酒店叫的外卖，盐水白虾、炒西兰花、蓝莓拌山药、一盆排骨萝卜，有着家常的清淡可口。还开了一瓶红酒。窗口的光线映出了这个叫管筱梅的女人脸上的潮红。我的座位背后的墙上是一幅画，德加的《舞女》，她看画，我看她，她比画好看。吃过饭，她去过道的书架上取了两本闲书，一本德兰修女的传记，一本讲佛法的。谈话一开始根本没有目标，美食，天气，宗教，德加的画，她的女友，也就是我中学同学的老婆，等等。我忽然抬头看到对面高楼一个窗口站着一个握着望远镜的家伙，叫她过来看。她鄙夷地撇撇嘴，一个窥视者，变态！我说，要是这家伙往这边看的话，他看到的会是怎样一幅画面？正好服务员敲门，送上来餐后水果和甜点。一道花点，管筱梅说，一道花式餐点。

她站到我身边，头发碰着我的下巴，有一阵很异样的感觉拂过。

有时候，我们也在外面的汉唐或者小红牛烧烤用过中餐再去花厅，然后就一人一本书斜倚在沙发上。花厅一楼过厅放着几个书架，不定期地更换一些流行读物，林达的几本巴黎行记，棉棉的小说《糖》，还有一个瑞典作家的《龙文身的女孩》，都是我们带上去翻过的。我们就像课外学习小组的两个学员一样相互交流阅读心得，时而也做些争论。有一天不知怎么的说到了仓央嘉措，她说喜欢这个西域喇嘛，白天是最高的王，晚上是最疯狂的情人。最好不见，最好不恋，没有相见，也就没有分离的伤心。我想她说这些话是不是暗示我及早收手，我跟她之间是没有结果的。还有一次她翻着一本林徽因的传记，说自己一直活得很不如意，快乐只是面具，"我羡慕林徽因这样的生活，是不是我太不知足？"我说女人都喜欢做林徽因，屋里一个名门公子宠着，外头一个才子惦念着，但此人实际上只是一个被包装过度的庸俗女人。"可我内心是真不快乐啊！不关林徽因的！"她脸涨得通红，好像因为我出言不逊真的生气了。

常常这样，什么事也不做，一下午就这样飞快地过去了。不知不觉三点了，五点了，日影西沉到远处高楼的峡谷间了。她说，两个小时被偷走了，又两个小时被偷走了。我说问谁要回来？她说：向你要。有一次她带上来的是一本诗集，下楼时读给我听："太阳这么纤弱，这么幼嫩，我们都有点害怕；一个不小心的动作，也有可能抓破它。"我承认这样的句子很让我动心。

有一天离开花厅时天快黑了，她还没有想回家的样子，我反正也没什么事，就一起绕着月湖走。大半个月亮在湖的上空，亮得有些耀眼，湖上的桥、亭，也都笼着温柔的灯影。白天里的景致这会儿看去竟有了些陌生感。她说花厅是她的会客厅，夜晚的月湖是她的后花园。那天她穿着一件米黄色的风衣，下面是白色牛仔裤，黑色中跟皮鞋，不时有错肩而过的路人盯着她看。我觉得那晚她的脸有如满月，笑的时候就像月亮钻出云层最粲然的一刻。第一回，我吻了她，她的舌像小鱼一样游动，

她的味道有点像水果糖。我的手撩开风衣领子探进去时，她说
NO，你不可以的，你不能一再探索未知的领域。鱼儿在水里响
亮地跳波，湖上的水汽越来越重了，她说要回去了。沿着七塔
寺边的大河路，我们向琴桥的方向走去。沿江的公园没几个人
影，我们沿着江边一直走到灵桥那儿。夜晚的灵桥路再度让我
感到陌生。我好像走在一个陌生的城市，慢慢的，在她的引领
下我才恢复了方位感。我辨认出了兴宁桥、琴桥、区政府大楼、
濠河公交车站。她告诉我不远处的西恩中学是她读过书的母校。
她指着边上的一幢楼说是她丈夫的哥哥的，要走远些免得保安
看到。转入解放南路快到她楼下了，她告诉我这个门是后门，
当地人叫"义桥头"，义桥头的面结面，是很有名的特产哦，老
底子的本城人都知道。

那一年为了新书宣传我经常各地跑，有一天我从北京回来，
刚落机开机，就看到管筱梅打了我好多个电话。我回电过去，
她问我人在哪里，吃饭了没有，知道我刚出机场，她就说你到
花厅来一起吃中饭吧。十二点半我打的到了花厅楼下，服务员
领我到了二楼芙蓉厅，门虚掩着，包厢里管筱梅一个人捧着本
书在看。她穿的是玫瑰色的运动外套，里面白色短袖，头发扎
成马尾辫，挂的饰件不再是琥珀，而是一块黄蜜。这女生般的
清纯装束让我眼前一亮，有一瞬我觉得阅读中的女子是最性感
的，也是最具杀伤力的。她替我接过包，把衣服挂在衣架上。
附近的酒店送来了菜：白煮虾、葱油海瓜子、脚蹄萝卜、老豆腐、
甘蓝菜。我有一种走进民国老故事里去的恍惚。

外面下着细雨。树叶、街道、屋顶上的青瓦，全都在午后
幽亮的雨水里。吃好饭，上了花茶和绿茶，雨一阵紧一阵停，
我们起身去窗口看雨。我听到了轻轻的啜泣声。一回头，泪水

正顺着她脸庞滑到颈脖。她说不知怎么就伤感了。我没有多废话问她什么，一把搂过她，这一回她没有拒绝。我吻她。她向后仰着头，从胸口升起一声叹息。她喃喃地说，你不要勾引我。

幸亏这时雨停了，我也适时告辞。我们一起出了花厅，顺着雨后郁家巷那些人造的青石板往前走。走到一个石库门前我停下了脚步，吸引我的是石库门右侧一堵残存的照壁上精美的砖雕，看样子是有些年头的老货了。我问管筱梅这是哪家的宅子，管筱梅摇摇头，说常常路过，倒是从来没有进去过。

往里走，里厢空间愈大，也愈显幽静。青瓦上残留的积水化作檐雨还在滴答着，血红盛开着的鸡冠花，经了雨全都倒伏在路旁。进到一个梅雨石门框的仪门前，门楣上饰着砖雕的丹凤朝阳图案，正中央赫然雕有篆文的"杨坊"两字。

"杨坊是谁？"

管筱梅也一脸茫然。穿过一个月洞门，是一条长长的拱形内廊，单步月梁上的木雕牛角亦十分考究。转过厢房，是一堵墙面剥蚀得很厉害的马头墙，管筱梅的表情突然变得活泛起来，指着山墙那边说，对面的云石街上有灵应庙，庙的右边冷静街上还有林家的小洋房，那边的白水巷和带河巷还有卖绸缎的庄子呢。听着这些古旧的地名从她的嘴里说出来，我非常惊讶，她一个英语教师既没搞过旧城改造又不是一个文物保护志愿者，怎么对这片已经消失了的老城厢这么熟悉。她兴奋地说，我好像以前来过这里，真的不骗你，我一走进第二道的仪门，这种感觉就越来越强烈。

过了好多日子，我都快要忘记这个老宅子了，管筱梅有一天打电话给我，说起那天进入那个老宅时的感受。她说了一个词，晕眩。她说当时也不知怎么的，一下子好像穿越了，就好像自己穿着水红的宽袖斜襟大衫，在老宅厢房的风檐下走，那些陈年往事就像老电影一样一幕幕在眼前闪过。

"我是不是很失态？那天我有没有胡说些什么啊？"

我告诉她一切正常。

她说她查到那个杨坊了，此人已经死去一百五十年了，曾经是上海滩上最大的买办，四品顶戴、富可敌国的红顶商人，这片宅子就是他发达后买下的。她这一说我也想起来了，地方志上是有此人生平事迹的记载。找来几种资料看，记述却简单得让人失望，基本上都大同小异地说这位富商是当时上海最大的英国怡和洋行的买办，还开着一家叫泰记的钱庄，咸丰十年忠王李秀成领兵攻打上海，上海商团雇佣美国人华尔组建洋枪队抗衡，此公筹办军需出力最多，是这支雇佣军真正的后台老板。还有一条线索引起了我的注意，华尔与杨坊本人，与泰记钱庄一直都有着密切的联系，杨坊有一个女儿嫁给了华尔。

这么说华尔还是杨坊的洋女婿？忽然想起三十多年前，那时我还在县城读书，历史课上学到太平军击毙洋枪队头目华尔一节，学校组织我们到华尔毙命的慈城去参观。我忽然很想再去那地方看看，只是不知道过了这么多年，那地方是不是还在。我给多年致力于收集近代外国人拍摄的口岸城市照片的朋友水银一讲，水银兄说那地方还在，立着一块碑，很好找，但那块石碑与华尔真实毙命处其实是两个地方，现在所立碑在小北门内抱子山，是 1990 年前后立的，正确的地点是慈城西门城门外四十米处。我与水银兄约好时间一起去看看。我自己不会开车，想拉管筱梅开车一起过去，我估摸着她会很愿意一起去寻访。

但后来却因为一件难以言明的事，管筱梅与我拌嘴赌气了，好长一段时间互不理睬，等到我再想约她去，却因为一个会议去了北京。在北京的一周里，我们偶尔通通电话，更多的是夜深人静时在 MSN 上交谈。其实在 MSN 上聊天很不利于沟通，由于看不到对方的表情听不到语气，一些原本存下的芥蒂会更加被放大，所以每次会话都是不欢而散。一直到临离开北京的最后一晚上，我们还在可笑地争吵着什么。那天很晚了，说再见的时候，看到她打了一个"爸爸"，我的心一下子柔软了。当然后来我知道她是想打拜拜的，气急之下打错了。

从北京回来下飞机，管筱梅开车来接我。车顺着新开通的机场高架驶往市区，她问我去哪里，我说，去酒店吧，我想休息一会儿。她的神情一下子活泛了，言笑晏然的样子。进了酒店，我们就做爱。那张床特别小。电视里放着《致命伴旅》里威尼斯的场景，幽暗的房间里全是晃动的水光。她飞快地扯去上衣，上身只剩下一件胸罩，乳房好像受不住了约束似的要跳出来。她说爱我。我也说爱她。她一直在索取。她坐在上面会直起腰来，让上身远离我。我总觉得这样的体位她更像在独自享受。明白过来这一点我可以更从容些，也可以更肆无忌惮。她说我叫你爸爸你是不是感到特别刺激。我没有否认。于是她一声声地叫，爸爸，爸爸。

我说，哎哎哎。我说，我要与十八岁的你做爱，那时的你多么青涩，如同长满细小绒毛的蜜桃。我要与二十三岁的你做爱，那时你刚刚成为一个女人。我要与二十七岁的你做爱，那时你留着一个板刷头，如同一个假小子。我要与三十岁的你做爱，那一天你转过老墙门的长廊，站在紫藤花架下，阳光洒满了你胸前。我要与长发的你短发的你做爱。我要穿过时光与各个年龄段的你做爱，而我是一个时光旅行者总是在你生命的各个关隘出现。我这样说着的时候，她脸上的神情越来越痴迷。爸爸，爸爸。她低低地叫。她感觉到了我异样的激动，叫得更响了。爸爸，爸爸，爸爸爸爸爸爸爸爸……啊，她欢快地笑着，最后她抱着我说现在你是我儿子了。

这末世狂欢的一幕就像我们是一对马上要生离死别的恋人。实际上我们彼此都明白，我们是没有结果的。这甚至不是爱，只是两个绝望的人相互取暖。正因为无望，我们才这样不要命地燃烧。

过了些时间，管筱梅从本城大学图书馆的地方文献部给我借来了一本杨坊的年谱。这本清刻本《杨憩堂年谱》对杨坊商海宦海中沉浮的一生行迹记述甚详，年谱上说他的生年是嘉靖十六年（1811）十二月二十九日，离开本城前往上海谋生是在道光二十三年（1843），后来以商人和买办的双重身份捐纳候补同知进入官场，他的洋女婿华尔在中国战死后，这位煊赫一时的上海王失去了权力依凭，再加李鸿章对上海帮势力的打压，很快一蹶不振了，浙江巡抚左宗棠也趁机问他要粮要款，逼他捐资建造海塘，1865 年夏天，杨坊在监工浙江海塘工程时猝然去世，只活了五十五岁。但年谱对他那个嫁给华尔的女儿只字不提，这未免让我有些失望。找了几种太平天国史料来看，一提到死在慈城的华尔几乎全都是义愤填膺的语气，骂他是无赖、流氓、浪人，是帝国主义侵略中国的工具，一个双手沾满了鲜血的刽子手。这未免让我兴味索然。

管筱梅通过外文网站查到了杨坊女儿的名字，Yang-Chang Mei，我不知道原名是应该译成杨常妹、杨长美、还是杨樟梅（我本能地喜欢第三种译法，它包含着三种中国南方的植物）。更让我惊喜的是管筱梅还告诉我，在华尔的老家，马萨诸塞州塞勒姆城（Salem）的埃塞克斯学院，还保存着这个女人和丈夫共同生活期间的一些实物，包括华尔和他父母的遗像、华尔使用过的武器、战旗和家具，还有一个玉的挂件，上面刻着"切勿相忘"四字，看起来应是属于这个女人的私人物品。这些遗物（据说还有一笔款项），是二十世纪初叶华尔的妹妹捐赠给埃塞克斯学院的一部分，华尔小姐捐赠的目的是想在家乡的大学为他这位传奇的兄长建造一个纪念馆。管筱梅把这个玉挂件的正面拍下来发给我，虽然图质不是很清晰，"切勿相忘"这几个字还是可以一眼辨认出来，笔画朴拙而僵硬，像是用刀匕随手刻上去的。这是这个女人送给丈夫的吗？还是什么人送给这个女人的？这个带有浪漫色彩的物件是她和外国丈夫两年半婚姻的注释还是别有故事呢？

那段时间，我的桌上堆满了从图书馆借来的有关一百五十年前太平军攻打上海的各种书籍、文件和地图。地图上大大小小的箭头标示着太平军的进军路线和清军、英法联军的防御和进攻体系，我还找来了各种回忆录、日记、奏折、电文，想搞清楚在这场近代中国最大的内战中美国人华尔和他的雇佣军团到底扮演了什么样的角色。对这项工作的痴迷管筱梅一点也不逊色于我，当然她更感兴趣的是兵荒马乱中一个嫁给外国军官的中国女人的命运。在历史的暗角，这个叫 Yang-Chang Mei 的女人会不会像显影液里的底片一样一点点清晰起来呢？

但我终究还是没有来得及和管筱梅一起去慈城寻访华尔中弹倒下的那座小山。她一直没有说她已在办理全家移民加拿大的手续，等到她告诉我，签证都下来，她也不日就要动身了。她是在电话里告诉我这个消息的。电话里她在抽泣。她的声音变得断断续续，我想她要收线了。但没有，她只是一直轻声抽泣着。电话那头突然响起一声惊叫。我问怎么了，她说刚刚在花厅碰到一个女友。然后声音变得嘈杂,她说这会儿在大街上了。她还在哭。想着她一个人哭泣着穿过大街,我的心一下子痛了。

我让她等我,我要马上见她。我打车直奔盛园旁边的南大街,见到她的第一眼我就觉着了她的消瘦。她说你饿了吧,要不要吃点东西?我们就近找了一家三江源面馆。我让她也吃点,她说不想。于是在她的注视下我一口气吃下了两大碗面条。她说再也见不到你这样狼吞虎咽吃面条的模样了。说着眼眶里眼泪打转。出了面馆我们走到马路对面湖中央的一座岛。天气预报说有这天傍晚有弱冷空气,果然风大了许多,冷风吹过湖面,我不由得缩紧了脖子。管筱梅穿的是一件玫瑰红的羽绒服,只是羽绒服的帽檐不时要垂下来遮住脸。我给她戴上了羽绒服的帽子。她躲闪着不让我看她的眼睛,但湖边的灯影下我还是看到了她眼角的湿痕。湖上风大了,像是要下雨,她说回去吧,可是她伸进我外套的手却抱得那么紧。我们亲吻。雨下大了,肩上、背上,很快湿了一大圈。她那么湿热,可是我的嘴里那么苦涩。透过树影望去,夜晚的盛园给灯光装饰得如同梦境一般。还没回到家管筱梅的短信就来了,她发给我的是《诗经》里的一句:我心匪石,不可转也,我心匪席,不可卷也。我不知道她说的是我们之间的事(都还没来得及开始呢)还是我们一起在探寻的那个故事。好吧,该结束的总要结束,让故事开始吧。

管筱梅移民后我们好久没有联系,几个月后的一天晚上,我看到 MSN 上她的头像又亮了。她说温哥华这会儿是早上 7 点,她刚起床不久。她发来新住宅的照片,是一个尖顶的别墅,屋前有着大而平整的花园,种着玫瑰、红花西番莲等各种植物。我让她发一张最近的照片,她执意不肯,说变老了你会不喜欢的。

她说生活的环境里基本上都是中国人，都是这几年移民出去或者在那边做生意的，住那儿跟国内也没什么两样，最烦心的是无事可做，开始还约了女友们兴致勃勃地跑巴黎跑香港去购物，现在也提不起多大劲了，有限的几个朋友也只是聚在一起打打麻将，不久前她应聘去当地一家培训学校，教那些移民家庭的孩子学中文。

"我现在的生活没有一个目标，就好像一个吃了长生不老药的人对时间流逝没有了感觉，对尘世的苦与乐没有了感觉。"

以前我是一个不合格的情人，就像管筱梅曾经指责的，是一只温水里的青蛙。现在她在万里之外，我也终于释然了。我们不在一个时空中。我们本来就是两个世界的人。现在唯一系连着我们的是对杨坊那个故事的共同关注了。我对自己那么快就进入新角色与管筱梅交往感到吃惊。

果然一谈到这个话题，管筱梅的语速明显快了起来。我能想象她涂了红色指甲油的指尖在键盘上兴奋跳动的模样。她说不久前在朋友陪同下去了麻省的塞勒姆城，在埃塞克斯学院图书馆一个散发着刺鼻的霉味的资料室里花了三天时间，终于找到了属于那个叫 Yang-Chang Mei 的女人的几件物品，一个妆盒，一个玉挂件，耳环、珠花等几样饰品，一张女人的正面照片，还有用丝线扎在一起的几封书信。

"是个大美女哦！很像是你喜欢的那种类型。"

"你刚才说书信？有几封？是谁写给她的？"我激动起来，一迭声地问。

"七封信，字迹潦草，不知谁写的，好多页都粘连在一起分不开了。"

"你照相了吗？"

"不拍我巴巴地跑去干什么？中国人的这些陈年古董，人家美国人根本不当回事，你拍照他们管也不来管你。我马上就可以打包发给你。"

管筱梅说，离开埃塞克斯学院后，她还去了哈佛大学的东亚研究中心，想寻找更多资料却一无所获。"你肯定想不到，有一个更大的惊喜在等着我！"

管筱梅说的更大惊喜是她在飞回温哥华的候机厅里，遇见了一个叫弗雷克利特·阿本德的美国人，一家航空公司的商务代表（据称也是内战史的爱好者）。闲聊中（对管筱梅的口语能力我一点也不怀疑），这个家伙得知她在寻访一个半世纪前一段湮灭的故事，大为惊奇，说到了他祖上的一件旧事：他的曾祖父有个叫哈雷特·阿本德（Hallett Abend）的兄弟，在中国待了十五年，从 1920 年代到 1940 年代初一直都是《纽约时报》驻华首席记者，直到太平洋战争爆发前回国。此人与当时中、美、日名人政要交往密切，参与报道过许多重大事件，蒋介石、宋美龄、宋子文、胡适都接受过他的采访，更重要的是，这位记者还关注过太平天国战争中的上海，写过一本有关华尔的传记，叫《西来的战神》（*The God from the West*）。

不久，管筱梅寄来了一大包哈雷特·阿本德的影印资料，大多是此人在《纽约时报》做记者时的对华报道的翻拍照片，还有一本台湾远流出版的《采访中国：〈纽约时报〉驻华首席记者阿班的中国岁月，1926—1941》（*My Years in China，1926-1941*）。这部书即他于 1944 年出版的记者生涯回忆录《我的中国岁月》的中文译本，只是远流版把他的名字 Hallett Abend 译作了哈雷特·阿班，害得我搁置了好久后才打开它。草草翻阅了这些资料，我不禁为自己的孤陋寡闻而羞愧，这位出生于俄勒冈州波特兰市的老兄可是上世纪初如过江之鲫般涌入中国的西方记者中大大有名的一位。作为驻华首席记者，当时《纽约时报》派驻中国各地包括香港在内记者站的财务、人事、报道业务统统归阿班管，这位高产的记者兼作家还写下了有关中国的十余部书，《西来的战神》1947年由纽约州加登城道布尔戴图书公司出版时，距华尔去世已整整八十五年了。

阿本德之所以挣下报界大佬的名望，跟《纽约时报》的在华声誉是分不开的，另一方面也与他独特的行事做派有关。当时驻上海的外国记者中，说到他超豪华的排场都要令同行们倒抽冷气。此公住的是上海中心地段百老汇大厦的顶层公寓，出门有专职司机、保镖伺候，打球去江湾高尔夫球场，喝酒常常去英国总会、花旗总会，手下更是助理无数。亚洲各大城市，只要他认为有必要，随时都可以带着庞大的采访团豪华出行。日本记者（也是间谍）松本重治与阿本德交换过情报，曾带着醋意这般吐槽："他是独身，在外白渡桥附近新建的布罗托多威公寓包下了最高一层，找了几个年轻助手，在那里悠然自得地工作着。""他不用像我这样，每天都必须为早晚两次的报道发稿而疲于奔命。他只需拣一些重大的信息加以传送即可。"松本讲到，有一天他约阿本德一起去江湾的高尔夫球场打球，一局未完，阿本德突然像想起什么事情了，跟他说，真对不住，我忘了还有约会，今天失敬了。松本半开玩笑似的问他：还能有什么事比打球更重要？阿本德以一种无比淡定的语气说："实际上，我忘了今天宋美龄要请我喝茶，请务必多多包涵。"

同行们都知道，哈雷特·阿本德一向来是个不安分的家伙，不喜欢过循规蹈矩的生活。1905年，二十出头的阿本德在斯坦福大学三年级还未念完，便辍学到社会上混，谋得了一份周薪十美元的实习记者的工作。干了没几年，他辞职前往英属哥伦比亚，在那里买下了一大块荒地，盖起一个大木屋，学起了前辈亨利·梭罗的做派，期望通过写小说和剧本改变自己的命运。但那块荒地注定不是瓦尔登湖，短篇小说也卖不了大价钱，所以没过几年他又前往檀香山出任当地一家报纸的城市版编辑。在那里他只干了不到一年又跳槽了。在爱达荷州的一家报纸干过一阵子后，他又移师《洛杉矶时报》，一度还去好莱坞为尚是默片时代的电影写作故事及字幕，当然在他日后的回忆中那是"极其不快、灾难性的一年"。这样，在他踏上去东方之路前，他已在美国报界足足浸淫了二十一年，跳了十一次的槽，最高职位一度做到总编辑。这种流浪汉生活带来的直接后果是，没有一个姑娘愿意嫁给他。就这么折腾到四十岁出头，他又突发奇想，要去中国一闯天下了，因为"一直被西方忽视的国民革命运动在中国南方日益蓬勃"，而西方的报道一直都是滞后的，于是 1926 年春天他从旧金山订了一艘叫西伯利亚战神号的老船的往返船票前往中国了。最初的设想是仅做一次短期出游，顶多半年就回，没想到在中国一住十五年，要不是后来日本人扬言要杀掉他，他可能还会一直住下去。

　　轮船先到上海，尽管只是勾留一日，春雨中街头巷尾的脏乱已经让这个大洋彼岸来的年轻人大感不适。在他看来，即便如理查饭店这样的高档场所的酒吧，气氛也是阴郁不堪。《字林西报》的一个记者建议他最好别待在上海，因为"这里平静得像一潭死水"，没有什么专题报道好做，也别去北京，"那儿简直是个停尸房"，最好去广东。这位记者刚从广东回来，那儿的情况到底如何他也没有细说，只是说那里正孕育着一场风暴，没准这场风暴会把整个中国都给兜底儿翻过来。热心的记者朋友还提笔给《广州英文日报》的主编写了一封引荐信交给他。上海天色晦暝，更兼阴雨绵绵，阿本德彻底扫了兴，正好他订的船票还要一路前往香港、马尼拉再返回香港，于是他揣着那封介绍信兴冲冲地往南方而去。

香港的闷湿更甚于上海，年轻人一下船就感到空气像一条厚重的湿毯子一样披在身上，连呼吸都十分艰难。酒店里的床单总是湿答答的，壁橱和衣柜即便昼夜开着灯，衣服也会返潮变蔫，皮鞋呢，只要脱下来放一个晚上，里面就会长出一层白毛来。在香港的几天里，他对东方的幻灭感几乎达到了顶点。他把行李寄存在酒店里，搭上一艘旧式的平底船沿着珠江前往广州。

晚上禁止上岸，他们的船在沙面岛不远处下了锚等候天亮。江面一片漆黑，远处广州西关城区衍射的红光照亮了几乎半个夜空，江面上还停泊着两艘小型的外国军舰。这样一个骚动不安的晚上，留在船上着实无趣，正好一个乐呵呵的苏格兰人邀请阿本德一起去船上餐厅喝几杯，于是他便去了。他们挑了个临近窗口的位置，斟满加了苏打的威士忌，正准备举杯相互祝酒，突然江面上响起一阵爆豆般的枪声。随即，身后传来一声玻璃窗的碎裂声，再一看，他对面那位苏格兰老兄手中的酒杯炸了开来，酒水溅了一身。此人的食指已经让流弹给打飞了，鲜血正不断地涌出来滴落在雪白的桌布上。阿本德抓起一块餐巾刚想替他包扎止血，船上的灯灭了，不远处那艘英国军舰的甲板上机枪开始喷射，一串串曳光弹如闪动的蛇钻进雾霭沉沉的夜空里去。阿本德突然兴奋起来，他预感到他在中国的生活才算真正拉开帷幕了。

"从此以后，我再也没尝过无聊和沉闷的滋味。"日后他这样回忆这个惊险的夜晚。

他灵敏的嗅觉一下子闻到了新闻的气息。天亮后，他登上外国领事馆云集的沙面岛，发现有一条狭窄的水道把沙面与广州城隔开，靠两座便桥连接。桥这一边的岛上竖着铁丝网、堆着沙包，面向珠江的岸线上也架上了铁丝网，荷枪实弹的卫兵绕岛日夜巡逻不止。的确，1926 年的广州正被强烈的仇外情绪笼罩着，就在阿本德到来的八个月前，岛上的英军和法军向游行的市民开枪，造成了两百余无辜平民死亡的沙基惨案。租界的华工全都辞了职，食品和肥皂一时都变得稀缺。阿本德揣着上海那位记者老兄的介绍信在市区一幢狭窄的砖混楼房找到《广州英文日报》报馆，那家报社的主编出于好心，建议他出来在街上走时最好别穿秋裤，"你要知道，大部分中国人认为只有英国人才穿秋裤，而眼下英国人在这座城里是最不受欢迎的，以后请千万穿条长裤出来，免得人家对你动粗。"

尽管暴力事件天天发生，尽管湿热如同蒸笼的广州城没有爱达荷山峦的树林和南加州海岸的金色沙滩，阿本德还是决定留下来。这种充满刺激、空气中时常飘荡火药味的生活才是他要的。抵达广州没多久，他跑了一趟香港，把回程船票打八折退了。在广州的最初的日子他有一种古怪的印象，觉得在这片土地上一切法理全都荡然无存，一切全凭武力说话，政变一场接着一场，快得让人透不过气来，显赫的人物接踵逃往香港避难，经过一番密谈和妥协又怡然归来。随着权力争夺升级，好像全国的精英都开始往南方跑。一切像风暴来临前的天空一般变幻莫测。从子弹打碎酒杯的那个晚上开始，他就预感到广州有一场惊天动地的大事在酝酿中，这里发生的事情将会是一场巨变的开端。他认定"中国故事"就是他产下的一只蛋，他已经铁了心要安坐在这枚鸡蛋上，直到小鸡破壳而出。

中国历史上历次大的变动都是由北往南，如同秋风扫落叶，这场由刚刚去世的孙逸仙先生策动的革命偏偏是自南向北，这场火会烧遍整个中国吗？它会不会被长江天险挡住？关于这个问题，阿本德同国民革命政府的政要宋子文、陈友仁、年轻的军校校长蒋介石和苏联特使鲍罗廷都探讨过。宋子文那时是国民革命政府的财政部部长，正千方百计为北伐筹款。他接受采访时总是圆睁双目紧盯来人，眼神没有丝毫闪烁。尽管他长得很帅气，但阿本德觉得怎么看也不像他盛名远播的三个姐妹。外交部长陈友仁则长着一个硕大无朋的脑袋，个头却不成比例地瘦小，一双黑眼睛特别锐利，此人是特立尼达华侨，一口英语是十足的伦敦腔。苏联特使鲍罗廷的身板粗壮得像一头公牛，他肥厚的肩膀和一头既长且密总是乱蓬蓬的头发看上去就像一个码头工人。在广东以火箭式速度崛起的蒋介石则长得瘦长结实，目光像豹子一样敏锐，他那时刚当选为国民党中央执委会成员，又获任北伐军总司令，正准备带着他的团队进行一场豪赌，把国家从北方军阀和外国人的绳索下解救出来。阿本德听过他检阅部队时的一场演说，那场演说中总司令把中国积贫积弱的全部原因归之于鸦片、基督教和外国人这三大恶魔，但后来他却在新太太的影响下信仰了基督教，可见信仰也不是很靠得住，是会改变的。阿本德在采访中再次提到革命与南北地理这个不怎么靠谱的问题时，英气不可方物的总司令以一句中国古诗打发了他：我花开后百花杀，满城尽带黄金甲。阿本德后来才知道，总司令念的是中国九世纪时唐朝一位叛王一首七绝中的两句。

北伐军终于开出了广州。战争的火车启动了。阿本德申请随国民革命军一同北征，遭到断然拒绝。革命的洪流中怎么可以有这只外国虫子呢。他只得眼巴巴地看着年轻的士兵们唱着激动人心的歌曲登上列车，一车皮一车皮地向前线进发。说实在的那真是毫不起眼的一群人，两广人大多身材矮小，穿的又是灰色或土黄色的土布制服，脚上蹬的是草鞋，看上去根本不像一支军队，倒像是逃难的。阿本德自行前往广东北部的一个小城，因前方有战事，这里已是铁路的尽头，他目送着那支队伍零乱地开进深山去，一瞬间有一种受骗的感觉，为几个月来盲目的激情和随波逐流的怨怼感到不解。眼前像土黄色的游蛇一样钻进深山里去的这群人真的会改变中国吗？上海那边的同行总是把广州发生的看作一场玩笑，"广东总在搞叛乱，他们总在瞎折腾，多少年了还是老样子，永远成不了什么事"，这话看来也没什么大错，既然大军倾城而出了，初夏的广州像一只被榨干的柠檬一样成了一座淡然无味的城市，他也要离开了。

短暂停留上海后，8月底，他前往被在华的记者同行打趣为平静得像一只棺材的北京。他在离北京数十公里的一个小站的站台上的卖花人手里买下一束晚香玉，火车的颠动中他把花放在膝上，闻着它释放出的奇异的暖香，他有一种故地重游的奇异感觉。

火车绕了一个巨大的弧形驶入北京，周遭秋雨中的景物全是陌生的，这种过早到来的安宁感真是显得有些怪异。这或许是因为这里有一份工作在等着他，《英文导报》一个月薪六百元的记者职位。这家报纸的董事之一是燕京大学校长司徒雷登先生，报馆坐落在靠近市中心煤渣胡同的一个小四合院里。因为与总编处不好关系，干不了多久他就搬出了那个四合院，出来重新寻找工作。1926年秋天的北京是个奇怪的政治真空，国民革命军一路北伐已经打下汉口，张作霖控制下的北京城里，却继续歌舞升平。对阿本德来说，这几个月是他事业上的寒冬，他给美国的许多家报社和通讯社去电去函，想谋求一份在远东的工作，但他卖稿的对象诸如北美报业联盟属下的各家报纸，对远东的新闻一概不感兴趣。最悲观的时候他觉得连冬天都捱不过去了。让他继续留守北京的只剩下一个想法，"有始有终看完整出戏"。为了生存，有段时间他受雇于著名的京戏大师梅兰芳，梅兰芳即将访美巡回演出，他把梅兰芳的演出消息连带着一些娱乐八卦卖给美国各家报纸，但工作了一段时间后梅大师觉得美式宣传的费用实在太贵，这项工作也停止了。就在快要饿肚子的当儿，《纽约时报》驻上海的记者摩尔先生即将从北京回国，临行前问他愿不愿意给《时报》干。接到电话他激动地喊了起来：

"摩尔！什么叫我愿不愿意？别拿严肃的事情开玩笑好不好！"

十分钟后，他出现在摩尔下榻的北京饭店大堂。交谈一小时后出来，他已是《纽约时报》驻华北及满洲记者（当然正式任命还得总部批准），周薪五十美元。"我与《时报》的愉快合作就此启动了"，日后他在回忆录中得意地说，"对于双方来说，这都算是瞎猫碰到了死老鼠。"

他给新东家写的第一篇新闻稿是关于那年的北京秋季赛马会的。那场赛马会在西山脚下举办，当北京城的官员、富人和一些外国人吃着户外午餐喝着洋酒给每匹马下赌注时，几十公里外的军阀们正在开战，隆隆传来的炮声让空气都在颤动。《时报》对他的这篇稿件未置一喙，只是把它刊登在第十八版的广告和花絮版面上。他并不气馁，沿着日控南满铁路和苏控的中东铁路跑了一圈后，又前往山东省采访那一年爆发的大饥荒。

这是《时报》交给他的一项新任务，因为那里有五百万灾民濒于饿死的边缘，时报决定募集款项赈灾。长相如同土匪的山东省主席张宗昌在济南接待了这位风尘仆仆的美国记者，请他品味各种山珍海味，外加法国香槟和高级白兰地，菜肴丰盛得让阿本德觉得他每吃下去一口都是在向上帝犯罪。在发往《纽约时报》的电讯稿里他不厌其烦地报道了那场盛大的酒宴，宴会上精致的玻璃餐具和香槟，他引用张主席炫耀的话说这套西式餐具系从比利时定制，可供四十人同时进餐，造价高达五万五千美金。他还披露山东王的后宫里藏有四十个不同国籍的美女，有韩国、日本、美国女人，还有两个法国少女，张宗昌每一次外出打仗，就把这些后宫女人赶进两节火车车厢随行。这篇报道的生花妙笔是他在最后指出美国不必赈济山东的饥荒，不必为张宗昌这个恶棍背书。稿子发出后他得到了纽约总部的肯定，通知他每周加薪十美元。

随着薪水日渐丰厚，他搬出旅馆，租住了一个四进的大四合院。他把原先的墙壁砸掉做成一个五大间连通的大房间，铺上木地板，把纸窗换成玻璃的，接上水管、电线，增设了卫生间，造了两个壁炉和三个火炉。专辟一个房间用来陈列他越来越多的收藏品，中国古画、青铜器、牙雕、玉器之类，都够开一个小型的博物馆了。长长的走廊砌成不伦不类的象牙白，还挂上了一盏盏大红灯笼。院子很宽敞，他最喜欢的是中间还有一条樱桃和李树夹道的小径，有一个六角亭，犄角旮旯的所在还有一丛丛养眼的竹子。写作之余他就在花园里散步。他雇了一个管家，一个厨子，一个专门替他洗衣、擦鞋外加照料花园的仆人。"我的家，真像是中国式的仙境"，在写给朋友的信中他一次次地夸耀，要不是1929年8月接到调任上海的指令，他恐怕会在这个人间仙境里一直住下去吧。

然而20世纪20年代末叶的中国绝不是人间仙境，从南方发端的国民革命运动正席卷华东、华北，吴佩孚、孙传芳、张宗昌这些昔日的大佬们全都一败涂地，张作霖也率东北军退入了满洲，随着中华民国的青天白日旗自南而北插至北京、沈阳，看起来中国的统一大业是完成了。但从广东一路北伐而来的蒋总司令的队伍已不再是一群团结一致的爱国者，他们的内部、包括与共产党人已经产生了严重的分裂，埋下了一触即发的内战的种子。这个时候的中国如同一出悬念丛生的情节剧，阴谋、野心是家常便饭，在这陡然变得复杂的形势下把阿本德调到上海，负责掌管时报在华全部业务，显见得他越来越得到器重了。

那时候的阿本德在新闻记者这个行当已经是老狐狸了，他的不甘安分与争强好胜的个性，也几乎全是为一个优秀的记者准备下的，成了他与生俱来的天赋。那些年里为了拼抢新闻，他孤身坐军列深入山东调查济南惨案的真相，在天津于"数十米外"目击日机轰炸南开大学。旅途中，他常住在荒郊破庙之中，全身皮肤被跳蚤臭虫咬得起泡脱皮。为了近距离观察上海"八·一三"战事，他在"直线距离只隔八条街"的大楼上租下一个房间，"每有巨型炸弹爆炸，便有滚烫的金属弹片落到我的椅边"。中日塘沽协议签订时，到场的外媒不少，唯有阿本德观察到这样的细节并发了出去：中国高官从专列上走下来，沿着尘土飞扬的街道，步行到日本领事馆大门却被日本哨兵粗暴地挡住，在炙人的烈日下等了近十分钟才被放入门内，协议签署完毕，"中国人又冒着尘土，一路蹒跚走回专列"。这些小说般的细节让他为时报挣下了对远东时务感兴趣的一大批读者。更传奇的则是他对西安事变的报道。1936年12月12日晚上，阿本德因缺新闻而苦恼，便随意打电话给宋子文。宋已外出，用人说是去孔祥熙家。他又给蒋介石的私人顾问端纳去电话，秘书同样说他在孔家。他赶往宋美龄公馆拜访，用人说蒋夫人刚离开，也是去了孔家。那么多巧合，再愚钝的人也会嗅到有重大事情发生了，于是他一遍又一遍地拨孔家电话。拨了无数次后电话接通了，宋子文将蒋介石被扣的事亲口告诉他。一个震惊世界的独家消息就这么着让这个美国人抓住了，这过程也有点像他描述的与《时报》的关系——瞎猫碰着死老鼠了。

但在最初几年，他那种美式的新闻立场尤其是装大鼻子的自以为是曾让南京政府非常头痛。他的一系列批评报道，包括他对蒋介石的指责，使他树下了很多明敌和暗敌，外交部甚至冒着得罪《纽约时报》这条媒体大鳄的风险要把他驱逐出境，他与外交部长王正廷因此案而结怨，又因案结解开成了好友，这是后话不提。

驱逐不成，这个牛皮糖一样执着的美国人反而升职了，但电报局有一天忽然接到上峰指令，不得再为此人提供发报服务。人在檐下走哪能不低头呢，他只好舍近就远先把信件派人送到《时报》在东京的分部，再发至纽约。他对政客们的反击是把一封给王正廷的信公开刊登在时报的社论版，中有"贵国之所以要求将我驱逐，并取消我使用中国电报系统的权力，笼统的罪名是我在报道贵国政治及军事情况时充满不公正与偏见"云云，一口一个贵国，看来关系实在是生硬得很了。后来宋子文出面调解，他与政府的关系有了改善，不说进入蜜月期也算步入正常了，不久他就出现在了蒋介石及其夫人在南京为外国记者举办的一次茶话会上。会后他还与蒋夫人单独喝茶。关于这段经历他曾以不无炫耀的语气说："原以为会面不会超过二十分钟，实际上却拖了一小时，因为谈至一半，蒋介石将军不期而至。他走进里屋，彬彬有礼地与我握手，然后坐下来喝了杯茶，吃了一个三明治，蒋夫人一如既往地充当了翻译，双方都未对以往事情大惊小怪，自1926年初夏在广东见过他之后，我再未与他谋面，与过去比，他是大大地自信稳健了，这一小时的会面，使双方的互信逐日增加。"

阿本德的东家《纽约时报》也真是硬气，顶住了南京政府的施压不把阿本德撤回，还把《时报》在整个中国的报道事务都交给他。1930年代的中国是个混水池塘，也正好让阿本德这样的活跃分子施展八面玲珑手段，像一颗基本粒子一样在里面扑腾。一时间，党国政要、军界要人、各国大使争相延他为座上宾。对美国而言，他是个不支薪的高级情报员，分量超过任何正式间谍。对其他各国政府而言，他则是个编外的美国外交官，其作用常常是领事馆官员所不能及。因此，日美、中美、苏美之间，都要由他来频频传话。至于各国间的明争暗斗，也要故意向他暗泄天机，好登上《纽约时报》的版面搞乱对方。对一个新闻记者来说，阿本德真是赶上了时代的盛宴，这个事件那个惨案纷至沓来，美国人、日本人、中国人，政治家、军阀、外交官、间谍，各色人等一个个走马灯一般在他笔下登场，中国历史十余年间每一处起伏和皱褶，从北伐到东北易帜、蒋冯阎大战、中东铁路、九一八事变、西安事变，一直到上海孤岛的最后一刻，无不通过他的键盘传递到《纽约时报》。

他最为津津乐道的两次涉险经历，说起来都要让人为他捏一把汗。一次是在北京，一天晚上，他坐在人力车内转过一个街角时遭到不明身份者袭击。两粒子弹射向了他，他幸运地毫发无伤回到报馆。几年后，1934年冬天，在上海铁路北站他又差点遭到刺杀。那天早晨他是去车站接一个北京来的朋友，在候车大厅，一个穿着蓝布上衣的高个儿男子不问情由就向他扑来，他不及多想，抽出插在驼毛长大衣里的手一挡，顺势抓住此人手腕一截，用尽全身之力把此人压倒在地，与之在马赛克地面上扭成一团。最后行刺者被扭送警察局，他在驻沪总领事的陪同下向上海市市长吴铁城呈交了抗议，吴铁城也答应彻查此事，但他始终没有弄明白这两次遇刺到底是纯属偶然还是拙劣的谋杀行径，那年头租界工部局里的无头案多着呢，反正脑袋继续扛在肩膀上也就算了。

这样一个天生为新闻而生的人，他不去找事，事儿也会赶上门找他。1937年8月14日，一个黑色的星期六，中国空军的几架战机飞越上海，去轰炸停泊在黄浦江上的日军巡洋舰。飞行员搞错了方位，一枚二百五十公斤的炸弹落在了南京路和外滩的人流交汇处，另两枚落在了繁华的爱德华大街，炸弹击中了正在仰视天空观战的人群，造成一千七百余人丧生、近两千人受伤的惨剧。炸弹落下来时，阿本德的英格兰助手约翰·梅尔正在南京路用餐，餐厅的窗户的玻璃碎片把他砸成了重伤。差不多一周后的一天下午，又一枚炸弹鬼差神使地落在市中心，那天阿本德和他的另一个助手安东尼·比灵汉姆在上海南京路的永安百货大楼采购望远镜，他已经先行下来了，坐进了车里，正在这时，一枚中国空军误投的炸弹从天而降，永安百货商场的一台下行电梯被炸，比灵汉姆正在这架电梯里面，身受重伤，其他九人全部毙命。阿本德幸运地逃过一劫，只是被强大的气流震晕了过去。意识清醒后，他逆着狂涌而出的人潮跑进永安公司，找到了被炸得血肉模糊的助手。一个星期后，《纽约时报》的读者读到了阿本德从爆炸现场发来的报道，整篇报道有如电影镜头推拉摇移，细致真切，读过的人都说这个大牌记者以后改行做个小说家也挺不错。

其实那时候阿本德已经在写作一本书，一本在他看来要比小说要精彩得多的书，那就是为 19 世纪 60 年代来到中国的军事冒险家华尔写作的一本传记。他之所以对这个来自马萨诸塞州的前辈感兴趣，一则是此人传奇般的历险和永不安分的个性的吸引，另一方面，华尔来到中国的 19 世纪 60 年代是一个乱世，清帝国、太平军、西方列强各方势力博弈的复杂程度也堪比眼下的中国，华尔参与对太平军作战的 19 世纪 60 年代最初几年江南诸省生灵涂炭的悲惨景象，其实也正是日本侵略中国造成更大规模厄运的一次预演。

阿本德年轻时写过短篇小说，不知是出于一种酸葡萄还是什么心理，他又看不起小说这玩意儿，他认为这样一个风云变幻的时代里一个作家根本不用去虚构什么，小说家的想象力再怎么丰富也比不上生活的奇谲多变，他认为真实比虚构更有力量。所以写作一本华尔的传记是他多年的一个愿望，这个愿望随着日本人加紧对中国的侵略越来越强烈了。利用回国的间隙，他多次前往华尔的家乡麻省的塞勒姆城进行采访，了解有关华尔早年生活的细节，在搜集资料方面，他已经搞到了华尔的朋友、部下和最后见证了他的死亡的几个关键证人的回忆录和口述实录，其中包括：华尔的副手、洋枪队副领队法尔思德（Edward Forrester）、他的朋友艾能·海士（Augustus Asllen Hayes）、当时停泊在宁波的英国炮艇"勇敢"号统领官波格（Lieut. Bogle）、英国教会在宁波的传教士慕雅德（Arthur Evans Moule）等人的日记和回忆录。为了方便派摄影师去松江拍摄华尔的墓地，他还向日本军方申请过一张通行证。他早就了解清楚，松江一度是华尔的指挥部所在地，他曾经在那里生活过一段时间，死后的墓就建在该城孔庙的后院。

如果不是后来发生的事，这本他自以为倾注了巨大心血的书将于 1940 年秋天完稿，交由纽约州加登城双日（Doubleday）出版社出版，他与该出版社于该年初已经签下了一份合约（这份合约保存在上海一家银行的保险柜里），并提前预支了五百美元的稿酬。就在这年夏天他加紧完成这本书稿的当儿，具体时间是 7 月 19 日晚上，他在住所遭到了袭击，两个持枪的日本兵闯入阿本德在上海的住所，对他横加施暴，还抢走了许多重要文件，其中就包括这本书的手稿。他后来猜测，日本人怀疑他写的这本书有反日倾向才下此狠手，对此阿本德觉得特别冤枉，他申辩说这本书根本无涉当今事务，再说华尔死去都已经八十年了！

阿本德认为，日本人选择在那天晚上动手，显然是有预谋的。因为第二天起阿本德就要搬到公共租界去了。从 1935 年开始，阿本德在上海的办公室和住所都设在百老汇大厦的十六楼，这幢楼原为英国人所有，1940 年初夏被日本的一家公司购得。阿本德便想搬到苏州河以南去住，一则不愿有个日本房东，二则不愿每日往来于外白渡桥，既不方便，还要受日本兵的检查和侮辱。关于他的住所遭袭击的详细情形，阿本德于事发次日向美国驻沪代理总领事 R.P. 巴特里克提交了正式报告。

中国上海，1940 年 7 月 20 日

巴特里克先生台鉴：

本人作为美国公民，在此正式提请阁下向日本总领事提出强烈抗议，要求日方就一宗武装抢劫做出道歉及赔偿。

该宗案件发生于今日凌晨午夜刚过时分,本人在案发过程中遭武装抢劫,并受遭受肉体折磨……

报告就事发当晚的经过做了基本上没有夸大的叙述,估算了损失总额,并向日本方向提出了索赔要求。

午夜十二点刚过,我在百老汇大厦的住所里,正坐在床上看各通讯社通稿,这时,我先听到家里的狗在大叫,继而有人敲门。我一打开门,赫然面对两个着便装的日本人。两人都以手巾蒙面,手持左轮枪。其中一人个子相当高,穿灰色粗布西装,另一人为矮个子,罗圈腿,着深蓝上装,粗布裤子,显得有些污秽。两人都戴着廉价的草帽,脚蹬帆布胶底网球鞋。

他们硬冲进门厅,将门关上。其中一人将电话线从墙上用力扯下,另一人对着我养的一只狗提脚狠踢。两个人的英语都差强人意。

他们进门后便要我交出"正在写作的反日书籍"。我告诉他们,我根本没在写这么一本书。其中一个人听了,便用枪管戳着我,要我带他去办公室。于是我在前领路,将两人领进了办公室,并扭亮了灯。这时,矮个子负责将我"看住",另一个则开始在书桌和文件柜里到处翻查。最后,他们终于找到了即将完成的《华尔传》手稿。我解释说,这不过是本历史著作,里面的人,死了快八十年了。

但高个子在翻阅手稿时,在第一页发现一段文字,提及1937年之前,长江流域就成为兵家争夺之地,其中提到了日本。然后他翻到手稿的最后几页,正巧又看到其中说,华尔在松江的祠堂受日兵毁坏。于是他暴跳如雷，说我是侮辱日本陆军，说着便挥拳猛击我的左脸，打掉了我的眼镜。接着，他一把将我的左臂扭到背后，将我用力一搋，按跪到地上，然后便一连串地用日语破口大骂。发泄完了，又要求我交出"攻击三浦将军的所有电报"。我说，从来没有过这类电报，并愿意提供办公室档案为证。

他们心有不甘，继续搜查，将我的物品丢得四处都是，连卧室的箱子也不放过，直到又发现另一卷手稿，里头有我写的九个短篇小说。最后，他们将短篇小说与《华尔传》的手稿一齐带走。在退出门去时，两人警告说，大门外会有人监视十分钟，要是我胆敢在十分钟内出门报警，就会被射杀。我留意倾听外面动静，并没有听到电梯上来的声音，估计两人是走楼梯下去的。后来，我终于到百老汇大厦管理处报警，但是，作案者早已遁去无踪。要知道，大厦里共有六个出口，里头又有许多日本租客。唯一的物证是在楼梯上发现的，就是那两块被用来权充面罩的手巾。

至于那部被抢去的华尔传记手稿和其他文稿，阿本德在报告中一并称：此书已与出版社签了合约，并已预收五百美元稿酬。书稿交付时，将可再领五百美元。手稿共三百五十四页，计十万六千字，前后花了九个月完成，若不能原物归还，则不仅所有的努力会荡然无存，还要退回双日出版社五百美元的预支稿酬。这且不算，为写作此书，他已耗费了八百美元用于购买珍稀古籍及照片等。至于短篇小说的损失，则较难做价值上的估算。除此之外，电影版权收入的损失也必须计算在内。阿本德称，据他的出版经纪人"勃朗特公司"转告，"好莱坞已对《华尔传》的电影改编表示出极大兴趣"，这些后续作品的损失也须由日方来承担。

袭击者是谁？谁指使的？阿本德明确指出幕后的黑后是日本军方。

> 对于攻击者的身份，我是无以确认的。但阁下卷宗里应能找到我的一封旧函，日期为今年1月27日，信中谈及有部分心怀不满的日本宪兵曾策划对我下手，亦说到宇津宫大佐已承认，我所指控之内容，"不仅全部属实，而且不止于此"。他并承诺说，我将不会受进一步的骚扰。但两个恶棍此次来顾，显然不是"自作主张"的。因为众所周知，昨晚是我在百老汇大厦的最后一夜，我已定于今日迁往苏州河以南了。

那天晚上大厦出口紧急增派的保安没能逮住那两个暴徒，他们是怎么逃脱的？这事让阿本德百思不得其解。据警方推测，大厦低层的住户中可能有作案者的同伙，容其藏匿过夜，待天亮后再换了装束，极有可能是穿回了军装，再施施然出大门而去。阿本德认为这个解释基本靠谱。多年以后阿本德在写作回忆录时，写至那一夜的遭遇还是异常气愤。他回忆说，两个日本人将他压跪在地后，还对着他的腹部及腰部猛踢，留下大片淤青，手臂被强行扭至背后，连着数日他都无法举手梳头。在两个恶棍施暴的过程中，他不断提醒自己，不可激怒他们，他怕他们把他伤得太重后，为掩盖罪行，干脆将他扔出窗外，然后制造自杀的假象。他的担心是对的，不出一个星期，这事果真在东京发生了。东京的日本警察对路透社记者詹姆士·M.考克斯（James M. Cox）施刑后，将他的尸体扔出警察总部大楼，然后指控说，他先承认一直充当英国间谍，接着便跳楼自杀了。

那天晚上报案后，阿本德即给住在同一幢楼低两层的日本外交官鹤见打电话。是夜零点四十分，鹤见第一个到达现场，随后赶来的是日本领事馆警察，然后是公共租界的英籍与华籍探员，一干人待到凌晨两点过后方始离开。在此过程中，鹤见参与了现场勘查，作了详细笔记，还充当了领事馆警察的翻译。然而在 7 月 24 日召开的一次日方新闻招待会上，当一名美国记者问日本大使馆发言人鹤见，阿本德案件的调查有何进展时，鹤见这样回答道："谈到阿本德案件，如果是确有其事的话……"言下之意这事儿没准是这个美国佬故弄玄虚，或许压根就没有发生过。在日后的对日本媒体的记者招待会上，这位大使馆发言人甚至称，阿本德捏造了这起假案，完全是为了炒作他即将出版的新书，当然也不排除这样一种可能，这个美国佬见新书无法如期完稿，只得出此下策，以免退还从出版社预支的五百美金。

这些无赖撒泼一般的话把阿本德气炸了："要他们赔！必须的！一定要狮子大开口，因为他们肯定会还价，恨不得砍到三钱不值两钱。"领事先生巴特里克也气坏了，赞成阿本德从日本人这里狠狠敲上一笔。由领事先生转交日本军方的巨额索赔单里，分门别类罗列的物质和精神方面的损失至少有：必须退回给出版社的预支稿酬、预期版税收入、购买书籍和旧照片的花销、速记员劳务支出、设想中的电影版权转让费、遭暴徒肉体伤害的补偿、遭日本大使馆发言人恶意诽谤的补偿等等，赔偿总额为两万两千零七十五美元。反正有华盛顿和《时报》的金字招牌撑着，他才不怕小日本呐。

不久后，他一位多年前的朋友松冈洋右被任命为新的日本外务大臣，他派人送去一封私信要求干预此事。他告诉外务大臣，鹤见先生所使用的带有侮辱性的"如果确有其事的话"根本不是人说的话，只有"廉价政客和三流外交官"才会捡来用，如果鹤见先生是一个美国人的话，他必定以诽谤罪将之诉诸美国法庭并要求赔偿十万美金，而且这官司一定会赢。至于后来鹤见先生做出的"此事只是一宗单纯的武装抢劫事件，就好比在纽约的日本记者也有可能被武装的匪徒抢劫"的声明，阿本德同样斥之为狗屁不通，"如果日本记者在纽约遭到武装入室抢劫，而劫匪在查看了珠宝和大额现金后，却只取走了以日文书写的手稿，那就绝不可能是一宗所谓的简单案件，在纽约堆积如山的武装抢劫案中，有过这样离奇的案子吗？"他明确无疑地告诉松冈先生，那两个家伙的身份虽然还一时无法确定，但肯定是奉命行事，"因为两人的英文水平有限，并不能读懂偷走的书稿"。

这封信还是起到了一些作用，不久，鹤见被召回东京述职，后调任驻新加坡总领事。阿本德的索赔要求却一直没有得到日本方面的答复。直到第二年夏天（那时阿本德已回美国），日本驻美大使约他提出以一千美元了结此案，阿本德当场拒绝了。

话说袭击事件发生的第二天，阿本德就搬到了租界的四川路上，为防此类恶性事件再次发生，租界警方在他新居所的门口加派了八小时一班的武装岗哨，他们还要求阿本德外出活动必须穿上重达二十二磅的防弹背心，要知道这是柏油马路都要晒得起泡的高温天呀，背着这东西还怎么活？阿本德想都没想就拒绝了。但最后他还是屈服了，由《时报》出资为他雇了一名叫乔治的俄国保镖。此人来自格鲁吉亚山区，长得膀大腰圆，魁梧异常，蓄着两角上翘的浓密唇髭，一副凶神恶煞相，阿本德去高尔夫球场或者上剧院，此人都双胯上各别一支左轮枪形影不离，这倒成了上海滩上的一景。但种种迹象表明，日本人还是想整他，每天都有威胁电话打来，有一天他还收到了一封夹着一颗黄铜子弹的恐吓信。在上海的美国海军亚洲舰队指挥官哈特上将在他的旗舰奥古斯塔号上邀请阿本德一起午餐，席间他试图说服阿本德离开上海。一开始阿本德坚决不同意，他说，我以这里为家已经超过十四年了，这里也是我的谋生之地，我绝不走，那帮黄皮小杂种休想把我赶跑。哈特上将继续循循开导他：

"听好了，阿本德，如果你继续留在此地，他们总有一天会把你暗杀掉，你到今天还平安无事活着，这已经是个奇迹了，假如你真的被害了，最多也就是引发外交危机而已，无非就是让华盛顿向东京做无用的抗议，赶紧离开吧，回国去讲课，去写作，最大限度地发挥你工作的能力，美国公众需要了解这里的情况，而把真实的情况告诉他们，本身就是新闻人对国家的重要贡献。"

阿本德把此间的形势和哈特将军的建议发给时报总部后，得到了离开的许可。1940 年 10 月 14 日，他搭乘一艘美国班轮"加菲尔德总统号"从上海出发南行。此时恰逢华盛顿发布新令，要求在远东的海军官兵尽快疏散家属，与他同船离开上海的还有哈特将军的妻女。上将对他说，能看着你活着离开这里，比看到谁离开都要高兴。

此后，阿本德再也没有回过上海。

阿本德离开上海一年后，1941 年 12 月 7 日，日军偷袭珍珠港，美国太平洋舰队几乎全军覆没，日本势力扩张至南亚。哈特将军的亚洲舰队在马六甲海峡重创了强于自己数倍的日本舰队后，也被歼灭了。

战争改变了一切……

阿本德回国后先是在《纽约时报》华盛顿分社工作了一段时间，不久隐居到佛蒙特州的一个风景优美的山谷里写作回忆录。尽管他在远东叱咤一时，但他也付出了高昂的代价，去国多年，故交和朋友全都生疏了，他所报道过的远东事务于他们来说又像另一个星球一样遥远。更多时候他陷入了孤独。在一次晚宴上有一位太太听他讲到中国时一脸茫然：中国？哦，对了，就是那个女人把孩子背在背上的国家对不对？

十五年驻外记者的生活，他已不适应在本国的生活，对美国现行的远东政策也多有不满。他还不到六十岁，却好像已经在度着残生了。世界正弥漫在一片硝烟中，同盟国核心国打得不可开交，美国正在东亚和南太平洋群岛发起对日反击，但他已经不想重出江湖再去报道那场战争了，因为他受不了越来越严厉的新闻检查制度。他只有一个愿望，等到战争结束后还要重返远东，他要亲眼看看和平如何得来，战争结束后是持久的安宁呢还是引发另一场屠戮。一个老朋友问他，你怎么会去干驻外记者这一行呢？你又没挣到什么钱，不后悔吗？阿本德说，走进出国前待过的报馆，看到比尔还在为电讯稿起标题，杰瑞还在写体育新闻，吉米依然忙于报道贿选的肮脏交易，为某人卷入五万元的贪污案兴奋得口吐白沫，而曾经年轻活泼金发飘飘的安妮特，还在一成不变地负责报纸的社交版，已经芳颜褪色，动辄发怒，看着这些男男女女，十几年里干着一成不变的差事，我心里涌起的更多的是怜悯。他说，如果我有一个儿子，喜欢写作，喜欢旅行，生性还算谨慎的话，我不仅要鼓励他投身新闻业，更要鼓励他去中国当记者。

管筱梅提供的消息说，直到 1955 年去世，阿本德这一辈子都没有结婚，所以注定也不会有这么一个子承父业的儿子了。管筱梅同时透露，阿本德的那本华尔传记《西来的战神》后来还是写出来了，只是比原计划推迟了七年，1947 年才由原出版商纽约州加登城道布尔戴图书公司出版。由于当年被日本人劫走了手稿，阿本德实际上是凭着记忆重写了一遍。

管筱梅还告诉我，不久后她要和小阿本德，也就是阿本德名义上的曾孙、航空公司的商务代表一起到中国来了。通过小阿本德的帮助她已经搞到了这部书的原版本，并翻译了部分章节，如果来得及的话她准备这次回国就把译稿给我带来。她让我找出版界的朋友打听，有没有出版社感兴趣出这部书的简体字版。管筱梅透露，她已与丈夫办妥离婚手续，这次回国不打算走了，她托我找文物保护部门问问，可不可以把月湖郁家巷的那个杨家老宅租赁下来，开个青年旅社，或者做个小型的历史陈列馆什么的。她提议，等她秋天回国，我们一起去寻访一个半世纪前那场战争的遗迹。

"啊，那肯定会是一场充满悬念和惊喜的发现之旅！"

但我已经等不及她回国了。我独自一个人上路了，随身带着管筱梅发给我的七封信的电子文档。这年夏天，我顶着酷烈的大太阳，一站站地寻访一百五十年前古战场的遗迹。晚上住进宾馆，逐行逐句辨认这七封官字漶漫的书信。照片上也能看出信的纸质很差，根本不像是那个年代用来正常书写的纸，而是记账或者包装的一种粗纸，再加字迹模糊，纸张粘连，有时看来看去一个晚上，还是不知所云。渐渐地，我梳理出了信中所述事件的大致轮廓，辨认出了信中那个男子呼唤他的心上人的声音。我明白了我读到的是一个乱世中的爱情故事。

我步履深重，眼底满是沧桑。南京、苏州、上海、松江兜兜转转一大圈走下来，天也有些凉了。最后一站是慈城。1862年驻守本城的太平军退走后，曾在这里与追击的联军有过一战，从上海驰援的华尔就是在这里受到城头上狙击手的致命一击。一天傍晚，在小镇的走马楼酒楼和当地的几个朋友吃过晚饭，我一个人走到西门外，太阳刚落下山不久，西天还明亮着，周遭的宁静让我想起了一百五十年前英国传教士慕雅德对当时还未受蹂躏的这块土地秋天景象的描绘：风景之美，没有能超过那些秋高气爽的十月时令，平原上深黄色的晚稻穗子一望无边，远地的冈峦起伏，气象万千，点缀着深秋花木，景色宜人……但在我眼前时常挥之不去的却是这样一幕悲惨景象：下着雨的街道上，成群的逃难者哭丧着脸蹚着泥泞匆匆赶路。

这里离我住的城市只有二十公里，不到一刻钟的车程，但我还是决定此次出行的最后一晚在这里度过。我住的是古县衙边上的一家私人客栈，房间小而整洁，临窗是这个废县城保存至今的一条护城河。入夜，床下的土地苏醒了过来，它们在飘移、冲撞，飞扬的尘土中我听到刀剑声、叫喊声和马队的踢踏声。我还梦见了管筱梅，她站在郁家巷杨氏老宅西厢房的回形长廊下，她那张古典的脸，比我们相遇时更年轻……

第一章

上海是一只蝴蝶

梅：

昨夜我梦见你骑着一匹枣红马向我跑来。那匹你经常去跑马场骑坐的可爱的小马驹打着热腾腾的响鼻，在初夏清晨的草地上撒着欢儿跑，扬起的鬃毛像是风中的小旗帜。它离我越来越近了，坐在马背上的你，离我越来越近了。梅，看着你，我头晕目眩。那个小东西它跑得太快了，它一跑起来你背后的绿草、河堤、白亮亮的河水全都晃得厉害，全都虚掉了。从梦境的虚无中向我迎面飞来的是你野草莓一样鲜红的唇，水蛇一样粗黑的辫子，还有铺天盖地的青草一般好闻的气息。哦，梅，你的美丽才是让我头晕目眩的罪魁祸首！马蹄溅起的泥星子向着我脸上飞来，我来不及闪避啪地打在脸上，我伸手一抹给闹了个大花脸。你咯咯地笑开了，你笑得多开心啊，轻松地扭动着腰肢，就像，就像风吹过颤动不止的青草，我多担心你这样大笑着会从马背上摔下来。

我清楚地知道我是在做梦。我怕我醒来就把这个梦忘了，挣扎着想坐起来记下这个梦，可是我没有一点力气动弹。这就像潜入了一条夏天的河里，你拼命往上游想把头伸出来，可是梦像水兽一样揪住你的脚不让你上来透口气。接下来的一个梦里我下潜得更深了……我醒来又睡去，都不知道身在何处了，吃力地睁开眼睛的一瞬间，我还以为是在上海租界内的界路，钱庄学徒房的大通铺间里。

现在是我从上海到苏州的第一个晚上，不，这会儿已经是凌晨了，我刚从那些个关于你的梦里醒来，像一个溺水又挣扎着爬上岸的人一样大口大口喘息着，然后坐下来，给你写信。这里是苏州内城墙下的一处民房，不过现在已经征用为太平军的军营，忠王的卫队就驻扎在这里。昨天傍晚我刚到这儿，隔着人群我远远地看见了忠王，他穿着绣着龙纹的黄色缎袍，骑在一匹骏马上，脸小小的，戴着眼镜，他的目光扫到哪里，哪里就响起一片欢呼声……

梅，请原谅我不告而别。几天前，当我偷听到大老爷——是的，我一直这样称呼你的爹爹——答应要把你嫁给那个美国流氓，我的心都碎了。那天来做说客的是吴煦道台，吴大人刚提出那个洋人想娶你时，大老爷气得脸都拉长了。是啊，像所有做爹的一样，他怎么舍得把亲生女儿嫁给一个洋鬼子，那不是往火坑推吗？但接下来吴大人不知说了些什么话，你爹就鬼迷心窍了，就答应了他这桩婚事。我正在廊沿下端茶进来，一听到大老爷勉强的应允声和吴大人干巴巴的大笑声就傻了。这个消息把我打懵掉了，我的天一下子塌了，那个晚上我像一匹狼一样在大街上奔跑了大半夜，泪水迷糊了我的双眼。我是多么愤怒，又多么脆弱。我觉得一整个世界都在粉碎我。我这么说你肯定要撇嘴了。我算什么呀，我只是你爹爹钱庄里的一名伙计，一个做下人的怎么可以对主家的小姐存有非分之想？可是我没有办法，6年前在老家的郁家巷，你还是一个小女孩时我就爱上你了。你来到上海的几年间出落得愈发美丽，我对你的爱也愈发炽烈。说出来不怕你笑话，每夜入睡前，我都会躺在黑暗中细数一天里看到了你多少回，你无心的一个笑都会让我久久回味。

就在大街上胡乱奔走的那个晚上，我心里突然冒出了去苏州投奔忠王的念头。这个像雪地下的草一样冒出来的念头吓了我一跳，因为这意味着我要彻底抛开自己的人生规划，离开上海，离开你。设若不再与你相见，我的生活就是无边的永夜，我能忍受这没有尽头的黑暗吗？可是如果让我留在上海，看着你嫁给那个美国流氓，那还真不如杀了我。

我安慰自己，都是大老爷一个人自作主张，只要小姐你不答应，那个美国佬就像黄鼠狼咬刺猬无从下嘴，整个上海滩还没有一个良家闺女嫁给洋鬼子的呢，何况小姐你是有教养人家的好女儿。可是前天当我看到你答应那个流氓一起去外滩遛马的请求，你兴高采烈得几乎是飞奔着去马厩牵马，我的心都碎了，我心里的栅栏再也关不住那头小兽了，我必须走了，我一刻也不想耽搁了！

本来我是想跟你道个别再走的，但怯懦使我没有勇气站在你面前。内心挣扎了大半个晚上，我取了几件换洗的衣服就出来了。那时候你还在睡梦中吧。我穿过黑暗的街道来到码头，白色的雾气笼罩着江面，这个城市已在慢慢醒来。我对着污浊的江水，泪水又不争气地流了下来，我大声地喊，我一定要回来！

如果将要娶你的是一个年少英俊的沪上买办，或者是一个有着大好前程的某政要的公子，小姐，我欢喜都来不及呢，我肯定为你默默祝福。可是那个美国流氓，他怎么配得上你？他那么粗鲁，浑身长毛，一个穷光蛋而已，他这般狮子大开口，凭的不就是手里有几杆破枪，与太平军作战时打了几个胜仗吗？忠王的部队早就在计划攻下上海城了，如果嫁给了这个洋鬼子，小姐你有想过将来吗？

写到这里天亮了，靛青色的天幕从黑乎乎的屋脊后面铺了开来，伍长刚刚过来通知我，忠王要考校一下我的武艺，再行分配工作。我得走了。如果有机会我会再给你写信，我要告诉你，这么多年来我对你无私而绝望的爱。我相信我很快就会回到上海来找你，上海必定属于天国。

陈小羊

1. 坍塌的偶像

从前在乡下，你爹爹，杨坊杨老爷，一直都是个传奇一样的人物。小姐，那个叫西城桥的村子你已经没有印象了吧？也难怪，打从你还没记事，你爹爹在上海的生意发达了，你们就搬到宁波城里去了。那么我就给你讲讲我们出生的那个村子吧。

它坐落在鄞西大平原上，杨、陈两大姓几百户人家杂居，村庄边有一条小河，村南五里就是四明山。每年春天到来的时候，我们的村庄就会被成片的花海包围，火焰般燃烧着的油菜花，紫茵茵的苜蓿花，还有形状像蝴蝶的豌豆花。我们钻进一垄垄的油菜花地里打泥仗，满头满脸都是泥巴和黄扑扑的花粉。我们还经常去村边的小河"闹鱼仔"。"闹鱼仔"你不懂了吧，就是去河里药小鱼，那条从山脚下流过来的河，水清亮清亮的，全是一簇簇兜水凫游的小鱼，村庄边有一种叫火香树的，我们把叶子摘来捣碎，汁液倒在河里，附近水里的鱼就会晕菜，奇怪的是，这种鱼捕上来后待一会又会醒转过来……当然这一切你是不懂的，那时你还太小，还不能跟着我们疯玩。我对你最早的记忆，是冬天的早晨，你母亲把你放在蒲草车上端到门廊下晒太阳，你手里抓着一团粢饭，津津有味地吃着，满嘴满脸都是饭粒儿……

小姐，请不要以为我在揭你短出你洋相，那个坐在蒲草车上的三岁大的小女孩，如今已出落得像小白杨一样挺拔秀丽，想到这里我总是禁不住微笑起来。我有幸啊，从你的青葱，到抽节，再到开花，我多么希望，你植物般清香的一生里永远都有我在场……那时候，我们陈家和你们杨家住得近，只隔了三进房子，我吃饭的时候端着碗就溜达到你家门口了。我跑到你家门口也没什么事，村里的习惯，似乎都喜欢端着碗满村子游走，端着碗谈正经事，也端着碗吵架骂街。大人这样，小人也看样。那时候你家的光景已经不大好了。我听爷爷说，你们杨家从前光景好的时候，是西城桥村最富裕的，别家吃红薯你家吃白米饭，别家过年的鱼是木雕的，唯有你家的是正宗划水大鲤鱼。你爷爷除了正式的妻子外起码还有三个以上的小妾。但到你爹爹成年的时候，你们杨家就败得差不多了。为何而败的呢，有说赌钱赌光了的，也有说做生意蚀了老本的，反正就是败落了，以致穷得连教书先生都请不起。那年月我爷爷在邻村教书，他一个老秀才没多大本事，却总以善于识人于风尘自居，看你爹爹资质聪颖，就自己跑去跟东家说，少收些束脩，让你爹爹跟着走读。大老爷是个念旧情的人，发达后没少为乡里乡亲做事，在上海开办了同乡会所，还腾出一块地皮为客死他乡的乡亲造公墓，他回西城桥祭扫时还专门去看望过我爷爷，后来又把我带到了上海。

那时，你的爹爹杨坊，这个日后的上海滩大佬真的是一个一文不名的穷小子，我爷爷说，不管隆冬溽夏，他总是自带干粮第一个到私塾，一边啃着咸菜饭包一边等私塾开门，而归家总是最后一个。下雪天，十个手指头冻得像红萝卜一样，生了冻疮冒着脓水，他也从来不落下功课。几乎所有人都从这个犟头倔脑的少年身上看到了老杨家重新崛起的希望，他们断言，这个少年肯定会由秀才而举人、由举人而进士，一路过关斩将所向披靡，甚至连东家也让自家子弟与你爹爹多亲善，日后等你爹爹发达了也好有个帮衬。我爷爷这个三家村老学究更是对你爹爹抱着莫大的希望，他一生困顿场屋，考个秀才都花了二十年，三上省城应乡试而不举，他把自己没实现的梦全都寄托到你爹爹身上了。

但在你爹爹十五岁那年他突然做出了一个决定，他说不想读书了，不想再走按部就班考试的路子了，他要去学做生意。那时候村子里已有几家贩运山货、海鲜发达了的，过起了让人羡慕的富日子，那样的暴发户嘴脸是我爷爷素来看不起的，在他看来，读书仕进上报君皇恩，才是一个有为青年的正路。像你爹爹这样放着大好的前程不奔，反倒要与引车卖浆者合流，肯定是受了村里不良少年的引诱，他绝对不能放任堕落。但你爹爹拿定了主意要去学生意，任我爷爷把他自己都把握不定的前途吹得天花乱坠，就是不为所动。我爷爷跑来找你爷爷，你爷爷也方始听说这件事，两个老家伙苦口婆心老半天，都没能把你爹爹这头犟牛拉回来。气得我爷爷大病一场，大半月没去私塾教书，等病好了，也有大半年没再登你杨家的门。

本来么，老头子是把你爹爹看作自己年轻时的化身了，要下功夫悉心栽培的，师徒间的那一份情谊，在他单方面的已是超越了父子了，你爹爹这一跑路，让他那张老脸都没地方搁了。

这个十五岁的穷小子就这么着"废书就贾"了，他跑到宁波城里，在仁成绸布店做起了学徒。他喝过几年墨水，头脑又活络，很快博得了主家的欢心，不久就学会了一套看丝的本领，货的成色、价格他只看上一眼就八九不离十。这是宁波开埠的第二年，城里已经有外国人开办的教会学校，招收穷苦人家的孩子免费就读，你爹爹这个绸布店的小伙计工余就跑去教会学校听课，他在语言上的惊人天赋让神父们大为吃惊，几年下来他的一口英语已十分流利。当然那时你爹爹不会知道，就是这两项技艺以后帮助他在上海时立了足，成了一个很吃得开的人。

有关大老爷在上海的如何发迹的传说，在我们村里有好多个版本。有一种最不靠谱的说法是，他在老家赌光了钱，走投无路跑到上海闯荡，娶了一个大官的遗孀，那个遗孀给了他一大笔钱去做丝茶生意，然后就发达了。还有一种说法是，他刚到上海时在十六铺码头坐船，在船上捡到一个牛皮包，里面全是一沓沓的美元，还有一大沓蝌蚪般歪歪扭扭文字的洋文书。他捡到包没有离开，在码头等了大半天终于等来了失主，那是一个金发碧眼的洋人，是多少买办想搭识都没有机会的五金大王。五金大王抽出几张美元给他，他摇头，以为嫌少再加几张，他还是摇头不取。五金大王这才真正领略到了东方式的古风，以后有生意就专门挑发他做。但这些传闻大多都无厘头式的，添油加醋几近假语村言。我从爷爷那里知道，你爹爹刚到上海时还是很吃了一些苦的。凭着早年在绸布店做伙计时练就的看丝的本领，你爹爹在上海最早做的是贩卖生丝茶叶这类小生意，到生意做大，他也做起了来钱更快的贩卖鸦片的生意。这样一个生意蒸蒸日上的商人，又操着一口几乎称得上流利的英语口语，在开埠后的上海天生就是一个做买办的料。

他先是受雇美商旗昌洋行做买办，后来又被上海最大的洋行英国怡和洋行相中延聘为买办。你是一个买办的女儿，但到底何为买办，想来你也不是很清楚吧？买办一词，是葡萄牙人（Comprador）的意译，对，就叫康白度，实际上就是经纪人，是在华外商雇用的居间人和经理人。这群人可了不得，他们是城市的新贵呀，他们有着洋行雇员和独立商人的双重身份，既可以得到外国势力庇护，不受天朝法律的约束，又可以作为外商对华贸易的代言人，代洋行进行购销业务，同中国商人商定价

他跑到宁波城里，在仁成绸布店做起了学徒。

格，订立交易合同，在货物的收付上取得双方的信任，这巨大的空间足可以让他们上下其手，获得巨大利润。买办因积巨资而成一时之富在我们这个时代早已不是一个神话（你爹爹的财富帝国也是这样建立起来的）。但在你爹爹充任怡和洋行代理人的 1851 年，整个中国这样的人加起来我保证不会超过五十人。1851 年也是你爹爹咸鱼翻身的重要年份，泰记钱庄也是这年开张，这一年稍早些的时候，他还花一笔大钱为自己捐了一个候补同知的官衔，四十出头的他那时候就俨然一个红顶商人了。

　　这么说吧，在我做出离开上海投奔太平军的决定之前，你之父，我也待之如父，我之喜怒哀乐，全都牵念于他，我的人生方向，他是最好的楷模。钱庄的大小事体，我都愿意从头学起。他有什么需要，我肯定第一时间出现在他眼前。我爷爷曾告诉我，学得技在身，不怕贼来偷。我还学着大老爷当年去教会学校读洋文，我的英文进展神速，去洋行谈生意他都愿意带上我。我是大老爷忠心耿耿的跟班、小厮，是你随唤随到的仆人。如果不是大老爷做出了把你嫁给那个流氓的决定，我想我会安于这样的小角色，永远尊敬他。但现在，他在我心目中的形象，坍塌了。

2. 大赢家

　　大老爷来到上海的第十个年头，曾经遭遇一次危机，那场危机就像突然涌来的大洪水，差点把他苦心经营的泰记钱庄毁于一旦。那一年你还在宁波郁家巷，靠近月湖边的一个老宅子里，你爹爹在上海经历了什么，他又如何施展手段保住他庞大的产业，把船撑出那片乱石滩的，个中曲折你不可能知晓，那么，且容我细细道来。

你是大老爷的独女，是他的掌上明珠，你到上海的这五六年里，从一个土里土气的小姑娘长成了闻名沪上的时髦女郎，这全都是因为他铁了心要把你塑造成一个沪上名媛。他从教会学校雇洋人教你英语，为你请最好的钢琴教师和骑术教师。别人家和你一样大的女儿都裹了一双小脚歪歪扭扭走路，你在乡野无拘无束惯了不愿裹，他也由你去，那个教钢琴的英国老太太总要求你坐下弹琴的时候保持绸缎衣裙不起褶子，还拿来一个搭配着羽毛和珍珠做成的头饰要你戴上去参加晚会，你恶作剧把老太太给气跑了，他也没责怪你。我毫不怀疑你就是要月亮上的桂花树他也会造架梯子给你取下来。在你面前，他是一个对女儿溺爱得过头的爹爹。你没看到的一面，他一发狠上海滩都要震几下呢。这么多年跟着大老爷，他对我们说得最多的一句话是，做一个成功的买办，要有狮虎扑食一样的凶猛，也要有狐狸一样的狡诈。

那一场差点让他的事业遭受灭顶之灾的动乱，发生在1853年秋天，那时我刚到上海做学徒不久，还在学怎样验银钱。那一年9月8日凌晨3时许，一天中最黑暗的时分，上海老城厢的许多居民被猛烈的枪声惊醒。枪声混合着杂沓的奔跑声，久久没有平息，火把映照着放大的人影在弄堂墙上晃动。后来我们才得知，当我们还沉浸于梦乡时，一个叫刘丽川的广东人率领三合会（秘密帮会洪门下面的一个组织，又称"小刀会"）的乌合之众已经占领了各个城门。天亮前，起义军包围了衙门及官员私邸。上海知县袁祖德和一个随从在骚乱中被乱枪射杀。不远处的道台衙门也遭到了冲击，库存的银两被抢，苏松太兵备道吴健彰被生擒。

可是那天夜里我们都睡得死沉死沉的，我们一点也没有觉察到这个城市已经在夜色下的掩护下换了主人。这其实也怨不得我们，泰记钱庄位于东门外永安街，离老城厢的中心还隔着好大一片距离呢。9 月天气雷雨多，即使有人听到了炒豆般的枪声，说不定也会当作雷声呢。

天明即起，扫除庭院，是我刚到上海时你爹爹教诲我的。我总是泰记里起得最早的一个，起床后我的第一件事就是去洋点心铺去取定制的面包、牛奶和咖啡。但那天一出门我就觉得不对劲，天色刚放亮，大街上影影绰绰的都是人，有几处房子刚扑灭火势，还冒着一股股黑烟。放眼望去，城头上的黄龙旗不见了，取而代之的是黄、青、红、黑、白五色旗帜，后来我才知道是小刀会的旗帜。再往前走，街上头裹红巾、身披红绫的人越来越多，这些小刀会的会众在几个要紧的街衢贴出告示，大意是宣布鞑子已被驱逐，上海县城已经光复，要城内外士民各安生业云云。一个行贩大爷见我还冒冒失失地往前走，一把拉住我说：后生仔不要命了？前面都是刘大帅的兵！我问他到底发生什么事了，他说，三合会造反了，袁知县被杀了，兵备道吴大人都被捉了，城里乱得很呢，赶紧回家吧！

唬得我点心铺子也不敢去了，赶紧顺着墙根跑回来。这时大老爷已经起床了，在天井里打拳，我慌里慌张冲到他面前说："大老爷，不好啦！长毛占了上海城啦！"

"长毛远在南京，怎么可能一夜之间把上海给占了？"

他这一问，我才知道情急之下说错了，刚才街头看到的那拨人不是让人谈之色变的长毛，而是刘丽川小刀会的人。

这时管家也闻讯赶来了，提醒说，这个刘丽川，大老爷你肯定是见过几次的，此人好像在好几个洋行做过买办，好端端一个生意场中人，竟然是一个秘密会党头目，真是没想到！

大老爷沉吟了一会，问："兵备道吴健彰吴大人情况怎样？"

我说："听说被小刀会的人给关起来了。"

管家把嘴凑近他耳朵说了几句什么，大老爷哦了一声，说："看来我这个老朋友一时半刻还死不了，现在，我们来想想钱庄里那么多银子怎么办吧。泰记距老城厢不远，要是他们真打过来了，这银子肯定保不住，眼下急务是赶紧找个稳妥的地方，把银子和值钱的东西藏起来。"

他吩咐管家，今天早上钱庄就不要开门了，探探风向再说。管家说，钱庄已经准点开门，大堂已经有人在候着取钱了，要不要让他们都离开？大老爷说，钱庄的信用啥时候都不能丢，已经进来的客户赶紧取钱走人，外面的客户别再放进来了。我赶紧又跑去大堂传话。

在大老爷指挥下，一大早，泰记钱庄就如同一只上了发条的钟急速转了起来。内堂里，一些可靠的杂役忙着套车，装箱。装着银子和字画珍玩的十来个大木箱齐崭崭地排在了天井里，全都用绳索捆紧了。一切安排停当准备发车了，大老爷又命我们把箱子里的东西全都取出来，换成装运茶叶的简陋的木箱。

钱庄后门打开，几辆大车鱼贯而出，向着租界的方向行去。车子跑远了，我回头看泰记钱庄的方向，那儿前来取钱的人还围得密密麻麻的。一小队三合会的士兵迎面而过，看行进方向，他们是奔着钱庄而去。

一路有惊无险，我们的车队平安抵达租界内的界路（注：即今河南路），我这才知道，这里是大老爷早就备下的一处新银号，还未正式启用。大老爷下车亲自指挥着伙计们把箱子运入内堂，又让人在门口挂上了"永熙洋行"的牌子。

那个像撵老鼠一样把我们赶出老城厢的刘丽川刘大帅大抵是什么人哪，我没见过，不好妄猜，当然更不好去问大老爷。我有一个在教堂做事的朋友，他后来告诉我说，有一个叫罗孝全的美国浸信会传教士，在动乱发生后数日曾经拜访自称"太平天国特派招抚大元帅"的小刀会首领刘丽川，据称受到了友好接待。这位传教士很早就从家乡田纳西州来中国传教了，在上海有不少信徒，说起来天王洪秀全的基督教义就来自他的传授。我的朋友就是听了此人的一场布道后入教的。根据我朋友的描述，罗神父见过的刘丽川三十四岁的样子，像大多数广东人一样，身材很小，经常抽鸦片烟，长着一副老枪面孔，说话时的态度很和蔼，不像叛军首领，倒像是一个不得志的书生。但罗神父坚持认为，这个自称大元帅的家伙与南京的太平军是否真有联系实在大可怀疑，说不定是扯大旗作虎皮，带着手下一帮喽啰想趁乱发个财。

我们搬到租界的第二天傍晚，一个美国人登门拜访了大老爷。来人自称是裴德福洋行的柏泽斯，受旗昌洋行经理兼美国驻上海副领事金能亨的特别指派来与他商量营救道台大人吴健彰一事。

当时因事出紧急秘密转移钱庄里的银子，官府和在上海的各大洋行并不知晓泰记的所有家当都转移到了租界，美国领事馆竟能如此迅速地找过来，这让大老爷对美国人的消息之灵通大为吃惊。

来人把吴健彰目前的情形作了大致介绍：由于美国领事金能亨先生出面求情，道台大人和他的家眷刻下性命无虞，叛军首领刘丽川答应念在同为广东香山县人的面子上，又都做过洋行买办，没有下令杀他，只是把他关到了道台衙门后面的一个放什物的小院里，小刀会的人好多是广东人和福建人，也没有太过为难他。

大老爷当然明白美国领事馆为什么要这么急迫营救吴健彰。吴健彰是旗昌洋行的买办和股东，他能当上上海道台，背后少不了美国人的扶持。在群狼环伺的上海，各国都在争自己的利益，亲美的吴健彰在这个位置上，对美国人当然最为有利。

和大老爷出身贫寒不同，被一些熟悉的朋友亲热地称呼为吴爽官的吴健彰来自广东香山一个很有势力的大家族，这一家族在鸦片战争前是当地垄断对外贸易的几家大商行之一。吴健彰到上海是比大老爷早一年的 1842 年。大老爷初到上海时只是一个来自东部沿海小镇的小商人，要在鱼龙混杂的上海滩立足，其中的艰辛真是三天三夜也说不完，吴健彰则靠着家中有钱早早捐纳了功名，以一名候补道台的身份来到上海的。出身不同，连做的梦都会不一样哩，当大老爷还是个小商人每天计算丝茶差价和每一笔生意的毛利时，吴健彰早就把上海看作了他的囊中之物。他眼高于顶，看不起那些以精明自诩的"夷务专家"，包括历任道台，在他看来，那些掌握着这个城市权力的达官贵人不过是一帮智力有缺陷的庸人，任何事情在他们手上总是越办越糟。一个候补道员能有什么破事儿呢，广东家中的浮财又可供他挥霍、结交，他竟日袖手闲荡，钻弄堂、吃花酒。但他的政治野心终究藏不住，和他来往密切的洋商们早就看出来了。一个叫罗伯逊的英国商人在写给总领事阿礼国的一封信中说：爽官是广东前公行商人，拥有巨大的财产，来到上海后闲荡了较长一段时间，显然，此人盯上了未来道台的职位。

但最初几年里吴健彰在官场混得不怎么走运，在历来讲究出身的帝国官场，一个官员能不能顺利晋升，跟他是不是科举正途出身大有关系，吴健彰的官职是捐纳得来的候补道台，常常成为他的同僚和政敌们的一个笑柄。他们还暗中取笑他鸟语一般可笑的广东口音，取笑他大字都不识几箩筐，连官话都不会讲。但他们也不得不承认此人英语讲得不错，比那种俗称的洋泾浜英语要好得多。"大概吴道台对外国人说英语要比对他的上司说官话要多得多。"明着听是夸奖他英语好，暗底下还是中伤他不通世务。

这样一个权力欲望炽盛的人许多年不得出山，眼巴巴地看着一些智商低得多的家伙在权力的跑马场上轮流坐庄，他的内心肯定会生出无数愤怒、嫉恨的小虫子。1851年初，吴健彰有过短暂的时来运转，原来的道台咸龄因处理一桩外交事件不力被免职，新道台又还没到任，朝廷命他暂署上海道台一职。但好景不长，他掌握上海权力的时间只有短短的两个月，一个叫麟桂的满人就从宁绍台道转任上海道，做了他的新上司。尽管两个月的时间屁股都来不及坐热，但已经足够让上海滩的洋商和买办们领教这个署理道台的精明、固执，还有他的广东帮立场。吴健彰通过洋行的关系，委托一些广东籍的商人朋友进行了几桩生意投资，很快，银子源源不断地流向了他的口袋。他还把许多广东老乡安插在道台衙门的重要职位上。甚至他的数百名卫兵，据说也是直接从广东招募来的。吴道台成了在上海的广东集团名正言顺的领袖。英国的贸易主管甚至抱怨说，如果不采取措施的话，上海就快要变成广州了。他那样张狂的行事做派，外国人不开心，大老爷这样的江浙系买办更不开心。

说起来上海道台是个肥缺，实际上坐在这个位置上天天都要战战兢兢，上海比不得内地，在这里说不定哪件事没处理好就要挨处分丢职。这实在是因为上海的外国人越来越多，华洋混杂，夷情复杂，而这些地方行政长官又缺少办理外交事务的经验与才干，每与洋人交接就显得又傻又天真。他的前上司麟桂在上海道的位置上一年都没干到，就因为一桩与法国人的土地纠纷事件在年底丢了官，等到实缺终于稳稳地落到了吴健彰头上，他没想到，和他穿一条裤子的广东人又差点要了他的命。

看守吴大人的卫兵以前在道台衙门当过差，念着故主旧情，把求救信带给了美国领事金能亨。吴健彰明白，这几年与华商积怨太深，只有美国人能救他。毕竟自己还是旗昌洋行的股东，领事先生这几年也没少受他的好处。

大老爷答应参与援救吴健彰。他和柏泽斯商量后，决定当晚就动手。

柏泽斯把营救计划报请了美国副领事金能亨，金能亨派了旗昌洋行两个人过来做帮手。这两个人对上海旧城厢的地势不熟悉，多去了反而碍手，大老爷让他们和柏泽斯带梯子在城墙外接应，另派了我和两个伙计，带了绳子和刀具潜入城中实施救援。小刀会刚接手旧城，防守疏松，我们两个轻松混入旧城，在已经买通的看守接引下进入道台衙门后面的什物间找到了吴健彰。我们给吴道台化了妆，把他打扮成一个乞丐，又给了他一把破伞用来遮脸，把他带到城墙下。我给了吴健彰一根绳子，要他绑在腰里，上面接应的人会把他拉上去。吴健彰开始拒绝这样做，认为这有损堂堂正四品级的道台的脸面，但最后他在面子和性命之间还是选择了后者，乖乖把绳子绑在了腰间。等候在外面的柏泽斯等人赶紧架起了梯子让吴道台下来。不远处，大老爷早就带着一顶空轿子候着了，一待吴健彰下了城墙就把他抬到租界内的新银号。

设宴压惊时，我注意到吴大人的手颤抖得连酒杯都端不住。他一迭声地感谢憩堂兄急义救难，惨白的汽灯照得吴健彰的脸像地狱里刚出来的无常一样狰狞，的确，他刚从鬼门关转了一圈出来，眼下还惊魂未定。压惊宴还没结束，美国领事馆就已经派人来接了，临上车时，吴健彰握着大老爷的手一直摇啊摇，好像不这样不足以表达他的感激之情，他咝咝地吸着冷气就像蛇吐着信子，不住地说着老子要砍了他一定砍了他，吴道台咬牙切齿说的那个他，如果我猜得没错的话就是他的广东老乡刘丽川。

吴健彰在美国领事馆躲了几天，其间，在金能亨的通融下，刘丽川把暂扣在旧城厢里的他的家眷们也送出了城，几天后，吴健彰把家眷托英国邮船"玛丽伍特"号送回了广东香山老家。大老爷听到这个消息，就知道此人要抡起胳膊大干一场了。他说等着看好戏吧，这个人心狠着呢。

果然做完了这一切后，这个已经下台的官员自行离开美国领事馆，脱离美国人的保护，重新出现在他的部下们面前。他宣布，自己仍然是朝廷钦命的苏松太兵备道和江海关监督，他要与刘丽川好好干上一场。

消息传到旧城厢刘丽川那里，刘大帅气坏了，他通告英、法、葡、俄、普鲁士等各国驻沪领事："入城之初，我的士兵要杀吴健彰，我命令不伤害他和他的家属，后来，金能亨领事向我求情，允许他返回老家，我就派兵护送他走，南京方面还为此责备我，为什么美国人要帮助满清匪盗呢？"他还愤怒谴责金能亨为吴健彰提供了一艘武装船，要求各国立刻停止出售军火给吴鼠辈。

从9月底起，从各路调集而来的政府军就来上海戡乱了。协助吴健彰指挥各路人马的是一个叫吉尔杭阿的满人，他的职务是江苏省署理按察使。许多装着大炮的木船停泊在黄浦江上，县城的东面城墙和大小东门都在炮火的射程之内。河上的船一条接一条，长达一海里。沿着苏州河直到县城西面城墙，政府军扎下大营，挖了战壕，密集的阵势连一只鸟都飞不过去。但在看热闹的外国人看来，政府军虽然"像蜜蜂一样多"，"但不如蜜蜂那样忙得有用"。在这场收复上海旧城的战斗中，倒是大老爷的才干让中外人士刮目相看，他的任务是帮助后来升任巡抚的吉尔杭阿督办军需，并在被围困的上海旧城外构筑一道泥城，切断对方的军需供应。

发生过几次小规模的冲突，也有几场较残酷的战斗。更多时候，双方互射大炮，火箭像流星一般哧哧地在天空中飞。这样也好，起码要比长矛刺进胸膛的噗噗声听着不那么惊心。但县城和租界地面，还是有好多房屋被打烂了，流弹把城里好多树林的叶子都打光了。看起来是政府军的实力强得多，但要拿下县城看来也不是一朝一夕的事。围城快一年后，双方都有些厌倦了，于是出现了这样可笑的一幕：小刀会的人站在城墙上，把他们缴获的战利品绸缎、布匹和古玩等用绳子绑得紧紧的放下来，城下的政府军则三三两两聚在一起，观看了货物的成色后再与上面讨价还价。后来我看到，一个叫蒙太尔多的英国画家把这一场景用速写记录了下来，不无揶揄地说"生意照常"。看来战争也不能阻止某些人从中捞好处。

1855 年 2 月，吴健彰终于在外国人的援助下夺回了这座城市，在离开道台衙门整整一年半后，回到了他阔别已久的道署衙门。

也有人希望上海一直这么乱下去，譬如各国商船的船主们。吴大人的道台衙门遭到冲击，他对上海失去控制之初，外国船

城墙上的人把他们缴获的绸缎、布匹和古玩等用绳子绑得紧紧的放下来，看来战争也不能阻止某些人从中捞好处。

只进出上海港都不再向中方缴纳关税，而只缴与本国领事馆，上海几乎成了个不收进出口税的自由港。他们多希望上海一直是这样的自由天堂。

吴健彰刚出来重新工作的时候，为了争取各国支持，对这些外国商船也就睁一眼闭一眼，眼看战事一直拖着结束不了，而军费开支越来越大，他要求英法等国返还所收税款，并提出在租界重建海关。美国人还好说话，英国人和法国人却说"须俟清军收复上海县城，阁下到江海关视事之日"，一口拒绝了他。既然陆地上不行，吴健彰只好把眼光投向水面上，他安排了两只兵舰"羚羊"号和"羊神"号停泊在租界对面的浦东江面上，作为征收关税的浮动海关，却被英国兵舰驱赶到了苏州河里。这样一来美国人也不肯歇了，既然英法等其他国的船只可以不缴海关税，那么美国商船也无须出具海关结关证明。

等吴健彰重新坐进明镜高悬匾额下的大堂，这个城市也重新安静下来了，但吴健彰悲哀地发现，他的道台衙门已今非昔比，他这个道台的权力被大大稀释了，管理的地盘也缩水了。他不得不承认，这个城市已不是一年半前那个城市，也可以这么说，这个城市一下子变成了三个城市：英国租界、法国租界和中国城。

就是从那时候起，上海真正成了一个到处出没着冒险家身影的自由港。

这个城市很快就要不再属于他。这个广东人执政时树下的仇敌太多，秋后算总账的时候终于到了，政敌们控告他犯有以下两项重罪，一是养贼，与叛军暗通款曲，二是通夷，侵吞海关税款，中饱私囊，与外国人进行投机买卖。这两项指控都有确凿的证据。吴健彰灰溜溜地被传唤到苏州，向驻守在那里的总督大人在规定的时间和地点交代所有罪行。他无力为自己洗刷罪名，经会审，被判流放新疆。

最后关头，吴大人要感谢他老家巨大的财富。靠着贿赂高层官员，以及捐献大把的金钱和军需品给政府，他得以保留候补道台的官衔继续留在上海，没有把命断送在荒凉的西部沙漠。迟至1880年，据说他还在世。

大老爷不露声色，却是最大的赢家，克复上海城后，大老爷以军功颁赐荷包，奉上谕以道员选用。不久，又一道上谕加他盐运使衔。秋天，我陪他回了一趟宁波。大老爷这次回宁波，一是把你的祖母苏太夫人送回来，太夫人在上海一直住不惯，嫌住在小洋楼不接地气，嫌吃不到新鲜的小海鲜，早就想搬回宁波住，正好月湖边上给太夫人养老的崇礼堂也建成了，就把她送来了。另外呢，就是把小姐你接到上海去。

于是在离开宁波三年后，我又看到了你，如果我没有记错，这年你应该十五岁。你长高了，变漂亮了，穿着小布褂儿，胸前都鼓鼓的了。去上海前，我在你家做帮佣，那时你就像闲不住的小麻雀，成天在老房子里飞来飞去，还老粘着我，一口一个小羊哥哥，让我陪你玩这玩那。但那次见到你，你变得爱害羞了，你不再叫我，你的眼睛里多了一种让我感到陌生的东西，就是这东西一下子把我们推远了，那是少女的矜持吗？不光对我这样，你和你爹爹，好像也非常生分，成天说不来几句话。在宁波的一段时间，大老爷忙着与当地政商两界应酬交际，在家中大宴宾客，你大都躲在楼上的闺房，连下楼吃饭都很不情愿的样子。我想起我刚从西城桥来到郁家巷那会儿，那年你八岁，甚至更小些，我挑着一担新米做的年糕从河埠头上了岸，在巷子口井栏那儿遇见你，天很冷，下着小雪，你穿着水红色的棉袄，小脸冻得通红，在井栏边和一群女孩踢房子。你们叽叽喳喳围住我，来看我挑着的笋筐里捏成各种动物形状的年糕，那些糯米做的白花花的鱼啊，猪啊，公鸡，让你们兴奋得眼睛放光。你捧着一只米糕做的大元宝在前面跑，喊着，阿姆矣，哥哥送年糕来啦！我现在想起这一幕好像还在眼前呢。

大老爷在家酬酢的当儿，我回了一趟西城桥老家。爷爷已在我去上海的第二年去世了，我爹爹还是那副死乞白赖没出息的样子。上海这几年我没混出什么名堂，眼界却高了许多，看着萧条的乡下破败的老屋我是一刻不想多待了，过了旧历新年我就回到宁波城。行前我在爷爷灵牌前磕了好几个头，想到就是他要我跟着大老爷，我暗暗发誓一定要混出个人样来。

小姐你应该还记得，就是这年春节过后，大老爷带你一起回了上海。于我，你来之前的上海是一座死城，有了你，它才与我性命攸关。

## 3.	"海狼"

年初，我们刚操办完大老爷的五十大寿。他老人家是阴历12月29的生日，照阳历算是已是今年（1860年）2月了。今年是年内春，大老爷生日这天，接连几个红猛太阳后真是春意融融。喜事总爱扎堆儿地来，不久前朝廷刚晋他三品衔，候补江苏督粮道。大老爷沉浮上海滩近二十年，生意遍布东南各省，红顶子再加洋行买办、商界领袖的多重身份，他在上海滩上有着举足轻重的地位，那天的寿宴上，道台、将军、各国驻沪领事、各洋行大班，几乎全上海的头面人物都来了。那天的另外一个好消息是浙江巡抚王有龄带来的，王巡抚挑发给了大老爷一宗大生意做，奏派他督办东南数省的丝茶捐，这真是一个让人眼红的利好消息啊。

但开春以后形势急转直下，先是传来了忠王李秀成的兵马攻陷杭州的消息，不久，江南大营兵溃，小股太平军东进，时常骚扰上海，使得这笔本已到手的生意泡了汤，这让大老爷郁闷了好长一段时间。但他没有多少时间去生闷气了，因为更大的麻烦来了，据传闻，忠王已经准备对上海动手了。

这个消息是现任上海道台吴煦带来的。我清楚地记得那天是 6 月 3 日，忠王打下苏州的第二天。一顶软轿抬着胖乎乎的吴大人，一到永熙洋行门口他像一只皮球一样滚出轿子，他来拜会大老爷，是请他出面联合上海钱业公会，成立一支商团武装保卫这座城市。

凡有要人登门，端茶烧烟的事从来都是我做，不假仆佣之手，大老爷和客人谈话也从不避我。我听到吴大人说，太平军集中兵力第二次击破清军江南大营后，太平天国最高军事会议立即做出了由忠王乘胜东征苏、常，并进图上海的决定，上海一经得手，大军就从上海乘火轮沿江上取，解救被湘军围困的重镇安庆，伪天王洪秀全已经批准了这项作战计划，下达了一个月的作战期限，上海就要大祸临头了，要不了多久，十里洋场就会化为一堆焦土。

吴大人忧心忡忡地说："昨日，苏州陷落，伪忠王李秀成建立苏福省为后方基地，兵锋直指上海，上海一地薛巡抚能指挥的绿营兵力不足四千，洋人又保持中立不肯出兵，上海危矣！"

大老爷说："覆巢之下，岂有完卵，钱业公会理应为保卫上海出钱出力，可是短时间又怎么拉得起一支人马？"

吴煦说："只要憩堂兄你这个财神爷肯出钱，募兵还不容易？

饿鹰已经嗅到腐肉的气息，全都飞来了！那些整日厮混在租界跑马场的各国浪人，那些私运军火的战争贩子们，全都可以为我所用。"

大老爷说："今天我们要会见的美国人华尔，想来也是同一路货色吧，此人真有传说中那样神勇无敌？"

这次他们秘密会见华尔，正是江苏巡抚薛焕的授意，目的是说动这个美国人，组建一支由各国浪人、冒险家组成的军队共同保卫上海。这也是薛巡抚和前两江总督何桂清实行中外联防计划的一部分。

江南大营惨败，两江总督何桂清弃常州不守，一路逃到上海做起了寓公，被朝廷追究责任，革职闲住，刚升任江苏巡抚的薛焕做了短暂一段时间的署理总督，即正式移交给领钦差大臣衔的曾国藩。名义上曾国藩节制江浙五省军务，但他的主要精力还是在安庆一带，所以上海方面的最高指挥官还是薛焕。薛巡抚早年作为江南大营统领向荣的助手参与过对太平军作战，在上海剿杀过小刀会，一向以铁腕手段著称，帝国官场上把他与前总督何桂清、上海道吴煦、买办杨坊看作江浙系的核心人物。这系人马控制着上海、江苏的苏常地区，浙江的杭嘉湖、宁绍地区，都是帝国财赋重地，据说仅是江海关税收加上各种厘卡的税金就达数百万两之巨，早就惹得别的派系的大佬们眼红了。

此番上海危急，薛巡抚请援的折子递上去好久了，朝廷亦已恩准，等了好久，却一路援兵都没到上海，明眼人都知道，曾大人的湘系巴不得看笑话呢。薛巡抚可以指挥的绿营兵力有限，各处布防，早已捉襟见肘，苏南还有小股团练，但至多只是侧翼牵制，现在计划组建这么一支不中不西的军队，也是给逼出来的，之所以让吴煦抓紧此项计划，一是此举日后可为何桂清减轻丢城失地的罪名，甚或东山再起，二是可以阻止湘系势力进入江浙。

大老爷担心，押宝在这个美国佬身上，到时候这个桀骜不驯的家伙不服管制怎么办。

吴大人说，反正上海快完了，赌一把，死马权当活马医吧。

话正说着，伙计来报，门外有两位洋大人求见。

这是华尔第一次来我们洋行，陪同前来的是钱庄的常客，"孔夫子"号的船长谷夫先生，华尔在他手下做一名大副。

因为此前不止一次听谷夫船长夸耀这个来自大洋彼岸的年轻人的勇武，我们都把此人想象得人高马大，初见华尔，让我大感失望。这个美国人长得太瘦小了，他不修边幅的模样更像是一个下等酒馆里的流浪汉。这个舰艇大副兼前海盗，一头笔直而乌黑的头发往左边分梳，两鬓留得很长，几乎盖住半个耳朵，两条粗眉毛横在大而且黑的眼睛上面，差不多连成一条直线，鼻梁笔挺，黑髭下的轮廓分明的嘴巴紧闭着，不轻易开口说话，显得有些阴郁。我尤其注意到了此人的眼睛，明亮而锐利，闪动着野性未驯的光芒。真是一头狼啊，我对此人第一眼的印象就是一头狼。

落座后，吴大人略为介绍目前上海的紧急形势。道台这番话实际上是说给华尔听，借以刺激、撩动此人的好斗之心。

吴煦介绍上海形势时，华尔一对眼珠子骨碌碌地转动着，一直没有说话，好像道台大人说的这些他都不感兴趣。孰料吴煦话音将落，他一开口就对驻防上海的清军绿营大加鞭挞，认为这样一支腐败、贪婪又土拉巴叽的军队根本不是天国将士的对手。他的中国话讲得这么地道还真让人吃惊。"这样一群乡巴佬，四处抢劫还行，上了战场恐怕手抖得连枪子儿都放不出了吧!"他甚至公然嘲笑目前这座城里的最高军事长官薛焕,说此人写得一手漂亮的中国书法是不假,提兵打仗十足一个外行。华尔在"孔夫子"炮艇上干了几个月,为进出上海港的商船护航,这段时间与各地驻防的绿营官兵多有接触,对他们的军纪和战斗力自是很了解,他说的保卫上海不能指望这支军队倒也是实情。吴、杨两人虽然受不了此人的傲慢无礼,但也忍气吞声发作不得。

华尔说:"两位大人,我有一个疑问,占领上海、扼住长江出海口,既可控制住清廷南北漕运的咽喉,又可凭借通商口岸的便利发展与各国贸易,获取各种先进武器和军事物资供应,可谓一石数鸟,这桩怎么算都怎么划得来的买卖,为什么太平天国方面要到今年春天才动手呢?"

吴煦说:"早在 1853 年太平军初占南京时,上海的防务还是相当空虚的,英法等国也还未获得租界,且慑于太平军的威势,普遍持观望态度,当时太平军如果先占苏南、再取上海,应是指日可下。但当时的太平天国上层尽想着早日攻克北京,扫北碰了壁,又为解决天京粮源派兵西征,精锐尽出,无力再行东下,以致贻误了夺取上海的最好战机。1853 年 9 月,本城有小刀会之乱,占据了旧城厢,奉天国年号,三合会头目刘丽川派人分水陆二路联络南京,但不知何故这两封信都没有送到。或许伪天王看不惯小刀会吸鸦片、自称'大明'诸类的行径,故而不派一兵一卒,也有可能南京被江南、江北两座大营紧紧围困,实不能分兵远顾,反正太平军获得上海城的机会一次次地都失去了,这也是天佑我朝吧!太平军镇江守将罗大纲本系天地会会众,和小刀会有极深的渊源,曾在仪征备下皮蓬小艇六百艘,计划顺江突破清水师封锁,突击上海城,但后来随着罗大纲被调离，此事也就不了了之……"

华尔问："为什么你们选中的是我？而不是一个英国人，或者法国人？"

照他的说法，英法两国在上海都有租界，侨民多，生意也多，应该是他们最怕太平军占领上海才对，吴道台应该作速转告薛巡抚，让英国人和法国人帮着守城。

吴煦苦笑道："阁下难道不知道，就在这会儿，英国人和法国人组成的联军正在向北京进发？没准僧王爷布置在大沽要塞的火炮已经吼叫开了！所以从严格意义上说我们和彼两国还是敌对国，我大清怎么可以一边在北方战场和彼等战作一团，一边又屈尊请他们来保护上海？长毛势盛，彼等保持中立也是一时的权宜之计吧，好在额尔金勋爵和葛罗男爵还算通晓事理的，毕竟上海也是他们利益攸关之地嘛，他们答应了，为保护彼国侨民不受侵犯与我们一起协防上海，实不瞒您说，刻下有法军三百人驻扎城隍庙，协防东门和北门，英国九百人协防西门和南门，除此之外还能助上一臂之力的就只有黄浦江上的几艘炮艇了，可是，上海的外围战线如此之长，从西南面的松江到西面的青浦再到西北面的嘉定，这一点点兵力，怎么抵挡得住十万之众的长毛？所以今天我和杨大人一起请阁下前来，我们要倚仗阁下的英勇缔造一支由各国勇武之士组成、清一色装备洋枪洋炮的奇军，一支专门用来对付李秀成的铁拳！您刚才不是说绿营的兄弟们靠不住吗，是的他们军纪败坏我早就听说了，他们一个个痨病鬼似的打不动仗我也知道，我谁也不指望了，就把上海的安危托付给阁下了！"

对吴煦甩过来的这顶高帽子，华尔却不为所动，他问，那我是为英国人和法国人卖命呢还是为你们？吴煦说，我们是为上海而战，也是为皇帝陛下而战。华尔噗地笑了，那是贵国的皇帝呀，告诉我，我这么做有什么好处？吴煦说，结束了叛乱，按军功大小您就可以封官晋爵，得到无数赏赐的金银财帛。华尔说，如果我要一块地，在上面建我自己的一个王国，贵国皇帝也会答应吗？吴煦一时词穷，大老爷接过话说，你是说，也要像英国人法国人一样在上海有你们的租界吧？这个我们以后商量好了可以再订条约。华尔大笑，国与国的事，不是有外交部吗，我才懒得操那个心呢！我们还是干脆点，直接谈钱吧！

就这支尚在谋划中的武装的酬劳，华尔向上海的两位头面人物提出了一个财务计划：招募来的士兵每月支付一百美元，军官每月六百美元。另外，考虑到这支军队的特殊性，除了向导和翻译外，一概不用中国人，另外，这支军队不属于政府军序列，巡抚和道台不得直接指挥，而要通过指挥官华尔本人。所有食品、军需及购买武器弹药所需款项，都由上海的商团和银钱业公会负责筹措。还有最后一项要求让大老爷大吃一惊，即使此人后来提出要娶他女儿也比不上这项要求让他震惊。华尔说，他每打下一个城镇都要有奖金，较小的城镇四到五万美元，至于松江、青浦、嘉定等重要城镇奖金数额要增加到十三到十五万美元。

吴煦和大老爷面面相觑。真是一个无赖呀！可是一想到会谈前薛焕下达给他们的任务，只得在协议上签字。华尔把其中一份协议收好揣入怀中，临走又说：还有一事得预先声明，军火采购一事悉交美商洋行的亨利先生办理，顺便说一声，他是我弟弟，贵国官场腐败和贪污的习气太重，他们只会出头等的价格购买三等的枪弹，我不想冒这个险。

"夷性犬羊！"华尔一走，吴煦就骂。

"你把他比作犬羊，我看他比好多官场上混的都要明事得多。"

"是啊，真是一头狐狸！"吴煦还愤愤着。

"不，那是一匹狼，海狼！"大老爷居然和我一样的看法。

"不管他是狐狸还是海狼，充其量就是炮灰罢了！"

大老爷的心情从来没有这么糟糕过，他不知道今天把这个美国人拖入到上海战事中来对这个城市是祸是福，他更担心的是，此人提出的一大笔薪金、奖赏和军火费要求，再加上英法两军庞大的守城费，都快要把上海掏空了。在钱业摸爬滚打了十多年，眼看着这座城市成为今天洋货百物辐辏的富贵繁华地，他最清楚它还有多少底子经得起折腾。

吴煦见他心事重重的样子，说："我的财神爷，别愁眉不展啦，船到桥头自会直，他要那么多奖金，就让他打下城后自己去抢好了，羊毛出在羊身上嘛！"

谷夫船长没有参加这次秘密会谈，一个人在厅堂里喝茶，他显得闷闷不乐，无聊地逗檐下笼子里的一只鹦鹉说话。要不是支付了他一笔丰厚的佣金，他早就跑到街上找乐子去了。会谈结束，我去安排送他们回去的马车，谷夫好像不急于回船上，他向他的大副半是命令半是讨好地提议，既然上岸了索性玩个痛快，老城厢豫园那边新开了几家妓院，全是从苏州来的嫩货，正好去见识一下。华尔犹豫了一下，同意了。

走到大门口，我听见了我们那匹枣红马由远而近的马蹄声，我知道小姐您去跑马场遛马回来了，怎么早不回晚不回，偏偏是我送这两个瘟生出门的时候？早就听说华尔长着一双色眼，又肯在女人身上下本钱，只要他看上的女人，没有一个能逃脱的。我紧跑上前，想要阻止你进来。但来不及了，枣红马已经风一般冲到大门前，小姐你一勒马缰，那马咴咴地打着响鼻停住了，你轻巧地跳下，后面一个小伙计跑得气喘未定地跟上来，忙不迭地上来接过了马缰绳。你一身洋装，松软的长发上一顶遮阳帽，那俊俏、那麻利劲儿，不仅我看了喉头发紧，就是刚刚走到门口的那两个洋人，也是呆立着半晌作声不得。

过了好一会儿，华尔问谷夫船长："不是说中国女人都缠小脚跑不快吗？怎么这位小姐是一双大脚？还骑着马到处乱跑？"

谷夫大笑："别的上海女人都缠脚，可是这位小姐不一样，她是杨大人的宝贝女儿啊！"

你摘下阔边遮阳帽，很男孩气地顺手捋了一下头发，远远地跟谷夫船长打了个招呼，向着我们站立着的大门前走来。初夏中午的阳光很有热力，你汗津津的额头好像有千万个小太阳，让我有晕眩之感。突然我看到你哦了一声，随即吃惊地捂住嘴，而我身边的那个美国青年也一副刚认出你来的样子，随即哈哈大笑着跨前一步，要给你来个西式的拥抱礼。

我后来才知道，这个让我生厌的华尔，就是半年前非常偶然地把你从劫匪手里救出来的洋舰艇"孔夫子"号上的大副。那段时间，说来不巧，我被大老爷差遣到杭州办事，回来听说这桩险情，真是眼泪都急得流出来了。都怪大老爷太过宠你，商行去苏南一带收购生丝，你缠着要去，他让你扮成伙计居然就放你上路了。这条水路一直不安生，乱兵、土匪都要捞一票，商会的船队去苏南一带，即便雇人护航，也难保不出岔子。果然商船返回上海的途中遇了险，经过王家泾时被劫匪围住了。幸亏有一支护航船队经过，吓走了劫匪，船队才有惊无险回了上海。我后来听船上的一个厨子说，当时情况很糟糕，劫匪们把大船上的货物全都卸到小船上，还要对小姐非礼，当时你都已经被匪徒们抢到他们的平底船上去了，要不是及时赶到的一艘洋人的舰艇开足马力撞上去，你的身体就要被那帮强盗亵渎了。

唉，我真是没有想到，把你从匪徒手里救出来的，居然是这个美国佬。但在我看来，这个浑身每一个毛孔都散发出野蛮气息的家伙，又与强盗何异？我真后悔那天我不在你身边。可是即便我在船上，我能制止匪徒们的暴行吗？万幸的是，他当时一定不知道小姐你是名震上海滩的杨坊的女儿，否则，以我后来对此人的了解，他肯定要狠狠地敲上一笔。

华尔说不陪谷夫船长去豫园那了。一定是与小姐的偶遇，让他改变了主意。谷夫船长只好一个人跑去花街柳巷找乐子，由我负责把华尔送回到"孔夫子"号上。马车驶出界路，顺着大马路向黄浦江边走去，身边是各种各样的喧嚣：沿街小贩的叫卖声、人力车的咔嗒声、轮船汽笛的吼叫声、污脏的河水拍打堤岸的哗哗声。远远地看到了堆满货物的码头，一群光着上身的劳工在卸载东印度公司的船上的货物，从蒸汽机船的大烟囱上飘散的有毒的气体笼罩了整个外滩。

这喧闹的一幕没有让坐在我边上的这个外国人有丝毫的不适，他说，这反倒让他有一种重返童年时代的亲切感，他出生的塞勒姆城，那时候，克劳宁希尔家族控制的码头也是这样一副繁忙杂乱的景象，他曾经有过的一个梦想，就是买下这样一个大码头。

他一改刚来商行时的不苟言笑，突然成了一个饶舌鬼。看得出，他的神经末梢都透着莫名其妙的兴奋劲儿。他问我："陈，你有过女人吗？"对他这近乎挑衅的问话我应该还以颜色，正告他，小姐您就是我的女人。可是害臊使我嗫嚅着，不敢说出这不自量力的话来。他似乎没有注意到我情绪的变化，自顾自地大笑着说：

"不是我自吹，我今年二十八岁，经历过的女人已经远远不止这个数了！在纽约的下等酒馆，在墨西哥干旱得他妈的见鬼的山地间，我的身边从来没有缺少过女人。哦，女人，她们是火焰，是颠簸的大海，时常让我筋疲力尽又脑子空白，可是我还是乐此不疲地从一个床榻走向另一个床榻。有人问我挣那么多钱干什么，我说钱就是在女人身上花的呀。可是我刚才突然觉得了自己的荒唐，用你们中国人的话说，我要洗心革面了，你知道为什么吗，陈？"

我预感到他会说出什么话来。我使劲阻止着，不让这句话从嘴里蹦出来：滚，别靠近这个女人！这时候他如果转过来看我的话，我脸上的肌肉一定扭曲得可怕。

这个自以为是的流氓继续对着我演说："是因为那个女人，骑马的女人！你知道我刚才在商行门口看到她从马背上跳下来时的激动吗？我的心里咔啦一声，就好像一个巨大的冰层突然陷下去现出一个窟窿，我想，啊，糟了，我会不会爱上这个中国姑娘了啊！"

"去死吧！"我在心里诅咒了千千万万遍。如果这时候手里有一杆枪，说不定我真的会对他扣动扳机。

下车时，他让我转告吴道台、杨大人，把答应的银两早日兑现，他马上就会拉起一支队伍来。随后他打了一个榧子，一个漂亮的转身，向停泊在江边的铁壳船走去。跳板晃啊晃，他那并不高大的身子也一晃一晃的，他那副趾高气扬的样子，就好像一手攀着梯子、一手拿着剑，走在一架从天国垂下来的黄金梯子上。

4. 来自塞勒姆的坏小子

那天，我连个告别都没有就离开了你们，你一定生气了吧，大老爷起早找不到我在跟前服侍，肯定气恼了吧？我丝毫不怀疑他会伤心，会气恼。他甚至会骂这么多年养了个白眼狼。大老爷是个慈悲心肠的人，有一年家里养的一只狗老死了，他都流过眼泪呢。骂归骂，他还是会念及我的好。这么多年，他还真是把我当半个儿子来看待。这也让我产生了一种错觉，以为有朝一日我真能接过他的衣钵，他真的会把小姐你嫁给我。

尽管我出身门第太低，但我机敏、能干，像一只狗一样忠诚，钱庄里的好多事儿他都放心让我去打理，如果百年之后他要把小姐托付终身，我实在想不出还有谁比我更合适。这样的美事我做梦都能笑出声来。小姐，我渴望一亲芳泽不是一天两天的事了。我早已经被你征服了，一天不见你就心绪不宁，爱情让我失魂落魄，我总怕自己配不上你。每逢陪你去跑马场的日子，我一大清早就做着准备，想让自己变得英俊些。我穿上定制的西服，熨裤子，擦鞋油，往头发里抹油，连鞋后跟都要擦得发亮。每次陪着你从跑马场回来，我周身汗水湿透。尽管外面是寒冬，我也总要脱下衣服，把头伸到水龙头下去冲洗一通。那些个晚上，我眼睛盯着楼上你窗户的灯光，脑子里翻腾着那些伟大的爱情诗句。我从未向你吐露半句，是因为我恪守做下人的规矩。现在，你我相隔关山万重，我终于可以放言无忌了，如果惹你不快，那么我要祈求你恕我冒犯之罪。

一想到你将为那个肮脏的流浪汉奉上守护了十九年的贞洁

身躯，你骄傲的青春之华还没完全绽放，就要沦为一个人所不齿的鬼妇，我怎不心如刀绞！那个把我爱的人从我身边夺走的家伙到底是个什么人呐，这些天我费心搜罗了华尔来中国前前后后的一些事，它们有的来自先前我与此人的交谈，有的来自忠王帐下一些外国朋友的转述。这些朋友里，一位是叫林德利的英国人，以前是一个海军下级军官，开着一只英国船从上海跑到苏州来采购生丝，一见太平军军容整齐就投在忠王麾下了，还有一位是叫晏玛太的美国神父，巧的是，他也来自马萨诸塞州的塞勒姆城，和华尔是同乡。

　　神父告诉我，塞勒姆城是北方的一个海港城市，华尔出生的房子不远就是这座城中著名的克劳宁希尔码头，码头上总是停泊着许多东印度公司的大商船，邻近的仓库里堆满了从中国运来的丝茶、加尔各答的洋纱、爪哇来的香料以及台湾来的樟脑，大街上、酒馆里到处是浑身散发着海水气味、横着走路的水手们。这个城市一向是海盗和发了大财的船主们的销金窟，他们把刀背上舔血的营生里挣下的钱在这里大把大把花出去，他们酗酒，争抢女人，一句话不合就动刀子打架。暴力在这里从来都是稀松平常的事。华尔的血管里天生流动着的就是暴力的血液。

　　异国风情在那里总是受到异样的追捧。那个时候塞勒姆城的达官贵人家里总是陈列着从欧洲转手买来的中国屏风和瓷器、玉器等小摆设，有的人家还雇有中国仆人和厨师。这座城市每年 7 月 4 日的庆祝活动，总是以举行东方花饰游行开始，游行的队伍以插满了玫瑰、百合、康乃馨等各种鲜花的一辆花车领头，紧跟着花车的是八个人抬的一个肩舆，肩舆里坐着一个当年度选出的塞勒姆城最漂亮的姑娘，用绸缎和各种亮闪闪的珠宝打扮成东方公主的模样。

　　我能想象，当年跟着花车奔跑的人群里，肯定有华尔这样的小赤佬，他追着花车奔跑着，为的是伸手摸一摸花冠公主身上那凉丝丝的中国丝绸。是不是这小子打小就梦想娶到这样一个绢人般的东方公主那我就不知道了。但当他伸出肮脏的手时受到大人们的嘲笑和制止是必然的。有一年，游行的队伍里多了一头庞然大物，那是一头象，是著名的克劳宁希尔家族从印度加尔各答运来的。这头第一次在美国本地上出现的象引起了全城轰动，它巨大的双耳和船橹一般粗的长牙让人们惊叹不已，他们都以为看到的是传说中的史前巨大动物，而那个花车后面的装扮成东方公主的姑娘早遭到了冷遇。

　　凡此种种，过早地催熟了华尔天性中不安分、冒险的因子。他的父亲原先是塞勒姆城的一个船主，后来做船舶掮客的营生，在华尔成年之前，他还拥有一艘十五吨级的单桅快艇"活泼"号。听神父说，华尔还很小的时候，这个急性子的父亲是这样教他的儿子们游泳的，他把华尔和他的弟弟亨利的衣服剥掉，从码头上扔进大海里，然后哈哈大笑着跳下去追他们。到华尔把得动桨了，他就驾船带他出海，教给他驾船的本领，并在暴风雨将要来临时教他如何操纵快艇安然脱险。别的同年龄的孩子还在读中学时，华尔就已能熟练驾驶帆船，成了码头上的一个小老大，手下有了一帮他走到哪就跟到哪的小喽啰。他获得了驾驶那艘单桅快艇的权利，常常满载着和他一样大小的一群孩子开出去。那些码头边长大的孩子都像水老鼠一样善于泅水。开到大海中央他们就故意使劲摇晃船体，直到水快要漫过船舷，看着胆小者吓得哇哇乱叫，他们开心得要死。有的时候华尔还会故意使些恶作剧，让不知情的人们为他担惊受怕。他坐在码头边的栏杆上，故意装作不小心跌入海中，逗引人们狂呼着孩子落水啦下来营救他，而他却在水中悠哉游哉看着码头上自己导演的乱哄哄的一幕。

和海上冒险的兴趣一同发展起来的是他突然有一天爆发的对军旅生活的向往，这念头像夏天池沼里的气泡一样怎么也抑制不住，十五岁那年，夏天，他告诉父亲说要去报考西点军校了。但后来这个计划中途夭折了，因为唯一一个报考名额被议员的侄子、克劳宁希尔家族的人占了去。有将近半年时间他尝够了失望的滋味。正好墨西哥战争爆发了，他觉得机会来了。某日，开往战争前线的马萨诸塞州志愿军第一中队举行出征前的游行，看着士兵们吹着军笛、敲着铜鼓在街上列队前进，他抑制不住地兴奋，和一个同学约了一起逃学，沿着铁路线去追赶开往前线的士兵们。他们背着行囊沿着铁路线向着墨西哥方向走了足足四个多小时，黄昏时被坐火车赶上来的大人们捉住押了回去。

生怕他再离家出走，他父亲决定把这个老不安分的儿子赶往大海了，一个人性子再野也野不过大海吧。就在这次出走事件四个月后，1847 年 4 月，华尔按父亲之命从纽约乘坐飞剪船"汉弥尔顿"号前往中国的香港和广州。船长艾伦是他的姑父，从未出过远门的华尔任二副。第一远洋航行出了一桩意外，这件事我听华尔亲口吹嘘过，说他们的船航行到热带地方正展满帆篷急驶时，他为追逐一只蝴蝶，一只时而在甲板上时而在浪头飞舞的蝴蝶，一脚踏空掉进了大海里，船上的人放下救生艇七手八脚才把他给捞上来。

但过不了多久船上的官长和水手们就发现，那稚气未脱的一面只是一个假象，这个未满十六周岁的臭小子对驾船非常精通，他不仅能根据海风和海潮的洄流准确判别航向，而且驭人的手腕更是高明，下达起指令来一点也不含糊。就在这次首航的中途，华尔出手鞭笞了一个故意不听指挥的水手，并把他吊起来往水里浸。那水手的年龄大他一倍都不止，伸出钵大的拳头都能把船板砸个坑，但挨了鞭打竟然对他服服帖帖了。

那一次，华尔和艾伦船长在中国待了多久、何时经由哪条航线回国都难以确定，但远航归来，华尔身上的稚气脱落殆尽，他已经尝到过远东自由港那令人陶醉的滋味，他不再是个男孩，而是个经历过海上风雨的男人了。

和华尔彼时同处一城的神父大人向我描述彼时华尔的模样：中等个儿，肌肉却结实坚韧，厚重而黝黑的头发像印第安人一样垂在肩上，眼珠子一直转个不停，但不给人眼神游移的感觉，反而是目光炯炯，宽阔的前额、坚挺的鼻梁、巨大的下颚，无一不表明着这个人身上有一股子狠劲。

从 1849 到 1859 的十年间，华尔多半是在充满着惊涛骇浪的海船上度过的，他的航行确切日期只有查阅波士顿、纽约以及旧金山等处海关记录才能知悉。有记录表明，1849 年 12 月，他和父亲一起驾船从纽约出发绕行合恩角驶往加利福尼亚，船上满载的是怀着成为百万富翁的梦想前往该地的淘金者们，据说那里的河床和山区的沙砾含金量特别高。但吸引华尔的肯定不是金钱，而纯粹是冒险的念头，所以这趟航行结束后他去了南美洲。在那里，因起义失败从欧洲逃亡而来的意大利民族解放运动的领袖加里波第（Giuseppe Garibaldi）正在酝酿一场革命，华尔有没有加入他的麾下没有谁能证实，但传闻说他曾在那里从事过短暂的山地游击战。

1851 年年底前华尔回到旧金山。此时中国再度吸引了他的注意力。或许是太平天国夺取整个南方的消息促使他重返中国？神父大人语焉不详。不久，他在一只三桅船上任大副，从旧金山航行到上海，并在停泊在黄浦江上的一只鸦片船上找到了临时工作。如果他在上海一直待到小刀会起义的1853年底，他肯定也不得消停。但不知出于何种原因，他这次在上海停留的时间并不长，1852年他又任一艘悬挂美国国旗的名叫"探金"号的快船的大副，从上海航行到图胡安特皮克——墨西哥南部与危地马拉相接壤地区的一个海湾。

此人在这里有过一段非常不光彩的经历，在墨西哥港，他遇到了臭名昭著的海盗头子威廉·沃克，此人因心狠手辣有一个叫"灰眼讨命鬼"的绰号。那时这个海盗之王正野心勃勃在尼加拉瓜建立一个由美国人控制的独立王国，这个雄伟的计划激起了21岁的年轻人建功立业的浓浓欲火，于是他在尼加拉瓜停留了下来，帮助沃克训练雇佣军。威廉·沃克手下人对他的印象是：长得非常结实，手脚短小，肌肉坚硬似铁，动作总是灵敏而果断，似乎总是一刻不停地在甲板上奔忙。

但他与这个海盗头子只共事了不到一年就离开了，促使他们分道扬镳的原因——据神父大人分析——或许是因为两人都野心勃勃又意志坚强，都是彻头彻尾的利己主义者，谁也不肯妥协。华尔离开那儿几年后，"灰眼讨命鬼"在短短的三四个月内占领了尼加拉瓜的大部分城市和重要港口，建立了以他为总统的"索诺拉共和国"。不久，在地方势力的背叛下临时政府垮台，沃克被悬赏缉拿，不得不逃亡，但这个海盗头子后来再次组军打回尼加拉瓜，进行游击战一直到被捉住。"灰眼讨命鬼"在地球另一端的洪都拉斯遭行刑队处决的时候，华尔已经再一次到中国了。

华尔离开海盗窝后的经历，神父的叙述十分混乱且自相矛盾。说他先去墨西哥逗留了一段时间，做过短暂的土地投机商和墨西哥军队的教官，后来又做过废旧金属出口生意。贩卖废铜烂铁的起因是他在墨西哥遇到了一位叫惠特的勘探家，此人来自美国南方，他向华尔提议，把海中打捞起来的废铜烂铁收集起来转运到纽约出售，可以狠狠地发上一笔，但由于不善经营，这项废铁出口贸易的生意几乎让两人都破了产，华尔穷得回美国的船票都买不起了。他只好用仅有的钱买了一匹马、一头装载行李的骡子，从陆路横穿美洲大陆抵达加利福尼亚南部。当他骑着马出现在加州南部的一个小镇时就像一个走出原始森林的野人一样狼狈不堪，这一路他是如何走过满是雨水的低洼地、干燥的沙漠和陡峻的山脉的，外人无从得知。

1853 年底，他担任"西进"号快艇的大副，从旧金山绕行合恩角来到纽约。第二年他改任另一艘快艇"东方"号的大副再度出海前往印度。快到加尔各答时遇到飓风，惊慌失措的水手不肯到顶上把帆篷取下，船随时都可能在风浪中倾覆，华尔冲到火药房抱起一只火药桶，他一手执着火把，一手抱着撬掉桶盖的火药桶冲到甲板上，大声喊，如果有哪个不听命令，就把船炸了，大家同归于尽！船员们吓愣了，乖乖地爬上桅顶把多余的帆篷取下，船安然驶进港口时，水手们高高地把他抛起，欢呼着"华尔华尔"。年底，他任快艇"黑战士"号大副航行到香港。但在这年冬天"黑战士"号远航归来后，美国商船纪录上再也不见他的名字，这个冒险家的海上生涯好像突然结束了。

从 1854 年底到 1859 年去中国，他的行踪不明。那些年他父亲在纽约开了一个船舶中介事务所，他有时就住在那里。接下来几年，有人说他参加过克里米亚战争，担任法国陆军中尉，但不知道是否确切。传言说战争还没结束他就与上级闹翻，辞职不干了。这个"被撤职的军官"回到纽约仍然和他父亲待在一起。事务所里枯燥的生活让他度日如年，他渴望去冒险，如饥似渴地盼望战争。终于有一天他做出了一个疯狂的举动，他买来一匹马，连向家人告别一声都没有就向西疾驰而去，他说目的地是旧金山或者上海。对此人的荒唐行径，神父也觉得不可理喻，他说：这真是一个奇谈，这个冒险家为什么就没想到坐火车去呢，要知道五十年代的最后几年铁路早已经越过密西西比河了。不过向着落日的方向策马西去，然后再换乘远洋航轮去陌生的土地上迎接不可避免的命运，也不失为一桩有意思的事吧。神父这样解释说。

华尔最近的一次来上海，是和他弟弟亨利一起出发的。1859 年秋天启程，1860 年 1 月 19 日到达香港，在那儿经短暂逗留后，兄弟俩于同年 4 月 20 日抵达上海。这时候他们的积蓄早花光了，同许多冒险家一样，他们都是穷得叮当乱响着踏入上海地界的。

自开埠以来，尤其是小刀会被赶出去后短短的几年间，上海已成为南方最肥沃地区的货物集散地，密布的河网上穿梭的商船就像上海这个巨人的血管里流动的鲜血。这给了兄弟俩就业的机会，亨利进入一家商行，华尔则在培尔洋行主有的一艘内河小火轮上暂时栖身。不久，他跳槽到一艘美国人造的炮艇"孔夫子"号上担任大副，该舰航行在内河各个码头，为进出上海的商船提供武装护航。

这就是这个美国人来到上海前的大致经历，他的每一个毛孔里都透着危险的气息。他已经引起了上海地面上一些有权势的人的注意，尤其是薛巡抚、吴道台这些地方政要。他们可能还不知道，这个小个子的美国人还有着一个在这里建立独立王国的野心。他的吹嘘美丽得如同一个童话，说什么十六岁那年为了追逐一只蝴蝶从甲板落进了大海，但骨子里还是新英格兰式的粗粝、荒凉与血腥。上海，就是他追逐的那只斑斓的大蝴蝶，他看中的是这里的金钱和女人。小姐你在他眼里也是一只蝴蝶。但就算这家伙像爆竹一样蹿上黄浦江的上空，我也要把他给射下来。等着吧，会有那么一天。

第二章

泥泞中的大军

樟梅卿卿如晤：

请原谅我这样称呼你。尽管我从来没有这样当面叫你，但那一声卿卿，曾在我舌尖上翻滚过千千万万遍。我计算过，我在此地发出的信，从钤上火漆交给邮差到你打开它们，需要一个月时间，这段时间不长不短，正好可以让我保持对你的思念，又不被对你的思念折磨得发疯。

太平光景里，从苏州到上海的信件，七日就够，但战争一触即发，一切都变得不可预计了。

战争让这个夏天变得迟缓，好像一条停滞不再流动的臭水沟。每天我潜在这条黑暗河流的深处，不知何处靠岸。小姐，你是前面唯一的光亮，我就像刚从鱼卵变出身体的小鱼游向你。

苏州克复月余，周边偶有动荡，那都是小股团练，受了清妖的蛊惑企图反水，对那些擒获的叛乱分子，忠王的命令是杀无赦。城里每天都在杀人，尸体堆积如山，都是就近挖个坑掩埋了事。消毒用的生石灰都不敷用了。到处都飞舞着吸食了死人血的蚊蝇。疟疾在一日日蔓延。昨天，我们在校场上处决了一批人犯。其中有一个还是回籍守制的朝廷官员，听说是都察院的一个御使，他把自己的舌头嚼得稀巴烂，把满口血沫吐向行刑的刽子手，那颗头颅被挥刀砍下后滚得老远，牙齿还咬得嘎巴响，听得人头皮一阵阵发麻。我还没有动手杀过人，这种行刑的场合我顶多跟着伍长去做个监斩官。对了，我现在是忠王的卫队成员，忠王用我所长，有时他会见洋人还让我做通事。

第一次去校场监斩，我把泛上来的一口腥气硬生生咽了回去，一整天都头重脚轻吃不下东西，人竟然可以用这样一种极端残暴的方式剥夺另外一些人的生命，这实在让我震惊，但伍长告诉我说，我天国将士正在各处浴血奋战，每一天都有好多兄弟惨死在清妖和洋人的枪口之下，对敌人的姑息就是对天国事业的犯罪。我担心长久这样下去，我的心会变得像石头一样坚硬。

对小姐你的思念，是防止让心石化的一剂良药。听说过这两句诗吗，"绿兮衣兮，绿衣黄里"，"绿兮衣兮，绿衣黄裳"，小时候跟着爷爷念《诗经》里的这两句，懵懂不解其意，现在我明白了，它说的就是对心爱之人的思念呵。还记得那年春天，你最喜欢后来又到处找不着的那件绿色小花衫吗？我现在向你坦白，是我偷偷拿走了晾在窗口的这件花衫。那天，越来越强烈的思念使我再也管束不住自己。不怕你笑话，我一直珍藏它直到今天，许多个夜晚，我抚摸着它，就像抚摸你的身体，我使劲儿嗅着它，就好像从它的纤维织体里闻到了你芬芳的体香，并在黑暗中做下许多难言的罪恶。啊，求主饶恕我！也求你原谅我这个疯子、小偷、爱情犯吧。

昨天接到青浦守将周文嘉的急报，他们遭到了联军和华尔洋枪队的猛烈进攻。那个美国流氓的胃口大得很啊，他现在俨然是上海的守护神了，要在这里发上大大一笔财了。但他的美梦做不了多久了。忠王已命点起三千精锐轻骑，火速驰援青浦。明天，我就要跟随忠王亲率的精锐骑兵杀奔青浦了。

晏玛太神父跟我说，这场战争是一把大镰刀，战争结束后，我们中的许多人都要被这把大镰刀收割走。我没有他那么悲观，看着吧，上海指日可下，我们都会活到天国旗帜插上城头这一天，你就做好在城门口迎接我的准备吧。

七月流火真是一点儿不假，这一年中最燠热的时候，最难将息，好在听着营房外的打更声，我还有你可以倾诉。夜渐深，蚊蚋低飞，越聚越多，绕着我给你写信的灯下，把纸灯罩撞出铮铮的声响。我的大腿上都拍出好几摊殷红的血迹了。每拍一下，我都叫一声华尔，就好像那小子真的毙命在我掌下了。

没有人拿刀子逼我去想你，思念你是我的宿命。你是我身体里的碎片，排不出，取不下。思念让我感到痛，这痛，让我知道，我，还活着。

陈小羊

1.当兵打仗挣银子

那次秘密会谈后不久，杨坊开出一张一百万银两的银票，由吴道台做中人交给了华尔，让他去招兵买马。好些天过去了，都不见有啥动静，他们都急了，怕这个洋鬼子卷款跑路了，派人四处打探华尔下落。终于有消息来报，在上海城西二十里外一个叫广富林的泥泞不堪的村庄里，华尔办起了他的训练营。

"真有他的，把营地设在这样一个鸟不拉屎的地方！"吴大人一进门就呵呵地笑着，看来心情很不错。

杨坊担心广富林离上海城太远，要投军的连个地儿都找不着。

吴大人说：这个不必担心，有钱能使鬼推磨，听说那美国佬把饷银开得很高，自然会有人来效命，我敢保证，这会儿通往广富林的路上，一定是鸡飞狗跳，连稻田里的黄鼠狼都吓得到处乱窜了，各国在上海的流浪汉、酒鬼、冒险家们，只要摸过枪的，都在往这个村子奔了。

吴煦这话一点不差，一听说这支军队除了优厚的饷银，每攻下一城还有劫掠的机会，连停留在黄浦江上英、法、美等国军舰上的一些水手也成批开了小差，跳槽过来了。华尔挑选了法尔思德（Edward Forrester）和白齐文（Henry Andres Burgevine）两个美国人做训练营的助手。法尔思德是来自缅因州的一个捕鲸人，在墨西哥时就是他的老部下，来上海后在一家商行做翻译，嗜好杯中物又爱说大话的白齐文来自北卡罗来纳州，是拿破仑部下一名军官的儿子，这两人和他一样，身上都流着冒险家不安分的血液。

几乎变戏法一样，广富林这地方一下子冒出了一支三百多的人马。

战争的舞台已经布置就绪，杀气腾腾的大戏马上就要开演了。6月23日，太平天国忠王部将陆顺德自昆山进克嘉定县城，7月1日，攻克松江府城，与此同时，另一支太平军赖文光部（属英王陈玉成）也攻克青浦县城，再加上此前忠王部下大将陈坤书、陈炳文攻克嘉兴府，太平军已对上海形成合围之势。形势紧迫，在广富林养着这伙乌合之众又费用惊人，薛巡抚也不管他们训练才三个星期，连服饰都没统一，就要吴煦命令华尔火速采取行动，阻敌于外围。华尔邀功心切，并不把陆顺德部这支偏师当回事，就拿陆部控制的松江下手了。

华尔来到上海的第一次军事冒险行动就这样仓促开始了，惨败几乎在意料之中。

子时刚过，趁着浓重的夜色掩护，四艘小火轮突突地冒着黑烟，载着华尔的三百余人马沿江而上。在距松江城十余里的地方他们下了船，而后穿过田野，步行到城墙根下。华尔的计划是在黎明前发动袭击，用云梯攀登四丈高的城垒打开城门。但这群临时拼凑起来的士兵像去参加郊游一般，带去了许多美酒，在等待发动攻击的当儿，他们痛饮、唱歌、吵嘴打架，连城墙上打瞌睡的哨兵都可以听到他们可笑的喧嚣。天国将士们不动声色，他们暗暗聚集到了雉堞上，像听一场大戏一样听下面洋腔洋调的歌唱与咒骂。

天微微亮了，等到云梯竖起，那些醉鬼们汹涌而上时，他们遇到了猛烈的火力扫射，城墙上还扔下了大量土榴弹，这种爆炸时散发出浓烟和动物粪便恶臭气味的土制炸弹又叫"臭瓦罐"，把他们炸得哇哇乱叫。不到十分钟，战斗戏剧性地结束了，华尔带去的三百多人中有九十多名被击毙，他们就倒在天亮前喝酒唱歌的地方，一百余人受伤，剩下的拖着伤员狼狈逃回到了小火轮上。

败退回到上海的华尔，像一头暴怒的狮子一样跑来永熙洋行，不经通报就闯进来，拉上大老爷直奔道台衙门。他认为这次惨败，关键原因在于他还没有把士兵们训练好，那些自恃出钱养着这支军队的大佬们就催他仓促进攻了。他逼着道台大人写下不干涉他的作战策略的书面保证，这让吴煦气得直瞪眼，但华尔一威胁撂挑子不干，他也只得乖乖就范了。

"这也太不像话了！我们出钱供奉他，他还真以为是我祖宗了！"华尔前脚刚走，铁青着脸的吴大人就摔了一个杯子。

"我看他也是个银样镴枪头，关键时候硬不起来。一想到我们银钱公会的银子水一样泼出去，真是割我肉啊！"大老爷说着捶起了胸口，好像真的疼得厉害，"此人如此桀骜不驯，是不是得给他安个嘴笼子？"

吴煦说："钱是他的魂，牵在我们这头，谅这洋猴也翻不出如来佛的手掌心！"

他们终于商议出一个办法控制华尔，吴道台任洋枪队的统带，负责军情下达，是这支军队名义上的最高长官，华尔和大老爷都是副统带，前者负责军事行动，后者负责后勤供给及款项筹集。

吴道台提出："应该在华尔身边安排一个我们的眼线，这样一来，他的所有军事行动我们都可以及时掌握。"

"这自然最好不过，可是有这样的人选吗？"

他们俩一齐把目光投向在边上的我。我慌了神，让我去洋枪队天天跟那帮流氓和酒鬼厮混，那可真是倒了八辈子霉了。

两人相视哈哈大笑，全然不顾我的感受，吴道台说："陈小羊的洋文说得滚瓜烂熟，人又机灵，做个联络官最好不过，这事就这么定了。"

这次仓促进攻导致的失败成了在上海的外国人的笑料，落毛的凤凰不如鸡，华尔再也不说那种牛皮哄哄的浑话了，什么一个美国人或者欧洲人作战时可抵一百个该死的中国人之类的。回到上海的头两天里，他把惊魂未定的新兵们全部给资遣散，只留下法尔思德和白齐人两人，许以少校衔名继续任用。他说他不想带着一支已经留下心理阴影的军队再上前线。他要重建一支充满杀伐之气的新军队。

华尔这次新招募的雇佣军加入了许多菲律宾水手，这些小个子的水手善使弯刀和斧头，彪悍无比，在上海码头上向来成群结帮，以不要命著称，本地人只要一说起马尼拉人就为之色变。经过层层考核，一个叫马考奈亚（Macanaya）的菲律宾人成了华尔最亲信的副官，此人为他招募来了两百多名马尼拉水手。法尔思德和白齐文为他募集到了美、英、法、斯堪的纳维亚等国的码头流氓300余名。他还把英国皇家海军大大地得罪了一把，委任了海军舰艇上开小差的六个逃兵为教练，训练他的新兵。

银钱公会的银子继续源源不断地输给这匹病狼，很快让他重新站立起来。华尔用这笔数目不菲的笔款采购来最新式的军火，使之成为一支名副其实的洋枪队。先前配备的单兵武器比较杂乱，既有前装燧发滑膛枪，又有恩菲尔德后膛枪，这次全都一式儿换成了后膛枪。他的武器库里还新增加了两门十二磅重炮、八门六磅重炮，外加大量短枪、刺刀、指节铜套，马尼拉人使用的弯刀、斧头，攻城用的云梯，渡堑壕用的便筏，袋装和桶装的各种型号的火药。

他还让吴道台从绿营调集了大量臭瓦罐装备他的洋枪队。这"臭瓦罐"曾让他在打松江时吃足了亏，此物外壳系用陶器制成，柚子大小，里面装满化合物，投掷出去后爆炸时散发出烟雾和煤气，其气味令人窒息，虽无致命的杀伤力，但短兵相接时驱散敌人却极管用。

看到中国人又大把大把地撒钱给这个美国佬，好多洋商都讥笑说，上海滩上的大佬们被这个只会吹牛的骗子灌了迷魂汤了。

华尔还要求赶制五百套新军服。理由是，前次打松江时，他的士兵有穿破烂便装的，有穿各国水兵服的，花花绿绿，实在有损军容。大老爷没有丝毫犹豫就答应了，他还派我四处找裁缝铺缝制这些军服。这些新军装是华尔亲自设计的。真看不出这小子还有这一手，他为新军设计的军服参照了双排扣的欧式军服，看上去非常威风。吴道台还出了一个主意，士兵们的头上包裹绿色丝巾。华尔不谙中国民间对帽子颜色的禁忌，等到部下们吵着不想戴绿帽子，他说："怕什么！我和你们都没有老婆，有本事你们抢别人的老婆来睡好了！"部下哄然叫好，此事也就不提。所以他们这支部队又叫作了"绿头勇"。

华尔也为自己设计了一套奇特的军装，上身是深蓝色的紧身长褂，褂上没有任何军衔标志，裤子是黑色的，合缝处也不像别的军裤那样镶上辫条，里面则是高领白衬衣，配上黑色宽领带打成蝶形结，头上是一顶类似法国平顶军帽的便帽，上面同样没有表示官阶的铜徽。这样一套宫廷亲王式样的制服自然非常抢眼，华尔非常喜欢穿，带兵训话、检阅部队时都要穿起这套行头。他的两个忠实部下法尔思德和白齐文好几次劝他，这套奇特的制服对狙击手来说目标太明显了，上战场时一定不可再穿，但这个过于自信的指挥官认为中国人还没有造出可以结果他性命的子弹，每次作战照穿不误。他还让人定制了一模一样的一套，这样就不怕雨天打仗弄湿了。但两年后的一次战斗中，最后还是这套鲜艳的军服出卖了他，被狙击手轻易命中。

话说陆顺德在松江城下重创华尔后，即向忠王报捷，提出先取宝山、再与主力会攻上海的作战计划。远在苏州的忠王复信赞同，鼓励陆部积极进扰，并乐观地声称，很有可能不费一枪一弹就能拿下上海。忠王说，目前已有数批外国文官（注：实际上是以个人身份前来访问的外国传教士）抵达苏州，"来投芳版"，再加上洋兄弟们在北方已经把咸丰皇帝赶出了紫禁城，因此和平进驻上海的时机正逐渐成熟。忠王在接下来的一封信中又告知陆顺德一个绝密消息，驻守上海的绿营中，有三千余两广兵勇愿为内应，到时大军兵临城下，里应外合，轻取上海直如翻掌，作为先遣部队的陆部，目下之任务乃是肃清外围清妖，建立起进军上海的桥头堡。

得此手令，陆部主力于 7 月 15 日出松江北门并折向东行，准备攻下宝山并进至泗泾、七宝一线，为随后从苏州开来的忠王大军扫清道路。

华尔也按捺不住了，新军组建训练已毕，他早想打个胜仗来一洗前辱，要是再做缩头乌龟或者吃败仗，保不定吴道台和杨大人真会把他一脚踢开，那还让他怎么在上海混？在战前会议上，接下来究竟应该采取什么战略，华尔和他的后台老板们的意见却不尽一致，争论激烈。

吴煦认为，下一步应以进攻太平军扼守下的青浦县城为目标。这个计划遭到了华尔的激烈反对，他提请吴道台注意，如果他贸然进攻青浦，太平军很快就会从苏州大本营调来援军，这样只会招致更加猛烈的反攻。他提出的进攻主张让道台大吃一惊，他居然提出再一次去攻打松江。

吴煦笑道："人总不能两次让同一根绳子给绊倒吧？"

大老爷也觉得华尔提出的再战松江太过意气用事，打仗怎么可以像小孩子家一样赌气呢。

华尔说，主张再攻松江，是因为松江离苏州相对较远，敌方增援困难，而自己这边由于黄浦江水运便利，进出上海要方便得多，而且陆顺德刚打了胜仗，必定心骄，不把对手放在眼里。

最后还是通过了华尔的作战方案。

7月15日黄昏，派出去的哨探回来报告，陆部主力开出松江城北门径往东去，华尔意识到，他等待的机会终于来了。照他本来的脾性，早就单独率军行动了，但前番刚吃了败仗，他不得不放小心些，故而行动前也知会了吴道台。

接到吴煦报告，薛焕即刻命令停泊在黄浦江豆腐滨的已革苏州知府吴云、候补同知应宝时的船队前往接应，担心松江守敌太过强大，华尔不是对手，又命令参将李恒嵩率一标绿营官兵协助攻打。并让吴煦转告华尔，切勿在正式行动前让敌方侦知了行踪。

于是华尔在他的广富林一带放出风来，说青浦是洋枪队进攻的目标，以使太平军摸不清他的真实意图。他自己则于7月16日率着两百名马尼拉人，及法尔思德、白齐文、马考奈亚一干亲信，坐"孔夫子"号溯江而上。

我作为银钱公会杨坊的私人代表，随部队一同开拔调运军需物资，也坐了他们的船。部队开始是向着青浦前进，在离松江还有十余里的地方，他们离船登岸，把炮艇停泊好以便掩护撤退,坐上了一艘早就备在那里的吃水较浅的"火神"号。"火神"号上的蒸汽机声震天价响,天黑后,仍然轰鸣着不急不缓地向着青浦而去,殊不知此时华尔的洋枪队已乘三艘帆船改向松江方向行驶。

这天晚上,开始有淡淡的月光,继而一场大雾遮没了星月。漫天的雾在田野和河流上空涌动着,随着夜色的加深越来越重,船头挂上了三五盏马灯还看不清江面。大雾减缓了行军速度,也使得这支队伍的挪动变得神不知鬼不觉。夜里十点,帆船靠岸,华尔率领洋枪队下船,拖着辎重和火炮沿着河堤向着松江东门前进。为了保证有足够的火力摧毁城墙,临出发时他把所有的家当全都带上了,十门火炮,所有的火药桶和火药包,还有上千只臭瓦罐。

约一小时后,十尊大炮运至安放地点瞄准了城门,丝毫没有被城头巡逻的太平军士兵发现。

深夜十一时,十门火炮同时瞄准松江城东外门开火,巨大的爆炸声震得脚下的地皮都在颤动。第一轮炮击刚歇,华尔就率全军利用云梯越过护城河,向着城门拱道突击。城内的太平军从突如其来的炮击中缓过神来,即组织抵抗,他们一时也弄不清到底有多少人攻城,只是把密集的弹药从半圆形的望楼上拼命往下泻,洋枪队的进攻受到了阻止,后一拨越过护城河的拼命往城门拱道里跑,以躲避随时可能击中身上的枪弹,进攻队形局促在拱道里一时施展不开,华尔急出了一身汗。

更要命的是他发现,内城门偏于左边,与他的大炮所轰开的孔道不在一条直线上,而且里面有太平军的狙击手把守,队伍一往前冲就被打得抬不起头。这内城门系用六寸厚的栗树板做成,外面钉有铁皮,寻常口径的火炮根本轰不开,架设在外围阵地的大炮又无法通过脆弱的云梯运到护城河这边来，看来似乎又要重蹈半个多月前在松江城下的惨败了，他光着头，手中什么武器也不拿，用一根藤条凌空挥动着，指挥他的部下向内城门发起了两次冲锋，都因伤亡惨重撤了回来。

情势越来越危急，副官马考奈亚比画着建议，可以试试用火药炸开内城门。华尔这才想自己真是急糊涂了。于是急令已经越过河的士兵们回去运火药过来，他要轰开这狗娘养的内城门。个子灵巧得像猕猴一样的马尼拉水手们从云梯上爬回来，背了二十袋炸药运过护城河，每袋足有五十磅重，堆在坚固的内城门旁，这一折腾又有十多人被子弹打下护城河。继而华尔自己亲自带着一个小分队上去，把石块、断砖、碎木片与火药袋堆在一起，以保证起爆后有足够的威力。拱道内的士兵们仰着头举着马枪掩护，城墙上的子弹奈何不了他们，但密集扔下来的臭瓦罐也让他们够呛。沉闷的爆炸声中，不时腾起一股股散发着恶臭的黄色烟雾，有两个马尼拉人的衣服被烧着了，在地上连打几个滚也没扑灭火，他们跳进护城河，马上暴露在了城墙上狙击手的视野内，被一阵排枪打成了筛子孔。

轰的一声，炸药堆爆炸了，碎石四处飞溅，华尔看到内城那道铁板门仍然耸立在那儿，头嗡的一下大了。待硝烟散去，不由一阵狂喜，他看见，那道门被炸开了两尺左右宽的一条窄缝，正好可容一个人挤过去。他挥动藤条，自己先从窄缝挤入，马考奈亚、法尔思德和白齐文等也陆续一一挤入，所有未受伤的马尼拉水手也都接踵而入。白齐文发出一支火箭信号，催城外策应的清军绿营一起入城。

队伍污水般涌向内城，说好策应的吴云的团练和李恒嵩的绿营却毫无动静。华尔明白稍作延缓就有可能遭受灭顶之灾，一时也不及多想外面的清军怎么还不跟上，就带着他的马尼拉士兵们往里猛冲，所有军官都佩着柯尔特手枪和大刀，马尼拉士兵持的是连发的马枪、弯刀和铜指节套，全都哇哇叫着以壮声势。

一冲入内城门，几百名太平军就从一个斜坡冲了下来。近身肉搏开始了。华尔手上除了一根藤条再也没有武器，马考奈亚、法尔思德和白齐文几个左抵右挡，护着他杀出一条血路。这是华尔第一次那么近距离地和天国士兵交手，火光中，只见他们黑丝绸缝制的宽大的衣裤上尘土和血渍混作一团，上衣红色的短褂子几乎像鸟的翅膀要飞起来，蓄着的长发因为编扎的红丝线散了全都蓬松开来，一张张鼻孔粗大的狰狞的脸简直像撒旦一样可怕。火枪声、刀剑相击声、枪矛刺入肉体如同刀切瓜菜般的扑哧声，在他耳边此起彼落，在他就好像风暴之夜大海的喧嚣一般。因为距离过近，马尼拉人的马枪射出来的火星都把天国士兵的衣服燃烧了起来。混战中，华尔左肩被弹片擦伤，法尔思德替他挡了一枪，右股骨几乎被子弹击碎，马上就站不起来了。

因为是向坡上仰攻，华尔的洋枪队处在非常不利的位置，随着先期抵达的已革苏州知府吴云率领的团练的大量涌入，太平军终于挡不住了。凌晨一时许，华尔和他的部下终于冲上坡顶占领了对方的炮兵阵地，夺取了六门八磅重炮。战场形势逆转了。他们在城头上旋转炮口，肃清城垒上其他的太平军士兵。当城上和坡上的太平军残敌被扫清时，华尔清算他这次偷袭胜利的代价：他的马尼拉士兵六十二名被打死，一百零一名受伤，只余三十七名加上他自己和白齐文、马考奈亚没有倒下。

他们迅速用断砖碎瓦砌了一道简单的胸墙，在胸墙的掩护下把大炮转向城中心，对着沿城墙蜂拥反扑而来的太平军开炮。他们打退了太平军的数次反扑，天微亮时，太平军停止反扑，开始向着西门和北门撤退。清理战场时，掩埋和火化的太平军士兵尸体达四百六十七具。

枪声稀落了下去，华尔贪婪地闻着硝烟散尽后湿润的空气，有一种酒后的微醺之感。死了那么多人，他心里却没有沉重感。他真不敢相信，把这座坚固的城市给打下来了！

李恒嵩的绿营兵终于开进城来了。这时天已大亮，战场也基本肃清了。按照约定，华尔攻破东门发火箭信号时李部即应开入城内，但李恒嵩却迟迟按兵不动，到后来突入内城门，华尔的手下死伤过半，李部也没有动静，看清楚太平军确已弃城而逃，李恒嵩才带着他的绿营兵大张旗鼓着开入城内。

华尔一看到这个怯懦的清军将领就气不打一处来，直想照着他肥腻腻的那张胖脸揍上一拳。他盯着李恒嵩，眼睛几乎要喷出火来，白齐文和马考奈亚把他死死抱住了。

"我会向薛巡抚控告你的！"他跳脚大喊。

杀红了眼的马尼拉人在城中继续施暴，做工精致的家具和木雕被折下来当街焚烧，店铺里的金银首饰和贵重物品全都不翼而飞，一些士兵还披着抢来的毛皮和丝绸外衣在大街上狂奔作乐。华尔下达了制止抢劫的命令，他派人清点了缴获的枪弹、长矛、银圆、粮食等战利品，把孔庙边上几进高大的屋子征用为洋枪队的大本营，派重兵看守。然后，掩埋了战死的马尼拉人的尸体，把受伤的士兵抬上"孔夫子"号和"火神"号两艘舰艇，登船向上海进发。

傍晚时分，船到上海，码头上已经站满了欢呼着迎接他的人群，他们像迎接凯旋的英雄一样簇拥着他下了船。松江大捷的消息早就先于他传到了上海，这些都是前来投效的，这些人都渴望在他的统领下当兵打仗挣银子。

陆顺德闻松江已失，便向泗泾撤退，途中被民团袭击，遂转道昆山，再次攻克嘉定县城后进屯南翔镇。太平军对宝山的进攻不得不搁置了，只能暂时把精力集中到对青浦、嘉定二城的守卫上。包围上海的太平军堡垒的大半个圆圈被切断了。上海暂时安全了。

更严重的是，李恒嵩的部下在松江城中意外发现了忠王致陆顺德的两封信函，迅速向薛焕报告，上海城中内应的机密败露了。薛焕迅速派人拘捕了下级军官广西人余义政、郭功德及一百余个他们的手下，把他们砍了脑壳，并加强了城中的戒备，太平军夺取上海的一个重要筹码这么失去了，这对后来战局的逆转产生了重大影响。

吴煦爽快地兑现了给华尔的攻城奖金，这笔总数达三万余两银子的奖金由银钱业公会支付，上海城里的各大商号都有不同程度的分担。

但英国人却老大不高兴了，皇家海军的舰艇上每天都有士兵开小差跑到华尔那儿去，这让他们大失脸面。英国当局向江苏巡抚发出照会，要求解雇那个美国流氓，立即遣散他手下的这帮乌合之众。英国公使卜鲁斯在发给巡抚衙门的照会中说，他们对这支突然出现在上海地区的野鸡部队深感忧虑，担心松江城的这次小胜会招致太平军优势兵力对上海的报复性打击。薛巡抚一边好言好语允诺答应他们的要求，一边又密令吴煦拨给华尔更多的钱，让他采购军火扩充洋枪队，准备打更大的胜仗。巡抚大人正陶醉于攻克松江带来的狂喜中呢，让他解散洋枪队，那不是让他自断臂膀吗?

2. 恋爱中的雇佣兵

打下松江，华尔把城内邱家湾沈宅征用为自己的公馆，其中一间清理出来作为战利品陈列室。部队的缺额已经补上，马尼拉士兵的人数重新补回到了打松江前的两百名，还加雇了英、法、美、荷兰和斯堪的纳维亚等国士兵一百名，并采购来更多的大炮和弹药。虽然离建立独立王国的目标还有不少距离，但总算有了一块自己的地盘。他就像老鹰抓住趾下的枝丫一样，牢牢控制了松江城。

对华尔以高额赏金和默许劫掠来诱惑舰艇水兵的做法，英国人和法国人越来越反感了，他们公开指责华尔是海盗加教唆犯，他的军队是一支雇佣掠劫兵。不久，他们采取行动了，命令江边的巡逻艇只要看到洋枪队中的任何外国人，不问国籍就加以逮捕，看到洋枪队的供应船在黄浦江上行驶就加以扣留，船员则带上镣铐直接铐走。华尔无法把伤兵送到上海诊治，他的部下们也都在抱怨，再也无法享受租界里的酒吧、妓院和跑马场，只得跑到南市去档次较差的游乐场所将就了。

松江刚打下不久，吴煦派了一个人来做松江知府，此人一到任就和李恒嵩一个鼻孔出气，和华尔数次发生冲突。华尔跑到道台衙门吴煦那里大吵一场，声明如果不授予他松江府的最高权力，他就辞职，他还说，太平军的反击马上就会到来，保住松江，事关上海是不是守得住，个中轻重让他们自己去掂量。吴煦无计可施，只得把那个倒霉的知府调任他处了事。

沪、苏、杭之间这块马上就要成为战场绞肉机的三角地带，是长江和黄浦江淤泥经若干个世纪冲积而成,夏天一来,接二连三的暴雨就会使之成为一块移动的泥泞,由于排水不畅,河滨港汊的水都要满溢出来一样,连接每个城镇和村庄的田埂和河堤更是泥泞不堪,松江府和上海之间这块狭长地带更是如此。7月下旬,正是酷热难耐的当儿,华尔奔走在上海和他的松江大本营之间,太平军一时半刻不会来犯,松江防务有手下亲信打理,他在松江邱家湾公馆的时间,都还不如在上海的多。

开始我还以为他是因为军务上的事来找大老爷,后来才明白过来他是别有所图。这家伙加大了对小姐的攻势。联军的舰艇控制了上海到松江的水道,"孔夫子"号目标太大,他都不走水路了,身边至多只带两个马弁,骑马往返。这使得他每次出现在我们面前时都一副衣衫不整的邋遢样,衣服和靴子上都沾满了泥星子,逢到大雨天,更是狼狈得可以,整个身子都湿透了,就像刚从河里捞上来一样。

他总是那副大剌剌的样子坐在客厅里,吹嘘他的战略部署和作战计划,那副自信满满的模样就好像马上拿下金陵也不在话下。然后他就提各种各样的要求,要钱,要粮,要各种武器装备。他那副死乞白赖的样子让大老爷无可奈何,他要的钱款到最后总是如数给足。但他还是赖着不走,操着一口半生不熟的中文东拉西扯,说他的海上历险故事,说他在南美洲训练雇佣军时如何神勇。那时候,他的眼睛像鱼眼一样是斜的,盯着游廊外面的动静。他是在等小姐。按理说小姐的闺房在楼上,平素很少下楼到客厅,但也不知这小子运气好还是怎么的,他总能如愿以偿。他坐在客厅里胡乱海吹的时候,小姐你总有这样那样的事来找大老爷,每当这样的时候,这小子的眼睛都要像青蛙眼一样鼓出来了,他几乎恨不得把眼珠子摘下来挂在小姐你的背影上了。我听人说女人在她心仪的男子面前身子骨会变软，会像一只蝴蝶一样飞来飞去在他眼前晃，要我说，小姐一定是猪油蒙了心了，骨头才会变得这样轻。

有一天晚上，这小子喝得醉醺醺的，竟然从外滩那边的酒吧带来了一个小型乐队，在洋行外面的马路上，对着二楼窗口又吹又唱。唉，这个流氓，他真是什么都做得出来啊！那几个弹琴的、吹着小号的，都是他酒吧里的狐朋狗友，一样的下三烂角色，他们吹口哨，拍手，肆无忌惮地大笑，连马路上夜游的猫见了他们都远远躲开。更要命的是，这家伙可能喝多了，竟然蹲在马路边干呕起来，呕出一堆秽物后，又对着窗口又喊又唱。这个时候，小姐你应该推开窗，兜头盖脑给他泼一盆冷水，淋他个落汤鸡才好，窗子果真吱呀一声打开了，那盆我想象中的冷水却没有泼下去，相反的，我听到的是被撩拨得芳心大动的女人才会有的那种嘻嘻的笑声。啊，这轻浮的笑声就像一枚钉子扎得我心里出血。

其实我应该早想到的，这家伙自从见到小姐的第一眼就有了贼心。我只是没想到小姐那么轻易就去咬了他的钩。我为小姐做了那么多，小姐有过正眼看我一眼么？我渴念难耐在夜里一声声唤小姐的小名，早上起来面对你又顺眉低眼像犯了什么过失似的，小姐就从来就没有过异样的感觉么？我只是没想到，他这一下药，小姐就像蛾子扑灯一样扑了上去，让人在边上看着都替你急呐。那天他当着大老爷的面说要带小姐去遛马，小姐答应得多快啊，转身快跑出去时扇起的风，扑到我脸上真像刀割一样。还有一次，他雇了一辆马车，说是带小姐去兜风，实际上是带小姐去了外滩边洋婆子经常逛的店铺，天啊，小姐回来时的模样我都要认不出了，抹了口红的嘴唇像刚喝过生血一样，纺纱的洋裙子领口低得让人心跳，脚下还换上了一双高跟皮鞋，走得一扭一扭的，那一指高的鞋跟，尖得简直要踢死人呀！那天，我还不巧听到了小姐的一句话，这家伙扶小姐下车时，紧拉着手不放，小姐一挣，还是没抽回手，他操着一口蹩脚的中文说，请小姐答应做我的未婚妻。我想你是听明白了他的话，脸一下子飞得通红，不知道是愠怒还是害羞，小姐猛地把手抽回来，一转身就要跑，却因鞋跟太高扭了一下脚。那家伙唯恐小姐听不分明，加大了声音又喊了一遍，请——小姐——答应——做我的未婚妻。小姐你是怎么回答他的还记得吗？你回过身来说，那么好吧，找我爹爹去谈吧。你怎么可以这样回答他呢，你要拒绝就应该干脆利落，不让他再敢存一份心思。当然我现在总算明白过来了，你那时根本就没想要拒绝。

为了保住松江大本营，不被太平军潮水一样的攻势吞没，华尔把下一步的攻击目标锁定为青浦。他的这点私心，吴道台岂会看不出来，但青浦位于上海与苏州之间，战略位置险要，控制在太平军手里的确麻烦，很容易成为进攻上海的一块跳板，吴道台早就想把它抢在手里了，只是绿营兵力不足，战斗力又不行，才迟迟没有动手。华尔请功心切，正中道台大人下怀，为助华尔攻打青浦，吴道台又慷慨地划拨给他两百艘警备船归他指挥。这些都是平常用来内河巡逻、把守河口、武装缉私的平底船，吃水较浅，装有四角帆篷，顺风时行驶如电，华尔一拿到手就对它们加以了改进，每艘架设重弹钢炮两门，船首船尾各架一门，成了一艘小型炮艇。

商议攻打青浦城细节的这天，事情谈完了，华尔破天荒地没有赖着不走，先行提出告退，留下吴道台和大老爷在客厅里闲聊。看吴道台不像立即要走的样子，大老爷情知他另有事要说，也就一边呷茶，一边不疾不徐耐心陪他东拉西扯。果然，吴道台开口了，说憩堂兄是否肯赏脸请他吃十八个蹄髈。蹄髈云云，是江浙一带答谢媒人的酬礼，大老爷一愣，没料想道台大人是要给女儿提亲，正色道："小女冥顽，年齿尚幼，再加大兵压境，为筹军饷我都愁白了头，哪有心思去想这些！"

吴煦哈哈大笑："令女今年十九吧，也不算小了！我今天厚着老脸，就是想做个现成的月老。"

"道台大人说的是哪家的公子？"

"真是灯下黑啊，刚才那位，你可看得中意？"

"哪位？"话甫一出口，大老爷醒悟过来，失声叫道，"你是说，华尔？这个洋人？"

"正是此人。"吴煦微微颔首，"今春，令女遇险，幸遇此人出手相助，才没被劫匪掳走，可见这份姻缘，实在是上天注定。"

"可是，他是洋人啊，全上海要是知道我杨坊招了个洋女婿，我这面孔真要摘下来当帽子戴了！"

"此言差矣，男女之情，岂有中外之别？"吴煦说，"憩堂兄一向敢闯敢当，岂会因为外面人的议论，就去阻拦一段好事？所以华尔一央求我来做保媒，我就琢磨着这是一桩好事，果然，一报告薛巡抚，巡抚大人也大感兴趣，竭力要我促成此事呢。"

大老爷心里埋汰他这个自称做媒的，不正经提亲先把事儿捅到了薛焕那儿，脸上却还挂着十成足的笑意："道台大人，不是我不知趣，你说好人家的女儿，有嫁给洋人做老婆的吗？此事就休要再提起。"

吴煦却打定了主意不依不饶："眼下军情紧急，长毛对我上海虎视眈眈，一招不慎，上海城就会玉石俱焚，这时候谁手上有枪有军队，谁说话就硬扎，就做得了主！不知憨堂兄想过这层没有？华尔此人是个将才不错，又刚打了胜仗，可是夷性难驯，不听使唤，也最令我们头痛，他做了你杨府女婿，我们手上就多了一根牵着他走的缰绳了，这实际上也是薛巡抚的意思啊。"

大老爷低头沉吟不语，想是心里边在激烈思忖，好一会才缓缓开口道："这是交易吗？我怎么觉得你在逼我卖女？为了一段政治联姻，牺牲小女一生，为人父者，于心何忍……"

吴煦笑了起来："看来你还啥都蒙在鼓里呢，他们两个，早已郎有情，妾有意了！"

大老爷骂道："这个洋鬼，打从他找上门来，我就知道他没安好心眼！这不，赖上我们家女儿了。道台大人，如果有一天，一个金发碧眼的小洋鬼子一口一声姥爷姥爷地叫你，你心里舒坦吗？"

"我知道，你一直是想找门当户对的一门姻亲，只要华尔再建军功，我和薛巡抚一定会极力担保，上奏朝廷，让他副将、总兵一路升上去，这样也不算辱没了你杨大人了吧！"

"要是这样，他更不会买我的账了！"

听得大老爷这样说，吴煦知道此事十有八九成了，打着哈哈回去了。我在游廊外，有一歇没一歇地听他们像谈论牲口买卖一样谈小姐的婚事，心真是蹦到了嗓子眼。最后听到吴煦那显见是满意至极的长笑声，我暗叫一声完了。哎呀，真是苦也。吞下十只苦胆也没有这样的苦。我心如刀绞又泪如雨下。陪同大老爷送客时却又得强打着精神，趁他们不注意把一颗一颗的泪珠儿用袖口抹净了。就是这一刻起，我心里那只咆哮着的老虎又跳出来了，我心里只有一个念头，既然小姐你当我是根草，我也不拿自己当个宝，我就只有走。这就是那天晚上我悄悄离开你、离开上海的经过。

3. 一战上海

忠王命点起三千精骑，天不亮就出发，驰援青浦，务必于正午时分抵达。我和林德利都在忠王的侍卫队里。林德利开着汽轮船来太平军辖区是做生丝生意的，自从忠王委他官职颁给他凭照后，他就把自己视作了天国的一员。他还没有看到过太平军跟清妖干仗呢，这场奇袭他非要助一臂之力不可，他还坚持要拆下船上的三门火炮随行，因为是骑兵急行军，携带火炮不便，这几门炮就没有带上。后来我们在上海城下吃了大亏，一说起这几门没带出来的炮，林德利就后悔不迭。

青浦守将原是英王部将赖文光，因英王对进攻上海态度消极，此刻已将赖部调离，接替的守将为忠王部将、绫天豫周文嘉。绫天豫为天国六等爵中第五等级，地位低下，周部兵力也相当有限，算上老弱病残才数百人，松江一失，忠王情知洋枪队攻城甚为凶悍，担心增援一缓，青浦城就多一份易手的危险，因此命令把全军马匹集中到一处，骑行一匹，换乘一匹，一百五十里地急行军，途中不得歇气，务必赶在敌方得手前抵达青浦。

周部战斗力不济，忠王唯愿在他率精骑赶到前，协助周文嘉守城的萨维奇（Savage）能够多抵挡一阵子。萨维奇原是英国皇家步兵团的一个上尉，精于步兵作战，三年前投效到了忠王麾下帮助训练军队，忠王对之一向赞赏有加，由他跟华尔的洋枪队掐架，也可谓棋逢敌手。

以下的事，我是战斗结束后才知晓的。8月1日这天清早，华尔的洋枪队和李恒嵩副将的两千绿营兵在广富林会合，出发攻打青浦。华尔的计划是实施水陆环攻，用二十艘舰船载一百二十名马尼拉精兵从南门展开猛攻，以三十艘舰船载白种人士兵约二百名向西门佯攻，白齐文率一百五十名士兵分乘舰船二十艘作为殿后，并运送弹药和辎重。吃过一次暗亏后，他知道李恒嵩这个盟军不可靠，再也不敢指望了，攻城时只要求李部负责摇旗呐喊、击鼓、鸣空炮，在背后壮壮声势就行。他这么不把绿营兄弟放在眼里，李恒嵩恨得牙痒痒。

黎明时分，华尔率前队悄悄向青浦南门城墙移动。他准备再次采用突袭战术，先用火炮轰塌城墙，然后再步兵齐射杀伤有生力量，但这套典型欧式攻城战术在青浦遇到了克星。因为他的对手皇家步兵团前上尉萨维奇，对这套小把戏实在是太熟悉了。第一轮火炮攻击过后，城头响起了几阵意料之中的惊叫之后，突然就沉寂了下来。华尔急令下船待命的马尼拉士兵们冲上去架设云梯，实施登城。正当他和士兵们登上城墙左右散开，按预定计划准备发射信号时，城墙望楼上突然亮起无数个火把，密集的枪弹如飞蝗一般射来。

微明的天色中，城头突然冒出无数头裹包巾的太平军士兵，登城部队顿时陷入包围。华尔急令撤退，但攀城的云梯数量有限，拥挤中好几个士兵掉下了城墙，更多的则被密集的枪弹射杀在城堞上。他的两个副官组织起一道火线掩护撤退。慌乱中，一粒子弹寻找到了华尔，子弹从他的左下颚打进从右颊穿出，造成了贯穿伤，法尔思德和马考奈亚一左一右护卫着他，拼死逃下城墙。面部的重创已让他不能开口说话，只好改用书面命令下达，丢弃所有大炮、辎重和舰船，从陆路火速退往松江。

这天，近午时下起了大雨，豆大的雨点如霰弹飞舞，乡道上满是泥泞，使得退却更加艰难，经过广富林时，华尔和李恒嵩相遇了。狼狈不堪的李恒嵩坐在一顶蒙着油纸的小轿里，说他的部队也遭到了大股不明武装的袭击。看着华尔血肉模糊狰狞得可怕的脸，看样子因失血过多随时可能倒下，李恒嵩终于做了一桩善事，他把小轿让出来给华尔坐，自己跨上了一匹马。

后面追兵的马蹄声越来越近了，就好像隔着雨幕，整个田野上都是奔跑的天国士兵。快近松江的时候，华尔他们被太平军的一支马队追上了。围着他们的马咴咴地叫着打着响鼻踢着蹄子。华尔正闭着眼等死的当儿，一票人马端着怒吼着的马枪从城里冲了过来，逼退了太平军马队，法尔思德带着一支十几人的小分队从雨中杀出，连拖带拉着把华尔弄进了松江城。

在城头上伏击洋枪队是天国洋将萨维奇的杰作，但青浦城里周文嘉的人马统共加起来也不过数百人，不至于对攻城部队构成如此重创，让华尔丢盔弃甲狼狈逃窜的正是忠王亲率的三千精骑。我们比预计的提前了一个时辰到达青浦城下，先咬住留作预备队的李恒嵩的绿营，把他打得溃不成军，然后一路掩杀过去，把攻城受挫退却的华尔部追得鼠窜般逃命。

此战，据忠王在战报中称：杀死洋兵六七百人，缴获洋枪两百余条、大炮十余架、洋刀三百余口、船只数百艘，这个数字或许不无夸大，但据当时上海外文报纸报道，洋枪队死伤约三分之一，华尔身受重伤，炮船全部丧失。这家伙没有命丧青浦城下，他的命算够大了。

青浦可称上海西大门，距市中心不过五十里地，如果忠王挟着胜势发动攻击，上海顷刻间就是一座危城，松江更是随时可能倾覆。江苏巡抚薛焕接到败报，慌忙上奏朝廷，请求已署理两江总督的曾国藩和杭州将军瑞昌派兵援助。曾大人正巴不得看江浙系的笑话呢，借口安庆战事正紧，推诿不至。杭州将军瑞昌奉廷谕，急派部将张玉良增援上海，忠王在嘉兴布下防线，张部冲了几次都未能突破，只得退回杭州。

华尔那一枪挨得够厉害，子弹穿过双颊，几乎把他嘴巴给打烂了，此后丑脸将一直跟着他。张不了嘴了还怎么发号施令，他忠诚的部下们决定把他送到上海城里去，找一位高明的外科大夫给他医治。逃进松江城的当天晚上他们就出发了，担心被太平军前哨发现（我们派出的巡逻哨离城最近的才三百步），他们不敢打开城门，找来一个大筐子，几个马尼拉卫兵护送他们的指挥官坐在筐子里从城头缒下，然后坐上一艘向当地农民征用的小舢板趁着夜色驶往上海。

出发前，他把松江大本营的防务交给了副手法尔思德，万一城破，指挥突围和反击的任务则交给白齐文来担任。

忠王用兵之神出鬼没，不久我就领略着了。几天后的一个清早，大军在松江城下放了几枪后，突然绕过这座小城，向着上海进发了。但当法尔思德和白齐文暗自庆幸，以为太平军对自己没兴趣，松江城暂时安全的时候，忠王突然命令后军改前锋，掉头杀向松江。这一回马枪让洋枪队猝不及防，城防体系迅速崩溃，天国的马队像潮水一样把这座孤城吞没了。可惜的是，在青浦保卫战中立下大功的萨维奇上尉在城墙下死于流弹。我不知道如果华尔得悉这个消息是该高兴还是悲哀，以他的好斗，还是会希望这个天国洋将活着，他们拉开阵势再较量一番吧。

作为江浙系带头大哥的薛焕这时肯定感到了巨大的压力，由于外围战线过长，此时他能指挥的守城的绿营兵力几乎不足两千人马。何况，这两千人马也仅是编制数目，且实际战斗力极为低下，据内线报，西门外一处号称驻兵三百人的清军兵营，实际仅有五十名。

薛焕是这样布防的：以署理按察使江清骥、参将唐国栋等守卫城垣，千总王子龙等守卫东、西、南三处水关。为应对即将到来的太平军的强大攻势，巡抚衙门再次飞马急报，请调扬州李若珠部水师、淮扬镇总兵曾秉忠部及浙江瑞昌部赴援。朝廷转饬照办，并实授曾国藩两江总督，希望他设法兼程急攻，救上海于水火。

曾国藩依旧磨磨叽叽，以安庆之战已到关键时刻为由，不向上海方面派一兵一卒。他是想等上海这个摊子烂透了，再来出手收拾，从而彻底打垮江浙系。薛焕知道曾国藩的意图，但人家这个两江总督正好管着他这个巡抚，他就是有天大的委屈也吱声不得。其他几路援兵也无法如期抵达，从杭州方向过来的瑞昌部，继续受阻于嘉兴城下，曾秉忠部正向上海靠拢途中又折返了回去，说是有一个叫薛成良的降将在苏北一带反水了，得赶回去紧急处理。无奈之下，薛焕只得再次请求英、法出手，协助巩固城防。

这一回英国人和法国人倒是没有拒绝，那边厢，他们的联合舰队正隆隆地开向大沽口，与僧王爷的蒙古骑兵战作一团，这边厢，英法两国的水兵和清军合穿起了一条裤子，准备一起来绞杀天国将士们了。

英军上校马尔奇接管了上海老城厢的防务，他手下的工兵部队迅速改建了城门防御工事，翻修了破败得较严重的南门。租界由倪尔上校统领万国商团防守。实际投入的英、法正规军人数为 1200 人。英、法军队的炮手不仅占据了有利发射阵地，还接管了部分清军炮兵阵地，在黄浦江上还部署了三艘炮舰，以掩护县城侧翼。

这也是我军摆开的凌厉攻势吓着了洋人，他们真心感觉到了己方的利益遭到了威胁，才会放弃先前一直口口声声宣称的中立立场吧。英法两国公使联合署名发出了一封给忠王的公告，声称上海县城和租界已由英法联军防守，并将对试图接近的一切武装人员开火。卜鲁斯派了两艘轮船溯江而上来送这封信，但不知哪个环节出了问题，这封重要的信件竟然没有送到忠王手中。否则忠王也不会冒失进攻，导致接下来的惨败了。都到这个份上了，忠王还以为上海的洋兄弟们是欢迎他的呢。

8月16日，我军自松江、青浦两地同时向上海进军，当日攻占泗泾，并击破民团于陈家庙，杀死团首陈垣壁。次日，进抵土堡、蟠龙、虹桥、法华镇等地。与此同时，陆顺德部也自南翔、江桥进克真如，兵锋直指新闸。第一次上海战役正式打响了。

大军经行处，清军废弃的营垒和村庄都燃起了大火，上海西北角的天空升起了成团成团的黑烟，一到傍晚，低垂的天幕都快要被烧红了。在某些人的记忆中，这肯定是个恐怖的夏天，末日般的夏天。

18日，大军进驻徐家汇，在这里守卫的有一营清军，没怎么交手他们就望风披靡，忠王命我们把一处天主堂稍做拾掇，作为前敌指挥部。当天召开了第一次军事会议，与会的将领们全都穿着朝冠朝服，忠王也是正装出席，绣花的黄色缎袍上缀着金饰，脚下是一双华丽的黄缎鞋，他戴的王冠上的伏虎是用金丝金叶编成的，眼嵌两颗大红宝石，牙镶一排珍珠。会毕，将领们一个个笑逐颜开鱼贯而出，整个大营轻松而又喜气，一点也没有大战在即的沉闷。

这次军事会议上，忠王做出了即刻进军上海的部署。就好像上海这枚柿子熟透了，再不摘下来就要烂在枝头了。因先前的几次战役中已有焚烧教堂、抢劫洋人财物等事发生，忠王严申军纪，"外人与我天国同拜上帝，同事耶稣，同为兄弟，凡外人之财产，概不准有丝毫之侵扰"，凡有不遵令者，一律立斩不贷。前日攻打泗泾时，有四个洋兵混在绿营中，未易辨别，有一人被我方士兵射杀，忠王为示对外人始终优待之意，竟然下令将那个射杀外人的兵士砍了头，以儆效尤。

忠王这般刻意示好于洋人，是因为他坚信城中是有内应的，洋人对他是支持的，起码不会反对太平军入城。进兵前，他致书各国公使，天国士兵们将和平地占领上海，希望侨民在自门前悬挂黄旗，以免误伤，并保证会约束将士不得随便开火。

> 太平天国忠王李致书于各国公使：前大军离苏州时，曾经函告，本军即将进抵上海，由贵国人民之住宅或商店，于战时应悬挂黄旗为标识，本军官兵一见此项符号，即尽力保护，以免侵扰，谅已查照施行。直至昨日，始闻贵国人民于松江府地方，设有教堂，崇拜上帝，宣扬福音；本军过泗泾时，与满妖发生战事，当时有外人四名在满妖军中，未易辨别，致令一名外人为我部卒所杀，然余恪守信约，不违前言，对于外人始终优待，已将杀外人之兵士枭首，以儆效尤。查泗泾有教堂一所，本军过境时，并未悬有黄旗，余深信贵国人民尊重信义，不至暗助力官军也。既往不论，为防患于未然起见，兹特再行声明：本军即将前来上海，凡本军所过沿途，望令贵国教堂派人守候门前，于大军过

时报明，以免误会，本军已抵七宝，即将到达上海城下，所有贵国商民，烦请公使转令其于门首悬挂黄旗，守候屋内，不必惊恐。余已令兵士等认明黄旗符号，不准侵扰。其他要事，俟到上海再行磋商，先行驰告，借祝贵公使健康。

太平天国十年七月九日（1860 年 8 月 18 日）

但阴差阳错的事接连发生，这份重要的照会由于被误投，两天后才送到各国公使面前。18 日当天，我军抵达西门城垣下，城头上飘扬的已是英、法两国国旗。关于是日战事，忠王日后这样回忆：是日，明天光耀，天上四面无云，出兵到九里地方，与清将会战。他见军到，他已别逃，弃营不守。正当用力进兵，上海内又谨备恭迎接我，忽然明天暗雨，风雷振动，大风大雨，兵马不能起身，立脚不住，后来进兵……

忠王为保全面子才这样说，城里的内应早已肃清，何来"谨备恭迎"？

英法联军已经答应薛焕的请求，协助守城，这个重要的情报忠王竟然还蒙在鼓里，清军与联军在上海县城城墙上的具体部署，他更是毫不知晓：巡抚薛焕与署理按察使江靖骥守西门，吴煦道台守大南门，知县刘郇膏守小南门，海防同知严锡康守大小东门，左营提标唐国栋守北门。另有法军三百人守东、北二门，英军九百人守西南二门。事后回想，这仗，还没打起来就注定败了。

这日的进攻，蔡元隆、郜永宽部是前锋，一大早，在距上海城约九里的九里桥，他们击破清军四营，摧毁了卢家湾的一处炮台，乘胜追击逼近上海西门。我军的意图是乘机混入败退的官兵群中，再冲入城内，这是以往攻占高墙城池的拿手好戏。

有一队人马甚至已经换上了缴获来的清军旗帜和服装。

追击败退的官军时下起了雨，这雨越下越大，一会儿连眼睛都睁不开了。官军退入城中，护城河上的吊桥便被炸掉了。我军一路紧随着在风雨交加中开到西门城垣下，洋兄弟们迎接我们的不是小黄旗什么的，而是无数尖啸着的霰弹。炮击过后，英国皇家海军的水兵们伏在城堞上齐齐向下扫射。那帮逃入城里的绿营官兵有少数爬到城墙顶上，坐下来像看大戏一样，点起烟管，跷起二郎腿。我军被打个措手不及，慌乱中，以灌木丛、坟冢和房屋作掩护就近散开，但已然在雨水中丢下了三百多具尸体。忠王惊疑不定，到这会儿他还以为这是个误会，约束愤怒的部下不许反击，派了几个兵士到阵前一再向城中喊话，但回答我们的是愈加激烈的枪火。再兼风雨大作，城下立脚不住，忠王命令向南门一带移动。但只要我们从隐蔽处一露头，猛烈的炮火就会像冰雹一样砸向我们。

城头的第一阵炮声响过，我的脑子一直在嗡嗡作响，周遭的什么声音都听不分明了，只有蚕噬咬桑叶一般的沙沙声。雨点，火光，炮口的白烟，断肢，马的断腿，和着污水流淌的血。眼前就好像一个屠宰场，到处都是奔突的牲口。躲在瓦砾堆后看了好久，我终于搞明白了为什么敌方的炮火打击会如此精确，在内城墙后面，有一个木造塔楼，一个英国兵在上面举着单筒望远镜观察我方阵地，挥动旗帜给城头上的炮兵指示打击目标，我边上的一个老兵举枪连打了三枪，到第三枪，这个可怜的家伙倒栽了下去。失去了这个观察哨，落到我们头上的炮弹顿时少了，趁着这一空隙，我方分出一票人马，打着黑色大旗直扑南门。

南门这块肉也不好啃，尖叫着的子弹压得我们头都抬不起来，我身前身后有好几个兵士都被爆了头，看来城头上有好多个狙击手。他们能打出八百码射程的火炮也威力惊人，一枚枚炮弹呈弧线悠然划过天空落下，在人群中爆炸，我方阵地上的黑旗和旗手，一会儿就给轰得没了影。

忠王的临时指挥所设在西门外一棵大树下，这里英军的炮火暂时够不到，他口授了一封给英法官员的信。大意是，既然英法当局认为太平军的到来有碍外国商人交易，他愿意从三角洲丝茶地区撤退，但交换条件是，上海不得再充当清军招募新兵和取得供应品的根据地。但派出去的士兵回来说，英方拒绝接收。忠王请晏玛太牧师代交这封信。大军暂时后撤，退往徐家汇、育婴堂一带。

入夜，我们抬着战死弟兄的尸体退出了西门和南门外阵地。我们前脚刚走，他们后脚就来纵火，把那些有可能作为掩体的民居全给拆烧了。当天深夜，南市方向传来激烈的枪声，至凌晨方歇，后来我们才知道，城里剩下的内应，一帮绿营的兵勇行动了，他们分派襟章作为标识，正在攻打江海关大楼，但因为外援不至，一个时辰后被薛巡抚派兵弹压了下去，带头的几个都被开膛破肚并砍了脑袋。

天亮时，忠王派出的一支小分队绕到东门，在天后宫竖起旗帜，决定由此向城内突击。但这次我方遭到了法国军舰的狂轰滥炸，从黄浦江上飞来的一枚十三英寸口径炮弹落入阵中，旗帜顷刻化为灰烬。附近的许多民房也起了火，至少有十二堆大火熊熊燃起，场面凄凉而又壮观，守城的清军和法军趁机冲出，焚烧了天后宫，商户存放糖和大豆的仓库在爆炸声中接连燃起大火，号称富庶繁华的整个东关一带一片火海，透过烟幕，东升的旭日好像一枚打烂了的黄色橘子。

队伍被迫转向南门，但联军射来的双子炮把他们从隐蔽处驱赶出来，暴露在城堞上滑膛枪的枪口下，其火力之强真可谓咄咄逼人，尤其是埃菲尔德式步枪，更是成了我们的克星。再加上昨晚敌方烧毁了部分遮挡物，这支小分队不得不绕经城南，退往城西。英法军唯恐我方利用城厢房屋开挖地道，趁着夜色派出好几个小分队，再度纵火焚烧民屋街衢，西、南两门外民房全都化为一片瓦砾。看场面已不可收拾，忠王不得不再次下令退却。为了防止敌方趁机偷袭，忠王命人收集了许多稻草人，遍插田野，挂上手提油灯和旗帜，远远望去，如同亮着灯火的一个个营盘。

19 日，忠王再次致书各国公使，仍无结果。在外围，趁着我军在城下迁延不动之际，薛焕令陈凤采、周定邦部反击，被我军击败于罗家湾一带。此时，留守青浦、松江两地的援军约三万人赶到，忠王腰杆为之一硬，终于下达了攻城的命令。

翌晨，西门外，到处是密匝匝的我军人马，那情形就如同无数黑蚂蚁在抢攻一个堡垒。天国军制，伍长以上都打旗，放眼望去，一路路纵队各色旗帜迎风飘扬，就如同一场迎神仪式。进攻遭到了预料中的炮火打击，但队形未乱，只是折向了北门方向。忠王在我们英勇的卫队护卫下，亲临北门外指挥，立大旗于租界跑马场外两百米处。这里距外滩和黄浦江只隔了十几条街，如果一鼓作气，上海已经顷刻可下，士气顿时高涨。但我们遇到了负责租界防守的英国海军上校马尔奇的顽强抵抗，他手下的马德拉斯炮队把炮弹和火箭弹铺天盖地砸向我们。一艘英国通信舰"猎狮"号从黄浦江上发射的炮弹划过租界上空，接二连三落入我方阵中。另一艘舰艇则从苏州河用大口径火炮轰击。我们卫队呈扇形散开，保护忠王的坐轿，一个卫兵的肚子被弹片切出一个大洞，他蜡黄的脸上满是汗水，努力着想把流到外面的肚肠塞回去，另一个卫兵的一只脚被炸断飞到了别处，抱着残腿哭爹叫娘。忠王的嗓子都叫哑了，但他的叫喊都被轰轰的炮弹爆炸声和痛苦的呻吟声淹没了，他拔剑要冲下轿子，我们苦苦哀求他回到安全的地方去，要把他塞回坐轿去。忠王个子不大，劲儿很大，他就像一只动作灵敏的豺狗一样挣开我们往前冲去，我们赶紧簇拥在他前面组成一道人墙。就在这时，空气中响起了一阵铅丝颤动般的咝咝声，那是炸弹落下的前兆，我们距他最近的几个侍卫赶紧扑到忠王身上，轰的一声，一枚炮弹在举着百把面红旗的队伍中爆炸开来，忠王的坐轿被击中着起了火，弹片四溅开来，好几个兄弟被剧烈的气浪扔得老远，幸好我们及时扑到忠王身上，他才没有大碍，只是面颊被弹片划出了一条巴掌长的血痕。一听到主帅受伤，大军随即退往徐家汇。

当天晚上在徐家汇天主教堂召开军事会议时，忠王脸部的外伤已做了紧急处理。创口面积不大，却有些深，这使得他说话时不断地要皱眉。这个才过三十五岁的天国实权人物，外貌已苍老憔悴，此番在上海城下遇挫让他深觉郁闷，一双充满疑惧的大眼睛不停地闪烁着，同时眼睑也总在抽动。部下们早就习惯了他满腔怒火时这些神经质的动作，两手时而握紧，时而放松，脚跟在地上频率越来越快地拍着。

"英国人和法国人为什么要违背信约？我们手中还握有他们严守中立的文牒呢！太平军和英国人崇拜同一个上帝，有着同教的兄弟之谊，为什么英国人要帮助满妖？英军根据什么权利、什么法律占领上海县城，阻挠我们去收复，而要替满洲人守卫这座城市？"

"尤其是英国人,为什么要这么仇视我们?我们曾经伤害过他们吗?我们不是一直都在坚守信义和友谊吗?我此番前去,不过是去跟他们商谈通商条约,用得着这样子招待我?"

他把脸转向坐在一边的林德利,就好像这个外国人就是他责问的对象:"英国人为什么要仇视我们?我们有丝毫伤害过他们吗?我们不是一直都在坚守着信义和友谊么?"

机敏的林德利这样回答他:"英勇的忠王殿下,那些与不法的鸦片贸易有勾当的人,那些唯利是图的商人才去反对太平天国,我坚信,这场战争中,天国永远是正义的一方。"

"你们外国人难道就没有看到,"忠王好像没有听到林德利在说什么,"满妖知道你们和我们是同教的,就阴谋拉拢你们,他们捏造谎言,假装友好,暂时让你们做许多买卖,来愚弄你们,你们一定要看清啊!"

此时的忠王已知洋人态度,又兼内应失败,后军又报清军张玉良部正围攻嘉兴,早已萌生退意。忠王宣布了回援嘉兴的决定。会后,忠王再致书各国领事,痛责外国人失约背信,但声称仍希望保持友好关系。他说,这次他来上海商订友好条约,却不料遭此敌对行为,如果各国再敢援助清军,我军将切断水陆全部丝茶贸易作为报复。

忠王信上还说,听说清廷每年给在上海的外国人五十万两白银的贿赂,如果外国人接纳他的军队开入上海并建立贸易伙伴关系,他会奏请天王,把全年的关税收入都送给他们。

最后,忠王宣称,由于遭到大暴雨,路面泥泞,麾下人马无法随同前来,实在有违外国友人所寄之厚望,他放话说,他很快就会回来。

出于对洋人的报复心理,卫队撤出徐家汇教堂时杀死了一个法国传教士和他收养的十几名孤儿，还撕碎了圣母画像，捣毁了教堂里的雕塑。我敢发誓忠王不知道这件事，全是底下人干的。

晏玛太牧师说："发觉外国人是仇敌后，他们悄悄地撤退了，他们心灰意冷，因为他们是抱着友好态度来的，并无进攻企图，甚至对上海城也不拟加以袭击。"

不知道这封信是不是及时送到了各国领事手里。几天后，最后撤回的士兵说，大军开拔不久，一个叫富礼赐的英领馆翻译在一队卫兵的护送下来到了徐家汇教堂，不知道是不是来送复函的，因未亲见，我这里就不妄作猜测了。

4. 汽轮船上的大副

上海之战就这么虎头蛇尾地结束了。听到忠王宣布撤军，我的心都冰凉冰凉的。我急巴巴地从上海跑到苏州投军，想的不就是有朝一日能打回上海城吗？可是军令既下，我一个小卒子有何办法，只得随大军回援嘉兴。

在跑马场掩护忠王时，一片弹片紧贴着我的右额飞过，削去了一片头皮，当时只觉一阵麻痒，回军途中才觉疼痛难忍。随军郎中当作一般的外伤，上了点金疮药就说没事了，随后的十几天，我发热、呕吐、说胡话，病症越来越重，侍卫队的兄弟们以为我再也挺不过去了，都在准备哪天我咽了气就一埋了事，忠王殿下发话了，说必须救活我这个替他挨了弹片的侍卫，他还准备收我为义子呢。最后是林德利先生用他带着的奎宁把我从死亡线上拉了回来，比起那些缺胳膊少腿，甚至把生命丢在城门下的战友们，我实在是太幸运了，我病愈后，忠王殿下接受了我的三跪九叩，正式把我收作了义子。

后来我听说，当我们突进到跑马场时，回到上海养伤的华尔就在我们对面的大马路、界路口与我们对阵，我真后悔当时没能穿透烟雾捕捉住他的身影。他的一头长发，矮小的个儿，在战场上常穿的那身蓝色紧身裤儿，就是烧成了灰我也认得出来。当时要能认出来就好了，我一枪就结果了他。

慢慢调养身体的那些天里，林德利先生一直陪着我。我在跑马场纷飞的炮火中奋不顾身地扑到忠王身上的行为感动了他，他把我视作一个真正的勇士，说从我身上看到了天国事业的未来。他对他的同胞进行武装干预、阻止太平军进入上海的行径表示内疚，他捏着拳头气愤地说："他们是在犯罪，不折不扣的犯罪！他们不宣而战，毁灭那么多无辜生命，是对中国内政的粗暴干涉，是在用火与剑反对一个伟大民族的宗教革命，这种武力干涉完全是非正义的，是对人类的犯罪！"

林德利先生看不起很多和他差不多同一时期来中国的同僚，他说，那些人到中国来的唯一念头就是发财，他们整个的生活是一场赚饱大钱回国去享福的狂梦，这些人只知利害，没有博爱精神。他认为，扫除偶像崇拜建立真神崇拜就是太平天国革命的精神，而强权政治必须推翻，满洲人必须驱逐出去，中国这个东方最大的国家一定会成为流淌着奶与蜜之地。

"知道我为什么要辞去大有前途的军队的职位，屈尊去一艘小汽船上当一个大副吗？我就是想借着在中国内河航行、做生意的机会，亲自见识一下革命中的中国，看看被欧洲人诋毁的太平天国到底是怎样的。这大半年沿着东海岸跑了许多地方，我有一个发现，凡是清统区，官匪沆瀣一气，民不聊生，乞丐成群结队，而太平军控制的地区，种地的、做生意的，都各安生业，一派生机勃勃的太平景象，还有，生活在暴政下的人的面部表情都很蠢笨、冷淡，一种半是狡猾半是恐惧的奴隶式的表情，而在这块自由的土地上，你们都那么聪明、直率、英武，你们的自由风度对我这样一个外人有着特别的吸引力。"

说到激动处，林德利表示，他要写一部书，把发生在中国的这场惊人的革命记录下来，把天国将士的英勇事迹介绍给欧洲的读者。当然，这部书更是献给他无比崇拜的忠王殿下李秀成的。

我很喜欢和林德利先生闲谈，他见多识广，是个有趣的人，和他闲聊不光是消磨时光，还带给我各种知识的乐趣。他给我讲乘坐"坎缪号"军舰一路从英国抵达香港的见闻，讲印度洋上的飞鱼和张开翅膀有一间屋面大的秃鹫，讲铁路、热气球、电报、海底电缆等等稀奇古怪的东西，他还以赞赏的语气讲到他在广东外海见到的划着平底船行驶如飞的疍家少女，他认为，中国女性，尤其是那些船上少女美貌一点也不输于欧洲女性，她们又长又密的黑发，明亮的、快乐的、微斜的黑眼睛，淡棕黄色的清秀脸庞，柔软健康的身段，让他第一眼看到时就想入非非。这些海边少女对时尚的追逐也给他留下了深刻印象，她们穿着的鞋子是欧式的，包着的鲜艳头巾，作手帕形，对角折叠，在颏下打个结子，两角整齐地向两边伸出，也是标准的曼彻斯特式。唯一遗憾的是她们都长着一个扁平的鼻子。说到这里他不好意思地笑了，"这些小妖精，揉碎了多少水手的心啊！"

他问我，高烧说胡话时一直在叫着的梅，是不是我的心上人？因为被窥破了秘密，我的脸腾地一下红了。"你很爱她是吗？

哦,肯定是的,不然你不会在高烧的谵狂下一声声只喊她的名字。告诉我,她漂亮吗?让我猜猜,她或许是一个裁缝的女儿,每天住在绣楼上,缠着一双酒杯大的小脚,做得一手好女红,对不对?要不,她的父亲也是一个英勇的战士,他看中了你,然后决定把宝贝女儿嫁给你?"

我制止了他不着边际的想象,告诉他,我思念的那个女人是我从前在上海时老板的女儿,她是一个富商兼官员的千金,这么些年我一直暗恋她,我努力让自己变得有出息,好让我配得上她,我相信我快要成功了,可是没料想有人横刀夺爱,一个叫华尔的美国流氓逼着她父亲同意,要把她娶走。

"哦,那个撒格鲁逊强盗我在上海见过,他纠合了一批和他一样货色的码头无赖和恶棍组成了一支雇佣军,你的心上人被他夺走,那真是羊入虎口啊。"

"林德利先生,我该怎么办啊!"我都快哭出来了。

他的手指插到我一头乱发中,轻轻安抚着:"哦,可怜的人!与心爱的姑娘天各一方,是一件多么痛苦的事。所以我一眼就看出来了,你的眼睛里燃烧着爱的火苗,你因爱的失落受着煎熬,我现在的境况和你差不多,我的未婚妻玛丽也远在上海,我与她也有两个多月不见了。"

"我加入太平军,最初的愿望就是跟着忠王的大军打回上海去,救出我的心上人。"

"我对这个被压迫、被伤害的民族怀着深深的同情心,生活在这个暴政像虎狼一样横行的国家里,真理要自己去追求,爱情也是!你要去解救你的心上人,哪怕你的情敌是一头凶狠的狼,你也要学着做一个好猎手。我的未婚妻,可怜的玛丽,就是反抗她暴虐的父亲,逃婚出来,跟我一起到上海的,不管任何人、任何势力，都不能阻止我们追求幸福的权利！"

林德利先生的未婚妻玛丽是一个葡萄牙姑娘，十六七岁，用林德利的说法，她长得娇小玲珑，既天真无邪，又热烈多情，一双杏仁眼又大又黑，就好像在吐露说不完的情话。

玛丽的父亲很富有，在黄埔有一个船坞，又是葡萄牙驻黄埔的领事。玛丽的母亲去世后，强迫女儿嫁给一个有钱的智利人，但玛丽非常讨厌那个男人，不肯嫁人。去年秋天，预定结婚前十几天，林德利先生的船奉命停泊在黄埔船坞修理，于是他们就认识了，然后她跟着他逃到了香港。

"那天傍晚，我们的船暂泊在江面上，我站在后甲板上抽烟，我看到一只舢板上载着三个姑娘，两个疍家姑娘，另一个国籍不明，她们的舢板在我们大船旁荡来荡去，那个不明国籍的姑娘好像要特意引起我的注意来着。

"于是我一边招手让她们把船靠过来，一边走下甲板过道的扶梯。和我一起在后甲板的一个老舵手跟我说：'留神，这是个葡萄牙女人。''葡萄牙女人又怎样？'我问他。老舵手说：'葡萄牙女人很野很诈的。'他指着自己的肋骨说，这儿留着一个里约的葡萄牙女人给他的纪念，是一个咬痕。

"我跳上她们的舢板，看出这个姑娘是澳门的葡萄牙人，她半天都不说话，只是呜咽着，后来那两个疍家姑娘连说带比画告诉我，玛丽的父亲强迫她嫁人，她要搭船到香港去找朋友寻求帮助。我几乎顷刻之间就被姑娘的美丽和悲惨境遇打动，自居为她的保护人了。看天色已暗，我就让她先回去，第二天晚上再在这里见面。第二天晚上，她果然践约来了。我们连着几天约会，不知不觉相互深深爱慕起来。她的脸是美丽的深棕黄色，细嫩得几乎可以看见下面的血管，稍一激动就涨得满脸通红。

她柔丝一般的长睫毛，披在秀美削瘦的肩上的鸦翼一般乌黑的卷发，都让我爱极了，当然更可爱的是她希腊式的鼻子，鼻骨小巧高耸，说明她来自高贵的家族。

"几天后，我们的船修理竣工，准备翌晨驶往香港，那晚约会时玛丽哭得非常伤心，说明天就是她出嫁的日子，虽然我们还从没有谈到过爱情，但这时的我抛开了所有，紧紧地抱住她，向她表白。不管这次奇遇会有什么样的后果，我都要带走她，我甘愿冒着各种风险去救她，为她牺牲一切，包括我的生命。于是当晚她最后一次走进专横的父亲家里，稍做收拾，就带着一个女仆悄悄回到了船上来。

"我把她们偷偷带上船，藏在船上的藏帆室里。这地方很隐秘，只要船上的炮手和木匠为我保守秘密，没有一个人会想到那里藏着两个姑娘。而炮手和木匠我早就打点好了。清晨，我们的船升火待发，刚要起碇时，玛丽的父亲就带人找到船上来了，他们带着英国领事的许可证，在船上找到人可以随时带走。我在甲板上当班，在舱口接着了他们，装模作样听了他们的申诉后，就去向船长报告，于是船长答应他们在船上进行搜查，我叫出船上所有水手帮他们去查，当然藏帆室这地方我是不会让任何人靠近一步的。他们一无所获，只好灰溜溜地离开了。就这么着，玛丽成了我的未婚妻。我们的心中充满着快乐，因为再也没有任何力量可以使我们分开了。"

我疑心是林德利先生施展手段勾引了这个姑娘，但听他用如此钟情的语气说她未婚妻的种种可爱，我只好自动打消了这个疑虑。林德利说，他们在香港一所绿荫遮掩的住宅里同居了一段时间，那真是一段十分美妙的时光，他相信自己完全得到了她的身体和爱情。"妈的，女人的身体多么美妙啊！"这是这个英国绅士说的唯一一句粗话。

一直到今年初，林德利先生决定辞职离开军队了，玛丽因为姑母家在上海也想来投奔，于是他就在一个从前的老同事做船长的一艘汽船上找了个大副的职位，一起去了上海。

"女人可以被爱情铸造成任何模样。"他以这句话总结我们的谈话。

5. 北方消息

此役我方伤亡三百余人，忠王卫队有十二人毙命，三人在跑马场死于炮击，一人被受惊的马踩踏而死，其余八人，都是被城墙上的排枪射死，好几人还是头部中弹一枪致命，显见敌方有一批训练有素的狙击手。那些前几日还生龙活虎的兄弟，我再也不能跟他们打闹，跟他们说笑了。我记得有一个绰号叫小宁波的，加入太平军前是个剃头匠，老家给说下了一门亲事，打下上海就要回去结婚了，此人胆儿特小，枪一响就缩着头撅着屁股找地儿躲，那天大雨中刚冲到西城门外，他在瓦砾堆后露了一下头就被一枪掀掉了天灵盖。

大军撤离上海回援嘉兴，我们再也没了二十几天前从苏州杀奔而来时的意气飞扬。这莫名其妙的败仗让我们每个人心里头都压着一块大石头，死沉死沉的。对城墙上狙击兵的恐惧总让我觉得脖子后面冷飕飕的，我总担心什么地方突然飞来一颗子弹。城墙上那些看不清面目的狙击手对我的刺激太大了，他们那种杀人如割草的狠劲儿，简直是挥舞着勾魂镰刀的死神，随便一勾，我身边的兄弟们就茅草一般唰唰地倒下一大片，真是既让我后怕又让我钦佩不已。我开始没日没夜摆弄着一支缴获来的来复枪，梦想有一天成为一个比他们更狠的狙击手。我希望有一天我和华尔对阵的时候，我枪里的子弹会让他知道我是谁。

卫队有个叫刘大年的伍长，湖南常德人，当兵前是山里打野猪的，枪法特别好，在上海城西门外，我亲眼看到他三枪撂倒了观察哨上的一个英国兵。此人脸相阴狠，我们都很少去招惹他，为了学枪法，我也顾不得什么了，有事没事总跟他套近乎。他也看出什么来了，说，你小子是有什么事求着我吧？说出来，看老子帮不帮得上你。我说我要学枪法，刘大年嗤地笑了，说，你的手细皮嫩肉的，拿笔杆子还差不多，拿得动枪吗？

他要我平举着枪，枪管下吊半块断砖，一炷香的工夫枪管不许移动分毫。他抽着一袋烟，笑眯眯地蹲在一边看着我。没一会儿工夫，手臂就像灌满了铅似的抬不起来了。可我手臂一松，他手上的乌梢丝立马抽了过来。

练了十天臂力，他教我瞄准。他把一根柳条削得尖尖的，对着我眼睛直刺过来，我吓得本能地闭上眼。他说这不行，你得学会泰山崩于前而不变色，愈是危险，你愈得把眼睛瞪圆了。

他问我，当你和敌手面对面，你们各有一次开枪机会的时候，你会射击他身上的哪个部位？心脏，头部，拿枪的手？

我想了想，说，打他的手，或者心脏。

刘大年说："错！应该是头，如果你打中的是对方拿枪的手，他的手臂神经会不由自主痉挛抽搐，也会让他有时间向你开枪，而心脏，你打中他以后，他还有十秒钟的存活时间，你要让对手一枪毙命就得去打他的头，"他伸出手指在我脸上比画，"头部好瞄准，足足有一只倒扣的海碗大，但头部能使对手瞬间死

他们那种杀人如割草的狠劲儿，简直是挥舞着勾魂
镰刀的死神……

亡的部位其实非常小，就是眼睛后面半个巴掌大的地方。"

刘大年说起去年他担任行刑手，枪毙一个俘虏的清妖军官的事。他瞄准清妖的心脏打了一枪，那人在玉米地里翻滚着，他又补了一枪，那人还是不死，仆在地上，匍匐着往前爬，围观的人无不骇然，爬过十多米，到了一块毛芋田里，这个挨了几枪的人因为痛苦用手指死劲地挖着泥土，把芋芳都挖了出来。这时他已经大腿发软无法射击，最后有一个胆大的上前，用刀深剜枪口，又砍断了颈动脉，血从脖子喷涌而出，那个军官才咽气。

"现在你知道了吧，很多时候打心脏不一定管用，听说，有一些人，心脏是长在右侧的，万一你碰上的是这么一个家伙，你的小命就玩完啦。"

刘大年说："瞄准线上有四样东西：你的眼睛、后准星、前准星和你的目标。你举枪瞄准目标的时候，心跳、呼吸，脉搏的跳动，都会让你手中的枪发生肉眼难以觉察的移动。以我过去打野猪的经验，这个时候你千万不能屏住呼吸，这样你的肌肉会因缺氧抖动得更厉害，你更不能紧张，紧张只会让你向天开枪。开枪前不要想其他东西，头脑要纯净空白，像一张白纸，只想着你应该做的事情。"

"可是我手抖得厉害。"

"你要告诉自己，你只有一次开枪的机会。"

"可是，这样我的手抖动得更厉害。"

"注意控制你的呼吸，开枪前用感觉嗅一嗅你的目标。"

"嗅一嗅？"

"是的，如果目标和你非常接近，你可以微张开嘴巴和你的目标同频率呼吸，把他想象成你自己，这会让你的呼吸宁静一些。"

这时，前面百十步外有只猪崽从草丛中一拱一拱地探出头来。这是附近农家的猪崽，它一点也没有觉察到即将降临的危险。

"瞄准它！你按照我说的方法去呼吸：深呼吸，慢慢呼气，当呼气的时候感受你的气将要呼重一点，然后再吸气，直到气又将要呼重一点的时候便停止一到两秒，就这么简单，这一两秒就是你的射击时间，扣动扳机吧！"

"砰"！枪口白烟还没有飘散，我看见那只猪已经倒在了路边，凄厉地叫着，抽搐着四肢。

村庄里的老百姓都逃空了，一些他们带不走的家畜，猪啊狗啊，就成天在路边晃悠，它们都成了我练枪的靶子。宿营的时候我们就支起大锅，把这些畜生褪毛破膛，享受这难得的美味。

"但是在战场上，你的对手不会是这些可怜巴巴等你宰杀的猪啊狗啊的，而是提着枪同样要置你于死地的枪手。"

刘伍长看出我对自己的枪法很得意，总是忘不了敲打我："你记住，狙击手在战场上的任务，是发现对手而不被发现，杀死对手而不被杀。"

他教我无论什么时候都要保护好自己，不让对手发现："任何时候都不要把天空作为你的背景，它会出卖你，让你的对手在二百米之外都可以轻松击中你，所以你的射击位置，永远不要高于地面十五米。你要尽可能融入背景中去，树丛、草垛、屋角的阴影、夜色，要尽量利用一切有阴影的地方。"

他还教我看风向、测算风力。"记住，你最大的敌人不是你的猎物，而是风。子弹射出后，枪支的弹道会因膛线、地心引力及风的影响产生误差。猎物离你越远，你射出的子弹就愈可能和风成为同谋，背叛你，子弹是不能被你训练的，你就只有迁就它了，你必须考虑风向和风速，你可以就近找一些测量的工具，旗帜、烟、树木、草、雨点，当然最重要的是你自己的感觉。"

他教了我一个测定风速的简单的方法，观察被风吹起的旗帜与旗杆形成的角度，然后将角度除以一个常数 4 再乘以 1.6，就是风速。

我说："刘伍长你对我这么好，把全套看家本领都教会了我，不怕仗打完后，我来抢你饭碗，断了你打野猪的营生？"

刘大年说："你小子别净往好处想，师傅教会你，是要回报的。"

我看他的脸，再也没有那种凶巴巴的狠劲了，而是有一种难言的悲伤。

"你说吧，只要我给得起，一定给。"

刘大年正色道："也不是要你现在就给，我要你打完了仗做我的女婿。"

我想反正没见过他女儿，哄他高兴也应该，就叫了一声爹。

他笑得脸上的皱纹都像菊花一样绽开来了："你小子嘴巴够甜的，我还要你做一件事，哪天我战死了，你要给我收尸。"

我咚咚地磕了两个响头。我都没好好拜过师，这算是学成后拜师了。

解了嘉兴之围，我们又回到了苏州。就在我追着郊野上的野兔、野狗当华尔打的日子里，我没有一刻不在想着重返上海。看起来忠王对上海也还没有死心，所有的战略部署都是在为再一次攻打上海做准备。这是忠王和英王在战略上的最大分歧，英王的目标是确保长江上游安庆的安全，因为那里是保障天国后勤供给的粮仓，而忠王是铁了心要拿下上海，在这里争取外国人的支持，再组建舰队回援上游。

不时会有一些截获的朝廷战报送到忠王案头，忠王这人，指挥打仗在行，文墨却不佳，专门聘有两个师爷为他讲解这些战报。有时，忠王自己也戴着眼镜读邸报。这样我们就知道了，就在我军在上海城下与英、法两军对阵的时候，这两国的主力舰队却在向北京进攻，他们在大沽炮台北面数里外的北塘登陆，击溃了僧格林沁的骑兵主力，攻占天津后打进北京城，抢劫并焚烧了圆明园，把咸丰皇帝赶到了距首都东北两百里外的热河行宫。

跟随英军主力在攻占大沽口炮台后向着北京进攻的，有一个皇家陆路工程队青年军官，名叫戈登，此人将在华尔死后继续领导这支军队，此是后话不提。

我们伟大的天王，被这些北方传来的消息鼓动，沉浸在打下北京坐龙廷的幻想中，已经差不多成了一个聋子和瞎子，他得悉英法联军在距北京不远的通州一带打败清军的消息欣喜不已，再次萌生了"扫北"的念头，并紧急召回刚刚解除嘉兴之围的忠王，拟让他担此重任。但忠王并不愿意北上。负责朝政的干王居间调停，他好像也更倾向于忠王，如果我所料不差，最迟到明年春天，忠王大军必将拿下上海。

后来我知道，1860年下半年，华尔也时运不济。青浦城下挨的那一枪，一直没有痊愈，他在床上躺了好久，后来又感染上了痢疾，时发低烧。我们在忠王亲率下突进到跑马场时，他是发着烧在参加作战。我们一撤退，他整个人就垮了。上海防卫战中他几乎没发挥什么作用，薛巡抚、吴道台这些曾经给他很大支持的后台老板们似乎都不怎么看好他了。吴煦称，要是洋枪队没有取得新战果，就要停止对他们的经济支持。

不管仗打得多烂，赢家终归有的。在薛巡抚发给朝廷的一封六百里加急奏折中，巡抚大人把成功抵御太平军的功劳全都归于他麾下的官吏与将领，尤其是上海道吴煦和候补道杨坊。他还为自己编造了一则连续七天七夜不合眼指挥战斗的神话。巡抚大人荣获最高官阶顶戴，其余大小各有封赏。不消说，杨坊也升官了。英国领事卜鲁斯气不打一处来，在一封写给恭亲王的密信中，他指斥薛焕妄自尊大，手下将官昏庸无能，不战自败，要求朝廷尽快支付给他守卫上海的一大笔费用。

华尔重新回到法尔思德和白齐文扼守的松江，决定再次向青浦发动攻击，洗刷前辱。忠王大军正在围困杭州，华尔选择这个时机出手，青浦的确危险了。但不幸的是，他碰上了忠王麾下以擅打硬仗出名的慕王谭绍光。

12月中旬，洋枪队向青浦发动进攻。由于华尔枪伤还未痊愈，这次进攻由白齐文指挥，华尔和法尔思德一起负责松江的防御。这一次，白齐文他们连城墙都没有靠近，就被慕王的人马半途截击。此战损失了将近三分之一的人马，白齐文逃跑时把短枪都扔了。此战失利，使得上海最高当局下定决心断绝了对洋枪队的经济支持。

华尔消失了，我费力打听，也得不到他的任何消息。松江暂时由他的两个副手扼守，因为官方已经不再拨给经费，守城经费只能从当初攻占该城时的奖金中开支，他们的人马不断有人开小差，有一些还投到了我军阵中。

有人说他躲在上海家中养伤。也有人说，杨坊暗地里给了他一笔钱，资助他秘密开办了一家军火厂，准备东山再起。最离奇的一种说法是，他去了欧洲。反正再没有人见过他。

我相信，他还会回来的。

6. 西征

这时有一个大人物登场了，他使得我们对上海的进攻整整延后了一年。

此人即英国海军上将何伯（Admiral Sir James Hope）。何伯瘦长个儿，大耳，脸上胡子成天刮得干干净净的，他虽有贵族爵位，为人做派却像个街头流氓，争勇好斗，故而有个绰号，人称"打手詹姆"（Fighting Jimmy）。何伯曾两次率英国舰队参加北方作战，先是1859年护送公使团北上换约，在大沽口打过一仗，遭炮击重伤；为图报复，今年夏天他又率兵北上，在攻打北京、焚烧颐和园时狠狠出了一口气。说来也是巧合，我们在上海城下连吃败仗准备回撤的当儿，他们正好攻占大沽炮台。此番北方战事已定，老皇帝在热河行宫咽气后，他生前宠爱的妃子叶赫那拉联手恭亲王，做掉八个顾命大臣攫取了权力，代表朝廷接受了联军的城下之盟，北方已无仗可打，何伯便率领舰队回到了上海。

2月12日，何伯将军带着翻译巴夏礼、雅龄等人，率"科罗曼德尔"号等九艘舰舰从上海出发，去落实条约所许可的长江口岸城市开埠事宜，用他们的说法，是"远征"长江了。船上有一支由官员、传教士和商人组成的代表团，目的地是汉口。舰队在下过数日豪雨而上涨的冰冷浑浊的河水里行进数日后，中途停泊天京。他们进城与天国最高层进行了会谈，接待他们的是天王宠幸的赞王蒙得恩的儿子、赞嗣君蒙时雍，章王林绍璋。何伯说他们已取得长江通商权，天国方面必须保证英国商船自由航行长江边上每一座城市。天王起先答应他们不伤害外国商人，但对是否攻打上海未置一词。英方自恃船坚炮利，态度十分强硬，从汉口东返时，受何伯指令，巴夏礼又跑到刚落入太平军手中的黄州，警告英王不得进攻九江、汉口、汉阳，干扰他们的商业贸易。最后，他们又回到南京，与蒙时雍谈判，要求太平军不得进入上海附近百里之内，如若违反，他们就要武力对抗。经过五天拉锯式的谈判，最后，天王屈尊应允，本年内不进入上海周边一百里以内地区，并于 4 月 2 日颁布通令，诏命中西共遵和约。

忠王没有参加与英方的会谈。但当他得知天王对英国人的许诺，气得脸都歪了，他的东征计划遭到了严重阻挠，又无处发泄，拔出佩剑把厅里的柱子砍出了好几道剑痕，直呼昏庸误国。

最让他头痛的，是天王一次次命他出兵"扫北"。

洋兵攻占北京，咸丰北逃热河一病不起，这些消息让天京城里的天王既惊且喜，萌生了利用这一良机推翻朝廷的幻想。天京城里时常张贴着英法攻打清军获胜的战报，并在这些战报的末尾写着杀尽妖魔这些标语。

对这不切实际的幻想，忠王不好明着反对，只得拖延，他回奏，他已经收到了江西、湖北四十余支地方武装的呈文，等待他出兵前去收编，他计划先收编这十余万人马，然后再北上。对他的建议，天王不予理睬，只是催着他早日动身北扫中原。

11 月，忠王率军渡江出发，但行军方向不是向北，而是向西，看来他还是坚持自己的西征计划。属下的军帅、师帅们担心他受天王责罚，忠王说：背主之命，信友之情，我也只能这样了。

出征前，忠王在大校场检阅全军。此次出征七千五百人，大部分为广西一路打过来的老兵，还有一部分湖南兵，人虽不多，却是太平军的精锐劲旅。卫队中的十二个号手吹响了号筒，那号筒黄铜打造，足有一人高，其声雄浑。随后，军乐队箫笛齐鸣。忠王身着朝服，头戴镶有伏虎的王冠，手按青锋剑，在辅王杨辅清陪同下，英气勃勃地巡阅了将要随他出征的军队。但见军服鲜艳齐整，各色绸旗猎猎招展，长矛短戟有如密林，各式轻重武器，抬炮、滑膛枪、双铳枪、火绳枪应有尽有。我听见两个走在我身边的广西兵在交谈，一个说：憋了一个冬天了，终于可以跟满妖开仗了。另一个问：你不怕死吗，或许这一去就再也回不来了。那人说：阵亡了也是一件好事情，因为我们一定可以上天堂。

林德利前段时间在南京教习阵法和炮战技法，他参战心切，忠王命他携带三门野战炮随行，编入侍卫队，并派给他两名勤务兵，这样我们又可以天天在一起了。

我们在江西兜了一个大圈子后折向皖南，和李世贤、刘官芳部会合，兵力增加到两万七千人，然后又折向婺源，一路收编了近十万人马。说是西征，实际上不过是搪塞天王的一个借口，所以大军的行进就像一股没有确定方向的台风。而天朝的另一支主力英王，看来也接到了同样的"扫北"指令，很长一段时间，英王大军不在安庆与曾国荃缠战，反而在皖北的里下河到滁州之间这块狭长的地带上兜兜转转，看上去是在联络捻军、长枪会等地方武装，做着打开北路通道的尝试，实际上也是上有政策下有对策，一边糊弄着天京最高当局，一边趁机裹粮掠地，扩大自己的地盘。

我们最大的一仗是在鄱阳湖边打的，攻占了清军防守极为严密的军需重镇湖口，补充了大量军械粮秣。那一战，林德利的炮队伤敌无数，立下了大功，让我们大大见识了一番西式火炮的强大威力，而在这之前，我军的重武器只有几杆抬炮，笨重不说（需四人抬，还需一人扳发射用的三角支架），射程也不远。

此战是在鄱阳湖边一片开阔的扇面地形上展开的，一面临湖，一面为长江，其后则是湖口城。敌方兵力远胜于我，约在五万人以上，且三分之一为精悍善战的骑兵。但从所占位置来说，却是我方有利。忠王观察地形后，命大队散兵为前锋，骑兵分两队左右掩护，全军以密集的四人纵队前进。这一日，清军只是派出无数哨骑，未与我方接仗，我们于傍晚时分进抵丘陵地带，当晚在高地扎营过夜。有人以三国时马谡失街亭为例，劝忠王勿在高处扎营，以防敌军围困，忠王殿下笑笑，说：清妖整日都未与我接仗，是慑我声势，我军居高临下，明日正好冲它营盘。

夜半，哨兵来报，敌军已退，忠王传令全军拔帐急追，天黑风高，每个士兵手提灯笼或火把，以作照明。夜色中，大军潮水般淹过平原，地势复又变得崎岖，前方散兵来报，清军在前面树有坚固木栅，并掘有壕沟挡住我军。

忠王大笑：寇技穷矣！这样一来，湖口唾手可得了。

察看了敌方虚实后，忠王命辅王在正面做出佯攻姿态，每个兵士皆带两个灯笼缚在长矛两端，呐喊不止。另派侍卫队五百人再加火枪营、林德利的炮队共千人偃旗息鼓，以夜色作掩护向敌方左翼丛林地带疾进。清军的注意力被吸引到了正面的火光上去，未曾留意这支奇兵已摸到了木栅墙下，待他们发现已经迟了，这些人已冲到壕沟。壕沟无水，木栅墙又没什么坡度，我方正好从木栅的侧面以交叉火力压制对方。尽管清军从墙后扔出的"臭瓦罐"散发出的浓烟和恶臭使我军进攻一度受挫，林德利的三门野战炮一响，那边的掷弹手就再也没了还手之力，我们迅速爬过木栅沿着墙根散开，以密集的火力向着黑压压挤成一团的敌人开火射击。

我们已经冲到了敌人唯一的退路上，肉搏开始了。清军负责这个堡垒的是一名骁勇的统领，他用弓箭射死了我们好几个兄弟，搏斗中，他又挥舞着大刀左冲右突，靠近他的人像断了腰的麦秆一样纷纷倒下。我看到林德利举剑冲到他面前，那统领看到面前突地跳出一个洋人来，也愣了一下。统领满身血污，像一头红了眼睛的疯牛一样咆哮，林德利举着的剑尖垂了下来，他叽里咕噜地不知说些什么，大意应该是让这人投降。可是后面的兵士们冲上来，一下把林德利冲到了统领身边。统领抡起大刀就砍，林德利本能地抬手去挡，眼看着林德利的一条手臂就要废掉，我扣动扳机，这位统领跟跄了几步，像一堵土墙一样重重地倒下了。林德利回头感激地冲我做了一个手势。

木栅堡垒被我们攻克了，它像一枚钉子牢牢地楔入了敌方的阵地。清军几次组织冲锋想要夺回去。我们刚布置好防线，清军的前锋就冲杀了过来。我们分两排蹲伏，一等他们冲到距壕沟数步之内，我们的前排就开枪射击，然后再退回重装子弹。清军前锋受挫，后面的人又浪涛一般逼上来，在距离我们不到十尺处形成一道人墙。我们放出了第二排枪，猛烈的枪弹让他们半步也前进不得，他们丢下木栅前成堆的尸体，溃退了。

此时天已大亮，战场上旌旗猎猎，马蹄声隆隆，双方都在根据战场态势重新布局，调兵遣将。见我们这个堡垒难啃，成片的灌木丛又不利于骑兵运动，清军绕过我们，分成三路，每路约五千人，向着丘陵高地上的我军主力迎了上去。这使得作为全军左翼的辅王的队伍有了机会向前拓展，一直挺进到我们据守的木栅栏这里，筑成了一道牢固的包围线。

我看到清军骑兵耀武扬威地冲上了山坡，早晨明晃晃的阳

一转眼的工夫，最前面的几匹马已经冲到了高地的顶上……

光照着他们密集行进的长队列，他们的各色旗帜和头盔上的红缨在空中飘舞，刀剑和长矛发着一闪一闪的亮光。一转眼的工夫，最前面的几匹马已经冲到了高地的顶上，后面紧跟着一排一排的骑兵，漫山遍野地拥上斜坡，向在高地上排列着阵势的我军主力冲杀过去。就在敌骑还有百把米距离的当儿，我军前沿迅速向左右两边移开，中间各纵列屹立不动，其余纵列扫过平行线，在后面排成双行，列成了圆阵。此阵的第一线，是全军所有的抬炮和火枪，第二线是举着弯刀和大砍刀的骑兵，第三线是戟兵和长矛队。

一片火光亮起，随后是滑膛枪、火绳枪的砰砰声和抬炮的隆隆声，第一波的清军骑兵像冲到礁石上的波浪撞成了碎片。就在他们组织第二波进攻的时候，战场左翼我们这边，林德利和他的炮队把三门野战炮从隐蔽处推上前台，冲着他们的骑兵开火了。我们的葡萄弹和霰弹带着毒蛇一般咝咝的鸣响声，接二连三在对方密集的阵营中爆炸。受惊的马驮着骑手在场中到处乱跑，有好多还跳过横在地上的尸体突进了圆阵里面。长矛队的兵士专门对付这些被包了饺子的骑兵，只见他们屈一膝半蹲，紧握矛杆向前伸出，尔后在马腹下突地上撬，许多匹马咳咳地叫着倒下，流出热气腾腾的肚肠，凄厉地惨叫着死去。

一直在战场右翼以逸待劳的两千名精锐骑兵，在忠王亲自指挥下飞驰而出，右路、中路和预备队一齐掩杀。辅王则率我们左翼的一支人马迂回斜出，猛袭敌方重新布阵后冲上来的骑兵残队。敌方虽也有抬炮和长火绳枪还击，但经我方骑兵几回冲杀，阵形已乱，不得不全面溃退。

一部分清军被我们赶到了鄱阳湖中。另一部分逃入湖口城。我军直逼城下，忠王命集中所有野战炮、抬炮，准备轰垮城墙，强行攻城。但放了几炮后，城里就再没声息，一侦察，清军已经从北门出城，坐长江上的炮船和木船逃走了。

这一战，我军以伤亡两千人的代价夺取了湖口城的大量武器和粮草。林德利和他的炮队因在攻占木栅堡垒时作战英勇，得到了忠王的嘉奖。林德利的手臂在肉搏中被矛刺伤，服用了随军郎中的草药煎汁后，已无大碍。忠王命他回南京办理粮草军械事务，他带来的三门野战炮忠王很喜欢，全都留了下来。临行前，他向我感谢木栅栏之战中的救命之恩。他舒展了一下胳膊肘儿，说，要不是你那一枪，我就没法回去抱我的姑娘了。我把他送上江边的木船，嘱他有机会去上海的话替我打听小姐的消息。

看样子忠王是想在湖口城尽可能多待一段时间，既可逃避令人头疼的"扫北"，以此休养生息，又能兼顾东南。但事情在这年底发生了变化，安庆告急了，这座号称天京屏藩的长江边上的城市，在湘军水陆环攻一年多后已变得岌岌可危，不断向南京发出求救信号。

位于长江北岸的安庆城是天国的屏障，抵御从西边或北边对首都的任何进攻。蜿蜒的大河在此由西往东进行一小段后绕过一座岛，然后向北，继续向近六百公里外的大海前进。从战略意义上来看，庆安犹如一个杠杆支点，往东，扼守从长江北岸前往南京的各要道，往北或往西，又可作为战略基地经安徽直入湖北。安庆一向是英王的辖地，前年解南京之围时英王拔营率大部兵力东进，只留下两万余未经战事的新兵及数千妇女儿童留守，曾国荃趁机率一万余湘军从北面经集贤关进抵安庆，把这座高地上的孤城给团团围了起来。湘军对这座长江边上的要塞早就抱着必得之志。江南大营攻破后，朝廷屡命在长江中游一带作战的曾国藩东援，曾国藩就坚决顶了回去，说安庆一军绝不可动。"安庆一军，目前关系淮南之全局，将来即为克复金陵之张本。"

"自古平江南之策，必踞上游之势，建瓴而下，乃能成功。欲复苏常，南军须从浙江入，北军须从金陵入。欲复金陵，北岸则须先克安庆、和州，南岸须先克池州、芜湖，庶得以上制下之势，若从东路入手，内外主客，形势全失，必至仍蹈向荣、和春覆辙。"

曾国藩攻占此城目的有二，"以绝金陵贼粮之源，以杀江淮各贼掎角之势"，其深虑远谋若此，真是无比狠毒。朝廷一次次要他确保江南地区的安稳，保住上海、杭州不失，收复苏州、常州，曾国藩不得已，只好装装样子，自统八千人移驻皖南祁门，把主力曾国荃部一万五千人继续留在安庆，日夜加紧攻打，还不止此，他安排在外围担任掩护与后援的，还有多隆阿、李续宜、胡林翼部陆军及杨载福的水师，共约四万人。

眼看安庆有急，天京高层也颇为震动。干王说：自古取江山，屡先西北而后东南，盖自上而下，其势顺而易，由下而上，其势逆而难，况安庆处江之北、河之南，自古称为中州鱼米之地，前数年京内所恃以无恐者，实赖有此地屏藩资益也。

干王拿着天王御赐的"金笔生花"来到了大营，在他干预下，一场旨在解安庆之围的大规模军事行动展开了。一时间，整个南方战场的战略重心移向了长江中游。

按照干王亲手制订的这个作战计划，各路太平军主力应在巩固东边战场后，沿着长江两岸分兵大举西进，展开庞大的钳形攻势：英王从皖北沿长江北岸进发，途中于初冬时解安庆之围，然后往西挺进，春天拿下长江北岸的汉口。忠王取道皖南，沿长江南岸与之平行西进，在北边友军攻打曾国荃部解安庆之围时，另由辅王杨辅清等挺进祁门，侍王李世贤挺进赣东，抄祁门后路，攻破曾国藩在祁门的大营，然后往南迁回前往武昌，4月与英王会合，以便南北夹击武昌。完成这个钳形攻势后，湘军将如瓮中之鳖，补给线被切断，然后英王与忠王的联合部队将以武昌为基地，循长江两岸回师，消灭残余的湘军。

分兵出击前，干王打了一个譬喻，他把长江比作一条蛇，湖北为头，安庆为中，而江南为尾。

"今湖北未得，倘安徽有失，则蛇既中折，其尾虽生不久。故此战关系重大，我军务必完胜。"

第三章

浮华尘世　漂泊心灵

梅：

去岁冬日，大军出城，经过天京外围，一路向江西而去。在赣、皖、鄂三省交界处，有近十万人马等着我们去收编。大军西行时，冷空气一阵接一阵，路面都冻得硬邦邦的，抵达婺源，天空飘起了雪花。出城时我们着的还是秋衣秋裤，猝不及防的寒潮让不少军士的脚趾头都冻烂了。好在不久我们就与侍王部会合，收编各部后又衣粮充足，再加随后又攻占了湖口要塞，大军免去了冻馁之苦。

不久就是旧历的新年了，风雪阻道，大军在湖口驻下，不再前行，营盘中每日都杀猪宰羊，军士们就着火堆喝当地酿造的米酒。军营中弥漫着过节的气氛，好像战争已远离我们而去。

忠王殿下好像也很享受这样的日子。每天在帐中除了和军帅、师帅们喝酒，就是戴着眼镜学写字。指导他写字的先生说，忠王的字越写越好了。心情好时，忠王也会找我们侍卫说说话。他告诉我们，他的老家在广西，以烧炭为生，因为穷，他十五岁那年就烧掉房子从了军。他收作义子的爱将陆顺德，先前就是他的少东家。

正月中旬，天国第二号人物干王来到了湖口军中。干王这次来，拿着天王御赐的"金笔生花"，他是来敦促忠王出兵。长江中游的安庆遭到湘军曾国荃部的急攻,屡屡告急,干王策动了一个南北合攻武汉,以解安庆之围的军事计划。按照他的这一计划,现在皖北一带的英王部沿长江北岸西发,我军则取道皖南,沿长江南岸西进,最迟于今年夏天,两军南北会攻武汉,调动清军回援。

大军即行开拔。行列中增加了许多新面孔,车辆辎重也增加不少。二十余万人马,启行就花了三天时间。再加山地间雨雪交加,骡马脚蹄打滑,部队行进更加困难。我们侍卫队跟随忠王是最后一拨动身的。看来忠王对西征计划并无多大热情,大军就这么不急不慢前行着。

一个风雪呼啸的夜晚,大军穿过一个叫羊栈岭的地方,进入一块平坦的谷地。击退了少量湘军游击哨后,因不明前方敌情,我们没有贸然进击,大军扎营、埋锅、生火,这一路翻山越岭,兵士们实在都累坏了。后来我们才知道,此地前去三十里,就是曾国藩的祁门大营!等到我们摸清情况,天已经亮了,曾国藩麾下的大将鲍超已经带着一支整编马队从东边冲进了山谷。为了保住主帅,他们完全是不要命的打法。第一天,我们打成平手。第二天,休息充足、装备也较我军为优的鲍超部占了上风,忠王无心恋战,于是鸣金收兵,带着我们这支疲惫的军队再度消失在了山间的大雾中,丢下留在谷底的四千名死伤者任由大雪覆盖。

从祁门旁的谷地撤走后,我们大迂回绕开曾国藩的军队,向着江西、湖北挺进。我们的队伍一路往前打,围攻一个个城镇,夺取粮食马匹,但毕竟不在自己的地盘上,推进缓慢。四月上旬,大军抵达由南往北贯穿江西的赣江,赣江上游刚解冻,水流湍急,无船可渡,沿河岸往南走,仍找不到渡河之处，于是大军又在南岸休整了一段时间。突然某一日，如有神助般，江水退到了脚踝以下。大军徒步过江前，忠王派人把我传唤到他帐内。忠王命我挑选两个身手灵活的小兵，即刻脱离大军，潜回上海，与城里的内应秘密接上头，迎接大军再次攻打上海。

"义父挑中你，是因为你在上海有根基，又懂洋文，你到上海后，务必与城中的广勇和洋兄弟接上头，做好迎接大军的准备。"

忠王命我支上一些银两，又让人开来一张凭证，以便路上随处有个照应，上面写的是：

真忠军师忠王李为给凭事：

兹有侍卫营陈小羊前往上海联络军务，凡有经过地方，随时接济米粮油盐柴火等件，不致缺乏为要。一经办就，即至苏州府，随时等候大军可也。再仰沿途把守关卡官兵验明放行，交准其往来勿阻，切切。此凭。

天父天兄天王太平天国癸开十一年二月十九日

我终于明白了，为什么这个漫长的冬季里大军既不听从天王谕旨北扫，又不着力西进，只是在这里兜兜转转，把人马养肥。忠王的心里一直没有放下上海啊。只是我不明白，他何以一直坚信，城中有内应在等着他。

我领命出发了，和两个亲兵化装成难民，一路顺赣江而下。几柄单刀和一支来复枪，我们都包裹在了挑着的铺盖里。对忠王所说的内应，我本无多大希望。但我想要回到上海的心情却从未有过的急切。小姐，屈指算来，我离开上海，离开你，已将近十个月。我说过，不管我在什么地方，我不仅能看见你，而且还能与你说话，但事实是，去年秋天以来，满目的血渍、断肢和枪炮声，已让你的倩影在我的记忆里变淡，就好像一滴淡墨的水，在宣纸上越渗越远。不仅你退远了，大老爷、钱庄、伙计们，他们全都变得遥远。这真让我恐惧。如果没有你，我这般奔波还有什么意义？如果没有你，无边无际的黑暗就会把我吞噬。

有时候想起从前跟着大老爷，整日里与算盘、账本为伍，与洋商、客户打交道，我就怀疑，我真的在上海经历过这样的生活吗？那个从前的我，与现在挎枪提刀的我，到底哪一个才是真实的我？

我不知道。终日恍惚中，我现在知道的只有一件事，那就是如果不是华尔侵入我们的生活，我就不会离开上海，离开你。

我相信过不了多久，忠王大军会再一次攻打上海，我现在迫切想要做的，是在拿下上海之前击毙华尔，而不是去联络什么内应。当然这个想法我还没有告诉两个随从。这也是我冒着危险偷藏这支枪的原因。我知道现在的武器管制很严厉，私藏枪支搞不好是要掉脑袋的。但我冒这个险值得。

东行的路上一直在下雨，赣江的水卷着成团的枯草，向着下游急驰。坐了几日船，船工怕这么大的水出事，我们就上了岸。都说大军过后，三年青草不生，经过的城镇、村庄，那凋败破落的样子真让我们吃惊。好多屋子都被烧掉了，只剩下光秃秃的屋梁在阴沉的天空下支棱着。路上遇见的人，几乎全都衣不蔽体，面带菜色，而且不管老幼，眼神都是惊惶不安的。我们想在集市上雇几匹骡马，走了几个来回，也觅不到一匹牲口。都让那些兵给裹挟走啦。他们说。

道路泥泞，我们一天也赶不了多少路。有时候正赶着路，就会噼里啪啦落下一阵炒豆般的雪籽。4月真是个残忍的季节。但春天还是回来了，在哗哗流动的河水中，在飘过我们头顶的饱含着水汽的云团中，我闻到了春天的气息。只是今年的春天比往年更瘦弱吧。在路旁，尘土与荒草之间，零星的有油菜花开了。沿着汹涌的江水愈向东行，那金黄色流淌得愈加恣意，就像小时候，在我们的家乡西城桥，空气里都是舞动着的金黄的花粉。

有一个晚上，我们投宿在玉山县的一家客栈。这里没有过兵的迹象，市集很繁荣。客栈老板的一对儿女很可爱。大的一个女儿，十来岁的模样，很怕羞，小的一个是个男孩，穿着盘扣丝绸小褂，戴一顶钉了辟邪银饰的帽子，忽闪着一双大眼睛，一点也不怕生人。我们让店老板烫了两壶酒，炒了几个热菜。餐毕，正要回房休息的时候，我看到那小女孩坐在灶膛前，她把两根丝线缠绕在手指上，紧贴面部，像钳子一样拔去多余的毛发。炉火映照着她的脸，桃花一样鲜艳。看到这一幕，我的脚像钉住了一样移不开了。小姐，那一刻我突然想起了多年前，在郁家巷老家的时候，你对着一面妆镜铰除脸上的茸毛的情景。因为那时候，我总是笑话你的脸就像一只小雏鸡毛茸茸的，你赌气把自己关在房间不出来，对着镜子，指头缠着两根丝线，对着脸颊和脖子上的茸毛铰啊铰。我相信，你的宽阔饱满的额头一半有你爹爹的遗传，一半也是这样修剪出来的吧。现在我看着那小女孩，就好像看见了多年以前的你。我不在的日子里，你都好吗？我那么急切想看到你！

　　小姐，现在你知道，我曾经爱过你，现在仍爱着你。在你面前我从来没有过表白，那是因为我是一个容易害羞的人。离开你，我对你的爱达到了疯狂，我真想把一辈子里要对你说的话全都写下来寄给你。

陈小羊

1.逃跑的囚徒

上海这地方，一进入春天，空气就潮湿得像一块吸足了水汽的布，拧一把就会滴下水来。熟悉的雨中的弄堂、水洼里倒映着的灰扑扑的洋房、戴着伞的人影儿。就好像大钟走了一圈又回到原点，就好像我从来没有离开过上海。

尽管是个乱世，尽管这个城市随时会倾覆，但不得不承认，它是最适于过日子的。一回到这里，我就像鱼儿又重回大海里。

但已经有什么发生了变化。到底是什么变了，我一下子也说不清楚，不知道是因为我变了，还是这个城市变了。

我们三个在老城厢豫园附近找了一间客栈住下。离开上海快一年，我不知道大老爷钱庄的生意怎样了，他是搬回了老城厢还是继续在界路那一带，我找的这个地点正好在这两处的中间点上。当然更重要的是，这里人多嘈杂，便于隐匿，官府再怎么查也找不到我们。

两个随从被我支出去搜集情报，联络城中的内应。这是忠王命我们潜入上海城的目的，不管是不是真有内应，我们都必须有所行动。他们每天带回来的消息都相互矛盾，莫辨真假。一会儿说准备起事的两广兵勇全都让道台衙门逮去，砍了脑壳，可过几天传过来的消息却说，城中的洋商和部分浪人非常欢迎忠王大军进入上海，只要保证条约规定给予的权利，他们愿意共同驱逐清军，与太平天国共享这座城市。

把他们俩支出去，也是为了方便我自己单独行动，寻找华尔。我与华尔的事，我不想有别人掺和。我就像一个猎手，耐心地等待他浮上水面来。不管他是躲在哪个角落疗伤还是去了欧洲，我相信他一定会在上海露面。凭我现在的枪法，只要时间地点合适，我有六成以上的把握使之一枪毙命，当然，枪击之后如何让自己全身而退，还要摸清他的活动规律，对地形、对周边的建筑细加勘察。

到了晚上，夜深人静时分，我就会拿出那支来复枪，用布条仔细擦拭。木柄的枪托已让我摩挲得发亮，烛光下黑洞洞的枪口就好像一个受惊者张大的嘴巴。这把枪，它到我手上之前，噬过什么人的血，从沉默的枪口吐出的子弹还将夺去哪些人的性命？这对我都是一个谜。好久不饮血，它都渴了。我毫不怀疑，我的仇敌将饮于它射出的一弹（那是如何快意的时刻啊）。本来这把枪我是藏在床底下的，有一个大白天我正躺在房间里，客栈老板突然开门进来，这让我觉得把枪藏在这样的地方太不安全，于是把它用布条缠起来，爬高绑在了一根屋梁的背后，就是同屋的两人也不知道这把枪就藏在我们头顶的横梁背后。

睡足了我就出去溜达。豫园一带到处都是闲人，喝茶的、听戏的、逛堂子的，虽是乱世光景，人们找乐子的兴趣还是依然不减。我稍事化装，穿上裰子，把帽檐压得低低的，看上去就像一个精明的丝茶商人，就是以前的洋行伙计见了，也不一定一眼能认出来。有时候我也去码头那边晃悠，在江边大片的西洋建筑中穿行。码头上招揽生意的轿夫，一看到外国水手上岸都称杰克，见到衣着华丽一点的叫船长。的确那儿的外国人比较多，打探起消息来要方便得多。我留意倾听码头浪人的交谈里关于洋枪队和华尔的消息，但从不出言打听。因为这样一来目标太大，万一华尔得知我在找他引起警觉，那就打草惊蛇了。

有一天我从码头回来，总觉得背后有个尾巴，我接连穿过好几个弄堂，都没有把这个尾巴甩掉。我猜想这家伙肯定是清妖的探子，索性把他往僻静的小弄堂里引。正当我冷不丁截住他，一手勒住脖子时，这人失声叫了出来：陈小羊！我一看，那不是钱庄的伙计阿福吗？赶紧松开虎口。这人缺个心眼，做账老要出错，嘴巴也把不牢，从账房学徒罚去做杂役伙计，那时候我可没少照应他。

"小羊哥，真是你！"他欢快地叫了起来，"今天大老爷交代出来办个事，走到码头那边，看着背影就觉得像你，又怕看岔了眼，就一路跟过来了。我就说嘛，天底下没有人会长得这么相像。"

"听说长毛又要打过来了，是吗？"话一出口他自觉不妥，吐了吐舌头，继续一连串地发问，"听说你在那边做大官，封了王？哎呀，我早就看出小羊哥不是常人，日后要是进了城，那可了不得啊，那可是坐江山的啊，我的哥！"

从阿福那里我才知道，打从我走后，大老爷病了一场，病中又强撑着忙军务、给华尔筹军饷。说到这个华尔，阿福也是两眼冒火，一副气不打一处来的模样："那回你们打上海，算这小子命大，子弹穿过下巴都没死成，去了国外疗伤，上个月他又大摇大摆回来了，哈哈，就是破了相，从颚部到脸上的伤口长得怕人，留下了一道扭曲的痕迹，就是蓄起了胡子也不能全部掩住，还有，说话也不利索了，说几句话就要停顿一会儿，造孽啊，大小姐好好的一朵鲜花就要插在这摊牛粪上了，也不知道大老爷怎么想的！"

我问他，华尔现在何处，是不是就住在大老爷府上。

"不，他去松江了，大小姐也跟着去了，他带回来一帮洋人任教官，在那里招募中国人当兵，习练洋操，听说道台大人现在对这小子可器重着呢！"

我愣了愣："大小姐不是还没过门吗，就这么巴巴地跟着去了？"

"唉，这家伙逼着大老爷答应了他，说小姐迟早是他的人了，要他去练兵，就必须带上小姐，婚礼么，等他打个大胜仗再办。"

1861 年春天连绵的阴雨也让刚从北京回到上海的何伯将军感到了不耐烦。舰队停泊在黄浦江外才几周，他就收到了好几十起报告，舰队的水手成批开小差。这在以前简直不可想象。难道是上海这个花花世界的引诱，让他的士兵们不服军纪管束了吗？经查才知道，这些水手都跑到驻扎在松江的华尔洋枪队去了，而且听说那儿的薪饷高得惊人，士兵们每天可领到墨西哥银圆二十到三十元，折合纹银约二两，十五美金。

何伯觉得他的权威受到了挑战："在上海地方居然冒出这样一支野鸡部队，不属于政府军序列，也不是自卫武装，简直是天下奇闻！更可笑的是，让一个美国流氓来领导这支军队保卫上海，这伙乌合之众才是影响上海安全的最大危险！对他们引诱皇家海军的水兵们离开自己船舰的行为，我绝对不能容忍！"

他给华尔安了个破坏中立的罪名，准备立即采取行动，把他逮捕。

5 月 19 日，何伯亲率四艘海军快艇，旗舰"切萨比克"号开路，溯江而上，开向松江。面对这一支杀气腾腾的军队，华尔下令制止了部下的抵抗要求，大开城门，让他们进城。随后，华尔按照将军的要求，让他部队中所有外国人出列，在他面前列队走过。何伯带来的舰长指认出了英国逃兵二十九名，美国逃兵两名，这些人都被五花大绑着扭送到了船上，华尔本人也遭到了拘捕。

据另一种说法，华尔不是在松江城遭逮捕的，他是自投罗网，登上何伯将军的旗舰"切萨比克"号要求英军支持他的整军计划时被逮捕的。何伯拒绝对话，不管华尔如何抗议，二话不说就给他戴上了镣铐。不管是哪一种说法属实，都改变不了一个事实，那就是华尔在 5 月 19 日这天成了英国旗舰上的一个囚徒。

松江城一下陷入了恐慌，华尔的部下法尔思德和白齐文扬言要倾巢而出杀到上海，向何伯将军讨还他们的首领。洋枪队的后台老板薛焕、吴煦也慌作一团，准备就此事跟何伯交涉。

华尔很聪明，担心被秘密处死，他提出一个要求，作为一个美利坚合众国公民，如果要审判他，必须有美国领事到场。考虑到美国和英国一样，在中国都享有领事裁判权，何伯将军认为这要求不算过分，同意了。

阿福后来告诉我，吴道台和杨坊就此事去找何伯将军交涉时，何伯非常强硬地拒绝了他们的会面请求，只是让人传话说，华尔必须受审，而且此案要尽快审结。两人分析案情，现在何伯势大，审判结果，不外是把华尔监禁、驱逐，并课以罚款，不管是哪一种结果，正在进行的洋枪队整训都将遭到重创，他们也无法向薛焕交账。华尔被拘押在旗舰上，戒备森严，武力劫取几乎不可能，要救华尔，只能另出奇招。经密谋，他们终于策划出了一个营救方案，准备在审判现场突然发难。

审判在华尔被捕的两天后举行。华尔被押解着下了英军旗舰，坐驳船上岸，一行人沿着江边走到一处弄堂，来到美国领事馆前。对华尔的审判将在这里进行。

何伯将军没到审判现场，该犯臭名昭著，又罪行确凿，起诉他用不着将军亲自到场。吴道台、杨坊等大佬也都没到，但他们派出了几个会讲英语的政府职员和钱庄雇员作为代表。何伯将军的上尉副官作为公诉人，站在美国领事面前高声宣读对华尔的起诉书，大意谓：该犯华尔，违反美国当局在中国内战中所宣布的中立立场，存心作恶，明知故犯，诱惑英国军舰"色提斯"号的一名普通水手约翰·斯密及其他许多人擅离职守，并用非法手段引诱他们参加军事行动。

起诉书进一步提到，好多由于听信宣传，被华尔招募的英法海军逃兵已经被抓回到他们所属的舰船，如果有必要，这些人都可以作为证人。

美国领事问华尔，起诉书所述是否属实，你是否认罪？

华尔站起来说："我要提出法院管辖权问题，本人已加入大清国籍，是大清帝国的臣民，所以即使我有罪，也应该由中方的道台衙门进行审判。"

谁都没有料到华尔会说出这样一番话来，案情奇峰陡转，审判现场一片混乱，对这荒诞不经的理由，美国领事表示不予采信，何伯将军的代表更是对这理由嗤之以鼻。

此时，旁听席中有一位中方代表站了起来，说有证据可以表明，华尔先生所言非虚，他的确已于不久前放弃美国国籍加入了中国国籍。此人向法庭递交了一份盖有很多大印的官方文件，经法庭翻译，此文件大意为：江苏巡抚薛，奉到两江总督转来北京军机处来文，关于华尔申请放弃美国籍加入大清国籍一事，已奏明皇上批准。圣上朱批：准如所请。

英国人叫了起来："这不可能，文件是伪造的，是通过贿赂薛巡抚搞来的，华尔假冒国籍，是为了逃避罪责。"

美国领事仔细核查了这份文件上的每一个官印，摊开手做出一个无可奈何的手势，递给英国人，随即宣布，华尔恢复自由。

但此时在接应上出了点小纰漏，因为这个纰漏，华尔又被英国人带走了。当庭宣判华尔无罪后，他应该和中方代表会合，一起离开，但他没有，而是一个人离开了领事馆。这给了起诉他的英军上尉一个机会，将他重新逮捕。上尉说，鉴于此案尚有争议，有必要再请华尔到"切萨比克"号上去，听候何伯将军的处理。于是不管华尔的叫喊与挣扎，他们押解着他穿过大街下了码头，重新回到旗舰上。

据说，在船上华尔和何伯争辩了很久。何伯将军说，可以恢复华尔自由，但前提是，他必须发誓立即解散他的军队，放弃军事计划，不再引诱英国水兵逃跑。对将军提出的第三条要求，华尔不假思索就答应了，他说他现在要整训的是一支纯中国人的军队，他不会再用一个英国水兵，但他拒绝放弃他的军事计划，更不同意解散他在松江的洋枪队。

两人谈不拢，华尔继续拘押在"切萨比克"号上。但何伯将军也有点担心，如果华尔取得大清国籍是真的，如果北京政府要求释放华尔，他是没有理由继续扣留华尔的。因为和约刚刚缔结，他不想与中国政府弄得太过对立。但他也不愿意看到华尔继续率领这支名不正言不顺的雇佣军到处抢掠，以致随时招致太平军再次对上海展开报复性进攻。

于是他做出了一个决定。他打算立即攻占松江，用武力强行解散华尔的洋枪队，再在中国官方正式干预之前把华尔释放掉。因为将军也担心，万一留守松江的法尔思德和白齐文为报复英军拘捕他们的首领，挟全军投降太平军，要是这样的话，那就太得不偿失了。

取得英军的同意，阿福偶尔被允许登船探望，奉主家之命给华尔送些换洗衣服和吃的。华尔正愁无法把何伯要对松江动手的消息传出去，正好这日阿福上船，阿福接信不敢怠慢，赶紧回去报告杨坊，一级级上报到了薛焕那儿。

在巡抚衙门的调遣下，法尔思德和白齐文率领大部分人马离开了松江，除了少数马尼拉人守卫大本营外，松江城的防务交给了李恒嵩的绿营。洋枪队的主力拉到了松江东门外两里的一座老土堡。那里地势险要，控制着上海到松江的水陆通道，他们加宽了堑壕，架起了大炮，并新建了一些新的防御工事。

两天后，八百名英军士兵分乘四艘炮艇，在炮台下游约两里的一处地方登陆，随后，他们派出小股部队沿江而上侦察后，仍然退回到船上。船在下游处整整停泊了一个晚上，第二天一早，他们未放一枪就按原路驶回了上海。

双方都在虚张声势，任何一方都不想挑起血战。

此时，何伯将军接到了伦敦方面的训令，要求他协助清军攻打太平军。英国议院已经通过一项对华法案，在长久的观望后决定放弃中立，全面支持现政府肃清南方的残余太平军势力，以确保条约规定的权利。这一来，何伯将军就不想与上海官方和商界支持的洋枪队发生冲突了。当然，华尔更不想去招惹他。

这番纷扰后，松江城不被重视了，一段时间里，华尔也似乎被人忘记了。中方未采取任何措施要求英方释放他。美国当局则认为此人系大清国臣民，对他是死是活也毫不关心。但吴煦、杨坊这些洋枪队的后台老板们，法尔思德、白齐文、马考奈亚这些亲信，没有一刻停止过营救华尔的计划。

华尔被拘押在"切萨比克"号一间舒适的房舱里，舱房门口，有一个水兵值岗，同时也负责端送饭菜。说是囚徒，何伯将军也不敢拿他怎么样，一个人倒也逍遥自在。法庭上的营救虽然功亏一篑，但那份变戏法一样短短几日办妥的证明他加入中国国籍的文件，让他看到了吴道台他们救他出去的决心，当然更不容小觑的是中国人那种钻营的能力。他心安理得地等待着他的老板们捞他出去。

果然，阿福又一次登船时，避开看守，用手势和耳语告诉了他营救的计划。营救将在最近三个晚上一个合适的时机进行，阿福要他留神后半夜月落时分涨潮时刻，钟敲四下，即凌晨两点，到时将有一只舢板在旗舰旁靠近华尔房舱那边漂过并发出信号，他要华尔设法跳入水中，以便来人实施援救。

关押华尔的房舱，装有两扇旧式木制军舰通常有的方窗，这种方窗较现代军舰的舷窗为大，没有铁横条，初夏的海上天气闷热，窗户整夜开着，只要看守不在跟前，从窗口跳入海中当无问题。第一夜，月落时分，华尔看到有一只舢板在"切萨比克"号几百米外无声漂过，黑暗中旗舰上无人察觉。因船上没有发出信号，他没有贸然跳水。好不容易煎熬到第二夜，正当甲板上钟敲四下，那船又来了。墨色的海面上，但见舢板上有人探出头来，打灯笼闪了两下，华尔飞快跳入水中。这几百米的距离，对这个从小在海边长大的泅水高手来说自然不在话下，再加上涨潮的水浪冲力，不一会他就离舢板很近了，船上的马尼拉水手用桨使船在水流中停住，他看清了掌着灯笼的正是副官马考奈亚。

还没等到把华尔从水中捞起，"切萨比克"号上值勤的水兵听到重物溅水的声音出来察看，发现情况有异，顿时喊声四起，大喊犯人逃跑了。火把照亮了甲板。旗舰上响起一阵排枪声，子弹啾啾地飞过华尔他们头顶，消失在黑暗的空气里。大船上的蒸汽机发动了起来，并努力地掉转头来，大概它是想开上去撞沉舢板。但在它的面前，突然出现了一模一样的三十多只舢板，它们闻到枪响向着旗舰冲过来，在幽暗的海面上荡来荡去，旗舰一下失去了追踪的方向。

这营救、接引的几个关节安排得天衣无缝，尤其是那突然窜出来的三十余只舢板的障眼法，更是吴煦和杨坊的得意之笔。华尔坐着舢板在黑暗中向上游的方向逃去，在浦东方向的海关大楼附近上了岸，再度消失于见不得光的世界里。何伯将军随后派出的快艇和江边的巡逻兵都没有发现他的踪迹。在永熙商行躲了一天一夜后，华尔搭乘商行一只运送蔬菜的小船出了上海，回到了松江。

华尔逃回松江喘息未定，第一件事就是给何伯将军写信。他首先对那一夜不辞而别表示了歉意，随后，对在船上几日里受到的粗糙包、苦咖啡外加单人舱房的款待表示了感谢，他表示，保卫上海免遭太平军的荼毒，他和将军一样责无旁贷，让他自行解散军队是不可能的，但他也重申了他的部队不会再收容皇家海军逃兵的承诺，最后他请求，在曾经拘押他的"切萨比克"号上与将军举行一次真正的绅士间的平等会谈。

简直逆天了！性情暴躁的"打手詹姆"收到这封信件时心情肯定糟透了，出乎意料的是，何伯将军居然答应了他先前的囚犯，以平等的身份来进行一次会谈，而且保证，他会对华尔一行在上海包括旅程中的生命安全负责。

会谈的结果是，这个年轻的美国佬使英国皇家海军中将相信，他的军事计划是可行的。

回到松江，华尔首先召集两百名一直忠心耿耿跟着他的马尼拉水手，用他先前在南美洲学到的、不太流利的西班牙语向他们致辞。他说，他将改组并大大扩充洋枪队，由于他们在患难中对他的忠诚，他们将独立成为一队，由马考奈亚副官指挥，永远作为他的侍卫队。

随后他一一召见在他倒霉的这大半年里替他坚守松江的三百名美国人和欧洲人。召见由三位高级指挥官，华尔、法尔思德和白齐文共同出面。每接见一人后，华尔就询问他们，此人能否培养为一名好军官？如果他们两人都认为不是那块料，此人立即就能领到结算到当日的饷银，再加一百美元的奖金，遣送回上海。对于他们一致公认为是军官好材料的人，立即就会提拔为中尉，这一番甄别下来，驻守松江的三百名西洋人中有八十七名被留了下军事教官。

华尔跟他的心腹军官们说，关在"切萨比克"号上无所事事的日子里，他想明白了一点，那就是他无法招募到一支纯粹是白种人的军队，实力强到足以把太平军从上海附近地区驱赶出去。他的后台老板付不起这笔庞大的开支不说，那些滩头浪人也不是那么好支使的。他算了一笔账，招募一名外籍士兵的费用，可以养活中国兵勇十多名。青浦一战吃的苦头给了他一个教训，使他认识到，以前看不起中国人的作战能力，这是多么可笑。他认为一名中国兵只要饷银多，吃得好，而且装备好，就可成为头等战士。

华尔向这些他挑选出来的忠实部下宣布他的新计划：两周内，他将招募新血，挑选两百名中国士兵来松江受训，一个月后，再招募一千名。到那时，他将组成一支实额一千五百名的洋枪队：中国兵勇一千二百名，马尼拉兵二百名，以及外籍军官一百名。经过几个月训练，到时他要让吴道台、杨大人看到，他手下的千余名中国兵作战时就像刚放出笼子的狮子一样勇猛，可抵太平军五千名，可抵清军一万名。他更要用铁一样的事实告诉给他穿过小鞋的何伯将军，这支新军将成为抵抗太平军、保卫上海的一支可靠的同盟军。

"李恒嵩的绿营,那叫打仗吗?阵法不行,作战配合不行,士气更差!看他们打仗简直就像演滑稽歌剧,如果说一名太平军士兵可以抵上李恒嵩的三个兵,我要你们以一当十!"

这年9月中旬,华尔邀请吴道台、杨大人前往松江,参观他新训练的华兵洋枪队的整装检阅和作战演习。吴煦看到军容如此齐整,大加赞赏,又催他出兵。但这一回华尔明确拒绝了,他说要到明年初才能做好一切作战准备。再说,根据年初何伯将军与天国高层达成的一项协议,今年内上海附近应无战事,他不想去做这个出头鸟。华尔保证,到时候就会有三千到五千名中国兵勇完成训练,但前提是吴大人和杨大人要舍得花钱,慷慨提供饷银,时机不成熟时不可逼他行动,因为如果轻举妄动,势必付出巨大的伤亡代价。

给人的感觉是,青浦城下的流血,英国旗舰上的关押,这两次挫折把他的蠢病彻底治好了,他已经从刚到中国时的轻率鲁莽中走了出来,变得谨慎持重了。演习结束后,华尔向吴道台提出,他得有一个正式官衔,比如统领什么的,这样他的军队才有一个合法地位,那些没啥本事官衔又很高的蠢货们也就不敢对他发号施令了。

吴煦答应,向巡抚和总督请示,薛巡抚那里当无问题,就是担心曾国藩总督不批。

华尔说,你们会有办法的,你们连皇帝的批文都可以拿到,还拿不到两江总督的吗?如果你们以停止厘金收缴来要挟,他一定会同意的。

不久,统领的任命颁布下来,但华尔除了上校外不许以别的官衔称呼他。他也不让人叫他将军,他认为只有几千人马,顶多算得上一个联队，人前人后被叫作将军，底气不足。

据华尔手下的一名军官说，为整训这些洋枪队华兵，华尔在松江专门设立了"训练局"，每天操练两次，进行刀枪和队形操练，口令都是用英语，采用的是美国南北战争联邦军队应用的号声（因此士兵们也要认识一定数量的英文单词）。他训练士兵远比清军和太平军严格，服装不整洁、兵舍肮脏、接受贿赂、放走俘虏，都要受竹杖责打，站岗士兵如果睡着，就要枪毙。类似这些小过，在绿营中一般只受轻微鞭笞的处分。他还要求他的炮兵熟练运用各种型号的野战炮，学会掩护步兵冲锋，学会轰击城门，从厚实的城墙打开缺口。而那时的清兵和太平军对炮兵技术还茫无所知，只知把炮口对着敌人的大致方向发射，命中率极低。

兵员不断扩充，使得军官大为欠缺，华尔又向何伯将军做过承诺，不再收容英法军舰上的逃兵。这倒是有些难办了。后来，在手下人的建议下，华尔采用了诱拐的手法，把他看中的外国商船上的水手设法灌醉，再引诱到松江的训练营去。

当时，停泊在黄浦江口的外国商船通常在二三百艘左右，水手人数多达五六百人，在水上流动的外国水手远远超过了岸上的。商船上的水手都跑去松江参加华尔的军队了，水手严重缺员，有的商船主就采用贿赂手段从别的船上诱骗，或者把那些单独行动又警惕性不高的船员用酒灌醉，关在舱内，等到船起锚后再放出，生米自然做成熟饭。据说这种做法在当时相当普遍，shanghai 也成了一个臭名昭著的词，它在英语中用作动词的意思，就是用麻醉、灌酒等手段，把人劫持到船上当水手。

11 月中旬，华尔邀请何伯将军到松江正式检阅整编后的洋枪队。约有两千名官兵在将军和他的随从们跟前列队走过，他们全都穿着华尔设计的华丽的半欧式军服：步兵们穿着深绿色紧身褂，褂裤均饰以绯红色管边和镶边；炮兵是浅蓝色军服；二百名马尼拉卫队则着深蓝色，饰以绯红色。军官与士兵的区别在于袖口黑辫条的条数，全军都用深绿色包头巾。

在场的外国军事观察家们对华尔在短时间内整训出这样一支军队刮目相看，认为军服、装备和训练都以欧洲士兵为模式，达到完美的和谐。何伯将军评价道："军容可嘉，他们身着带有金饰带的军服持枪站立，甚为得体。"

阅兵式后，华尔设宴招待何伯和他的随从们。宴席设在一座古庙的大殿上，朱红漆的巨柱之上，是式样繁复的藻井。特地从上海请来的厨师轮番穿梭，穿着白衫、戴着绿巾的仆人无声地侍立在十几位身穿军服的客人椅后。紫檀木的大圆桌面上，摆放着菊花和苹果、金橘等时鲜水果，香槟酒杯映照着大殿里的火炬和烛光，葡萄酒瓶不停在巡回传递。

席间，华尔向将军提出两项要求，一是，如果英法两国放弃中立，公开站在北京政府一边，正式对太平军作战，必须正式接受他的部队为盟军；二是协助购买英国产的新式武器，因为上海市场上的走私货大多是淘汰下来的旧装备，质量无从保证，从外国军舰上流出来的短枪和弹药，型号不统一，价钱又高得离谱。他请求何伯出面联系，用现款立即采购最新款式的短枪五千支、两组野战炮、最新款式的来复枪一千支，并预订七千支用于明年夏天交货。何伯将军答应了他的要求，表示将设法要求兵工厂按成本价出售给他。

几个月前他还是一个关在英国旗舰上的囚徒，现在他和将军觥筹交错，成了他们的同盟军。他梦寐以求的都已实现，他的洋枪队再也不是一个私生子了。

2. 拯救玛丽

四月杪，我离开忠王大军潜入上海，整个夏天，再无义父消息。按照估算，大军离赣入鄂，至多一个月足够，他应该早就与英王合兵一处，拿下武昌了。我时刻关注着街谈巷议里有没有说到忠王的，留意着街市上的官方布告，想从中探得一点消息，但一点风声也没有，就好像他那十几万人马突然蒸发了一样。

享了大半年太平日子，上海附近连小规模的战事都没有，市集又恢复了往日的繁荣。平静中我却有一种不好的预感。要么是他们还围着武昌城，就好像清妖在长江边围住安庆一样，双方角力一般互相抵着犄角不放，要么就是合围武昌的军事行动失败了。不管哪一种情况，大半年过去了，忠王大军应该回转上海了，迟迟不回，是何道理？

忠王给我们下达的任务是联络上海城中内应，我们找了许久，所谓内应实是忠王不明情由，那些本来答应起事的广东帮、钦州帮兵勇，去年就因泄密被悉数逮捕，剩下的个别同情太平天国的外国船员、神职人员实在难以成事。既如此，在上海待下去实无必要，再加上这个城市一到夏天就闷热得让人透不过气来，我就想回苏州去等忠王了。

6月的一天，我在黄浦江码头附近碰到了林德利先生，他看到我很惊讶，说你没有跟随大军去武昌吗，怎么回上海了？他那副模样我也几乎认不出来了，一身旧西服皱巴巴的，还满脸胡楂，跟以前那副精心修饰仪容的模样完全不同。

一起到了船上，林德利说，他刚从九江采购军需回南京交割完毕，就来上海接未婚妻玛丽。可是到了美租界后面玛丽姑母家，却发现那所房子已经人去屋空，玛丽不见了。

那房子的大门敞开着，锁被人扭断了，屋子里所有的衣物和轻便家具都被搬走了，大件的笨重家具也都被砸坏了，看样子，之前曾经发生过一场暴力事故。

林德利说，他在城中找寻了两天了，一点线索也没有。去这座房子周围的中国邻居那里去打听，他们都给他失望的回答，"不晓得，不晓得"。

"她不会一声不响就不辞而别的，哦，我可怜的玛丽，她一定是遇到什么事了！可是我到哪里去找她呢？"

看着林德利满脸焦虑的样子，我也替他着急，"她是逃婚出来，会不会是她爹爹发现了她的行踪，派人抓她回去了？"

正一筹莫展的当儿，林德利的老朋友，一个叫埃尔的海军大尉上船来看他，此人刚从汉口到上海，听了林德利说起玛丽失踪的事，突然惊叫着跳了起来，又问了几个问题，他说他知道玛丽的去向了。

林德利的眼睛突地亮了，他握住朋友的手，一迭声地问："你知道她去哪儿了？快告诉我！"

埃尔说，他经过镇江时，曾见到一只葡萄牙大木船，有一个葡萄牙姑娘站在甲板上，当时他并未十分留意，现在听了事情经过一想，那人肯定是玛丽。

这个发现让林德利十分高兴，他的这位朋友曾经到玛丽姑母家找到他几次，见过玛丽，他相信一定不会弄错。他决定追踪这唯一的线索找到玛丽。埃尔当即表示愿意陪同前去。林德利把求助的眼光投向我，我说朋友有难，我一定助上一臂之力。

正好有一艘商船要到镇江去，林德利谈妥了价钱，我们决定搭乘这艘船去找他的未婚妻。第二天一早，我带上两个随从到码头与林德利会合，为了找到玛丽后便宜于服侍，林德利还带上了厨子和女仆。

黄浦江上漂浮着许多死猪，好多都腐烂了，发出熏人的恶臭。我奇怪江上怎么会冒出来成百上千头死猪，向着对面开过来的一艘商船上的水手大声询问，他们告诉我，因为开仗，农家的猪生了瘟病都没人治，死猪埋都埋不过来，就都扔江里了。

驶往镇江的途中，我们在甲板上轮流用望远镜搜索那只葡萄牙人的大木船，一路无获。船到镇江，林德利上岸去海关探听，说是前一天有一艘大木船驶往上游方向去了，我们赶紧租了一只快船追上去。就这么追了两日，那只船还是没有踪影，林德利有点泄气了。我告诉他，那只大木船和我们一样是逆流前行，它必须停泊等待顺风，我们日夜兼行，没风的时候可以拉纤或者摇橹，只要这艘船还在江上，一定可以追上。

一天早晨，我和林德利、埃尔三人携带着枪支和望远镜上岸去侦察，我带来的两个随从在后面拉着纤慢慢跟着。从一处高坡俯瞰，数里长的江面尽入眼帘。我看到水天相接处几艘大木船的樯樯，没准我们要找的那艘就在其中，埃尔拿着望远镜看了半天，说，他敢确定，其中有一艘就是我们要找的。

我们加快了行船的速度，那艘大木船的影子渐渐清晰了。它也在拉纤前进，但由于船身笨重，前进速度要比我们慢得多。以这样的速度，我们顶多四五个小时就可以赶上它了。可是如何侦察玛丽是不是在这艘船上呢？知道了她在那艘船上我们又如何救她出来？

傍晚，大木船停止了前行，停泊在一处陡峭的山岩下。我让林德利和他的朋友躲进舱内，甲板上留下我们几个操作，继续向前航行。我们的船擦着大木船的舷边驶过，我清楚地看到船上有七八个葡萄牙人，还有十来个中国水手，可惜没有看到玛丽的踪影。

埃尔在舱内喊，就是它，就是它！

我们把船一直驶到离这只大木船上游约三里处，在一处江面的转弯处靠岸停下。

这一夜月色很好，照着无声流动的大江，如同铺了一河的碎银。船上有一只小划子，我们决定等到月亮落下后，趁着黑暗驶往下游，攀上那艘大木船寻找林德利先生的未婚妻。

半夜时分，天色变得阴沉，大团的乌云遮没了月光，我和林德利换上夜行的黑衫裤，下了小划子。林德利找出两支左轮手枪，装满子弹，插在腰上，看我手中只有一柄短刀，就丢给我一支。船上还预备了一束绳子、一床被子。小划子顺流而下，不一会就驶近了停泊着的大木船。山影覆蔽下，光线十分幽暗，正利于我们接近它而不被发现。到小划子快接近船头时，我们把小锚抛下水去，小划子停住了。然后我们放松系锚的绳子，伏在舱内，慢慢摇桨驶近船头。

我们攀着缆索，慢慢爬上船栏，看到许多水手盖着被子睡在甲板上。这在我们的预料之中，葡萄牙人应该睡在下面舱里。我们正小声商量着怎么分头去找，突然哇的一声叫，不远处跳出一个人。我们以为已被发现，赶紧伏身，像两只壁虎吊在船栏外。那人并没有向我们的方向走来，只见他伸了个懒腰，骂骂咧咧地向着后舱走去。估计这人是船上值勤的，当完了班要去睡了。此人一走，我们迅速爬过船栏，各自裹上一条被子，向着船后走去。

　　我们小心地绕过甲板上那些睡觉的水手，正走到主桅那儿，那个昏昏欲睡的守夜人又回转来了。我们赶紧躺倒在甲板上，蒙上被子，假装刚才是在找睡觉的地方。显然他是把我们当作船上的水手了，连多看我们一眼都没有，就走下了前舱。

　　他的头刚一没下舱口，我们就继续起身向船尾摸过去。在舱房的天窗旁边，我们伏身向里面张望。里面点着灯，屋角有两张布幔隔开的行军床，桌子上杂乱地摆放着手枪套、罗盘、打开的地图和各种航海用具。我们慢慢走到升降梯旁边，顺着扶梯蹑手蹑脚地到了下面，正对着的一张床，布幔后面发出巨大的鼾声。鼾声突然停了，那人转了个身，我们赶紧蹲到桌下的黑影里。不一会，舱内又重归静寂。我爬到床边，看到的是一个满脸胡子的男人。林德利也揭开了对面的布幔察看，床是空的。玛丽不在这间舱里。

　　舱厅的后面有一甬道，隔开两间后舱房。我们迅速走到那儿，把耳朵贴在舱房壁上，里面静寂无声，静得只能听见自己的心跳。我正想继续向前搜索，林德利做出一个暂缓的动作，暗示另一侧舱内有情况。我把耳朵贴在甬道另一边的隔板上，清晰地听到了一个女人的抽泣声！

　　除了女人声，对面舱里还有一个男人嘎哑的叫骂声。还没待我们有所动作，门把手扭动了，我们赶紧在甬道黑暗处蹲下。一个喝得醉醺醺的家伙摇摇晃晃出来，把瓶子当啷一声扔在地上，又冲着舱门摇拳头，尔后，顺着升降扶梯跌跌撞撞地爬上甲板去了。林德利还想进那间舱门，我一把拉住他就往回退。要是那个上了甲板的家伙赶回来了碰上我们，那整个营救计划就全泡汤了。

　　上了甲板，那个醉鬼没有发现我们，他直挺挺地倒在甲板上，发出水牛一般的呼噜声。我们转到船头，看到那个守夜人又迎面走来了。估计他瞧见了我们，特意要过来看看我们在做什么。我赶紧把被子抖开，蒙着半边肩膀，又把裤脚管从靴筒里拉出来，装出刚睡醒的模样向他走去。一只手在被筒里握紧左轮枪，万一不对就开枪射击。葡萄牙人几乎全都会说广东话，船上的水手也大多是广东人，我想他要是用广东话盘问，就会看出我的破绽了。出乎意料，他跟我说的是洋泾浜英语：

"你们在后面干什么？"

我也用洋泾浜英语粗声粗气地回答："我想看看什么时候了。"

葡萄牙人还有点怀疑，林德利拉了我一把，在甲板上躺了下来。我也马上学他的样躺下。这个警觉的家伙虽然不再说什么，但始终没有走远，在我们附近踱来踱去，磨蹭了将近一个钟头。天快亮了，我们却动也不能动，要是甲板上的水手们醒来了我们还没走，那麻烦就大了。

终于这家伙走到船帆室后面去了，趁此机会，我和林德利一跃而起，解松拴在大船上的绳子，爬上了小划子，拔锚向着岸边驶去。

林德利对在大木船上看到的一幕极为不安，那个甬道上的酒鬼，他的吼叫、恫吓的手势，他认为都是对着玛丽发出的。现在知道了未婚妻就在船上，他再也沉不住气了。

太阳在江面上升起，江上蒸腾着薄薄的雾气。整个白天都晴空万里，没有一点风，大木船不能挂帆逆流上驶，仍旧停泊在那里。林德利几次上岸，伏在树丛中，用望远镜观察船上动静。

夜幕降临了，这一夜的月光比前一晚更加清冽，照着整个江面如同白昼一般，再要像前一晚那样驶近大木船而不被发现几乎不可能。我们商量了老半天也拿不出一个法子。埃尔说，半夜时我们顺流下驶，驶近大木船的锚缆时假装发生事故，让我们的锚缆与大木船的故意缠在一起，趁大木船的水手们都过来帮忙排解故障，我们就相机行事。这方案漏洞百出，但确实也拿不出更好的办法接近大船。

突然我脑海中灵光一现，昨晚我们驶离大船时，我注意到了船尾的后窗，船尾很高，只要我们绕到它后面隐蔽起来，船上的水手是很难发现的。我把这法子一说，他们都说好。

上半夜我们动手准备。我和林德利、埃尔三人换上黑衣，带上砍刀、手枪，船上还放了两支来复枪。我的两个随从用两根粗木板扎了一个十字形大木架，用棕绳绑在即将出发的小划子上。大木架上还安放了一盏备好蜡烛的灯笼。

后半夜，我们出发了。距大木船还有百来米的时候，我们放慢了速度，仔细察看甲板上有无水手活动。幸好那船上和前一晚一样安静。我们屏住声息，把小划子划进了大木船船尾的下面，那情形就像一条躲在鲨鱼后面的鲭鱼一样。

我们在小划子上站起身，肩膀正好够着船尾后窗的窗棂。那儿一共有四扇窗，左右两扇，中间用隔柱隔开，窗口都很小。窗子紧关着，还蒙着布帘子，只看到里面透出淡淡的灯影。

左边的窗帘没有遮严实，从缝隙中可以看到舱内的一切。我们一眼就瞧见了昨晚在甬道里看到过的那个家伙，他坐在桌旁，满脸通红着，看样子已经喝得差不多高了。只见他拿过桌上的酒瓶，又倒上一杯，一口灌下去，拿起桌上的一串钥匙就要往外走，牙缝里迸出一句话："加拉久！"后边还有几句骂骂咧咧的西班牙话。林德利说，他大概听明白了那人的话，大意是："加拉久！骄傲的小美人，你看不起我，是吗？好，等着瞧，马上你就会知道谁强过谁了！"

我们赶紧移到另一边舱房的窗下，想法子要去看看里面到底是什么人。埃尔把随身带着的一把弯刀递给我，我刚撬开一条小缝，只听得林德利轻轻地啊了一声，随即呼吸粗重起来，他激动地说："玛丽就在里面，就在里面！"

我凝神看去，舱内的一张沙发床上，躺着一具白床单覆盖着的美丽的身影。舱内所有可以移动的东西，桌子啦椅子啊全都零乱地堆成一堆，堵住了舱门。姑娘的脸向内侧着，一头长发快披垂到了地上，从我的角度只能看到她玲珑小巧的鼻准。虽然没有正面看到，但那模样确乎是个美人儿。

这确实是营救玛丽的绝好机会。她一个人，就在舱内，我们的小划子又处于一个隐蔽的死角，被大木船庞大的黑影笼罩着。但麻烦出现了，后窗太小钻不进去。我们当即决定，砍断两窗之间的隔柱，这样人就可以钻出来了。

我和林德利一人一把砍刀干了起来。屋内的姑娘还熟睡着，林德利不敢叫醒她，怕她一受惊叫喊会引来对面舱房的人。我们的砍刀十分锋利，动作又敏捷，那隔柱几乎砍进去了一半，眼看着就要大功告成。突然，林德利附在我耳边说，外面有人在开舱房的锁。我立刻与他调换了位置，留神地伏在窗口向里张望，果然，舱门慢慢打开了，伸进来一只手，扶住堆在门后的家具，以防它们跌落发出声响。而床上的姑娘一直酣睡着，一点也没有被响动所惊醒。

林德利让埃尔从小船上拿来一支来复枪，对准还没被砍断的隔柱放了一枪。烟雾尚未飘散，他就像一只猴子一样抓住窗口纵身跳进了舱内。那姑娘已经从床上起来了，一副梦游的神情，呆呆地望着枪响的方向。林德利上前叫了她一声，她才缓过神来，扑到他怀里。

甬道上响起一阵杂乱的脚步声，葡萄牙人和水手们的叫喊响成一片。刚才旁边舱里那个酒鬼，两手各提一把枪踢开了门，我用林德利扔给我的那支枪向他扣动扳机，他被击中，倒在门口。

我们在窗口接过玛丽，安顿到小船上。刚把船稍稍移开船尾窗口的位置，那扇舱门就被打开了，一群人端着枪，乱喊乱叫着冲了进去。我砍断绑着大木架的绳索，点亮上面的灯笼，让它顺流而下。果然，那盏向着下游漂去的灯转移了大木船的视线，先是一阵铆足了劲的排枪声，然后，大船起了锚，向着下游追去。

我们回到船上，玛丽红着脸向我们道谢。刚受了一番惊吓，她衣衫不整，头发散乱，那弱不禁风的模样更显动人。林德利陪未婚妻说了一会话，就让随船来的女仆陪着她在舱房里休息。我们即行开船，向着上游前进。

林德利说，未婚妻告诉他，这伙人领头的，就是刚才被我一枪在舱房口撂倒的那个，叫曼罗尔·拉蒙，此人也就是玛丽的父亲要她嫁的那个智利人。此人不知怎的打探到玛丽在上海的姑妈家，就带了十几人找上门来了。他先骗玛丽说，他要带他们去香港，她父亲在香港等她。船一出吴淞，另一只木船过来，把玛丽的姑妈一家接了过去，拉蒙这时拉下了脸，告诉玛丽，她父亲已经去世，有遗产给玛丽，但她必须同他结婚才能得到这份遗产。开头几天他还装出一副绅士风度，因为玛丽一直坚拒，他的流氓本性就渐渐露出来了。

正说着，埃尔过来提醒我们，那只大木船发现上当后，追过来了。我们站在舱板上拿望远镜轮流观察了一会，林德利说："那是艘欧式木船，船帆比我们大得多，如果风力大起来，它挂满帆，三个小时内就可以追上我们了。"

我用船上的地图对照了一下我们所在位置，告诉他们，前方十几里地就是太平军防地，只要这十几里地不让它追上，我们就安全了。

我们把前后的船帆全都浸湿，加大吃风面，又找出一块旧船篷和一块油布当作横帆，挂在船的两边，又把几方大旗拴成一片，系在大竹竿上，挂在主帆上当作桅顶的桁帆。驶过几里地，风果然大了起来，我们的船蹒跚着逆流向前，眼见得大木船离我们越来越近了。

它的船身也在剧烈颠簸着。雪白的船帆从下面的甲板一直伸到长桅的顶端，那威风凛凛的模样，就像一头横冲直撞的大水牛。眼看着它就要一头埋进汹涌的波涛里了，又马上昂起船首，那神气样儿就好像要摆掉头上的水滴。尽管是逆风，已经可以清晰地听到葡萄牙人的叫喊声。

突然，那抢风驶来的大木船的船首喷出一缕烟雾，嗵！距离我们船还有几十米的地方落下一发炮弹，紧接着发出一声轰天巨响。

现在危险真正向我们逼近了。照两船现在的速度，估计要不了五分钟，我们就要处在大木船的炮火射程内了。林德利把未婚妻安置到底舱，那里炮火一时威胁不到。全船的人都动员了起来，不住地摇橹，浸湿船帆，来回奔跑。林德利和埃尔举着船上仅有的两支来复枪，不住地装弹，瞄准，向着大船射击。

对方旋转炮上发射的"长汤姆"炮，嗖嗖地叫着掠过我们头顶，从桅索旁边飞过。我们的船帆已经被射穿了几个大洞，有一处还燃烧了起来，幸亏一个小兵手脚麻利爬上去扑灭了。我们的船体还没有被击中，但落到左右舷水面的炮弹，爆炸后带起的污泥、脏水、死鱼哗哗地落在了我们舱板上。

绕过一片沙滩，我们与大木船几乎在同一平行线上了，一发炮弹从船身穿过，幸好没有爆炸。正当我们暗自庆幸的时候，又一发炮弹从船尾方向过来，一下就掀掉了舵公的脑袋。大木船上的主炮每放完一炮，就得转动炮架重新瞄准，这得花不少时间，正是趁着这一空档，我们挂满帆，跌跌撞撞冲到了江边太平军的第一座炮台下。

"快升旗！"林德利掏出一面太平军的旗帜，我们七手八脚把它升到了桅顶。对面的太平军炮台放下一只小船过来，船上有一个两司马过来盘问，我和林德利约略作了说明，请求保护，于是他引导我们的船驶入炮台附近的一条小河。

大木船并没有放弃追赶，它也试图拐进这条河湾。炮台上发出的一发炮弹落在它的船头，阻止了它的追赶。紧接着再发一炮，它掉头逃走了，我远远地看到那个被我打伤的船主拉蒙，站在船尾的甲板上对着我们又叫又跳，如同一只受伤的猩猩。

3. 夜行

这一番惊险下来，帮好朋友夺回了被掳的未婚妻，也算是没白来上海，我心里说不出的高兴。离开炮台后，林德利要和未婚妻一起去天京，想让我同行，我说我还得回去办自己的事。两个随从齐把眼睛望向我，我说，你们护送林德利先生一起去天京吧，接下来我要去办一桩私事了，我不要任何帮手。

"你要去找你的梅吗？"林德利把我拉到一边问道。

我告诉他，一路过来帮他解救玛丽，也激起了我的豪气，我也要把心爱的人救离魔窟，眼下我要去松江城。

在松江，我化装成一个乞丐，这样我在城中到处乱走也没人怀疑，至多只是大声呵责我，或者招来一群皮孩子向我掷石头。我找到了城中心邱家湾华尔据为官邸的那幢大房子，那是明朝时一个姓沈的举人攒下的产业，就在学宫边上。从外面看去，三进屋宇次第相连，马头墙又高又气派，外面还有持枪而立的门岗。有一天，我远远地看见了小姐在门口施舍一个叫花子一些碎钱。小姐的脸变得圆润了，红扑扑的，比在上海的时候更动人，也更像一个妇人了。我的眼泪哗地一下不争气地流了下来。最应该接受施舍的，是我啊！是我这个付出了所有感情的穷光蛋啊。

我发现，小姐有时候会在两个马尼拉士兵的跟随下去逛市集。松江城的市集不是每天都有，每到逢三、逢七的日子，四乡的茶农、菜农和外地的丝茶商人才会云集城中央的府前大街，热闹得像过节一样。走入集市的小姐又回到了小女孩的那种娇憨模样，像一条灵巧的鱼儿在人群中穿梭，绸缎庄、布料店、泥人铺子、小吃摊，一家家铺子都要进去看一看，逛一逛，看到啥好玩的还要拿在手里把玩好一阵子，后面两个马尼拉卫兵得费老大的劲才跟得上。我远远地看着，内心甜蜜而又酸楚。这就是我爱的女人啊，可是我却不能向她走近。那时候我觉得自己真像一只狗一样，既要跟着主人，又怕被主人发现惹恼了她。

最热的天气里，接连有三个晚上，我穿上夜行的黑绸裤，裤边塞进薄靴筒里，罩上一件黑色紧身短布衫，怀揣一柄市集上新买的单刀藏身在邱家湾沈宅的屋顶。屋顶斜上方是一棵枝叶繁茂的老榆树，巴掌大的叶片层层叠叠，可以把人影遮得严严实实，我想起老刘说的话，这儿真是个狙击的好地方，可惜那把枪无法带出来，还藏在上海豫园路一家客栈的横梁上。天气实在太闷热了，到后半夜还是风息不动，偶尔还有会知了喳啦喳啦地叫，它们受惊飞走时，一不留神就会淋你一脸尿水。我像一只猫一样伏身在烽火墙后，只有一个念头：找机会把华尔宰了，带上小姐一起离开松江城。

黑乎乎的大宅子像迷宫一样，我在游廊里摸黑行走，连方向都辨不清，差点撞上了轮值的岗哨。我大汗不敢出，只得趁着夜色掩护原路返回，发现每一道门口都有马尼拉人持枪站岗。大宅内戒备如此森严，即使我找到了华尔住的屋子，也难保搏斗中不惊动他人，不能全身而退的伏击是没有意义的，思虑再三，最终我还是放弃了刺杀计划。

洋枪队的营垒在城中分作三处，集训则在府衙边上的校场门。来松江之前，我根本没有想到华尔的这支军队已经有这么大规模，且军械之精良远胜于我军，日后夺取上海，此人必为我军劲敌，我得把这个消息赶紧通报忠王。华尔身边马尼拉侍卫形影不离，我观察了好久也没有找到下手的机会，小姐虽然近在咫尺，却也像远隔天涯一般，见不得人，说不得话，我怕再在松江待下去都快发疯了。我自己也不明白，为什么还迟迟不走，是还在等待行刺的机会吗？还是为了每隔十来天可以在市集上远远地看到小姐？那些个夜晚，我失魂落魄，在城中到处乱走，路人或许以为，这个可怜的乞丐找不到一处安放身子睡觉的地方，他们不懂，我是被欲望驱赶着，我的内心燃烧着大雨也不能浇熄的欲望。

南城的信阳街，一字儿排开有十几家妓院，每到洋枪队发薪水的日子，一到晚上这里的生意总是特别好。那些卖笑的女子巧笑倩兮，她们穿上箱底里最漂亮的衣装，倚着门框浪笑着，眉眼间俱是勾人的眼风，引逗客人们注意。她们的手里拿着一把把团扇，那扇面上开列着各色曲名，请客人传观点唱。整条街从头走到尾，都是咿呀的丝竹、娇滴滴的歌喉和兵士们大声的酒令声。夜渐深，除了一些外籍教官有特权可以在外面过夜，出来寻欢的兵士们回营房去了，烛光暗淡了，酒席边的椅子东倒西歪了，接客的女人卸了妆宽衣解带，其他女人也不闲着，走路时衣衫里散发出钱币的叮当声可见得她们的好心情，反正生意明天还会来。

那天晚上我喝了不少酒，来到信阳街时，那儿的热闹劲已经过去了。街口巷尾花枝招展的站街女们早就不见踪影。一个酒保在骂娘，一些女人在洗漱，巷口有一只狗在舔食不知哪个醉鬼的呕吐物，整条街就像一个褪去了衣装的老妇发出令人作呕的气息。我跟跄着推开门面较小的一间，大声嚷嚷着有活人吗赶紧出来，月洞门后一阵细碎的脚步声，出来一个老婆子，走到跟前来施了个礼，道："啊呀，军爷，都这么晚了呢，姑娘们都有主儿了！"

"废什么话，哪有送上门的生意不做的？"我从褡裤里摸出两块银圆拍在她手上，她的脸色一下子活泛了，向里喊了一声，从门背后转出来一个十七八岁模样的姑娘。

姑娘瘦小的脸上有一种惊惶的神色，衣衫皱巴巴的，脂粉也有些凌乱。见姑娘还有些可人，我就让她留下了。后来她告诉我，这一晚上没有接到客，正挨老婆子的训来着。

她拨弄了一阵三弦，我嫌烦，让她收起来。她说，要不奴家去叫个乐师来？我让她闭嘴。还是老婆子见机得快，见我眼珠儿定定落在那姑娘身上，使了个眼色就让姑娘引着我上房间去。

一关上门我就吹熄灯，使劲搂住了她，叫了一声梅。她啊了一声，说轻点，都喘不过气儿了。我不管不顾，粗暴地解她的衣裙，我有一种施暴的冲动，要撕碎她，蹂躏她。我以为她像案板上的羊任我宰割了，突然她像一只苏醒了的小兽扑转身来，三下两下剥下自己的衣衫，又来替我脱。这姑娘的野劲真让我吃惊。她为我做着这一切的时候像受了委屈似的抽泣着。她的下身有一股青草的香气。我伏身在她小小的乳房上，高潮来临时我一直喊着梅啊梅，她也不说什么，手指尖爱怜地摸着我的后脑勺，插进我乱糟糟的头发里。

她说自己是好人家的女儿，家住本城，爹爹是私塾教书的，去年长毛放火烧城，家里人都死绝了，老婆子收留了她在这里卖唱。她还说，这是她的第一次，因为长得小，客人没一个人看得上她留下过夜，挣的钱也最少。我不知道她这些话里哪句是真，哪句有假，她急了，赤着身子跳起来，满屋子找火镰，要我掌灯看床单上的红印记。

我制止了她可笑的举动，给了她两块鹰洋。这额外的奖赏让她感动了，要我躺下，她要再服侍一次。

她说，开始她以为我是一个当兵的，这么晚了还一个人出来，在外留宿就不怕回去受责罚？但现在她觉得，不会是军爷，应该是一个很有钱、到处寻花问柳的丝茶商人。或者是一个被父母棒打鸳鸯散的读书人，老是考不中功名，为了有朝一日出人头地，一次次地往贡院跑。说到最后她扑哧笑了。你要是真点了翰林，我就嫁给你，做你的诰命夫人好不好。我说好，她嘤咛一声，光滑的身子直往我怀里钻。我要是告诉她，我是个长毛，那还不把她吓死。

那一夜就这样胡言乱语到很晚，直到兵营的喇叭声响起我才醒来，姑娘早就下了地，端来了一碗桂花莲子羹在床头笑吟吟地看着我。一下子我还没有明白身处哪儿，待我回过神来，一把捉住她的手。她一把甩开了，佯怒道：昨晚你用太大劲儿了，我胸口这儿还痛呢，都被你压出了好大一块乌青。

每次我都是带着又欣慰又懊丧的心情离开她。她让我有片刻时间忘记小姐，但事后回味，好像小姐又离我更近了些。只有在别的女人身上，我才可以摆脱思念难言的折磨，但也是经由别的女人的身子，我似乎在肉体上和情感上离小姐更近了。这个难耐的夏日，信阳街一次又一次地带给我荫凉，抚慰着我莫名的心火，当然我也付出了不菲的代价，离开江西时一满裆裤的银子一天比一天浅了下去。这个信阳街的小妖精，她是个喂不饱的无底洞啊。

就这么着到了初秋，一天我在街市上看到了官府发布的克复安庆的捷报，我这才知道，安庆沦陷了。官方的消息发布晚了快一个月，就在月初的9月5日这天，安庆城被曾国荃的湘军攻破了，守军一万六千余人全部战死。

拼凑道听途说的各种消息，这次失败的军事合围行动的大致经过我已知晓：

年初，合围计划确定后，英王即率八万部众，取道捷径兵趋湖北，并檄令捻军各部进扰河南固始、汝阳等地，到3月初，他们先后攻克湖北霍山、应山，然后进攻阿穆尔旗营获大捷，俘获了敌军的全部马匹。但过了桐城后，英王碰上了多隆阿的两万骑兵大军。他未能突破骑兵防线，行进较慢的部队不断遭到北方骑兵从侧翼包抄，于是他退回桐城，放弃南进安庆的计划。如此过了冬天，然后于3月初拔营，他大迂回到西北边，多隆阿马队攻击范围之外，然后遽转西南，猛然加快行军速度，十一天步行三百公里，南奔武汉三镇，至 3 月 18 日，又以突击战术一举占领离汉口仅数十里的黄州城，十数日内连克三城，致使在宿松的清军因受侧翼包围而惊恐溃退。另一路太平军辅王杨辅清一直迫攻祁门，令曾国藩无法抵挡，不料左宗棠在赣东击败了截断祁门粮道的侍王李世贤部，让曾国藩松过一口气来。

当英王来到长江边时，何伯的舰队也在这里。3 月 22 日，就在英王的先头部队拿下黄州五天后，何伯派通事巴夏礼前往黄州登门拜见。个子矮小的巴夏礼坐着"跳跃号"炮艇来到黄州城下，穿过夹道的戟和旗，来到城里另一头的黄州府衙与英王会见。英王坦率地告诉他欲在 4 月合围武昌的计划，也说出了自己的忧虑，他还不知道该不该攻取汉口，因为有英国人在那里。巴夏礼劝英王勿进兵汉口，以免妨碍商务引发武力冲突。他的话里隐隐的还有威胁之意。英王并未与闻巴夏礼在南京的商谈，也不知道英国人有关中立政策的辩论，他甚至不知道巴夏礼只是个通译，权力有限。他把巴夏礼的话理解为他若敢进兵汉口，英国人将和一年前夏天在上海对待忠王一样，以炮火迎接他们。英王想谈出个两全其美的办法，取武汉三镇中的汉阳。巴夏礼说，攻下三镇中的任一城，都会破坏整个商业中心的贸易。英王举棋不定，不得不延迟进军，派人到南京请示。这一来，他占领黄州的主动地位就丧失了。还没等到南京的回复，英王在麻城附近遭遇了人数远占优势的敌军，激战数阵，英王部伤亡重大，看来是等不到忠王前来跟他会合了。

忠王所部，也一改 1860 年冬天的徘徊迟缓，于年初不断分兵北上。正月，大军离常山，经过玉山、广信，直抵建昌，于 2 月初推进到赣江南岸。因冰雪融解，江水泛滥，我军在赣江南岸有所延误。当时我尚在军中，此番情形，尚历历在目。但后来发生的事，待我知晓已是半年后了。

忠王大军渡过赣江后，驱散部分袭扰的当地民团，继续向前进军。4 月中旬，兵屯江西靖安、武宁。此时与英王约定在武昌会合的日期已到，忠王部离抵达地点还有三百余公里，再至 6 月，方入湖北境内，逼近武昌、大冶一带，与留守德安等地的英王部下赖文光部隔江相望。然而此时忠王才得知，因安庆情势危急，英王主力已在两个月前引军东还。

忠王所部人数虽众，但多为沿途招募的新兵，没有经过整训，无力吃下重兵把守的武汉。英王虽在黄州留下了部分驻守兵力，但湘军水师控制着长江，音讯到不了对岸。得不到北岸部队的回音，也不清楚英王在安徽的情况，忠王在这场预定的大战役中突然变得没戏可唱。他不能待在原地不动。因为传来消息说，前有湖广总督派出的一支军队阻其前进，后有清军名将鲍超率一支劲旅追踵而来，再加上民团还时不时地要抢劫辎重，部队每天都有减员，忠王担心退路被截断，无心恋战，遂于 6 月底按原路退兵。

合围计划流产，英王单独行动了，纠合皖北、皖南、天京诸军约三万余人，东下驰援安庆，想把困在城中的家眷救出来。此时安庆坚守城池已进入第八个月，曾国荃构筑的壁垒已将该城向陆地的三面团团围住，长江上的湘军水师则完成了对该城的另一个包围圈。缓过劲来的曾国藩也把大营自祁门移至安庆上游八十里的东流县，把中军大帐扎在靠江岸停泊的一艘大船上，又有胡林翼调湖北各军相助。其间朝廷数次要抽调湘军主力助防杭州，曾国藩都顶住未办，因为仗打到这个份上，他已经看出安庆的脖子上紧紧套上了绞索，他不想就此收手。

4月27日，英王率三万精锐抵达安庆城北的集贤关，人数居于劣势的湘军躲进密集构筑的环状防御工事，英王在他们的包围圈外构筑另一组防御工事。如果从足够的高度下视，可以看到这个奇怪的景象：三道同心圆式包围圈，英王的部队位于最外圈，围住曾国荃的攻城部队，曾国荃的部队又围攻了城墙环绕的安庆城。

三天猛攻，英王未能突破曾国荃以高垒深壕构成的主要防御工事。他们无法向内挺进，打开曾国荃的包围圈。但他们也无法向北，因为在这三层包围圈外，还有一张更大的网。多隆阿凶残的马队阻在他位于安庆的部队和桐城之间。英王不能突破对安庆的包围，又得不到长江南岸李秀成的支援，反倒陷入了这场庞大的包围与窒息战中。

干王带着两万从天京来的增援部队出现在桐城的消息，给英王带来了希望。但干王从未带过兵，在多隆阿骑兵的拼命阻截下，他的部队一直过不来，两军一直未能会合。就在这时，英王犯下了这场战役里最不可原谅的一个错误。他留下一万余人驻守集贤关和菱湖的营垒，自己带着其他兵马，与干王约定南北夹击多隆阿。但他们的行动计划泄密了，多隆阿绕到背后偷袭了英王，使他仓皇北逃桐城。这一来，他与安庆城下的一万余部队失去了直接联系。就在他撤往桐城一星期后，集贤关被鲍超部攻破，四千守军被全歼。不久，驻扎在菱湖控制水上通道的十八座营垒，也被曾国荃攻破，八千名俘虏在一天时间里被逐批砍头。

此时的安庆已陷入巨大的恐慌之中。城里的粮食快吃完了。刚被围城的几个月里，安庆的补给渠道一直没被切断。一些外国商船在南城门外停靠，卸下武器和粮食，以高于行情的价格卖给城里的守军。执行封锁任务的湘军水师若想阻止洋船停靠，必然违反新签订的中英条约，所以水师的巡逻船只能发出零落的炮声以示警告，任由挂着外国旗的船只自由来去，在安庆大发战争财。湘军使出了釜底抽薪的一招，以更优惠的价格收购走私洋商的粮米，北京方面，在总理衙门抗议下，英国公使卜鲁斯也禁止英船再来，这条唯一的补给线被切断，安庆终于弹尽粮绝。饶是如此，城里的市场一直没有关闭，人肉价格已然涨到了每斤半两钱。

英王还想再做一次努力。他的部队无法突破桐城南边多隆阿骁勇的骑兵，于是他大迂回到西北边，再度占领集贤关，准备倾其所有兵力攻破曾国荃的围城工事。城外的援军拼死往里打，一心想救出他们的家人，城里的守军和妇孺成群结队往外冲，一心想在饿死之前逃出城，接连七天七夜的冲杀、堵截，安庆城墙下成了一个屠场，再身经百战的人都想象不到它的惨状。9月5日，随着一阵震耳欲聋的爆炸声，安庆城破，剩余守军向湘军投降，条件是不杀他们。曾国荃答应了。但最后他们全都遭到屠杀，无头尸体投入长江，接连数日，无数战俘和平民的尸体挤满江中，连在长江航道上的商船都为之阻塞。英王放火烧掉集贤关的营垒，退走庐州，等待着他的是革职处分。回想一年前破江南大营时，以少量人马歼灭清军提督张国梁，那时他的军事生涯到达顶峰，这时却无可奈何走下坡路了。

失去安庆，实为葬送天国事业的致命一招，安庆一失，天国死局定矣。所以这场失败的军事合围行动总指挥干王日后有此一说：我军最大之损失，乃是安庆落在清军之手，此城实为天京之锁钥而保障东南安全者，一落在妖手，即可为攻我之基础。

但那时，我不可能看得那么远，忠王和英王如此英明，他们都没看清楚的事，我能看到吗？我在街头读到安庆沦陷布告的第一个念头是，忠王大军应该回返苏州了。我也要作速回到苏州，向义父述命去了。

4. 安息日早晨的礼拜

出了松江城，就见河滨上有不少清军炮艇来往奔突。这些炮艇两侧置桨十到二十不等，又装有小口径英国炮，吃水很浅，借着风力行驶如飞，一有商船驶近就鸣放空枪拦截检查。生怕节外生枝，我都是远远地绕着河道走。才几日的脚程就到了一个叫芦墟的集镇。这里是太平天国与清统区的中间地带，清军炮艇很少敢驶入。有一小队太平军在这里管理一个厘卡，镇子边上停泊着许多运送丝茶的货船，集市很兴旺，货品也都充足，看来是个未遭战火涂炭的镇子。镇子西边原来有一座大庙，现只剩下几堵残垣，破败不堪，草丛中散乱着庙里菩萨的残肢断臂，附近居民说，太平军扫除偶像，去年把这座庙给捣得粉碎。

正是秋收季节，四处田野上弥漫着植物成熟的那种让人迷醉的气息。尤其早晨或者傍晚，衍射的光线把街市上的人影拖得长长的，投到沿河店铺的墙壁上，那种万物安宁、各得其位的样子很是让我喜欢。从厘卡的士兵那儿得知忠王大军尚未回到苏州，我也就不急着赶路了。

好久以来强行抑制下去的思念又像毒蛇一样昂起了头。在信阳街花钱买欢的日子里我都以为不太会想到小姐了。其实它一直潜伏着，等着我一不留神踩到它。现在它又来了，咝咝地吐着信子，折磨得我一会儿像个落第的士子多愁多病，一会儿又像被赶出了家门的野狗自暴自弃。经验告诉我又需要找个女人了，就好像打鱼要看地儿，在芦墟这个太平富庶的地方猎艳应该会有不错的收成。

我瞄上的是镇子上一个盐商的遗孀，据说她丈夫前些年被江匪抓去撕了票，她就用丈夫留给她的银子开了间酒楼，攒钱来养活一对儿女。我第一次去酒楼喝酒，就觉得她跟平常女子不大一样。她的头发是栗色的，眼睛带点深棕色，鼻梁高挺，唇线分明。我觉得她的脸庞有点像我在上海看到的欧洲女子。后来我知道，她母亲是汉人，爹爹是一个回回。她们一家都从山东来。

这独自逛荡的大半年，在我身上有什么发生了变化吗？我那种带着冷意的忧伤，似乎总会引起女人们的注意，而我也总是能够准确地在人群中发现那些感情饥渴的妇人。她们娴雅安静，人前人后恪守妇道，内心里的风暴轻易不泄露，她们的风情如火之焰，就在一笑一颦一举手间，要是你的眼睛不够灵敏，根本就发现不了。

我总是酒楼里坐得最晚的一拨客人里的一个。我要一壶花雕，几碟下酒的小菜，煮毛豆、炒花生、五香牛肉，找一个靠窗的固定位子自斟自饮，有滋有味地听客人们海吹神聊。有一个米商刚从安庆回来，说清军把俘获的太平军一串一串绑着拉到河岸去砍头，头颅堆成小山，江里的鱼喝了血，连鳞片都变红了。还有一个收生丝的客人，船里压舱的一万多两银子被开着炮艇的一帮强盗抢走了，酒一喝多他就捶桌大哭，可他怎么也说不清抢钱的强盗到底是江匪还是清军。

酒壶渐渐见底了，夜色也深了，但我的感觉却越来越灵敏，无论我坐在哪个位置，都能感觉到坐在柜台后老板娘扫过来的热辣辣的眼风。即使我背对着，我的背也会感受到这种灼热。终于有一个晚上，所有客人和伙计走后，我返回来拨开来她给我留着的虚掩的门。她没有点灯，黑暗的空气中我们的呼吸把对方的脸都弄得潮乎乎咸津津的。她抓过我的手，放在胸前，秋布衫包裹着的胸脯剧烈起伏着，十分柔软。

她拉着我蹑手蹑脚走进楼上的房间。黑暗中蹲在木窗子前面的一只猫喵呜一声叫跳了开去。房间很小，一张床占去了大半面积，上面躺着她的一对儿女。她在楼梯转角的地板上铺了一张席子，从床上拿下来一对荞麦枕头。她躺下，紧紧地并拢双腿，乌黑的长发散开来铺在荞麦枕上。多么羞涩的身体，多么敏感的身体。我的赞美就像一个饥饿的人对着一盘美食的赞美。

她轻咬我最敏感的部位。让我感到变得像一根羽毛，轻飘飘地向着屋顶升去。她呻吟起来，像是极度的痛苦，又像是极度的愉悦。她的腰拧转过去，像在同虚空中一个无形的身体迎合着。她的身上涌出了牛奶般浓稠的汗水，席子都打湿了。

她害羞地问，她这模样是不是像一个妓女？我知道妓女是什么样的，但我不说。我感到她的身体再度微微张开，与她的重新开放同时，我也在一点点地膨胀。她把胯部高高地抬起像一座石拱桥。她咬我，撕我，抓我，身上留下了一个个红印。她渗出了那么多汗，贴着我的胸是火烫的，背却是沁凉的。空气里弥漫着盐的气息。她的尖叫声真把我吓坏了，我真怕那两个孩子突然醒来。

这个肉感的妖精，每一次她都不加遮掩地表明她的渴望。她就像一团火，一团微暗的火，每次我都能感觉到她在抑制着自己，又在抑制中享受着我的爱抚。那样的烧灼会让我恼怒地感到自己的力不从心。好几次，我都差一点儿让她吞噬。但我慢慢地也能随心所欲起来了。她依在我的臂弯里，慢慢地入睡了。我睡不着，看着月光下灰灰的屋脊，慢慢地困意也上来了。一会儿，我被自己的哭声惊醒了。我哭着往她的怀里钻，像一个无望、无告的孩子。

她喜欢我从后面干，说这样会抵达她身体里最柔软的核心。她蹲在床边趴着时，撅起的臀部曲线真是十分美妙。看不见她的脸，我能想象出她受用的神情。像是承受不了这么巨大的撞击，她会跳开去，重新仰躺在床上。她梦呓般地说，你真的喜欢我的身体吗？真的，是你发现了我，你让我发现了自己，每次下床，我都觉得身体里面空空的，你把我的什么拿走了一样，可是我是多么喜欢这空空的感觉啊，上次和你做到天黑后下楼，客人们都很奇怪地看着我，我摸了一下自己的脸，天哪，那么烫，我想我当时的眼睛一定是发亮的、潮潮的，脚步是轻快的，他们肯定知道我刚刚做了什么了，他们或许在想，这个不知羞耻的臭婊子。

每次走出她的酒楼，我都会对自己说：这是最后一次了。可是，随着时间的推移我又会对她的身体充满想象。她成了我的鸦片、我的迷药。开始的时候我还以为她想把我发展成她的丈夫，让我做她一对儿女现成的爹爹。想想也不错，要是我在这个小镇停住了脚步，估计忠王也发现不了我。但有一个晚上我听到她说梦话吐出镇子上各种各样男人的名字，像叫我一样叫着李掌柜张员外王屠户，我终于下定决心戒掉对她的瘾，离开她。

出了芦墟镇我有一阵子恍惚，站在镇外的大路上我不知道为什么要在这里住那么久，离开它又要去哪里。去苏州吗？那座曾经风流旖旎让人向往不已的城市自从去年夏天收入天国版图后，已经成了一块盛行禁欲主义的土地，广场、军营天天都在举行各种祈祷、礼拜的仪式，所有寺庙里的菩萨都被碎了，和尚尼姑从了俗，所有的妓院都被取缔了，所有被视作激起淫逸放纵的事，比如饮酒、吸食鸦片，也都在明令禁止之列，一旦发现就要施以极刑。甚至在军队里夫妻也要绝对分开，分别住在男营和女营，要待到将鞑子赶出方可行夫妻之事。那儿已经变成人间天堂，对我这样的人来说却成了地狱。这些日子，几同孤魂野鬼，我纵酒、嫖妓，对照"十天条"，每一桩都是死罪啊。

　　于是到了一个叫盛莫镇的地方我就不再往前走了。这里也算太平军属地，设有堡垒，防御严密，但因为离清统区近，两边都需要贸易，所以都睁眼闭眼地留出这块缓冲带，市集尚称繁荣，市井气息浓郁。如果有当地人指点，还能在一些不起眼的小巷底里找到从前操皮肉生意的那些暗娼。

　　大半年没有忠王的消息，他们的日子肯定也不好过，这会儿不定在何处和清妖厮杀吧。外部的战争轰轰烈烈，我也在进行一场历险，性的历险。刚到这个集镇的几天，我时常做梦，梦境都很怪异，都与女人有关。有天晚上我梦见在抚摸一对乳房。那对乳房很小，像是没长好，又像是枯萎了。另一个梦里，我在马车上亲吻一个女孩的脸。女孩很瘦小，胸脯都还没有轮廓，她的脸上有泪水的味道。还有一个晚上，我梦见和小姐赤裸着身子站在一个山坡上。天色是瑰丽的暗红，山坡上松软的草和泥，就像一床新被。我哭醒了，因为这个梦好像在告诉我，小姐快要结婚了。

　　现在不需要当地人指点，我就能找到那些隐蔽的寻欢场所了。我在重重帘幕里面喝酒、掷骰子、抱着陌生的身体旋转。
我坐在妓家的窗口百无聊赖地打量下面世界飞扬的红尘。那些
夜莺，她们的生活都从晚上开始，白天她们看上去都是布裙荆钗、
戴着棉质或丝质的绣花方巾的良家女子，到了晚上才带着俗艳
的笑容，像鱼儿一样浮上来。酒喝到微微出了汗，我就抱着她
们，教她们西洋人的舞步。她们很笨，总是要踩脚背。她们的
身体像藤一样缠着你，变得特别柔软。是不是当一个女人做出
委身于男人的决定时，她们的身体都会变软？我用力撞着她们
的胯部时，总能听到从唇齿间发出的呻吟。这呻吟像闷在胸里
突然挣脱出来的。这肉的气息是多么的芳香。我梦呓一样说着话，
一个词一个词都是身体器官。被话儿撩拨着，她们的腿会撩上来，
好像要把整个的身子都缠绕住你。唇却是温凉的，带着淡淡的
酒味。斜襟的大衫下，胸脯起伏着，手指拂过乳房的下沿，却
被轻笑着挡开了。我眯起眼睛，一口气吹在乳房上。她们伸出
小舌头舔着嘴唇。哦，粉红的舌头，哦，今晚的尤物。"如果你
进入我，会让你感觉到我的温度。"

　　我们从来不问彼此的名字。我叫她们：依。她们这样称呼我：
男人。我用银子买她们的时间，她们用青春赚取收入，银货两
讫两不相欠，我觉得这是男女关系最干净的一种了。女人的性
器也像树叶一样，没有两片是完全一样的，有一种未经考证的
说法，说它跟女人的嘴唇有些相像。比方说，嘴唇长得丰满的，
唇线分明的，它也必是肥润的，如果嘴唇很薄，它必定也是细
细的刀子的一长溜。开始我还对此充满探究的热情，每次收工
后我就举着点亮的蜡烛就向她们的肚子，但有一次不小心烛液
侧漏，滴在了一个大嗓门女人的肚子上，她吼了一声"去死吧"
就把我一脚踢下了床，自此以后我的实证研究的兴趣就消退了。

每天近午时醒来，搜遍刚刚过去的糜烂夜晚的记忆，我甚至记不起一张清晰的脸，而只是她们身体的局部，潮湿的、膨大的、变了形的。

从苏州流落到此间的小桂铃弹得一手好琵琶，她自称十三岁就入道，豆蔻年华里不知迷倒了多少达官贵人，苏州落入太平军手之前，她是城西阊门和胥门一带的当红头牌。她长着一对大乳房，却是扁平的，没有型的那种。当她斜抱琵琶，拨出几串忧伤的弦音，我从她欲启未启的衣领里看到隐约的乳沟时非常激动，帘外灯光的勾勒下，那真是一把好乳。可是，当曲终人散她把衣襟撩起来，让我把整个脸都埋在里面时，我觉得这对乳房并不像我想象中那样好，她的体型只能以臃肿来形容，让我疑心她是不是生育过。

对着这样的身体我突然没有了兴致。可是那时我们已经光着身子在床上了。我怕退缩会对她造成更大的伤害，于是继续动作。她的呼吸急促起来，身子像风吹过的叶子抖动起来，叫着，你真是个老手啊。这是一个身体缓慢苏醒的女人。她喜欢在兴奋时把舌头送进我的嘴里。我不喜欢这样，只好不住地爱抚她的乳房。她闭着眼，脸上是很痛苦的神色。女人享受快乐时脸上总是这样一副痛苦的样子。

我觉得自己正在变成一架性交的机器，越来越机械，只是与陌生的身体器官一次次地重叠、冲撞。调笑、亲吻、喘息，程式化的每一步，如同军训操练项目一样枯燥。每一次，我都怕看压在身下的那张脸，那脸上的酡红、浅醉、无耻的兴奋与快乐都让我羞愧。我喜欢在后面干，像一头牲口。我命令她们转过身去，我禁止她们叫喊、笑、哭泣。完事之后，我必按照悔罪规矩，赤脚跪在地上向皇上帝祷告：

小子陈小羊跪在地上，祈祷天父皇上帝格外恩怜，赦我从前无知，屡犯天条，恳求天父皇上帝时赐祝福，有衣有食，无灾无难，今世见平安，升天见永福。普天下兄弟姐妹同叨福庇。托救世主天兄耶稣赎罪功劳，转求天父皇上帝在天，圣旨成行，在地如在天焉，俯准所愿。阿门。

镇子东北有一座教堂，星期五夜半钟声响过以后，镇上的人就会聚集到这里做礼拜。教堂里有一个洋人执事，来这里好多年了，说得一口流利的当地土话，这个教堂就是他一手建起来的。这个教堂人气旺盛是因为有一个当地女子组成的唱诗班，她们来自这个镇里第一批受洗的家庭，会跟着风琴唱简单的圣歌。太平军进驻该镇后，礼拜还在继续，但仪式做了很大改变。主持仪式的也不再是这个洋执事，而是专程从苏州赶来的身着黑衣的天国教士（年长和高级的教士还在头巾前缀上珠饰以示区别），这些教士宣讲的是天王钦定的、天京版的基督教义，它自然与以前洋牧师宣讲的有很大区别，许多地方添油加醋，或许在后者看来离经叛道也说不定呢。

礼拜通常于黎明举行，在角声和箫声伴奏下，众人先歌唱《赞美颂》，然后，在黑衣教士的带领下，众人齐诵《圣经》，再诵《信经》。一片嘤嘤嗡嗡的诵经声，如果不仔细听，简直会以为是童子开蒙的三字经：皇上帝，悯世人，遣太子，降凡尘，曰耶稣，救世主，代赎罪，真受苦，十字架，钉其身，流宝血，救凡人，死三日，复重生，四十日，论天情……

然后，全体跪下，跟着教士读祈祷文一篇，连祷完毕，归座，教士再读训诫一篇，当场焚化。讲道完毕，全场起立歌唱颂赞，各种乐器一齐鸣奏，众呼：我王万岁万万岁。

我去教堂参加过好几次安息日礼拜，都是这样又站又跪，刻板乏味，传说中的女子唱诗班连个影子都没见着。唯独一次，慕王谭绍光从苏州赶来巡查讲道的那场礼拜，洋牧师为了示以隆重之意，把他的唱诗班也带了出来。

那日，因到场的人数众多，慕王讲道的地点不是在教堂，而是设在了镇外河边的一块空地上，那里临时堆了个跟戏台子差不多高低的土墩子，以作讲坛。慕王身着朝服，精神抖擞，被其他的王簇拥着，他的背后站着一个体格魁伟的旗手，举着一面八尺见方的王旗。卫队环立在土墩子下面，再外面是手执各色旗帜的士兵。最外面一圈是镇上的居民，我也拉低帽檐混杂在里面。其实我的担心是多余的，在苏州时虽曾远远见过慕王一面，但他根本没记住我是谁。

十几个唱诗班成员由教堂洋执事带着，环列在那个土墩子的后面，准备在礼拜仪式时献声。士兵们手执飘舞的绸旗挡住了我的视线，但我还是一眼就看清楚她们大多是十六七岁的女孩儿，最年长的也不过二十出头。她们头顶的绣花方巾沿对角对折系在下巴下面，有一种健康的美。她们脸上有着我在别处看不到的庄严肃穆。

太阳升高，光线渐渐强了，来听讲道的人越来越多，他们大多穿的都是黑衣，整个广场黑压压一片，如同一个集贸市场。照例又是从《赞美颂》开始这天早晨的礼拜。但好像又有什么不一样了。土墩子后，十几个人发出的女声如同天籁，带着尾音的震颤飞过我们的头顶，"哈利路亚——"

那歌声如同一群盘旋的鸽子，不知何处栖息。我看着最后一个尾音打着旋在湛蓝的天空中消失，仰着的脸一直没有低下，因为我怕一低头眼里的泪水就要滑落。

歌唱毕，慕王走到高台中间的桌旁大声说："我们来颂赞天父吧！"

他跪下，围着他的其他的王也跪下，我们也都随之跪下，低头做数分钟的祷告。尔后他站起来问：所有官长都到齐了吗？围着他的一圈人轰然作答，到齐了。于是慕王清了清嗓子准备训话。

但这时土墩子上方的天空突然飞进来几只乌鸦。或许乌鸦早就在慕王头顶上方盘旋了，只是刚才做祷告时大家都很专心没有发现而已。乌鸦从屋顶、河边、树梢和更远处的田野飞来，不断地起落，扑撕着什么，羽毛乱飞，拉下的一摊粪便居然不偏不倚落在慕王的朝冠上。

兵士们挥动旗帜驱赶这群不速之客，打下了好几只低飞的乌鸦。很快弄清了它们的目标并不是广场上的人群，而是不远处那条散发着异味的河里的几具死猪。这些猪可能在河里泡了几天了，圆滚滚的肚子晒暴了，乌鸦争抢内脏，争啄着一截截臭不可闻的肠子，把空地里这群虔诚祷告的徒众视若无物。

慕王的脸色变得很难看。他一定是非常恼被这群突然闯入的乌鸦搅了局，还弄脏了他精心修饰的朝冠。他拔出腰间一支左轮枪，朝天开了一枪，落下几片黑羽毛，那些挥舞绸旗都赶不走的乌鸦一下子飞得干干净净。

慕王问："河里怎么那么多死猪？"围着他的王们面面相觑，一个当地的太平军头目，看模样是个师帅，大着胆子说："禀慕王，猪都得了瘟病。"

"河里那么多死猪，就不派人捞吗？外人不知内情，还以为我天国治下猪都投江了呢。"

"猪死得实在太多了，埋都来不及，农民贪方便，就直接扔江里了。"

慕王不再理会那个师帅，他调整了下情绪，继续讲道。但出了这件触霉头的事，他的声音已不像刚才洪亮。他先是向着众人宣谕：天父皇上帝派遣天王前来治理我等众人，并授权天王统辖中国山河，此皆天父之恩赐，故尔等当敬听天王命令。尔等以往曾深受苦难，现今已获和平，凡离家在外都可放胆还乡，不必惊恐。尔等以往吃苦，今后可享快乐。本军中若有胆敢抢掠或骚扰，必处以死刑，倘尔等发现此类兵士逡巡乡间，可扭送我处，决严惩不贷……

又对着将官兵士说：我等之胜利全靠天父之默佑，尔等与满妖作战时，必须对神真心，而不可为妖魔所迷，尔等不可抢劫人民，不可对妇女行邪恶，不可焚毁房屋，若有人行此恶事，决不宽贷……

围在他边上的那些衣着鲜亮的王们，都把脸儿朝向他，不住地颔首、微笑，做出专心在听的样子。此时，那个高声宣讲着耶稣与天父的慕王在我眼里已成了一具活动的尸体，风呼呼地灌进他不断开阖的颌骨，他戴着朝冠的脑袋越来越像一个骷髅。这或许是因为刚才乌鸦粪落到他头上的那一刻，我突然看到了死神对这个人的邀约。死神可不管你是王爷，还是贱民，他想带走谁就带走谁。

一年多后，慕王被围着他的这些王们出卖了，头颅被砍下来挂在了苏州的城墙上。得知这个消息时，我的眼前又飞舞起了那群盘旋在他头顶的乌鸦。

"阿门！"长长的礼拜仪式终于结束了，慕王在众王和卫队的簇拥下先行离场。我的目光始终跟踪着唱诗班里一个姑娘，她戴着一个用绣花的缎带和翠鸟羽毛装饰的头饰，前额处镶着黑色的丝穗，穗子下是她整齐的刘海。这是一张漂亮的脸。她瘦小的身体包裹在宽大的黑袍里，风一吹动，就修剪出了窈窕的线条。我辨认不出刚才优美的和声里哪一个声线是她的，但我已经好几次捕捉到了她的眼神。我相信，她也收到了我的注视，因为她白净的脸蛋竟然有了一丝愠怒的绯红。

5. 名士

在我再次与这个水葱一般的女人相遇前，大把的时间都掷在了小桂铃那里。有人说过，有风情的女人就像火之有焰，小桂铃就是这样的女人，斜襟大衫下她宽大的身体就像夏天的河床，平躺在床上时则像一汪流动的水。每次上床前她喜欢涂上一种水果味的油膏，脸上、脖子上、身体上，到处都是，我不喜欢这种腻劲。我仍然不喜欢面对她，而是骑上去拉着她的头发，就好像她是一匹不安分的马。她用力地抓挠着我的背，挠出一道道血痕。她喃喃地说，我就喜欢你这样。她想象我另有一个情人，她看着我和这个姑娘做爱，然后是这个姑娘看着我与她做爱。你说呀，你说你干她了！她这样叫着的时候，后背和臀部就像雨季转潮的墙壁都要渗出水来了。

很多时候我花钱包下她整个晚上，什么也不做，就只听她弹唱，让她陪我喝酒。她不擅饮，抿着小嘴嘬一口，那脸上的一层红就渲染了开去。这种时候她就会走开去，坐在窗下抱了琵琶咿咿呀呀地唱。她一定是想起了苏州山塘街的好时光，忧戚的面容里满是失落。那一刻的女人身上有了焰，空气里也浮上了一种让人想哭的忧伤。

但有一天我竟然敲不开这个婊子的门了。我气恼得狠狠踢门边的石鼓，痛得龇牙咧嘴，老妈子出来说，姑娘这些个晚上都让人包下了。我气愤地说，是哪个鬼东西？他以为自己有钱就很烧包吗？老子付双倍！老妈子一个劲地让我轻点声，说再这么吼叫巡逻的兵士就要过来了。

"爷还是请回吧，来会姑娘的是她以前苏州的一个老相好，过些日子他走了你再来吧。"

"不成，我非得让小桂铃出来给我一个交代！"

"你这不是要赖吗？"

"我还正想要来着，看谁横过谁呢！"

"谁在堂外喧哗？"

楼上传出一声音，随后，一阵楼梯的橐橐声，下来一个体态臃肿、其貌不扬的中年人，此人身着一件半新的月白竹布长衫，却目光浑浊，脸皮发皱，一头稀稀拉拉的头发，在脑后垂着根羊尾巴似的辫子。他拱了拱手，笑起来露出一嘴焦黑的烂牙。

"鄙人长洲兰卿，请问阁下怎么称呼？"

有一瞬间我以为自己的耳朵出了毛病，什么？这个庸俗不堪的米商一样的家伙，竟然是名动沪上的文士王兰卿？

"你，你真的是王瀚吗？"

"哈哈，不像吗？小阿弟所为何来？"

这可是碰上风月场中的老手了。在上海墨海书馆替洋人做事的王瀚王兰卿，可说是名动沪上的一个人物。此人原籍苏州长洲县，写得一手好文章，十几岁就中了秀才，说来也是命途不畅，一直与功名无缘，后来就一气之下跑到上海。他把替洋人书馆翻书的薪金，全都花在了勾栏书寓，赏遍了沪上名花。

有一个段子说，此人还是一个乡村秀才时，由他的老师陪同去南京参加乡试，一住进贡院附近秦淮河边的钓鱼巷，师徒两人的心就野了，就钻小巷子找烟花女子去了。别人都在为考试备资粮，他们师徒两人一会儿带着妓女在湖上荡舟，一会儿赶到某个校书家吃花酒，忙得不亦乐乎。待到考完了，在旅馆墙上留下一句"轻颦浅笑温存语，国士何尝不爱怜"，就抱着一大堆新填的艳词回了老家，把他新婚不久的妻子生生给气死了。妻舅打上门去，要为死去的妹子讨个公道，不知被他施个何等手段，竟也中了魔怔一般，相携着和他一起上青楼寻欢去了。前几年我听吴煦道台和大老爷说起此人，都叹可惜，想不到在这兵荒马乱的当儿，在小镇上一个妓女的家里逢见了。

刚才使酒卖疯，像个愣头青一样大喊大叫，这会儿回过神来，我倒有些羞愧了。这倒不是长洲兰卿的名头唬到我了，本来就是我坏了人家的好事么。

王瀚看出了我的局促，哈哈一笑："小桂铃是我十年前在苏州时就极熟的，这次我回长洲甫里省亲路过此地，凑巧遇上，也算是他乡遇旧知，看小兄弟也深具雅趣，兰卿就替小桂铃做主相邀，我们一同上楼，把臂一醉如何？"

此人看似形象猥琐，却没想到如此爽朗，我顿时好感大增。只是我从未有过两个男人同泡一个女人的经历，脚步虽然动了，心下却忐忑不安。

"没想到出了上海城就如此萧条，唉，战乱经年，民生维艰！早知如此，我应该多带一些烟出来。"他像一个主人一样引我上楼，还不忘为光线昏暗楼道逼仄向我致歉，"幸亏我出城时多带了些上好的烟土，我这就让小桂铃替我们烧上，她那一手烟泡，烧得可好啦。"

　　小桂铃见我们一起上楼，表情微微错愕了一下，虽只是电光般一瞬，但我捕捉到了。听了王瀚吩咐，她动作麻利地从一个深色的柜子里拿出两套烟具，放到一张短几上，把长烟杆凑近火苗为我们烧泡。空气中弥漫开了花瓣沤烂了的那种醉生梦死的气息。这一幕我从未见过，看得我眼睛都直了。

　　"尝尝吧，这是这里的特产松糕，非常有名。"他像主人一样热情，招呼我躺到一张短几隔开的大床上。这张床上，我曾与小桂铃鏖战多夜，现在和一个五短身材的男人靠那么近，他还是她旧日的相好，这情景让我颇觉怪异。

　　倚在床背上吞吐了几口，他的精神头儿上来了，原本浑浊的眼里精光四射，吩咐小桂铃张酒置席。小桂铃出去招呼了一声，不一会儿，老妈子就将一壶温好的老酒、几样精致小菜端将进来。

　　小桂铃往两只青花瓷的小酒杯里斟满酒，抱起琵琶径自坐到窗下去，拨出一串流水般淙淙的声响。

　　王瀚把嘴凑近杯沿，那陶醉的样子就像在闻一朵花，他端起酒杯，说道："昔白香山离杭州，忆妓多于忆民，杜少牧在扬州，寻春胜于寻友，你我今日相会于一个女人的檐下，当浮一大白。"

　　我一口气喝干了。

　　开始我们都在说上海。他到上海十多年，我也住了有个六七年，总以为会有些共同的去处。可是我们在说的好像是两个不同的世界。我的世界里是钱庄、洋行、账本、算盘，要多乏味有多乏味，他的世界却一片莺莺燕燕。但有一点我们很快达成了共识，我们都惊异于这十几年里这座城迅速的繁华。

　　"十几年前，我刚到上海时，北门外，不过是一片乱坟岗，间或有三五人家零星杂居，结茅作屋，种槿为篱，哪料得十几年光景会变得如此繁华呢。真个是，歌楼舞馆销魂地，鬼火当年夜夜明，最繁华处最心惊。"

说到上海近年的妓业之盛，他来了兴致，滔滔不绝起来，我都只有听的份了。

"上海自明嘉靖三十二年筑城，历三百年，形成了以署衙为中心，数十条三排或四排楼街为干道，共一百多条街巷的格局，上海的秘密就全在那些街巷弄堂里了。城西南多大户人家的府邸、苑囿，什么郁宅、南园、书隐楼、咸宜楼、九间楼，城西北还有大境阁、青莲庵等清净去处。城东呢，是一个集南北商帮、杂货的交易之地，多引车卖浆者，城东南有咸瓜街、花衣街、豆石街、咸鱼弄、羊毛弄、油坊街和专售洋货的洋行街，近北门还有东西两园，是轧闹猛人的好去处。我独爱县署西南肇家滨，沪城青楼之盛，全在那一带了，每到晚上，虹桥左侧曲巷中，灯火耀眼，笙歌腾沸，一派灯火楼台，就好比一双双魅人的眼。下午三四点钟过后，姑娘们也开始忙碌了，她们涂红了嘴唇，描黑了眼圈，梳洗停当了，再檀板轻叩，朱唇微启，用娇滴滴的声音唱一支支腻人的小曲儿，啊呀呀，那些个妖精。楼街下，冶游客如狂蜂浪蝶般全来了，出局、转局的红倌人，在娘姨、大姐的陪同下，坐在走马灯般来回着的轿子、马车、东洋车里，也都出动了。在上海我住了十多年，实不相瞒，我经常流连这些地方，问名曲里，浪迹芳丛，正所谓，月地花天，寄豪情于一醉，灯红酒绿，抒绮思于千言。

"发贼禁烟禁娼，于是南京、扬州、苏州一带的烟花女都避居上海了，幺二堂子皆聚于五马路南侧的东、西棋盘街，长三的住家，或者叫书寓的，这些高级一点的妓院都在四马路那边了，听听这些名字，就够让你浮想联翩了，什么荟芳里、合和里、合兴里、小桃源、百花里、尚仁里、公阳里、桂馨里、兆荣里、兆富里、兆贵里，里面的用品，全都是西洋货，洋镜、洋灯、洋床、洋桌椅、自鸣钟、洋火、洋皂、洋布手巾，要多浮华有多浮华……"

"有人说先生一日品尽海上花，有这回事吗？"我好奇地问。

"哪有这等艳福，老民只不过以三寸之管品评名花，空中色相而已。"他摆了摆手，神情也变得落寞，"世人以为老民纵情于醇酒妇人，老写一些不三不四的文字导淫宣欲，他们哪懂得，名士、美人，都是造物之所忌，都特别脆弱，要悉心爱护。我悲美人之不遇，实是悲我自己。小子啊，你须记住，境以阅历而始知，情以缠绵而觉空，闭门羹要即在迷香洞中耳。"

我只觉他这话大有深意，却又似懂非懂。他看我愚鲁的样子，也不再言语。喝了一会闷酒，他问："你知道忠王李秀成现在何处？"

我一惊，以为他看破了我的身份。

"我一个生意人，哪知道大人物们的事啊，听说去年忠王就率军西征，不定在哪儿打仗吧，先生找忠王有事？"

"无他，也就是一些军政上的事想找他说说。"

"那你可以去苏州找慕王说啊。"

"此人未足语耳！"他一副不屑的样子。

我好奇心顿起，想知道他要找忠王说啥事儿。

不需我问，他顾自说开了："目下神州板荡，正是英雄崛起的好时候，据我几年观察，曾国藩、李鸿章，南京城里的干王，还有忠王，都可算才干之人，去年忠王取上海，功败垂成，可惜呀，就缺了老民这样的人辅佐他。"

"可是，曾、李两位和忠王，都是死对头，先生怎么把他们相提并论？"

"天下之才，无非庸才、贤才、真才，在老民眼里，天京城里那个神神道道的天王，江苏、上海的那些军政要员，上至巡抚、道台，下至衙门胥吏，都是草包蛋的庸才，把曾李和忠王并提，是因为他们都是贤才。什么是贤才？夫贤才者，国家之元气，贤才在上则国治，贤才在下则国乱。这年头，就好比评书《水浒》里讲的，天罡地煞全都下了凡，必得乱上一阵子，待一个有力人物出来收拾，天下方能有大治。"

"这个有力人物会是谁？恭亲王？天王？洋人？干王、忠王还是曾李？"

"洋人逐利而来，其国内又行宪政，他们怎会替你们收拾乱山河？除了洋人，你提到的这些人，都不是没有可能。"

我看此人信口雌黄，就差点要以卧龙自许了，决定刺他一刺：

"那先生又是什么才？"

"我吗？"他嘿嘿一笑，"真才。"

"先生大才，都在曾李之上了，失敬失敬。"

看我不以为然，他也不生气，继续说："夫所谓真才者，与国家同休戚共患难者也。你以为方今天下大乱，是人才凋敝的缘故吗？非也，非也。天下非无人才，患在取才之法未善，用才之志不专，又患在上之人不能灼见真才，以致今日之士，皆有士之名而无士之实，士习日坏，士风不振，士遂为人所轻，因而叹天下之无士，呜呼！"

"那先生看我是个什么才？"

"你不在三才之列。"

"是在下不入先生法眼吗？"

"不是。因为你不是士。"

"请先生示下。"

"好吧，那我就放言了，说错了小兄弟莫怪。论你的才干，可为一千夫长，以你的个性，更适合做一个游侠。"

"先生刚才讲到治与乱，先生既以真才自许，那一定有大大的治国良策了！"

"治国如治身，去盗如去邪，得知道自己患的啥病，又不讳疾忌医，那病才会好。"

"先生您就别绕了，快说吧。"说实话我现在真的有点喜欢他了。

"当今治国要务，首在平贼，而平贼之要，一在治兵，二在治民。治兵要有良将，治民要有好官。今日兵制之坏，几如明季，入市一空，过村一哄，而视民如犬羊，畏贼如虎狼。今之民，疑官而轻上也久矣。凡是官家说的，老百姓都不信，所以我说，这大清的天下，就像我满嘴的烂牙，差不多都要烂光了。

"如何不让它加速烂下去，说实话我还没有全想好，以前讲武将不怕死，文官不贪腐，国家就有救，依着这思路，从整肃吏治做起，我看大抵也可行，良将应该做什么？讲武备，整边防，撤壮勇，清盗源。好官做什么？肃仕途，作士气，储人才，阜财用。官场之坏，全由士习之颓，所以应该堵住捐纳卖官，科场当废时文考以实学。自然，我这个方子，也只是治标不治本……"

"敢问什么是治本之法？"

"那就要效英法，行宪政，民为本，社稷次之，君为轻。"

"那就是施仁政了？"

"哦，也不尽然，不经过血与火，仁政不会从天上掉下来。"看我一脸不解的样子，他似乎不忍心了，"扯远了，刚才说什么来着，对，平贼，继续说平贼。"

"晚生洗耳恭听。"

看我改口自称晚生，执弟子礼甚恭的样子，他快活得什么似的，声音也高了许多，就好像听着的不止我一人，而是一大群人听他指手画脚。

"今之所以平贼，不出剿、堵、抚三端，我且与你说说如何来剿。方今长江以南，太平军势盛，欲剿之，当先舍其坚而攻其瑕，从上游合击，以占地势：北面的徐州，当派老成持重的宿将，统劲旅扼守，然后分道进兵，尤宜与金陵大营声势相通，互相联络；长江南北，宜以水师分驻要害，断绝他们的经济来源；徽郡之安庆、苏郡之常州，是我两省之门户，尤其应该引起足够重视；江浙空虚之地，必当倡行团练，演习民兵，给以火枪器械，筑垒掘壕，人自为守。

"现如今，官军仅集中于南京城下的江南江北两大营，十余万众驻扎在坚城之下，不筹进攻之术，不求速战之方，唯任其饱食而嬉，此兵之危道也。而贼兵分布各处，踪迹飘忽不定，出没无常，今日官兵之剿贼，有剿之名而无剿之实，唉，说起来真是徒让人生气！"

我闻言一惊，差点打翻了酒杯。"他们要是采纳先生此策，天京危矣！"

"唉，不说了，上海道吴煦，历任苏抚徐有壬、薛焕，前两江总督徐桂清，都是一帮草包屎蛋，把我的上书当作了一堆废纸，也罢，尽把那平戎策，换作了种树书！"

"先生不必烦恼，他们不识货，总会有识货的，古人都说良禽择木而栖呢。"我放下了心来。

"以前我总想着，学成文武艺，货与帝王家，碰了几回鼻子我不这样想了，这年头鹿死谁手都还没个定数呢，我有大本钱，何必一棵树上吊死？我就一边厢与朝廷，一边厢与太平天国，谈一场多角恋爱又怎的？谁的出价高，我就卖给谁，这也正是我向你打探忠王消息的缘由。忠王不是一直想着要拿下上海吗？我有一个大大的礼要送给他。"

"先生有何良策可助忠王拿下上海？"

"上海系各国贸易所在，洋人请太平军不要进攻上海，并不是铁了心要助清军，而是有他们自己的利益在，去年 8 月，忠王冒失进军上海，实为一大失策。忠王当时应该答应洋人不进攻上海，条件是洋人不得以军火弹药资助清廷，如此一来，洋人鉴于自身的利益，自然会同意。然后，太平军一边派遣精锐部队渡江北上，攻扰通州、泰州、里下河一带，一边派遣水师沿海巡弋，劫掠商船，使其不敢运送货物北上，如此一来，贸易不通，厘捐断绝，不但清军乏饷，而且上海的洋人也会坐而受困。试想，连年争战，江浙一带的苏、常、锡加上杭州、宁波，数百万人拥进上海避难，这么多人生计断绝，上海必然发生变乱，而洋人于内外交困之时，也唯有俯首来与太平天国修好了。那时迫令他们献出上海，方为上策。"

"不战而屈人之兵，自是兵家所谓的上策，可是洋人也不是泥塑菩萨，他们会乖乖献城？先生所说中策又是什么？"

"如果一时不能与洋人议和，又想先得到上海，也不必调集大军进攻。因为洋人最贪图厚利，近来因为江浙两省的难民麇集于上海，洋人遂于租界之内广建房屋，让逃难者居住，以收取高额租金及利息等，只要有利可得，并不查问租屋者的来历。太平军应派遣数千名精锐士卒，化装成难民，租赁洋人的房屋先住下来。因为地处租界，清廷无从查察，到了约定的时间，只要领队者于半夜时分一声号令，士卒们四方响应，纵火烧屋，见人便杀，租界必然一片混乱，洋人也只有登船逃命而已。那时外面的大军再迅速配合，上海城便唾手可得了。攻下上海后，再召回洋人，加以厚待，则洋人仍可为我所用，此亦不失为中策。"

说到激动处，王瀚站起来侃侃而谈，唾沫乱飞，桌上的烛光把他的身影投射到墙上，他臃肿的身材一下子变得无比高大。小桂铃也早就停止了抚琴，以欣赏的眼光看着她从前的老相好。此人才干，当真是卧龙雏凤再生也不过如此，只是名利之心太盛，我暗暗下了决心，须得把他引荐给忠王。如果他执意不从，又该当如何呢？这样的人才留给清妖终是我天国事业极大障碍，那也得趁早把他杀了。

"夜已残，酒也喝尽兴了，快意啊快意！"

看他醉得不轻，小桂铃欲上前搀扶，他一把推开，踉跄了两步，就势在床上卧倒，连鞋子都没脱。

"兰卿先生，我有一个兄弟是忠王帐前侍卫，极受信任，如先生有意，明天我们就动身去找忠王吧。"

"不成不成，"他醉眼惺忪，无力地摆摆手，"明天我得去甫里老家看望家母，然后再去南京，我约了艾约瑟神父在南京碰面。"

他不知道适才我已转了无数个念头，话一说完，就已鼾声如雷。

"他就是这副臭德行，总是改不了。"小桂铃一副无辜的表情看着我，"不早了，你也在这歇下吧。"

"他怎么说睡就睡着了？我还想着我们一个前半夜，一个后半夜呢。"

"想得美，去死吧你！"小桂铃狠狠拧了我一把。

6. 绣锦营女兵

第二天一早，我陪同王瀚在镇子外一个叫七里桥的地方上了船，从这里坐船去苏州，只需半日工夫。我让王瀚到了南京后等我些时日，短则一月，长则半年，我必去南京找他。

"说不好，就看南京对我有多大吸引力了，"他快活地向我挤挤眼，"我们为什么不在上海见呢？到了上海我带你去逛五马路那边的长三堂子。"

"先生昨晚说的话，我想了一晚上呢。"

"酒后狂言，岂能当真！老民现如今只想做蒲留仙一流的人物，瓜棚豆架下，与人谈狐鬼。"

"那不屈了先生大才？"

"你不会是想替忠王说动老民吧？哈哈！"

我一愣怔，想昨晚自己没露马脚呀。

笑声未落，船已离开石埠，河道很窄，一转眼就到了江心，穿到了石拱桥下。我跑到桥上，俯在石栏杆上喊："兰卿先生，我一定来找你！"

"山高水阔，有缘再会罢。"

他站在船头挥动袍袖，脚边是一担行李，那模样就好像一个去乡下收购生猪的屠夫。

我突然转念，想赶上他的船，陪他省亲完毕一起去天京。不管忠王现在何处，一定会回天京的。到时我再把此人引荐给忠王，也可算是一桩意外的功劳，上海城里没找到内应，此人谋略，足可抵得上数千内应。看船已驶远，只得作罢。

　　回到镇子，经过牌轩下布料店门口，我看见了一队女兵。镇上虽然驻扎着数百太平军，女兵却很少见。她们刚刚在布料店采购完毕，每人捧着一大堆，叽叽喳喳交谈着，从店门口鱼贯而出，就像一群快乐的麻雀。远远看去，她们的脸色都很健康，橄榄色，泛着微微的红光，有几个长得还标致，乌黑的秀发用镶白边或者浅蓝边的黑色绒发套包着，插着鲜花和银饰。

　　突然我一怔，我的视线捕捉到了一大堆红红绿绿中一张葱白的小脸。我认出了她，那天安息日礼拜，唱诗班的那个小个子女人。她也感觉到了我的注视，只是不知道有没有认出我，噔噔地迈着小步，从我身边走了过去。

　　我进去问布店老板，刚刚出去的这群女兵来干吗的。

　　老板说，她们是绣锦营的，经常来这里采购布料，快冬天了，她们买布回去缝制冬装。

　　那个我不知名字的小个儿女人，我一直以为她是小镇上哪户人家的女儿呢，不然她安息日礼拜时怎么会出现在洋执事带来的唱诗班里。要是她真的是绣锦营的女兵，就没什么戏了，太平军男女分营，管束极严，男女私下交往都是要掉脑袋的大事。但我还是不死心，万一她只是给军营帮忙缝衣呢。

　　连着好几天，我都在牌轩下的布料店门口转来转去。牌坊是为表彰明朝一个节妇敕造的，两边的街道汇集着这个镇子的几家主要商铺，中药房、绸布店、裁缝铺和一家茶楼，街的另一边是一条窄窄的河道，这里人来人往，是镇上最热闹的所在，但那群女兵再也没有出现。

　　那天下午我坐在茶馆二楼临街的窗口。这是我留在小镇的最后一天了，我想要是那个女人再不出现，我就走了，或者去苏州，或者天京。我没有理由脱离忠王大军那么久，是该回去述命的时候了。

一直拖延着动身的时间，是因为我暗暗希望奇迹发生，想着能够再见她一面，哪怕只是远远看一眼也好。

后来我知道，那天布料店门口偶遇时，她一眼就认出了我。

"作兴你这样看女人家的吗？那可是安息日礼拜哦，眼珠子长了钩一样，好像要把人家的衣衫都剥掉了似的。"她后来这样取笑着说我。

话说那天下午在茶楼，突然噼里啪啦下了一阵急雨，喧闹的大街一下子跑得空无一人。跑堂的店倌过来关窗，我起身时不经意望了一眼外面，一瞬间，我还以为自己眼睛看花了。我又看到了那个女人！她站在布料店排门前，把手搭在眉前，焦虑地看着愈来愈阴沉下去的天空。

这个无助又略带俏皮的姿势，让人一下子陡生爱怜。我三步两步跑下楼去，摘下头上的斗笠递给她。她摆摆手，没接。

"你那天的歌真好听。"

她扑哧一声笑了，露出一口细碎的白牙。"不会吧，那天那么多人乱哄哄的，你怎会只听到我的？"

"我听到了，不骗你。"我认真地告诉她。

密密的雨脚在石板路上扫过，空气中灰尘的气味消失了，周遭的气息变得那么沁凉。一根头发黏在她被雨水打湿的颈脖上，我有一种用指甲去勾掉的冲动，好不容易才克制了。

我轻轻笑了。好情绪会传染的吧，她转过头来问我，你笑什么？

"我笑这天气，像个孩子，说哭就哭了。"我看着她黑黑的瞳仁里的两个小人儿，那就是我啊。

"姑娘的眼睛好亮啊。"

"泪水洗亮的，你信不信？"

话说着，头顶一片雨云飘空，雨势就小了下去，街上的人就像地底下冒出来似的，一下子就多了，她抬脚就要走，我一把拉住她袖子。她的胳膊像刀片一样冰凉。

"还没请教姑娘芳名呢。"

她挣了一下，没挣脱，脸上那层我见过的绯红又腾地升了上来。我终于有机会用指甲弄掉了她颈脖上的那根头发，她不鼓励也不拒绝。

"叫我九儿就行了，"她避开我直视的眼睛，压低声音说，"晚上你来我家找我吧，这会儿我得走了。"

"你住哪里？"我按捺着内心的狂喜。

"就在镇子西面小山坡下，看到一棵大樟树就到了。"

水洼倒映着雨后的镇子，那些老房就好像喝醉了一样歪斜着。我把那一丝舍不得扔掉的头发放在鼻子下闻，一股幽幽的香味儿，就好像麝香。

天刚擦黑，我就来到镇子西南的小山冈下，找到了她说的那棵大樟树。我像一个老到的猎手一样爬上小山察看地形，这是整个镇子最僻冷的地方，一条斜着向上的小弄堂串起了一片低矮的屋子。穿过镇子的河流在山岗那边拐了个弧度很大的弯，我闻着晚风吹来的河水的湿润气息，看着它慢慢沉入黑暗，身体里升起一种久违的期待。

待我从山上回转下来，看见香樟树下站着一个白白的人影儿。果然是她。脱掉了白天那身鲜艳的服饰，家居打扮的她显得很素净。一路不说话，跟着她沿斜坡往上走，没有遇见一个人影。几十步路后，再转一个弯就到了。她推开虚掩着的木门，一只半大不小的花狗热情地迎了上来。她低声呵斥了狗，落上门闩，进屋拨亮了灯苗，这一路走来，她小巧的鼻翼沁出了细密的汗珠。

"饭菜凉了，刚刚又下厨去热了下。"她歉意地说。我这才看到，桌上三四盆菜，菜盆上都扣着一只盘子。

我真是饿坏了，连吃带喝，也不管嘴里咂巴出很大的声响。她在一边饶有兴致地看着。这一幕真让我恍若梦里。我看着四周，屋内陈设简单，窗下几案上放着针头线脑，还有一大堆缝制的衣服，色彩都很艳丽。这屋子不像是有男人的样子。

看我吃完了，愣愣地看着她，她一下就过来扑住了我，把舌头塞到我嘴里。真是一只母豹子，我暗暗说。我喜欢她口腔里的清新与湿润，也喜欢她伸出舌尖小心翼翼地探索，我含着那被唾液濡湿了的、桃红色的舌头，就好像噙着一朵山花，不停地吸呀，吸。她好像渴坏了。舌头搅拌在一起，我觉得舌根都要断掉了。她的颈部也散发着花香。当她的舌尖游进我的耳朵，我听着她的呼吸有如风暴，时而感到一种从未体会过的倦怠，时而又感到一种翱翔的醉意。

但她的身体还是拘谨的，没有打开。我火一般的嘴唇烧向了她的胸脯，浅红的乳晕上中间一点轻轻地立着，像一对警觉的小兽。乳房很小，像是长年没有得到男人爱抚。近腋窝那儿，我又听到了她身体里面大海一般的喧腾。她抑制着的呻吟像是一声叹息。那小小的、坚挺结实的凸起，在我的掌心躺着，像微温的小鸟。这模样我很熟悉，后来我想起来是曾经梦里见过。

解衣服上的带子很顺利，但要脱掉鞋子遇到了小麻烦，我找不到鞋子的搭襻。是她自己脱的。她的身子有些凉，干燥。但下面已经很湿润。我命令：吻我。她的动作很轻，我先是感到微风拂过一般的愉悦，然后从手掌心开始蔓延到全身，如同蚂蚁噬咬一般酥痒。当我进入她身体，她扭动着身子，弄出很大的幅度，就好像一条被抛到了岸上的鱼，拼命挣扎着想要跳起来。我看到她胸前挂着一根红绳子，坠子却是个十字架。她双腿高举，好让我更深地抵达。即便这样，她也没有说话，只是呜呜地叫着像一只不肯被驯服的小狗。她好像在竭力抑制自己不要开口说话。

这无声的欢爱以她突然间的大哭结束。那一刻，她浑身汗湿，汗珠又细又密，透着一股油腻的麝香味。她像一张弓一样绷紧，像一个溺水的人一样双手乱抓着，指甲深深嵌进了我的胳膊里。她哭得好像一个受了天大委屈的孩子，又哭得如此放肆，汹涌而出的泪水把我的脸全打湿了。她喃喃着，语无伦次地，啊，多么好啊，啊，谢谢你。

我们相互注视着，好像熟识多年。她轻轻地笑了，听这笑声，她是欣悦的，发自内心的笑。她的一口细牙在黑暗里闪着白亮的光。她的牙从来都是白的，但我没有想到黑夜里会如此白，就好像上了一道釉。她为自己刚才的哭泣觉得不好意思，说自己也不知道怎么了，那一会儿，耳边好像突然响起了《圣母颂》的旋律。

突然，她从床上跳起来，衣服不穿就跪下，嘴里念念有词，主啊，我做了不好的事，我犯罪了。

"天上的父啊，愿你的国降临，愿你的旨意行在地上，如同行在天上。我们日用的饮食，今日赐给我们。阿门。"

念过这段主祷文，回过头，她跟我说："今天，我是把自己当一道点心端到你面前了。"

"为什么？"

"我愿意。那天广场上，你的眼睛捕捉到我，我就知道我逃不掉了。"

黑暗中，我捉住她伸过来的手，摸到了她胸前的十字架。

"你受过洗吗？"

"还没有，但神父大人说了，总有一天我会是主的女儿。"

她说，死去的母亲在世时总说她太贪，贪人世间的欢愉与繁华，说她还不够洁净，不够资格去全身侍奉主。

"我不想再和你谈论主，因为我也不是一个基督徒，我也和你一样，喜欢人间的欢愉胜过上帝。"我把她抱在膝上，手在胸前摸索着，"我有好多话要想问你。"

"问吧，你不问我也会告诉你。"

"为什么叫九儿？小名吗？"

"小名，我是我妈妈的第九个孩子。唱诗班里神父大人给我取了个洋名字凯瑟琳，我不喜欢。"说到这个洋名字，她笑了。

"你男人呢？"

"他入了太平军，死在湖州城下，有三年了。"

我问她，这三年怎么过的，身体就没个想法吗。她说，想想从前跟那个死鬼在一起，我就能满足了，我是一个做一场梦就能满足的女人。她告诉我一个秘密，她总是不停地在同自己的身体说话，告诉它要听话，不要捣乱，再难也要挺过去，信奉了主，以后必得圆满。

"两年前，母亲死了，神父大人把我招进了唱诗班，从那天起，我离主一天比一天近，我的身体已经很少背叛我了，直到遇见你。"

"刚才，你跟你的身体说话了吗？"

"没有。"她老老实实回答，"它只顾上和你说话了。这会儿它从来没有过的安宁。"

下雨了，雨点落在屋瓦上噼啪地响，她踮着脚尖去关了窗，回到我身边躺下。

"你什么时候加入绣锦营了？"

"镇上太平军的一个师帅一直要我去，让我替他们缝冬装，可我还没拿定主意，拗不过他们一次次上门来说，我只好答应去了，他们也答应了我，晚上可以住到自己家里来。"

说话的当儿，我的身体又醒了。我轻轻摆动。我疯狂地奔跑起来，我相信只要自己到了终点，她也一定会跟上来的。这一次比刚才还要持久，还要好。她一阵接一阵抖动，如同洄流的暖流。

可能是太累了，她流了鼻血。我让她平躺着，用冷水浸湿毛巾敷在她额上，用手轻轻拍着。我们平躺着，她的手摸索着伸过来，说，真神奇，它刚才把我充满了，现在变得那么小，那么小。

秋深了，天气也渐渐冷了，九儿在绣锦营的活儿越来越多，白天做不完的，还要带回家来做。为了让她晚上干活时不受凉，我常到拆毁房屋的瓦砾堆上去捡木料，背回来晚上生火。她专注地干活，火光让屋子里漾动着一片水红。缝得久了，她也会跑过来坐在我身边，伸出冰凉的小手，和我一块儿在铁炉旁取暖。我们透过敞着的小炉门凝视着闪动的火光，然后做爱。

有一个晚上，我说："是不是除了身体，我们就找不到通往彼此灵魂的道路了？"

她看着我，先是吃惊的样子，然后眼里慢慢地有水雾般的东西漾上来。她哭着，顾不得擦去落到胸前的泪水：

"我做错了什么吗？我想念自己的男人，难道就不包括想念他的身体吗？让你那条通向灵魂的该死的路见鬼去吧！我就只是个普通的女人，我的确没法找到你的灵魂。"

她气鼓鼓的，扭过身子不理我。我没想到她生那么大气，只好讲各种笑话逗她。黑暗中她幽幽地叹了口气："我找不到那条你所说的什么该死的路，你就不能帮帮我吗？"

我实话告诉她："这条路我也找不到，你不再生我气啦？"

"我是生自己的气，对你，我怎么总是那么软弱，我就没法对你生气。"

"好吧，睡吧，我收回那句话。"

"冤家，你还不知道，我们以后见面的机会怕是真的要少了。"

我这才知道，绣锦营接到了上万件的冬装缝制任务，把活儿派到镇上的各家缝衣铺还不够，九儿家也要征用，作为绣锦营的一处工坊。我暗想，看来苏州一带马上就会有大军集结，难道是忠王大军回来了？

"以后我这里人多眼杂的，你不能再来了。"

这些日子，我已习惯了在九儿的小屋里过夜，现在夜晚降临，我再也不能去找她，又成了孤魂野鬼。我想起那些个宁静的傍晚，她做了好吃的菜（可是我一个菜也记不起来了），陪我喝一点酒，说她去世的丈夫，说她的妹妹们（我一个也没见过，不知她们是不是长得一样），然后相拥着沉沉睡去，就好像这样平静的日子已经过了好几辈子。我想起曾这样问她，一个人的时候如何找到快乐，她说，不需要去找，我是一个做做梦就能满足的女人。这话当时听着没觉得什么，现在回想起来心口却痛了。我还经常想起这样一幕，她侧着身子，躺着，裸露的肩膀一耸一耸的，像是在哭，可是等到我把她板过身来，那张脸却是笑着的。

白天里，我去过那间大樟树下的小屋，远远看去，里面聚坐着许多女兵，还有许多太平军士兵进进出出地搬运军服。我不敢走太近，只是远远地逡巡，惶惶如丧家之犬。

好多天没有见到九儿，我也不知道她是不是和我一样想念，那些日子我真是快要疯了。有一天下着雨，我从牌轩下的茶楼出来，一个男孩交给我一张团着的纸条，转身跑开了，我打开纸条，赫然跳出一行字，是主祷文里的，"不教我们遇见试探"，我一看就知道这是九儿的字。纸条背面画着一座小山，一条带子般弯曲的河，一个树林子，我一看就大致明白了这是哪儿。我一口气跑到镇西小山冈背面的坡地上，远远地看到树林子里一个小小的人影，血就腾地一下上了脸。

周遭是几座年代久远的坟茔，头顶的松树尽管茂密，细长的松针却托不住雨水，她戴着一顶硕大的斗笠，几滴不屈不挠钻入的雨水沾着发丝，苍白的小脸冰凉凉的。我们紧紧地抱在一起，她小小的身躯颤抖着，向我的掌心散发着热力。她什么话都没说，只是一个劲地叫着冤家啊冤家。雨突然下大了，周遭白茫茫一片。我们在雨中拥吻着，她头上的斗笠早就不知丢到了哪一边，雨水顺着发丝，落进了我们张开的嘴里，我们好像都渴坏了，不住地喝呀，喝。

只有短短几分钟，可是我们睁开眼睛相互看着对方，却有一种天荒地老之感。她好像突然醒了过来，挣脱我的怀抱，说出来太久必须回去了。我心有不甘，去抓她的手，她决绝地一把推开，说，你先走，我看着你走。

后来她告诉我，你那天走了，我好像一下子被你抛在了荒凉人世间。

后来有一个晚上，我们在流经镇子的那条河边约会。开始，偶尔有黑乎乎的驳船的影子驶过，后来河上就安静了下来，只有涛声哗哗地向岸边卷来。她把舌头交到了我的牙齿间。我们太急切了，牙齿都碰在了一起。我们发出了鱼儿唼喋一样的声音，那声音听在耳边真是惊心动魄。

后来我们来到了郊外的土路上，任由脚步把我们带到哪儿去。庄稼叶子在脚边窸窸窣窣响，她紧紧地靠着我，一只手伸进我的裤兜掏啊掏。世界那么大，怎么就找不到一张床呢？她说。她手上的劲道越来越大。不行，今晚我一定要给你。我们又折回镇子里，可是她的屋子被占着又去不了。我们走到一座石桥上，顺着石级往桥下走，那儿越来越幽暗，河水湿润的气息越来越重。

她说就这里吧，我以前早看好了。我说搞脏你裤子了。她叫了起来，不管，你来吧，来吧，对着河水来吧。她双手在黑暗中摸索，突然呀地叫了一声。这让我羞愧万分。她叫了起来，真好闻呢，有青草的香气。她把手伸过来，我闻到了自己的气味，有点儿腥甜。

我不会忘记那座石桥。那是一座廊桥，桥上覆以屋梁，两侧长满藤萝。这座桥并不是横跨在大河上，它没那么宽，那条河绕经镇子伸出了一条小小的支流，那石拱桥就横跨在这一条细长的支流上。白天里，桥上人来人往，两侧摆满了菜农的摊位，一到晚上就冷清得很，桥堍用条石驳出了河埠，常常有洗衣妇拿着捣衣杵梆梆地敲。

这黑乎乎的桥洞庇护着我们度过了许多美好时光。这里一到晚上就几乎不见人影，好多次，激情过后，我们就相拥着，听着水声睡了过去。她总是很警醒，不敢耽睡，一有动静就一骨碌跳将起来。她总在担心被发现，连做梦都梦到我们被抓住了示众。离开我的时候她总是说，多想在你怀里躺一整个晚上啊。

她的担心不是没有理由的，这个隐秘的地方不会一直庇护我们，我们还是被发现了。那个晚上，我们在桥堍的条石上躺着，被一个附近人家出来打水的老头撞了个正着。那老头如见了鬼一般大呼小叫着跑开去，引来了一队在附近巡逻的兵士。领头的发一声喊，兵士们就顺着河堤摸下来。梭镖尖儿月光下闪着寒光。九儿的身子抖得像打摆子。我说，跑吧，宵禁了，逮着不是好玩的。她带着哭腔说，往哪儿跑，没路啊。

我们慌不择路，撒脚顺着河岸跑。齐膝高的草叶子割破了腿肚也不觉得疼。上头脚步声咚咚的，动静越来越大，火折子一晃一晃的。前面没路了，我心一横，说跳水吧，汩到对岸去就好了。她说，我不会水啊。我说顾不得那么多了，跑得一个是一个，我跳了啊。

河水一下子吃进皮肤，12月的河水真不是玩的，身体里一下子好像刺进千百根刺。我听到了岸边九儿的挣扎呼喊和兵士们的叫骂，我顾不得回头，一个劲儿机械地划动手臂，连呛了好几口，满嘴河泥的腥味。

但我还是没跑脱，一艘从厘卡开过来的小型炮艇突突地赶上来，船上伸下一柄长铁钩，把我像捞浮尸一样捞上去，扔在了舱里。上了岸，领头的一个两司马像踢一袋烂土豆一样狠命地踢，拿来火折子在我眼前晃，一边不解气地骂，妈妈的，叫你跑。

我被关在了镇上一处拆毁的庙宇里，一个堆放杂物的土屋里，上了木枷脚镣。看管我的两个兵士都是当地人，对我很不友好，总是骂骂咧咧。年老的一个还面善，开门送饭时还会说一句，造孽呀，那么好的女人，给你害惨啦。年轻的一个，对我好像憋了一肚子仇，总是拿一双牛眼瞪我，还使阴招整我，只要年老的那个不在了，就进来打耳光，拿乌梢丝抽我。

我不知道他们对九儿怎么样了，这是我最牵挂的。偷偷向年老的看守打听，他说你自己的吃饭家生都保不住了，还管她干啥，还嫌害人害得不够吗？后来我知道，九儿也关在这间废庙，前一进院落里。

我不知道在土屋里关了多久，有一天他们把我提了出去，说是要审我。穿过满是瓦砾的废殿，我被带到一间屋子里，一张桌子后面坐了三个人，中间一个两司马，那天晚上拿火折子照我脸来着，一个书记员，一个是镇上米行的老板，驻军委任的风纪纠察代表。

两司马发问，音色粗哑："你不知道宵禁了吗？"

"小民有罪，小民不知。"

"你们在桥底下暗祟祟地做什么？"

我总不能说是约了九儿在这里见面，我要替她开脱，助她跳出火坑。

"长官，我们啥都没做啊，小民从上海来，到这里做丝茶生意，顺道探访二姨，刚刚见着了二姨的女儿，才知道她老人家两年前死了，正寻思着赶明儿上坟去烧一刀纸，你们就来了。"

"说得好听，你们不是在行苟且之事吧！"

我连呼冤枉。

"嘴还这么犟！那女人可是什么都招认了。说吧，你们怎么做那龌龊腌臢之事的？"

他们全都不怀好意地笑了。

"你一个陌生人闯进镇子，私下勾搭绣锦营女兵，定是清妖细作无疑。就算你不是细作，勾搭天国女兵，有伤风化，也是犯了死诫，你还是老实交代吧，我们给你来个干脆的，省得吃千刀凌迟的苦头。"

这时一个兵士进来，凑近两司马低声耳语，我没听到说的是干什么，但肯定与我有关，等那兵士出去，两司马脸上那种凶神恶煞的表情不见了，看我的眼神又是狐疑，又是吃惊。

"你认识忠王？"

我想他们一定是发现了什么，没准是去旅馆搜查了我的包裹，找出了忠王颁给我的路条。这没什么好隐瞒的，我回答说我是忠王殿下的侍卫，但我还不想告诉他们我是忠王的义子。

"胡说！忠王大半年都在前线，此地怎会冒出一个他的侍卫来？"

我懒得跟他啰唆。"你送我去忠王大营吧，一切自见分晓。"

"忠王刻下正攻打杭州，你这冒牌货，定是清妖细作无疑，明早我就把你解送苏州，听凭慕王发落。"

我又被带到了土屋关押，身份有待验明，木枷脚镣暂时除去了。我想去苏州也不赖，慕王好歹以前见过一面，验证我的身份应该不是难事，这样就能马上见着忠王了。只不知九儿关押何处，无法带她同去苏州，也不知会有什么样的厄运等着她。

是夜久久不能睡去，眼前翻腾着这大半年来遭遇的那些人和事，想着以这种方式结束荒唐漫游，也是命数。慢慢的有了一种痛，先如针刺，再后来如要把心整个儿掏空一般，那是对这个生死未卜女人的思念，还有不能保护好她的内疚。这内疚越来越深，如暗潮把我淹没，我都不能呼吸了。我突然意识到，这些日子以来，在这座小镇感受到的感情并非别的，正是爱情。这种弥散的爱，从未凝聚过，我自己也曾阻止过这爱凝聚，只是把它当作以前发生过的露水姻缘里的一段，太阳出来就消逝不见。但现在我知道错了，我已不可能遗忘和她之间发生的一切。

后半夜冻醒，听到两个看守压低了声音说话。

"两司马不会是看上那女人了吧？"

"就他那尿样，也是有贼心没贼胆的货。"

"那可说不准，这娘们，多白，嫩得能掐出水呢，神仙也跳墙。"

"管住你裆里那东西，天朝十诫第一条，万恶淫为首，夫妻暗底下做那档子事都要砍脑壳，你不要命啦？"

"我真的看见两司马走进那个女人的土屋啦，停留老半天，出来脸上好几道血印子，你说那女子从了还是没从？"

"我说了，管住你裆里那东西，别胡咧咧。"

好半天不言语，小的那个捏着小喉咙唱："一呀么二又更，苏小蛾推呀磨，磨儿转得圆又圆，上爿好像龙吞珠，下爿好像白浪卷……"

"瞧那家伙，风流快活过了，明儿还要上苏州城白相去，害得我们哥俩大半宿的还为他熬夜。"

"嗤，你以为真要把他解送苏州城吗？"

"白日里，两司马不是这么说吗？"

"两司马连吃了他的心都有，哪能会放他走。"

"他，他不是忠王侍卫吗？"

"管他是不是，两司马又不是傻子，放虎归山的事他会做吗？实话对你说吧，埋他们的坑都挖好了，本来还要捡个逢市集的日子砍他们头的，改成秘密处决了，天一亮，就要咔嚓……"

年纪小的那个牙缝里咝咝直抽冷气，就好像那一声咔嚓真的落在了他脖子上似的。我听得一激灵，睡意全无，一下子通体冒汗，那个两司马，我早看出来了不是好东西。

我呻吟起来，先是轻声的，像是梦中痛醒，然后叫得更大声，捂着肚子在地上滚来滚去。

"怎么了，快去看看。"

"不会着了他的道吧。"

"别让他深更半夜的落个暴毙，两司马面前浑身是嘴也说不清了。"

他们先是站在土屋门口张望，然后哐当打开了门，一个把着风，一个进来察看，我猛地翻身坐起，拾起手边半扇木枷，抡圆了拍在那兵士头顶，他一声闷哼扑倒，年老那个一声狂呼，刚拔脚想跑，我已弹射到他后面，照着后脑勺又嗵的一下。

冲出土屋，凭着白天里的记忆，我穿过废殿，在一处天井后翻过院墙，一下就跳到了庙外。黑暗中我辨认了一下方向，刚想跑，眼前浮现出九儿那张葱白样的小脸，咬了咬牙，又返身跳墙折回。第一进院子，两侧厢房静悄悄的，不像关着人，我摸进第二进，没走几步，后面突然响起一阵杂沓的脚步声，几个兵士大呼小叫着跑向后院土屋。我赶紧闪身避入廊后，又摸黑翻出墙外。我抹了一把满脸汗水，泪水却不争气地直往外淌。我默喊着九儿，在庙后树林中疯跑起来，我觉得，我身体的一半已经永远丢在这个地方，再也找不回来了。

第四章

东进

梅：

　　小时候在我们西城桥村，有一种人叫扫把星，谁沾谁
晦气，这种人有男的也有女的，长着刀把脸、吊梢眉，村
里人都远远地避着他们，不与打交道。逃出盛莫镇，我真
是肠子都悔青了。对九儿来说，我就是那个带给她晦运的
扫把星。我干吗要去招惹她，要不是我，她还在镇上太太
平平地生活着，缝衣，参加礼拜日合唱，是我给她带去了
厄运，让她生死未卜，我就是她命里的扫把星。那小葱白
一样的身子，那美得让人伤心的脸，现在怎样了呢，我简
直不敢去想，或许在我离开盛莫镇后，已经永远消失了。
命数岂容逃脱，万语千言，真是何从说起。

　　我一路向南，想要尽快找到忠王大军，哪怕是投入一
场恶战，也在所不惜，我要战场上的血与火，冲刷去我在
此间受到的耻辱，让我忘掉痛。

　　春天沿着赣江东下时，春天正在生长，满目葱郁，当
时我只想着回上海找你，带你离开，现在仓皇出逃，已是
冬日黯淡，萧瑟不堪。我有一种不好的预感，我与你，将
渐行渐远，或许今生不得再相见。要是大半年前，有人告
诉我会是这样的结局，我会痛不欲生，我也不会再来上海。
好比我们小时候田野里放风筝，我跑啊跑，一直以为只要

我不松手，那风筝飞得再高也能收回来，现在我看不到那根线了，我跑不动了。世事变幻，总有一些什么是我们不能左右的，我已渐渐看开。

还记得我前信说到我初到上海住在西园那边的客栈吗，离开镇子后我就搭乘一艘商船去了上海，我要去那家客栈取回我的枪。谢天谢地，客栈的那间房不知换了多少客人了，那把土布包裹的来复枪还藏在屋梁后的角落里没被发现。枪在手，好像肝胆豪气又回到了我身上，我花了一个晚上细心擦拭了它，就带着它上路了。

走了好几天，后面一段路是坐船在运河上航行。河面上冷冷清清，不像以前满河都是忙碌的商船，船老大说，忠王的军队包围了杭州城，攻打一个多月，进出省城的河道都戒严了。过了嘉兴城再往西驶二十里地，他再也不肯前行了，小股清军出城抢船，太平军也要扣船，就是加再多的钱，他也不愿冒险前行了。

我估摸着距离杭州也只有一两天路程了，就上了岸，向着不时发出隆隆炮声的省城方向前进。途中我用极便宜的价格向农人买下了一匹瘦马，节省了不少脚力。那天清晨，我清楚地记得，那天是 12 月 29 日，当我转过一处山坡，我远远地看到杭州城就在眼前，沐浴在晴朗的冬日早晨清新寒冷的空气中。

这座著名的皇城正在受难，城中多处起火，烈焰冲天，浓烟如愁云一般惨淡。我看到一群群黑压压的兵士向着城里猛冲，如同一群逐食的蚂蚁。他们头顶，大炮咆哮着，隆隆不绝，我站的地方都感觉到地在颤抖。

我闻到了空气中焦糊糊的血腥味，这让我兴奋，全身的血液好像被火点着了一样。我打这么远赶来，就是要让这火炙烤我。

　　我已经准备好了……

1. 经略浙江

最初有意在浙江扎根的是忠王的堂弟，侍王李世贤。年初，天国两大主力合围武昌、解救安庆的计划出笼后，李世贤部也做出了西进的姿态，但除了攻下祁门东边约五十公里处的休宁镇，战绩平平，接下来在江西乐平打了一次败仗后，他先是踌躇不前，继而就掉头开回浙江，兵锋直指浙西南的常山、江山，很快打下遂安、寿昌、龙游，又连占遂昌、松阳、处州、永康，把侍王府建在了富庶的金华城。

起初，忠王也埋怨过堂弟不顾大局，拥兵观望，但当他明白再施围魏救赵之计解救安庆已不可能，他觉得李世贤为保存实力的这一招，也算是歪打正着。安庆陷落已是迟早的事，陈玉成再怎么折腾也改变不了这个事实了，而他忠王，作为天国的中流砥柱，也只有重回江南，开辟江浙战场，靠这边的得分重挽颓势了。

放弃西征之役的忠王大军，离开湖北，先是退入江西义宁州和武宁一带，于7月中旬进占靖安，逼近南昌。曾国藩闻讯，急调鲍超部由宿松南渡长江，经九江驰援南昌。忠王有些怵这个湘军名将，以前多次交手，胜算实在不大，因此率部由瑞州府进向临江府。鲍超率部经瑞州南下，忠王部随即东渡赣江，屯于樟树镇一带。这一次他差点被鲍超给追上了，但说来神奇的是，他刚率部渡过赣江，随之就刮起大风，风力既强且猛，一连四天鲍超都没法渡过来。

8月底，忠王兵分三路，沿赣江北攻南昌，在丰城为鲍部

所败。忠王不敢恋战，率部东趋抚州府，围城多日不克，而鲍
超部又将追至，于是撤围东走，开向贵溪、双港、湖坊，在河
口镇一带会合自广西东返的石达开旧部汪海洋、童容海等，之后，
他便率领这支号称七十万的大军，从常山撕开一个口子，杀入
防守空虚的浙江。他的军事意图至此已经很明显了，攻取杭州，
巩固东南。

忠王率部进入浙江时，李世贤的前锋已进抵诸暨、东阳一
线，浙西和浙中的大部地区已在太平军的控制之下。忠王先是
围攻衢州，再过兰溪北上严州，与正在围攻该城的李世贤部会合。
随后，忠王率部北进，连下富阳、余杭，进逼省城。他部下一
支陆顺德部自富阳东进，攻占萧山、绍兴。未几，由他的儿子
李容发、侄子李容椿率领的一支也赶到绍兴，协助守城。至此，
忠王大军完成了对杭州的包围。

此时清军在杭兵力约四万人，全军统帅为杭州驻防将军瑞
昌，副将为驻防富阳的广西提督张玉良。这四万人中，八旗兵
及正规汉军占三分之二强，其余皆为团勇，战斗力不强，只知
坐守营盘索要银饷。浙江巡抚王有龄上奏，请调距离杭州较近
的李元度部和刘培元部前来增援。但这两支部队到达龙游一带
后即遭太平军阻遏，无法向杭州靠拢。

当杭州围城之际，李世贤部于10月20日再克严州，随即
向浙东发展，黄呈忠、范汝增两位将军各率一军，长驱疾进，
于11月间攻克杭州周边各城，杭州彻底成了一座孤城。黄、范
两部还一路向东，连占嵊县、新昌、上虞、天台、奉化、慈谿、
镇海、仙居、黄岩等府县，对重要口岸宁波形成包围之势。

对杭州的攻打已持续了近两个月。11月4日，忠王督令陈
炳文、童容海等部攻占城外制高点馒头山，连破望江、候潮、

凤山各门外清军营盘，切断了守城清军与外部的联系。从庆春门突击到清泰门时，清军将领杨金榜率部出营阻击，击退了进攻。但另一支太平军绕经西湖，从后方攻破杨金榜的军营，杨金榜两面受敌，败亡。11 月 7 日，这天是立冬，张玉良率部从富阳赶至，攻破罗木营的太平军壁垒。张部一路长途奔袭，疲惫不堪，正当他们休憩进食时，太平军趁夜色发动进攻，收复壁垒，合围杭州十门，从海潮寺到凤凰山一带，竖起无数木栅，把个杭州城围得如同猎场一般。

杭州城外的交通线全被切断，所有粮道被阻，城内守军居民饥馑万状。11 月 21 日，张玉良被流弹击中阵亡，张素负骁勇，他一死，城内守军更加恐慌。因粮道已被断绝，城内一石米卖到了价值百两银子。居民捐出十多万缗钱，却已无米可买。商绅胡雪岩从宁波运来大米两万石，运米船停泊在杭州城外的三廊庙，再也不得前进半步。另一个姓赵的商人从上海用轮船运米，被太平军所阻，也无法运到城内。城里的草根、浮萍和蕉叶都吃光了，路上了堆满了饿毙倒下的尸体，城内的旗人甚至把刀鞘、皮笼煮来充饥。杭州城的这一幕惨剧，就好像半年前安庆城被围惨状的延续。

仗打到这个份上，太平军的粮食也早断了供应，眼看着年关将近，忠王打算回苏州过年，开了春再取杭州。听王陈炳文认为不可。他已经接到了城中断粮的探报，知道守军快顶不住了，不赞成功亏一篑。忠王听取了他的意见。果然到了 12 月 10 日，武林、钱塘、清波门外的各营清军纷纷投降。

12 月 29 日，我赶到杭州城下的那天，正是城中守军食尽，忠王率部总攻击的一天。是日清晨，太平军架梯登上城墙，在

那队乱兵背后响起一阵排枪声，听枪声装备不差，起码也是恩弗来特式来复枪。

火力掩护下于南门和东门最先取得优势，此两门的守城绿营因粮尽开门投降，部分守军溃逃，城上几无人阻拦。紧接着，凤山、候潮、清波等门很快得手，太平军大队入城，八旗骑兵则被驱入内城防线。

城内不时响起排枪声，有几处城门还激战正酣，升腾的烟柱被风吹散，几乎遮住了大半个城。听人说忠王的指挥部设在城西，我不敢入城，绕了一大段路径向那里驰去。

没行多远，就见一群混乱的败兵从城内慌乱奔出，他们的首领大概是看中了我的马，抬手往我立着的地方一指，几个兵士就跑过来牵我的马。这匹马胆小，咴咴地叫着直立起来，几乎把我摔下，我横过马鞍上放着的枪，这枪我用布条缠得紧紧的，没法使，我抢起枪托狠狠砸在一个兵士头上，那人闷哼一声松开了马缰，我一踢马肚，跑入一条小道，乱兵哇哇叫喊着追了上来。

我策马跑入一个村庄，村里不见一个人影，村道上空空荡荡，看来村人都躲战乱跑光了，突然那马一个趔趄，我重重地摔在了地上。这么短一程路，它竟然跑脱了力。那伙兵举着长矛和抬枪追近了，我躲到一截土垣后，取下枪，装弹瞄准。我连发三枪，他们的进势停滞了，一溜儿散开去，躲在树后，拿抬枪与我对射起来。抬枪的子弹是火药与铁砂的混合物，准头很差，但那么多杆台枪齐射也够呛的，火力压得我抬不了头。我一看弹袋已经没有几颗子弹，不甘坐以待毙，且打且退着，向村后的竹林跑去，后面追来的子弹打得竹叶簌簌作响。

追兵渐近，我暗想刚到杭州城下就丧身这伙乱兵之手，那也真太不划算了，突然，那队乱兵背后响起一阵排枪声，听枪声装备不差，起码也是恩弗来特式来复枪。三五个兵士中枪倒下，剩下的惊惧四顾，抬枪都扔了，掉转方向，朝另外一条路退去。竹林后转出一票人马，十来个人，三个洋人，六个天国兵士装束，中间还有两个女的，我定睛一看，领头那位不是林德利是谁？

林德利一见是我，高兴得什么似的，跑过来又是拥抱又是捶拳，拉着我介绍同来的几个人。其实不用他多说，玛丽已红着脸过来施礼。埃尔和我一起参加过营救玛丽，相见自然也亲热。另一个女子，原本和埃尔站在一起，个子窈窕，双目如漆，见了觉得面熟，却想不起来哪里见过。林德利说，那是忠王的女儿李金好。我和埃尔说话时，见她的目光总是不离埃尔，也就明白了七八分。

林德利问："怎么单枪匹马跑到这里来了？你不和忠王殿下在一起吗？"

我告诉他，我刚到杭州，没想到正好赶上攻城的日子，正往城西的指挥所寻找忠王。

"你们呢，怎么会在这里？你该不会告诉我是来郊外野餐的吧！"

林德利大笑。"你没看到我们惶惶如丧家之犬吗？我们是从天京过来的，前面那六个卫兵，是从天京忠王府护送我们一路过来的。"

一路边走边说，才知道林德利离开天京也是情非得已。那次救出玛丽后，林德利和她一起去了天京，暂住在忠王府里。不久林德利接到了新的任务，前往汉口采购粮米，就在他离开南京的那段时间，他的未婚妻被天国一个高官的儿子纠缠不休，此人就是赞王蒙得恩的儿子。小蒙好几次派侍卫到忠王府给玛丽送礼，玛丽都给退了回去，小蒙不死心，自己出马跑上门去

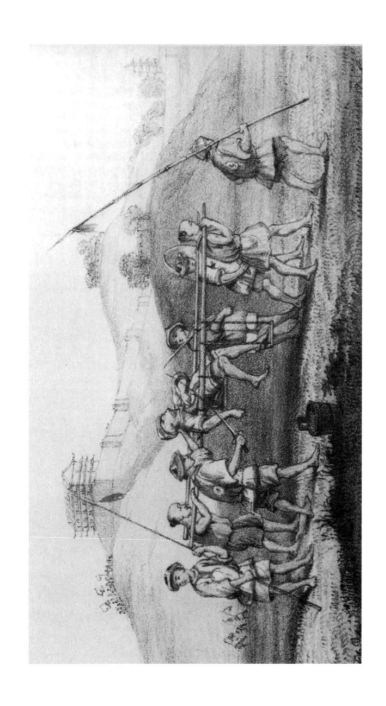

一群混乱的败兵从城内慌乱奔出。

想要诱拐玛丽。林德利从汉口回来，听了玛丽的哭诉，提上一支上了膛的枪就要找小蒙去算账，被玛丽死死抱住。林德利想把这件事报告上去，让上头警告小蒙不要再来纠缠，可是赞王极受天王宠信，在天京城里势力极大，弄不好反而会把性命都给搭进去。剩下只有一个办法了，那就是与玛丽赶紧完婚，彻底断了小蒙的念想。

可是林德利对待自己和未婚妻的婚事不愿意这么草率，他觉得这么仓促就与玛丽举行婚礼，实在对不起未婚妻从广东一路跟来。他曾经许诺要给她办一个极为盛大的婚礼，在天京城里最大的教堂，婚礼还得有忠王这样级别的来主持才行。他找好友埃尔商量此事，决定带着玛丽离开南京到杭州忠王那里去，避免跟赞王的儿子酿成更大的冲突。

没想到埃尔竭力赞成，而且主动为去杭州的事秘密张罗。他这才知道，埃尔在忠王府的几天里，已经迷上了一个姑娘，忠王的女儿李金好，王妃反对他们在一起，禁止女儿与他交往，他早就想着带着心上人一起到杭州去。

于是说干就干，分头准备，采购了大米、食油、咸鱼等食品，随时准备离开南京。埃尔还出面买了十几头牲口，养在靠近东北城门的一处农舍里。林德利说动了忠王府的六个卫兵，和他们一同离开。

冬日的一个晚上，下弦月刚落下，南京城巍巍的雉堞和高耸的宝塔刚投下阴影，他们行动了，在东北附近一处约定的地点集合，一行人骑马出城。

林德利向守城卫兵出示了出入凭照，但卫兵以天色已晚为由，不愿意替他们开门，费了好一会儿口舌，最后他们以随带的酒和大米打动了守卫，城门总算是开了。他们沿着通往南方的道路急驰，再折向西，绕过了大部分城墙。

　　怕被发觉，从动身到半夜光景，他们都没有休息一下，一直在山路上急驰。他们骑着的马虽小，却十分强健耐劳，竟没有一匹掉队。估摸着已经安全，两位女士也累得气喘吁吁，他们在一座破庙的墙根下支起帐篷，准备过夜，他们把马拴在树上，环列成半圆，升起火，正准备做饭，突然，一阵枪响，一排步枪子弹落在了他们中间的火堆上。子弹是从对面百把米远的一处小山顶射过来的。刚才他们太大意了，没有把庙墙的另一侧作为宿营地，现在他们全都暴露在了对方的视野下。他们赶紧跳起来拿起武器，六名卫兵把马缰绳缩短，使这些马首尾相连，排成紧密的行列，玛丽、金好两个女人都隐蔽在了这个活动的防御工事的后面。还没有完全安排好，一队五十多个骑马的兵士绕过小山，向他们围了上来。

　　看服饰他们辨认清楚了，这些正是从南京城追出来的太平军，领头的正是赞王的儿子，他来抢女人了。

　　"开始的一阵排枪，他们担心打着女人吧，都把枪口抬得很高，只是想给我们造成恐慌，他们好冲上来掳走战利品。真正的战斗开始了，他们才不会那么客气呢，但我们也不会怕他们。我们每个人手里都是来复枪，最差的也是夏普式后膛枪，他们呢，手上的只是不足称道的双筒枪和火绳枪，火力上我们占上风。他们猫着腰，嘴里吆喝着'打，打'互相鼓气，却又遮遮掩掩不愿上前。我们十人，对半分成两组，以连续不断的排枪向他们开火，战斗差不多一开场就定了输赢，他们领头的和十几匹马一下子就栽倒在坡地上。我们停止开火，他们的队列里出来十几个人，把受了伤的首领和同伴抬走。我们这边，一个卫兵肩膀受伤，还有一匹马耳朵被打掉了，此外没什么损失。这场小小的冲突结束了，担心大队人马追来，我们想即刻动身，可是手脚都绵软得没有了力气，两位女士连马都跨不上去了。于是我们转移到庙墙的另一侧过夜，并派出三个人一直放哨到天明，次日继续前进。接下来，我们沿太湖东岸，经过苏州城、嘉兴府，直奔杭州，这会儿循着枪炮声刚到城门外就遇上了你……"

林德利还记着我要去松江找梅，问我有没有找着。我借故岔开了话题。我实在不想和他谈这个。只要一提这事，小姐的脸，和这大半年里所遭逢的女子们的脸就都重叠在了一起，我不知道是该为自己对感情的不忠而哭，还是为那些女子的不幸而哭。

向着城西急驰途中，沿途看到不少从城内四散逃亡的居民，他们脸上张皇的神色让人看了真是不忍。我们抓了几个俘虏，都是溃逃的防守杭州城的绿营兵勇，审问得知，太平军已经从各个城门攻下这个城市，只剩下还有几条街巷没最后拿下，正在激烈的巷战中。

我们到达太平军后方，发现军队几乎全都调往了前线，只留下少数兵士在这里看管俘虏。我们来到忠王的指挥部，忠王不在，卫兵们正在为围攻取得胜利而欢呼，他们告知，忠王已率全军入城，正在进攻杭州将军瑞昌带领八旗兵驻守的内城。我们回头再驰往城中，从最近的西门入城。只见街上瓦砾堆积如山，缺头断臂的尸体随处可见，几处房屋还在哔剥燃烧，发出阵阵臭味，两位女眷不得不掩鼻而行。几条街之外，喊杀声和枪声沸反盈天。

我们被带到城中心的一处高大的平屋前，这里是攻打内城的前敌指挥所。哨兵进去通报，不一会，忠王在侍王、听王等高级军官的簇拥下大步向我们走来。刚刚发动的对内城的一轮进攻受了挫，他战袍上的尘土都来不及掸去，但这丝毫没有影响他的好心情，看得出，他还沉浸在刚打下杭州城的兴奋中。大半年不见，他瘦了，本来就黑的脸庞更显瘦黑。我进前几步，刚叫出一声义父，就喉头发哽。李金好早就滚下马鞍，扑进他怀里，委屈地大哭。

我又回到了侍卫队。但队里大半都已是新面孔，叫不上名字来，只有刘大年等几个还是以前相熟的。刘大年说，这大半年，卫队一半以上的兄弟都战死了，最凶险的是在江西被鲍超追着打的时候，他自己也差点把命丢了。他使劲拍打着我的背，我还以为你小子也回不来了呢！我说我还不想死，还要留着一条命做你上门女婿呢。他呵呵地笑着，眼泪都滚出来挂在胡楂上了。

我们正好来得及赶上对内城的最后进攻。外城陷落后，杭州将军瑞昌带着所有残余的八旗兵，连同所有家眷，遁入了内城，紧闭城门不出。内城墙砖格外厚实，八旗兵又拼红了眼，攻了三次都没能攻进去。负责前敌指挥的听王带着我们一道察看地形，我从单筒望远镜里看到城墙上梭杆林立，刀甲闪闪，间或还出没着妇女和孩子的身影，看来他们真要作殊死之战了。因天色已晚，听王传令停止进攻，只是把内城团团围住，鸟儿也飞不出一只。

入夜，我方骑兵举着火把，绕着内城一圈圈骑行。内城寂然无声，只偶尔响起冷清的柝声，也很快被外面的马嘶人叫淹没了。

清晨，我方集结最精锐的步兵和马队，准备一鼓作气攻下内城。炮队推出十门大炮，一字排列，预备轰击内城城垣，掩护进攻。林德利一看这炮阵就摇头，他说，这么多大炮架设在同一地点，火力怎么施展得开？应该各调两三门炮至两翼，纵射敌人木栅，才能真正起到掩护我军进攻的目的。

他让埃尔找忠王去说，调整炮阵布置。就在昨晚，金好已跟忠王说了属意埃尔的事，忠王不置可否。我也觉得埃尔应该先立一功，在忠王面前露个脸，再提那事儿就会顺当许多。

忠王立刻听取了这个建议，推迟总攻时间，往左右两翼各调去三门火炮。这办法果然奏效，内城的八旗把主要兵力都放在了正面防御上，担任左右两翼守卫的大多是伤员和妇女，第一阵排炮过后，正面城墙只是轰出一个小缺口，但两边的木栅好多被拔起炸飞，马队和先头步兵从撕开的两翼强行推进，炮兵阵地在林德利和埃尔两个专家的指挥下，炮火也不断向前延伸，城头一片哭爹喊娘，到处是横飞的土坷垃、碎木板和残肢。那些八旗家眷也真是勇敢，妇女们全都投入了战斗，她们有几个身上着了火，披头散发地在阵地上跳来跳去，哇哇尖叫着，如同鬼魅一般，那惨烈的情景真是触目惊心。

阵前，一片刀剑相击的叮当声和长矛刺进身体的噗噗声，我身边的兵士们也都杀红了眼，一个个如同血人一般。追击中，我亲眼见到一位妇女肚子刺进了一支长矛，兀自靠着门廊挣扎，刘大年跑过，就在他犹豫手中的刀要不要落下之际，那女人反手一刀，刀刃砍进了他的肩膀，一道血柱溅出，刘大年身子一歪倒下。我冲上去补了那女人一枪，她死去的瞬间嘴角上扬，好像在轻蔑地发笑。我一把抱住刘大年，他的左肩几乎已经离开了身体，热烘烘的血弄了我一身。我喊着刘叔刘叔，他睁开眼睛，说，到底还是不够狠啊。看他闭起眼睛似要睡去，我急得眼泪都出来了。他的气喘声越来越急，头歪在我胸前如同抽风箱一般，突然他咧开嘴笑了一下，你，你做不成上门女婿啦。

瑞昌和两个副都统在一群卫兵保护下躲入了内城最后的一处堡垒，忠王命停止进攻，向内喊话，让他们赶紧出来投降。回答喊话的是里面发出的几声冷枪。忠王命兵士取门板柴火架在城堡外，正要点火焚烧，一声巨响，连地都颤抖了起来，城堡整个儿炸飞了，砖块、泥土和尸体碎片如黑雨般落下。

随着这声自我引爆的巨响，包括杭州将军瑞昌在内的全部八旗兵和战至最后的妇孺，全都炸得尸骨无存。这一幕把我们都惊呆了，全都张大嘴巴傻愣愣站着，好像失去了知觉一般。

之前一天，大军攻破外城时，浙江巡抚王有龄已在署衙内自尽。学政、提督、总兵、粮道等一干官员，也都自尽或被杀。八十多天杭州围城之战，清军共死伤万余人。忠王命收殓了王有龄等官员的尸体，内城的战死者也都予以安葬。

就在我们攻打杭州时，侍王李世贤分南北两路向东部重镇宁波府城推进，他几乎没遇什么抵抗，在我们攻克杭州十天之前，轻松拿下了这座口岸城市，并免征关税三月。之前，何伯曾试图派军舰开赴宁波，阻止天国军队占领，宁波战场的主将黄呈忠、范汝增没有睬他。天国终于有了自己的出海港口。

至此，忠王、侍王兄弟在浙江取得了完全胜利，全浙九府七十县，仅有浙南数府及衢州、湖州、海宁三处孤立的据点还没插上天国旗帜，其余皆成天国版图。苏南方面，金坛、常熟也为太平军夺取，仅余镇江一府，上海南翼金山卫更是门户洞开。所以曾国藩后来如此哀叹：浙苏两省膏腴之地尽为贼有，窟穴已成，根底已固。

但忠王自己也明白，经略浙江，从财赋来说，可大抵与失去安庆、皖北相当，但以军事影响而言，浙江的地位自不能与安庆、皖北相比。所以夺取上海、拔掉长江下游清方最后一个钉子从而彻底结束两线作战的窘境，成了天国的现实考虑。

打下杭州后没几天，他留下归王邓光明等部驻守，起身前往南京，谒见天王。上海，再度成为他的下一轮打击目标。

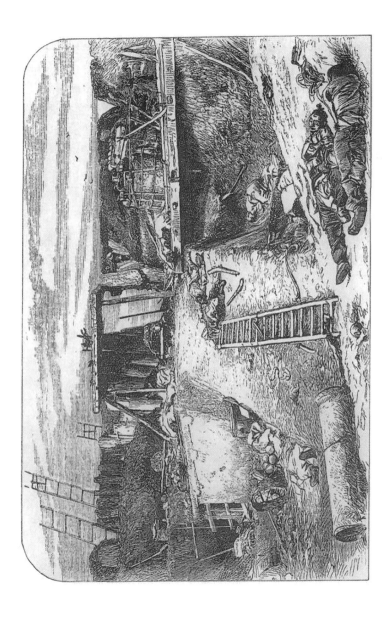

一声巨响，城堡整个儿炸飞了，砖块、泥土和尸体碎片如黑雨般落下。

2. 二战上海

一年前，天国方面与英国海军中将何伯订立的一年内我方不进入上海、吴淞一百里内的协议行将期满，上海顿时失去了防护罩。忠王等这一天实在是等得太久了。他已经拿下杭州与宁波，只有拿下上海，整张拼图才算完成，他太需要上海的钱庄、港口和贸易了，他不能允许在这片属于他的小天国存在任何一个朝廷的据点。

何伯急了，他试图让天国当局答应，把不进攻上海的期限再延长一年。天王这一回总算还清醒，予以严词拒绝。何伯在一艘停泊得离天京不远的军舰上，签署了一份满是恫吓语气的照会让宾汉舰长发出。

我们回到天京后，忠王即命侍王、慕王、听王等防守最近攻克的地区，又派遣大队援师至扬子江北岸接应英王。正在兴头上，忠王拿到天王府转来的这份照会，戴起眼镜连读两遍，气得脸色铁青，连呼可耻。

"那是英国佬开衅的借口，必须逐一驳斥！"

何伯在照会中所提四项要求是：

一、去年有若干英国臣民于贵军所据地区境内被劫而遭到损失，贵方应该采取适当措施予以赔偿，损失共计银七千五百六十三两一钱七分，银洋四千八百元，丝二十包，枪二支。

二、悬挂英国旗之木船与英国所造之船无异，均属英

国船只，此等船只须照本年初与贵方所订之协定，得自由
航行江上，不受检查及任何其他侵扰。

　　三、贵方并未忠实遵守不得进入上海吴淞一百里以内
之诺言，总司令要求贵方为保证遵守信约起见，派一高级
官员随同总司令前往上海，再由上海随同总司令所指派之
官员前往贵军驻地，将命令转示该处驻军军官。

　　四、九江汉口两地之英国贸易骤形发达，贵方不得进
入该两处一百里之内。

　　……

　　两天后，天国方面以幼赞王、负责内务的章王及顺王的名
义共同签署了一份答复予以严词驳斥。

　　贵国敬奉耶稣，我天朝崇奉上帝，贵我两国既以崇拜
耶稣为宗教之本源，自当世代交好，有如一家，故今春贵
国前来商谈时，我主天王命我等以礼相待，推诚相见，以
示我国优遇宗教同源国家之至意，既信奉同一宗教，又敦
友好，自当各守天教，权衡双方之缓急，怎可做出损人利
己之事？

　　第一项要求称要赔银若干、货物若干，称本年五六七
月在宿候、佘家江、浏湖、高清为我天朝人所劫，以上各
地距我天京纵非千里之遥，也在数百里之外，且所称抢劫
一事发生在半年之前，无凭无据且索赔偿，实属无理。

　　至于第二项，哪一条协定写着悬挂英国旗的木船可以
自由往来江上？中国商船过税卡都要交税银，倘贵国商船
仅以旗帜一面护照一张就可以不付税银，不法商人岂不利

用这大好机会，我国税卡岂非形同虚设？我天朝定有税制，各地商民只要按章缴税，即可放行无阻，如果贵国大量雇佣本地木船，满妖混充进来，后果谁来承担？再者，税银是供养我天朝兵士之源，若本地木船只要挂一面英国旗就可免税，则我国官兵上自诸王，下至兵士，势必愤怒。

第三项声称太平军未遵守不进入上海、吴淞一百里内之诺言等语，今春我国诚然签订此项协定，但就道义而论，天下莫非上帝所造，我军肩负重任，为上帝光复全国，不能弃寸土于不顾。贵国赖商务为生，我国以疆土为重，我国本体谅同类之至意，始准于年内不攻上海、吴淞，签约后即严令我境内各营将领一体遵行，各营将领禀报均已谨遵命令，但我天兵责在杀妖，岂可玩忽职守？上海、吴淞倘无妖兵，忠王侍王当不派兵攻取该地，若贵国愿负驱逐妖兵之责，则我天朝可派员安抚该地，不仅保护人民，且可保护贵国商务，是以贵国何以惧我天兵进入百里之内耶？本年将尽，协定满期后，我国不能仅以贵国商务为念，而不攻取该地。今当忠王侍王率天兵数百万之众，克苏州、杭州及全省之时，忽接贵国此项提议，何胜诧异？

今当我国派军攻取汉口、九江、镇江、金山之际，贵国忽伪托友好，暗助满妖，派兵驻守彼等重地，钳制我军行动，宁非怪事？此项提议我国焉能照准？俟我军攻克汉口、九江、镇江、金山，安抚各地后，倘贵国愿照常贸易，再来与我国商谈有何不可？贵国欲我军勿攻此地目的何在？

声明最后称：

我国所欲殄除者满妖盗匪也，我国所欲恢复者中国也，今满妖未除，伟业未竟，我国断难照准贵国所请。

何伯恼羞成怒，再次以宾汉舰长的名义威胁：

贵方已悉上海、吴淞两地为英法军队所占领，倘贵军再敢甘冒不韪，重来进攻，则不仅将招致以前之挫败，且将因愚蠢而获致更严重之后果。

忠王接此恐吓信，连说好，好。他在天京传檄，表示即将分师五路，水陆并进进攻上海，谕令清方兵勇去逆归顺，共沐天恩，并警告洋商不得帮助清军，"各宜自爱，两不相扰"，"倘敢助逆为恶，相与我师抗敌，则是飞蛾扑火，自取灭亡，无怪本藩师到时大开杀戮之威，有伤天地之和也！"

这是占领杭州的第七天。

林德利和玛丽的婚礼在我们到达天京不久后举行，同日举行的还有林德利的好友埃尔与忠王爱女李金好的婚礼。

埃尔在攻打杭州内城时建议调整火炮位置，露了一手，果然引起忠王重视，又禁不住女儿死缠，终于同意把金好嫁给他。我们都取笑埃尔，一下子成了乘龙快婿驸马爷。我听说忠王夫人开头并不赞同这桩婚事，她属意的夫婿是慕王谭绍光，仗打得好，人也长得英俊。但金好偏就喜欢埃尔，忠王夫人也只得遂了她愿。为了安抚慕王，忠王夫人暗下答应会把金好的一个妹妹嫁给慕王。

　　林德利曾经答应玛丽，要在天京城里最大的教堂与她成婚。他现在如愿了。这一天，城里最大的基督教堂张灯结彩，大厅盛饰着鲜花、绣旗和彩绸。两对新人按照天国的仪式完婚，我则被拉去做了林德利的男傧相。

　　主持婚礼的是曾在香港伦敦布道会受过圣职的干王的牧师，忠王、干王、辅王等皆穿朝冠朝服出席，除干王的牧师外，尚有天京许多教堂的牧师，穿着绣着金银十字架的华丽黑绸袍，在饰满花球的圣台前就位。命妇们的服饰更为鲜艳夺目，她们围在旁边一间房间里叽叽喳喳个没完，那里置大桌案数张，上面摆满了前来观礼的亲友们送的贺礼，两对纯金打造的蟠龙戏珠还是天王送的，它们被挑出来恭恭敬敬摆放在香案前。诸事就绪后，九个穿大红衣戴大红花的少女簇拥着身披白纱的新娘进入大厅。

　　玛丽一出来简直把全场都照亮了。她身披纯白婚纱，凌波微步，简直貌若天仙。走在她一边的林德利穿的是一套英国皇家海军的制服，也是英气逼人，眉宇间掩饰不去的喜气。另一对新人场面更大，金好穿着一身大红绸裙，凤冠霞帔，一走动，金珠银饰就叮当作响。做了忠王夫婿的埃尔已晋爵为"福"，他穿着太平军福级首领的军服，在九个身材高大的年轻首领的簇拥下，也是顾盼自得。

　　牧师宣布新人结为夫妇后，举行了一个简短的类似安息日的礼拜，然后仪式结束，新人乘彩轿，由盛大的仪仗伴送至新宅，两处新宅都在天王府内，是忠王所赠，最后一个节目，也是众人盼望的，是在忠王府的天厅举行盛宴款待前来贺礼的宾客。

　　天国按律是禁酒的，但这一天是忠王嫁女，林德利又是天国贵客，这禁酒令是放开了。下人们和女官们在天厅里穿梭不止，一瓮瓮的好酒端上来不一会就全空了。最后，每个人都喝得醉醺醺的，大着舌头说话，唱老家广西的山歌，就好像憋了好久的酒虫全都爬出来了。那些王爷们，平时冠冕堂皇的，酒一上头也都露出了农民的禀性，随地吐痰，粗嘎地大笑。有几个还满场跑着追逐起女官们来，弄出一阵阵尖叫。

上海的和平注定是脆弱的，就在我的两位外国朋友在忠王府度着蜜月时，对上海的进攻已正式拉开了帷幕。

1月12日，忠王发布檄文后，驻守杭州的大军，分上下中三塘，水陆并进，自乍浦渡过海塘直至奉贤，围攻高桥镇。部将刘肇钧自苏州经嘉定抵达宝山、吴淞，并进占江湾镇，另一支太平军自泖湖进至青浦朱家角。第二次上海之战正式打响，远处火烧的浓烟开始遮蔽上海北边的地平线。

同日，在上海英领馆，麦华佗主持召开了外方代表和清方官员参加的会议。何伯主张公复一信，"前已通报南京政权，上海已由英法军队防御，因此一切对于上海的攻击，将使攻击者不利"。但法国领事爱棠不赞成这么做，认为与其回信不如取布告的形式。吵吵嚷嚷也没个结果。

此战，天国投入兵力号称二十万，按以一作四的惯例，约在五万人左右。这支部队包括忠王原有部属，经过整训的降兵，原翼王石达开部的吉庆元、朱衣点两支部队，还新装备了数千支滑膛枪。水师孱弱依然是我军软肋，大多是不堪水战的小船。不久前运三千兵力去奉贤，上千艘船满江满河，每艘船除去艄公，竟只能搭乘兵士三四人。

清方主将仍为苏抚薛焕和上海道吴煦，部下水陆兵勇一万三千六百名。其中三千人驻防上海县城，其他分驻各处。

远处火烧的浓烟开始遮蔽上海北边的地平线……

驻沪英军和法军各千人，驻扎县城和租界附近，另有海军舰艇十余艘。华尔指挥的洋枪队此时继续驻扎于松江，部下约有兵士千余，外籍军官二百来人。或许在薛焕看来，这支部队关键时刻应该比英法正规军更靠得住。

1861 年底，华尔对外宣称做好了与太平军交战的准备。他手下已有两个步兵团，白齐文管带第一团，法尔思德管带第二团，第三团尚在扩建中。他吹嘘备好了取胜的几个撒手锏：一支训练完备的洋枪队，足够的资金，足够的大炮、新式短枪及充足的弹药，一支运输部队及军火的汽轮船队。那些崭新的大炮是他的兄弟从纽约替他采购的。此外他还有巡哨船近四百艘。

但一桩由美国南北战争引起的突发事件差点使华尔对英国人翻脸。这年 11 月，一艘英国邮船从古巴哈瓦那回国途中，被美国军舰阻拦，强行带走了两名准备到英国进行外交谈判的南方军的代表。这激怒了英国人。在上海，英国人和美国人都在秘密拟订计划，准备战事一起如何对付对方，华尔与何伯的一切合作全部停止了。

在何伯指示下，英国海军准备夺取所有在中国海岸各港口停泊的美国商船，并向驻防的美国海军船舰进攻，俘获或击沉之。英国水兵及陆军拟在上海、宁波、广州、天津以及其他口岸城市登陆，逮捕和监禁所有美国人。另一方面华尔也在狂热地准备，来摧毁上海地区的英国势力。他的疯狂计划的一部分是，从士兵中挑选几百名乔装为苦力和船夫，再放几百艘巡哨船在英国海军船舰旁边漂荡，一待约定的信号发出，几百只臭瓦罐从巡哨船上投到打手詹姆的军舰甲板上，主力快速开进上海。他还找到了一个刚从加利福尼亚来到上海的美国船长，约定从捕鲸船上招募数百名水手，袭击英国商船。这大胆得近乎幻想的军事计划也只有华尔想得出来。

但不久传来的消息说，北方联盟军已经释放了扣押的英国商船，华盛顿向伦敦做了正式道歉，两国已言归于好。华尔为打手詹姆备下的几百只臭瓦罐终于没有派上用场。

1月14日，谭绍光、郜永宽及忠王次子李容发等经松江城外，进逼南桥镇，清军参将姚绍修督率兵勇防御，他们招募的三百吕宋兵（菲律宾人）终不能抵挡，被击溃退至闵行。太平军占领南桥，再连克肖塘、青村、庄行，17日占领奉贤县。18日，克川沙厅城，旋分兵连克浦东头桥、新场、泰日桥、高桥、周浦等地，逼近宝山、上海。法国军舰"高傲"号在高桥发炮轰击，日夜炮声不绝，太平军无所畏惧继续沿着堤岸进军。23日攻克白莲泾，遍插旗帜于泾口，与上海县城隔江相望。

首轮攻势，可谓势如破竹，用清方的说法是：各隘防军，遇贼辄溃走，入夜火光不绝，人无固志……

此时，太平军前锋已到达英人居留地的西区方向，见对方有准备，没放几枪折向西北。吴煦派兵一营驻苏州河边防守。忽又得报，太平军的精锐主力已经从青浦出发，大队已到浦东。

薛焕看准太平军软肋，紧急调集海船百余艘，排列浦江西岸，从船上向太平军阵地开炮轰击，并说动英法军舰游弋江中，以防太平军渡江偷袭。驻扎江北的清江宁将军都兴阿派水师十余艘赶到，法国军舰也不断轰击宝山、吴淞等外围太平军阵地，迫使围城的三千余太平军不得不稍稍后撤。

这时的上海已经被太平军团团围住了。清军的四五万人马如同一碟小葱，全然不顶用了。

一场猝不及防的大雪帮了清军的忙。这场雪，自26日傍晚开始下，一连下了三天两夜，平原积雪几达半人深，穿过乡间稻田的狭窄马道被大雪盖住，经过风吹，有些地方的积雪更厚。雪停了之后又开始降温，整个原野天寒地冻，达二十多天之久。《北华捷报》称此酷寒气候"未尝见诸上海之气象记录也"。这场大雪对急欲进攻的太平军乃是一大灾难。我们既没有足够的冬衣御寒，也不能打碎堵塞河道的冰块，无法突破郊区防线，伏在壕沟里，我们全都动弹不得，好多兵士的手脚冻伤，耳朵被冻掉。

30 日，我军自青浦冒风雪出击，踏冰越湖，绕过广富林直取松江，华尔率洋枪队迎战，再加李恒嵩相助，我军不利，退至天马山、辰山一线。

雪暴过后，2 月 5 日，华尔进攻天马山、辰山，太平军先后迎战于广富林、塘桥、陈坊桥一线，皆不利，撤回青浦。太平军据有广富林后，加强了防御工事，在镇子外围筑有四个坚固堡垒。华尔率马尼拉人二百名和步兵第一团八百名进攻广富林。袭击很快得手。攻击从早晨五点钟开始，其时天尚未破亮，地上闪烁着白霜，一直打到中午方止。四个堡垒全被攻破，广富林被占，太平军丢下尸体九百多具向着青浦撤退。李恒嵩的绿营参加追击，他们一路焚烧，摇旗击鼓，大放爆竹。

广富林得手的第二天，华尔再次登上"切萨比克"号旗舰，向何伯报告他的战绩，详述太平军在上海周边的兵力分布情况，他说，有英法作为他的公开盟友，与太平军决战的时候到来了。

清军和英法方抓紧时机调整布防，在联席军事会议上做出了把战火烧到上海防御圈外的决定，并向驻扎在天津大沽口的英国陆军司令士迪佛立求援。

老对手又在战场上重逢了。忠王正准备调整兵力重新部署攻势，得到密报，惊悉守苏福省的两员部将熊万荃和李文炳与清方接触密切，有谋叛的迹象，急忙以度岁的名义回苏州处理，上海战役暂交慕王谭绍光指挥，后军主将求天义陈坤书、逢天安刘肇钧协助慕王。

这个李文炳是个变色龙一样的人物，1853 年刘丽川的小刀会起事时，此人还在上海开茶栈，相机加入小刀会，见刘丽川不顶事了，又与清军暗通款曲，密谋内应，终被刘丽川发觉，同谋作乱的三百多人都被捕获，独他逃脱，走归清军，随江苏巡抚吉尔杭阿围镇江，后擢至道员。前年忠王攻苏州时，正在苏州协助苏抚徐有壬守城的李文炳见清军从丹阳、常州、无锡一路败溃，于是开城门投诚，天国任命他为江南文将帅，镇守昆山。去冬，忠王攻打杭州，就有线人举报，从杭州前线返苏的李文炳伙同熊万荃、魏芸青等，与清方、团练沆瀣一气，密谋献城投降。忠王一直不信，此番大战在即，又接获苏州动乱的线报，忠王将信将疑，但因苏州安危直接关系到上海战役，忠王委实放心不下，于是他匆匆委军于谭绍光，带上五千人马从前线赶回苏州处理这档烂事。

也不知忠王离开时有何锦囊妙计授予谭绍光，几日后，经收缩整顿，谭绍光于浦东再次发动攻势，立大营于虹桥外王家寺，再东进至江湾、大场，从西面靠近宝山和吴淞口，并调青浦、嘉定两城太平军进占闸北，调吉庆元、李容发部自川沙、南汇进屯高桥，遥相策应，形成对上海三面合围之势。但因缺乏舰船和重炮，无法封锁黄浦江水路，北面一路仍是空档。

高桥为浦东咽喉，太平军吉庆元部进守后，外人还以为忠王在坐镇指挥，当时一个军事观察家这样写道："太平军盘踞浦东包含着极大威胁，浙江的太平军在攻占宁波和杭州之后，就来增援盘踞浦东的部队，他们占领了好几个据点，并构筑了坚固的工事，特别是与吴淞相对的高桥，忠王亲自在那里指挥。"

2月14日，清松江府海防同知刘郇膏率民团潜渡浦江，偷袭高桥，被吉庆元、李容发设伏击败，死者千余，刘险被擒，乘小舟侥幸逃脱。几天后，华尔乔装成一个打猎的外侨，带了几个随从前往高桥侦察地形，守军疏忽大意，不加阻止，以致华尔尽悉太平军布防。

华尔向何伯提议，由他率领一支分遣队去攻打高桥。何伯和卜罗德同意了，以洋枪队九百人为中路，英国水兵四百名为左翼，法国水兵三百为右翼，华尔自己的火炮要用于守卫松江和广富林，再由何伯提供大炮五门，卜罗德提供两门。

21日，华尔用巡哨船把部队从松江运下，进抵浦东天灯港口。何伯、卜罗德也率英法联军舰艇十一艘赶到会合。

据守高桥的太平军号称万余，实际约五千人，且将多兵少，军列中多背旗者，提枪能战者还要再打折扣。守军装备有西式滑膛枪数百支，但没有一门野战炮。环高桥镇郊，筑有堡垒六座，炮台五十余，那些土炮基本上都没有炮架，且射程有限。

太平军在高桥建有坚固的工事，在一道栅栏后面，还有两道用装满石块和泥土的棺材做成的防御工事，上面覆盖着新砍下的大树。24日，炮队先把栅栏摧毁，随后，洋枪队猛攻棺材、碎石构成的防御工事。华尔穿着长披肩，头戴一顶士兵便帽，左手一支雪茄，右手一根藤杖，亲自指挥进攻，他的助手法尔思德任副指挥。

华尔先攻镇西南一个村子，守军顽强抵抗，在白刃战中，白齐文左臂受伤，头部也多处砍伤，简单包扎后，他继续率部直往前冲。太平军不敌常胜军炮火，华尔乘胜攻破村庄两处，进入核心阵地，太平军凭垣坚守，久攻不下。此时列队镇西的英法联军也投入战斗，猛攻两小时后得手。此时镇北、镇东阵地均已失陷，吉庆元也受伤坠马，守军不得不放弃高桥，向东南退却。营垒变成了屠场，逃兵挤满石路，许多人被挤落沼泽淹死。大队溃兵穿过田野，奔到海边，还来不及把小船撑开，后面追兵又至，只得跳入海湾，成为岸上抬枪的活靶子。

这是联军首次直接参与上海周边针对太平军的攻击行动。既然最后一点面子撕开了，大家都没啥好顾忌的了，那就铆足了劲打吧。

3. 罗神父

忠王回军苏州，慑于他的威望，熊、李两人一点动静也没有，一场祸事看上去似乎消弭于无形了，但我一直有种不好的预感，表面看上去平静的水下暗流涌动，说不定哪天就张开个大口子把一切都吞噬掉。

上海战事吃紧，从传回来的消息看，攻势很不顺利，局部战场还呈现了胶着状态，谭绍光勇则勇矣，也有谋略，但指挥这么大一场战事毕竟资历不孚，许多部将并不甘心受他调动指挥。苏州这边，隐患未除，忠王也不敢掉以轻心。

一日，忠王召见我和林德利，说要交给我俩一项特殊任务。

一个月前，大概就是我们在上海城外集结完毕准备发动攻击之际，天王曾经信任有加的美国浸信会牧师、天国前外交大臣罗孝全突然逃离天京，跳上了一艘停泊在长江的英国军舰，跑到了上海。这个在天京城里类似国师一样的人物，到了上海就竭力诋毁天国，把天国的领袖们讥讽为"苦力王"，到处宣讲他逃离的那个政权是天底下最专制、最黑暗的政权。为了消除此人出逃给天国事业带来的负面影响，我和林德利的任务是前往上海，抓获这个美国佬，秘密押送天京接受审判。行前，忠王再三交代，这项秘密任务是天京高层直接下达的，为了让此人的大嘴巴永远噤声，如果抓捕不成，也可视实际情形直接予以格杀。

我最初见到罗孝全神父是在两年前秋天的苏州城里，我们第一次攻打上海吃了败仗退回来不久。

那年8月底，罗孝全神父从南方来到上海。9月22日，一头白发、身材瘦削的神父到苏州忠王府时，受到敲锣打鼓的欢迎，几天后忠王接见了他。忠王对十三年前曾为天王老师的罗神父推崇备至，欣然同意让他前往天京，并主动提出要派兵护送。接着忠王谈起不久前进军上海这个问题，他反复声明是被邀请去的，不打算同外国人打仗，指斥英、法军队一面在白河同清军打仗，一面又在上海帮助清朝。罗孝全神父听了深表惭愧。他说，英、法应该保持严格的中立，不分青红皂白就对革命军进攻无疑是不慎重的。忠王问他有无办法致书各国君王，说明太平天国的宗旨。神父建议，由李忠王写一封信给英国驻华公使，他愿意译成英文，不但在上海发表，还可以寄到美、英、法三国报纸发表。忠王采纳他的建议，写了一封致英国专使额尔金书，由罗孝全神父翻译，登载在上海出版的《北华捷报》上。

正因为此，罗孝全在苏州的十多天里，享受的是上宾之礼。到了10月初，忠王派我带一小队卫兵护送神父和他的夫人从苏州前往天京。一路护送下来，给我的感觉，神父是一个虚荣、爱嚼大舌头、很容易沾沾自喜的家伙。他先是埋怨沿途的接待规格不够高，饭菜太粗糙，又嘲笑兵士们的军服、装备之简陋简直与庄稼汉无异。倒是他的夫人，一个面容清秀、待人接物彬彬有礼的老太太，让我们很有好感。

"我可是你们天王、干王的老师！十三年前，秀全、仁玕在广东花县待不下去了跑到广州，就在我开办的粤东浸信会跟我学基督教义了，那时他们连受洗的资格都没有呢！七年前，他一打进南京城，就派人送信到广州来邀请我来着，让我向太平天国的信徒布道，那时我还以为秀全和天王是两个人呐！现在，我终于来了，我就是使徒列传中教导诸王的阿波罗，南京，就是我的应许之地！"

后来我知道，所谓七年前天王致信邀他上天京帮助传教云云，实际上是一个骗子的恶作剧，天王根本没颁过诏书。但当时的罗神父收到那封假信极为欢喜，专门写信给住在上海的美国驻华专使马沙利，说他接到洪秀全的邀请信，问可否允许他前去。马沙利回复，根据条约和法律不能前去。但神父还没有接到回信就直接去上海见马沙利。马沙利说，如果一定要去，就把他遣送回国。但神父一走，马沙利马上就跟人说：这个笨蛋，为什么不自己直接去？对我讲这些干什么？我当然只能告诉他不准去，我的位置决定了我只能说符合条约立场的话，这个猪脑子，他为什么就不能回来再向我报告？估计是有人把马沙利的话传到了神父耳中，再加在上海的其他传教士的起哄唆使，反正从那时起罗神父就铁了心要去天京。但进入天京的那道大门就好像为他专设的一样，目标是有一个，道路却没有一条。有一次他差点成功了，有一个商人告诉罗孝全，要到天京做生意，愿意带一两个人一道去。于是神父邀请了另一个传教士搭乘商人的帆船出发。但船驶入长江不久，他们就被清朝水师拦阻，不得不返回上海。

第二年，马沙利回国，接替担任美驻华专使的是麦莲，罗神父想机会来了，正好南王冯云山的侄儿冯亚树因遭官府捕捉，带着南王的幼子冯癸华出亡香港，辗转躲避到了广州他的教堂里。罗孝全希望麦莲访问天京时，把他们作为随员一并带上，于是他带着冯亚树又跑到上海。但让他大失所望的是，上海官府获知上船的随从里有南王的子侄，坚决不允许他们登船，麦莲去交涉也没用。经此挫折，冯亚树竟至发狂。罗神父为防他落在清军手中，把他缚在教会学校里的柱子上。但冯亚树逃了出来，找着一把斧子，把教会学校的神像全都捣毁。此时正好刘丽川的小刀会占领了老城厢，不知此人底细，见他如此胡闹，就把他驱逐出城。其后冯亚树一路疯癫着闯入英国领事馆，英领馆的人把他捉住，送到石桥清军大营监禁。在清营中，冯原原本本将他在太平军中的过往全说了出来。罗孝全正全城找这个疯子，闻讯赶紧跑到清军营去保释。开始清军还不肯放人，说此人如此熟悉贼情，必是长毛无疑，罗神父辩解说，这不过是一个疯子迷了心窍，胡言乱语罢了。清朝官吏惧怕洋人，见洋教士亲来保释，最后还是把冯放了出来。未几，冯亚树心神复得清醒，送回香港，据说最后病死在了香港。

一路上，罗神父操着一口蹩脚的粤语，像一只大嘴巴鸟一样咕呱个没完了。他说自己这一路从广州转道上海再到苏州，足足走了快半年了，前半程托的是联军的功劳："联军进入北京城，迫使咸丰皇帝那个肺病鬼同意签订条约，允许洋人自由贸易和传教，我这才有机会离开广州到内地来。"看我们对他此说很是不屑，他继而又赞美起了天国东征的伟大胜利，说要不是太平军东征取得苏州，使得从上海进入天国境内较为容易，他也不可能这么顺利就踏上去天国之路。联想到他以前去天京之路屡次碰壁，这话倒是由衷之言。

神父向我们展示了用一只考究的锦盒装着的《路加福音》的加注本，他说这是他准备送给天王、他以前学生的见面礼。"他从梁发那个小瘪三那里得来的教义是不纯粹的，可以说漏洞百出，什么天父天兄天王，整个太平天国的教义都是有问题的，这是对神的亵渎！真正的基督教义，就在这本伟大的福音书里！"

罗神父这番疯言疯语，没有一个人敢接茬。那可是要受凌迟、点天灯之类酷刑的。他还喜不自禁地说，此番受邀赴天京，天王已答应他在城里新设十八处教堂，城外三千座，并动员更多的新教传教士到南京来，前景无比动人。

"看着吧，不久的将来，真正的福音就要传遍天国辖下六省的三千万人！"

谢天谢地，从苏州到天京不算太远，我们终于可以不再受他聒噪了。10 月 13 日，我们抵达天京，完成护送任务后就马上回了苏州。不久后从天京方面传来的消息说，天王果然给他以前的老师极高的礼遇，降诏召见，授为通事官领袖，赐封为接天义，不久还委任他为外交大臣，天国所有涉外诉案都由他负责。神父住到了高大的官邸里，里面设施豪华，警卫、佣仆都是按王的规格配备。有一说是天王还赐给了神父三名女子，不知他是惧怕上帝怪罪还是惧怕太太，那三名女子他最后还是辞谢了。

我随忠王回天京时，曾在天王府外远远地看到过罗神父一眼。奇怪的是那天他没有穿神职人员的黑袍，而是一身华贵的天国服饰打扮，身着蓝缎长袍，外罩绣花上衣，头戴红头巾，脚蹬锦缎靴，怎么看也不像一个神父，倒像是天朝的一个大官。

这样一个人，在天京城里要风有风要雨有雨的，他怎么会跑路呢？

在天京城里我听过此人的一次布道。那天是安息日，上万名信徒聚集广场，到处一片旗帜的海洋，红的、黄的、白的、蓝的，各色旗帜在众信徒头顶上空呼啦啦地飘。场子边上还有许多马匹和轿子。场中心搭起了一个平台，上有一张铺着黄纸的桌子。先出场的是两名奉命在该日主讲的天国传教士，他们头戴黄色的厚纸冠站在上面，向聆听的会众布道。一人先上台，他讲了士兵的日常职责，要在夜晚固定的时间祈祷，要对我们的道路充满自信，站岗时要记住口令，等等。布道者的声音很小，吞吞吐吐的像是没力气，接下来讲话的那位，看上去品秩要比前一位高得多，口齿清晰，中气也足。他宣布了天京城禁止商人入城的禁令，但声明医药交易例外，并指定了商贸可以在无墙的场所进行。他还讲到了有关妇女出行去市场的事宜，年老的妇女可以去，年轻女子则不行，她们最好别在公共场合出头露面，他还呼吁培养对老年人和贫穷者的一种爱心。

讲毕，两名传教士在讲坛上下跪，所有听众也都跪下，这几分钟的默祷是向领袖祝福。这套礼拜仪式结束后，正主儿出场了，他就是天京城里品级最高的神父、太平天国外交大臣罗孝全。令我吃惊的是神父是坐一顶软呢大黄轿子来到场上的。一身黑袍的神父迈上讲坛时，台下有一阵小小的轰动，人群如浪潮一般向前聚拢，神父一开口，台下马上就安静了。他们秩序井然地聆听神父宣讲的基督教义的真谛。但神父的一口广东话实在太难懂了，着急了他也会冒上几句洋文，台下的议论声很快就盖过了神父的布道。只是出于对教义的敬畏，再加上兵士们的弹压，人群才没有散去。

神父完全沉浸在了布道者的角色中，神情狂热无比，语速越来越快，声音尖锐，就好像有着无比的愤怒。终于他结束了布道，带领众人一起祈祷，祷毕，大概是为了检验他这次传道的效果，神父随便挑了一名站在头排的兵士问：何为圣灵？那兵士搔了搔头皮，答：东王。台下顿时哄笑一片，神父的神情也变得无比凝重，大概他也意识到了，要让天京城里的百姓们领悟真正的基督教义，他的传教道路还很漫长。

我和林德利来到上海，在美领馆边上原先玛丽亲戚住过的房子安顿下来。我们估计，罗孝全坐英国船"狐狸"号（Peynard）离开天京后，极有可能前去美领馆寻求庇护。对这个宗教狂人的出逃，我们都十分吃惊，不知内里有什么隐情。但既然天京高层震怒，要把他抓捕归案，我们也不敢掉以轻心。

"这天气贼冷的，睾丸都要冻成铁砣了！一碰叮当响。这只老狐狸，早不走晚不走的，我们要进军上海了，他倒来添乱，害得我们大冷天的到处找他！"

"他是见天国与洋人彻底决裂了，大战一触即发，怕火烧到自己身上，才拍屁股走人吧！"

"你想想，他跑路的这一天，十二月初二，正是天王的诞辰日，他趁着天京城里庆祝天王寿诞，戒备最松懈的时候逃出天京，他的计划一定蓄谋已久了。"

林德利摊开刚买回来的最新一期《北华捷报》，那上面报道了罗孝全不久前抵达上海的消息，还刊登了罗孝全攻击天国政权的一封公开信，谩骂天王为"狂人""疯子""傻瓜"，说他完全不懂统治，妄杀臣民，反对商业，且政府全无组织可言。

"真奇怪，一个那么热爱天国的人，怎么一下子变得像疯狗一样乱咬人，英国人怎么说他？"

"报纸的字里行间对这位神父大人一点也没有同情之意，他们反而戏称他'浦东大主教阁下'，说他误导公众，错看太平天国多年，他的出逃是自食其果。你且听我来读一段：'这人最先点了火，引发这场大规模的渎神和屠杀，最后也逃离了自己所唤醒的恶魔——如浮士德逃离魔鬼梅菲斯特'。"

"要我说，此人在上海的名声已经臭掉了，不管他说什么，也没有多少人会相信他了，忠王真用不着劳师动众派我们来。"

"天王动了怒，忠王殿下也有他的难处吧，罗神父是借道苏州进的天京，忠王难辞其咎。"林德利边说着，边整理箱子里的黑头套、麻绳，还有一把匕首，那都是到了上海后分几次买入的，是这次抓捕行动的工具。

"本来，我设想了两个方案，明捕，或者暗杀，出一笔钱雇几个码头上的小流氓，埋伏在神父必经的路上，头套一戴，把他塞到船里就完事。但现在我忽然改变了主意，我不知道神父来到天京的这一年半载里，是什么力量迫使他来了个一百八十度的大转弯，我很想弄明白里面有什么隐情。还有，不管他如何冒犯了天王，他也罪不至死，他是神职人员啊，让他不光彩地死去，就是让主蒙羞。"

我对林德利的话深表赞同，我们与罗神父都不过泛泛之交。他虽然有些讨厌，但我也不想沾上他的血。

我们挑了一个安息日的早晨，神父刚刚收拾停当，要和他太太一起出门去教堂做礼拜的当儿，把他堵在了家里。

得知我们的来意，他的脸一下子变得死灰。但他还是很绅士地让他太太进到里面房间里，然后请我们落座。他请求我们听完他的陈述，再决定如何处置他。林德利同意了。

"我离开后他们一定泼了好多脏水吧，我也不在乎了，我的法袍已经污脏，再掉几点屎上去有什么关系呢。既然你们找来了，我还是应该告诉你们，我离开南京的真实原因。我认识你们的天王，是在1846年的某个时候，也许1847年，我年纪大了，记不太清了。那年我在广州城的南关东石角主持粤东浸信会，有一天，两位中国绅士来到我在广州的住处，表示渴望学习基督教义。两人一高一矮，神色都很凄惶，矮的一位叫洪仁玕，高的一位就是洪秀全，此人外表看上去并无后来传说的有什么过人之处，目测约高五英尺四英寸或五英尺，体格健壮，圆脸，相貌端庄，举止温文尔雅，显见得读过一些书。后来他告诉我，他参加过四次科考都没有获得通过，怪不得我当时就感觉到他身上有一股怪怪的东西，那是种愤郁不平之气吧。但当时我并没有想那么多，看他们风尘仆仆从广东花县赶来，全当作是因为主的感召了。

"另一位很快就回老家去了，秀全留下来与我们共同生活了两个多月，其间他学习了经文并接受教谕，很是不耻下问。但我总觉得，他对上帝还不够虔敬，他的心里被一些异端的东西占领着，已经没有多少位置留给上帝了。他告诉我说，不久前他在乡下生过一场大病，差点死去，在生死之交的那个时刻，他的身子变得像羽毛一样轻，升到了天庭，看到了许多奇妙的景象。不久，他给我看了一篇新写的文章，活灵活现地描绘了他灵魂出窍时看到的一些东西，他说，早些年头，有一个叫梁阿发的朋友曾经送过他一本叫《劝世良言》的书，这本书证实了他的病中所见。但在我看来，他写的那篇文章不过是一个热病患者的呓语，其间比比皆是的谬误让人瞠目结舌，与教义与信仰根本无关，如果它有什么价值，只能证明这个倒霉蛋已经病得不轻。而且我也不知道那个梁阿发是何许人也，看情形不知是哪个半吊子学者的门徒，得知了一些教义的皮毛写了一本小册子。我告诉他，他所看到并且津津乐道的东西，不过是大脑神经因热魔产生的一种幻觉，我无从得知而且将来也仍无法相信他在对经文并无深刻了解的情况下是如何看到这些东西的。他要求施洗，而且我也差点动心了，但最后我还是认为他不够资格，两个多月后，他怏怏地回了广西。

"后来很长时间，我都不知道他干什么去了。直到七年前，我收到了一封南京来信，这才知道，他竟然成了一个起义军领袖，带着一支由矿工和烧炭工人组成的队伍一路从广西打到了南京，整个中国南方都成了他的王国。那封辗转送到的信是邀请我去南京传教，我一方面为当年的一个学生成长为中国革命的领导者感到激动、自豪，另一方面我也为基督教义将要在这片广袤的大地上生根、传播兴奋得彻夜难眠。出于众所周知的原因，我们的传教事业在广州进行得很不顺利，排外的朝廷官员一直非常抵斥我们，许多年了我们在广州城都没发展多少信徒，我明白，这是一个没有信仰的国家，要让信仰成为一种习惯，必须挟政治的威权，从上向下去压，而秀全领导的南京政府，正给了我这样一个机会。于是我从广州启程，前往上海，想依靠使馆的帮助进入太平天国境内。但事实证明外交界的那些家伙是顶靠不住的，我努力了好多次，都没有踏上天国土地一步。我那时候焦急啊，打个不那么恰当的比喻，就像一个被情欲之火烧灼的男子，总也走不到他的心上人的窗口。我都要灰心了，这辈子怕是永远也走不进南京城了，要进入这道窄门，真的比骆驼穿过针眼还要难吗？

"即便如此，我也没有放弃在外围为这群从中国南方山地出来的战士们呼吁，一有机会我就宣讲，洪、杨领导的太平天国革命的性质，不只是如人们所说的只是为了推翻现在之朝廷，他们还有一个更重要、更伟大的任务，那就是让这个古老的东方帝国成为奶与蜜之地，彼等不是反抗政府，而是为宗教自由而战。

"终于，我在 1860 年的秋天来到了南京。忠王派出的卫队把我送进城后，看到市容整洁，满大街头缠红巾的士兵秩序井然，这迥异的气象，不消说，让我对今后的传教前景充满了信心。才安顿下来，手执黄旗的内务府官员就来传旨，说天王要召见我，那一刻，我突然很好奇，同时也有一种隐隐的不安的惊慌，当年那个潦倒的读书人变成何等模样了呢？多年前的印象，他是温文尔雅礼数周全的，想必还是会以师礼待我吧？到了天王府，司礼的官员告诉我，须先整理衣冠，按照宫廷礼仪规定，等会儿天王出来后还必须下跪，我本想拒绝，但乱糟糟的场合里，突然一声断喝，令众人跪拜上帝，我心里一迷糊，自然就跪了下来，跪下之后我才明白，他跪的是洪秀全，我以前的学生呐。天王与我的这次会面长达一小时，我自始至终都是站着，他连个搁屁股的凳子都没赐给我，也根本没有人邀我入座。会见过程中，诸王不时又跪又唱，颂扬天王，身处这样的环境，好像有一股强大的力量迫使着我，我也不由自主地跟着他们磕头再磕头。这场面事后让我想起来深感屈辱，但当时连个反抗的念头都不曾有过。会见毕，内务府官员再传旨，天王要邀我就餐。这样的场面下我自然受宠若惊，但等到开宴，天王本人根本就没有露面，陪同的都是其他王爷，而且开宴前各种仪式搞得比领圣餐还要烦琐不堪。

"在南京城的一年多时间里，除了这次短暂的会面，我算是睹过一次圣颜，以后的日子里我再也没有见过我的学生洪秀全。

据说除了洪秀全的家人和心腹之外，南京城里没有人能见着天王。在天王府的外院，镀金的圆柱上方有铭文一块，上刻'真神圣天门'，有几只灯笼丝绳悬着，忽明忽暗，其中一只全以玻璃制作，乃是取自苏州的巡抚衙门，庭院中坐着一名老仆，年轻时就在广西认识了天王，他什么人也不让进院子，如果有谁硬闯，再大的官也会被闻声而来的御林军拖去，轻则责打，重则砍头。其他传教士即使获准觐见，按礼仪由一群手执黄旗的侍从领至宫中，也只是对着空无一人的宝座反复跪拜，听着赞美诗，看着几案前的米和肉，在香火袅袅中枯坐几个时辰，再诺诺告退。也有一些要求履行新条约的西方领事官员要求见天王，他们穿过天京城里七里长的大道，坐在天王府的客厅里，置身在一筐筐木炭、一桶桶冒热气的水和一堆堆柴火之间，对着写在黄绸上的圣谕一坐好几个小时，成群的男仆在旁窥看，有些胆子大的宫女夹杂在其中指指戳戳，让他们像马戏团的猴子一般浑身不自在，铜锣响过几遍，茶水也快要冲淡了，但天王就是不露面。

　　"天王好像消失了，没有人知道他在做什么，又会在什么地方突然降临。但在南京城里，他的控制又无处不在。各种烦琐的仪式、官方神职人员的讲道、满大街的口号里，天王的玉音和身影无处不在。我跟南京里的一些教民交谈过，他们都以一种惊惶的语气说道，他们所有人的举动乃至脑子里一闪而过的不道德的念头，都逃不过天王的炯炯天目。这真让我发笑。

　　"我也见不到他。许多时候，我只能通过宫中诏书、天王的诗文和批注与之联系。任命我为太平天国外务大臣的指令，就是通过一道诏书直接下达的，在此之前连跟我商量一下都没有。和这道诏书一同送达的，还有一套色彩艳丽的朝冠朝服。我急忙声辩，我来南京不是想当官的，而是为了把上帝的福音传到这里。但内务府传旨官员根本就不想听我解释，他们带来天王的口谕，希望我穿着这套官服出席天朝所有正式活动，包括在安息日布道的时候。这真让我犯难，教士的黑袍是上帝的亲赐，要我脱下教袍穿上大臣的服饰宣讲经文，岂不是太可笑了吗？

"外务大臣这个官职，顾名思义就是天国境内所有与外国人交涉的案件都要交我裁决。这实在是一项苦不堪言的工作。我想天王授意给我这么一项官帽，就是为了阻止我提出要他兑现承诺。他们送我豪华的官邸，送我漂亮的女官，但对于天王早先承诺的要在南京城里造一千所教堂的事，他们一个字都不提。

"对我的看护越来越严密，有一次我突然想走出官邸去玄武湖散散心，一个名义上是我的警卫的两司马突然中途开溜了，后来我才知道他是去天王府报告了。经过一段时间的观察，我得出了这个结论，南京的政治是军人政权，在这座城里，对庶民百姓也实行军事管制，而且这里的基督教是洪秀全式的，有它自己的一套启示。尽管如此，我还是在南京留了下来，因为我看到了天国将士在战场上的坚强意志，看到了他们的坦率，我相信天国渴望真正的布道者。

"我是作为洪秀全的宗教导师来到南京的，我相信我来到这里的使命，就是如同使徒行传里的阿波罗一样，教导我的学生什么是真正的基督教，一起将希望和福善降福于他的子民，所以我一直把自己看作他的革命运动的一位朋友。但在我同他们共同生活了 15 个月，并从近距离观察他们后，我的态度发生了逆转，正如我曾有足够的理由拥护过他们一样，现在我也有足够的理由反对他们。

"我反对洪秀全绝对没有掺杂任何私人恩怨，说实话，他一直对我非常友善，但我还是要说，他是个疯子，一个不折不扣的骗子！他完全没有才能使一个杂乱不堪的政府正常运转。他同他的那些态度冷漠的王们无法组织一个政府，无法与人民共享利益，他们甚至做得比旧的帝国政府还要差。他性格暴戾恣睢，随意迁怒于民众，因一言之罪而使人受罚，不加审判就立即处死，这样的事在南京城里天天在发生。他反对贸易，贸易在这座城是犯罪行为，各种外国势力企图建立合法商业的努力都失败了。他的宗教宽容以及各种形式的教堂只是一场闹剧，只不过是推动和传播其政治宗教的一部机器而已，使他等同于耶稣基督，与主形成一种父子关系，建造一个凌驾于众生之上的主！任何传教士如果不相信他听命于神，在南京城里就会不安全。我到之后他即告诉我说如果我不信奉于他，我就会死，就如犹太人不相信救世主的后果一样。我已经没有能力教导这个从前的学生了，现在反过来是他要我改信太平天国的新宗教，并去劝教西洋众弟姐、众使徒、众臣民皈依此新信仰。我怎么可能把灵魂出卖给魔鬼呢？

"那个干王，受他冷酷无情的恶魔兄长的影响，也毫不顾忌他面前的上帝。有一个晚上，他来到我的住处，当着我的面，未加警告地、无任何正当理由地用一柄长剑把我的一位仆从杀死。杀死后，又恶魔般地跳起来用脚猛踢，完全不顾我的苦苦哀求，不放过那可怜的孩子一命。不仅如此，他还用各种方式污辱我。他还殴打我，像疯子般狂暴地抓住我坐的凳子，向我脸上泼茶水的残渣，抓住我猛烈地摇晃，手掌抽我右颊，遵主之命，我转过脸，他于是用右手猛地抽了我一个更响亮的耳光，打得我的耳朵嗡嗡作响。看到他的言行不能激怒我，他更为愤怒，遂像疯狗一般拼命地撕打我。"

"这些事既行在有汁水的树上，即枯干的树将来怎么样呢？"触及这段耻辱的记忆，罗孝全神父的眼里流下了泪。

"从那一天起，我对他们传道成功及此运动的善果已经绝望，决意离开他们，接下来的事情你们都知道了，1月20日那天早晨，我接到停泊在天京江面的英国军舰"狐狸"号一个做随军牧师的朋友送来的一封信，说太平军分五路大军进攻上海，上海的欧洲各国都在调集军队，大仗马上就要开打，我要是再不走，战争一开始，就跑不掉了。碰巧这一天是洪秀全的寿诞，全城官民都在庆祝中松懈了守备，我才有机会出城跑上了狐狸号。

"如同我在给薄安臣公使的一份报告中所说，现在，我反对太平天国的程度，跟我当时赞美他们的热情相比，有过之而无不及，我之所以有这么大的转变，就在于我认清了他们的邪恶本质。南京这座城，现在就是一个疯子领导下的疯人院，太平天国这群人基本上生活在幻觉中，他们大多是客家人，一路从广西流窜到南京，背井离乡，再加上军旅生活高度的紧张感，转化成一种天将降大任于斯人的神话和战斗性的救世主义，他们的偏执心理一点不亚于他们的狂热。那都是他们的出生地给他们打下的烙印，小地方出来的人造反，能有多大出息呢！我估计，要不了三年，南京城就会被政府军攻破，到那时血流成河，每一条石缝里都会灌满胜利者和失败者的鲜血……"

罗孝全神父这一番话，听得我一会儿冷，一会儿热，林德利脸上的神情也在不断变化，一会儿像是按捺不住愤怒，一会儿又低头沉思。头套和匕首都在脚边的包裹里，我不知道是不是还用得上它们。

罗神父看出了我们的犹豫，他说："该说的，我都说了，现在，我闭起眼睛，要杀要绑随你们处置吧，我只有一个请求，"他指了指紧闭的房门，"别弄出太大声响，吓着我夫人。"

他闭起眼，转过身去，把一个苍老不堪的后脑勺留给我们。

我们呆立着，看着背后他杂乱的白发。终于，我们转身，向门外走去，林德利随手轻轻带上门，说：

"神父，赶紧回你的田纳西州老家去吧！"

我也长长吐了一口气。到了楼下，我们听见一个女人的哭声从窗口飞出。那是罗孝全太太，她刚才一定吓坏了。

我问林德利："我们如何向南京复命？"

林德利说："我们只要向忠王负责就行了，不过这时候，忠王也顾不上这个小插曲了，他这次对上海可是志在必得，取消了这次荒诞的抓捕行动，我们还是赶紧回忠王营前效力吧。"

4. 僵持之局

通往城外的道路全都切断了，惊恐的气氛笼罩着全城，一到晚上，路上就行人绝迹，西人居住区一带晚八点过后就戒严，禁止出入。某日，城中有人传言，太平军已从静安寺方向入城，满大街的人都向着外滩方向撒腿狂奔，一些挤落江中的老人和孩子让浪冲走，再也找不回来了。

郊外的情形更为不堪。连日冻雨，道路泥泞，再加交战双方大规模的移动，那些县乡小道都已踩踏得不成样子。道旁不时可以见到来不及掩埋的冻毙者、战死者的尸体，泡在泥浆里久了，都露出森森的白骨。战争延迟了春天的到来，光秃秃的小山包全被破布一般的褐色覆盖着，举目不见一丝绿意，烧成了废墟的村庄前后，一些掉光了叶子的树，戟张的黑枝条，就如同一条条冻僵的蛇。

我们雇了一只脚划子，趁着夜色降临沿苏州河缓缓出城，江风吹来的腐臭味越来越浓，最后我们将船停下来，借着船头的灯笼火光，我们仔细往外瞧，天还未全暗，在漆黑平静的河面上，我们能看到的就只有前方数百米像无数原木般塞住河面的尸体——冰冷、不知名姓、不可胜数。但已不能回头。我们奋力划，将船划进阴森恐怖的浮尸群中。漆黑中船桨一再打到东西，发出嘭嘭声响。最后我们耗尽力气，不得不停下睡觉，就睡在无数尸体的冰冷环抱中。

途中时而听到隆隆的炮声。林德利听声响就能辨认出那是八英寸还是十二英寸的大炮。清军不可能有如此规模的炮队，我们只能猜测是英国或者法国的军队出城作战了。急于赶回苏州复命，我们都远远地避着炮声走，白天躲在村庄废墟里休息，晚上赶路。迂回了十余天，我们硬是从战场的缝隙中穿了过来。入城时，我们两脚灌满泥浆，衣衫褴褛，如同两个叫花子，守城的士兵盘问了我们好久才放我们入城。

忠王见到我们，一句话也没问。看样子，我们这趟入城的任务完成得怎么样他根本不想过问。他神情黯然，看起来状态很不好。后来我们才知道他刚刚把叛乱平息了下去，处斩了跟了他多年的李文炳。

最初，忠王听闻叛乱风声刚回苏州时，熊万荃和李文炳巧言应对，调查一直进行不下去，后来昆山朱朝将检举李文炳、魏芸青通清，且在李家搜出清军旗帜、号衣、信件等物，李文炳才不再抵赖。李文炳、魏芸青及谋叛的百余人被处以斩首，忠王出告示云："本爵姑念李文炳等，有谋无成，量从宽待，与谋者一概斩首，免其分裂。事外者分拨各营，概不追究。"据说因为没有确凿的证据，熊万荃免死，对他的处置是调离苏州，去守平湖、乍浦两地。

军中都在议论忠王是妇人之仁，总有一日养虎遗患，却不曾想最后是天王出面保了熊万荃。熊万荃察知忠王要对自己下手，火速派人赴天京上下打点，他进贡给天王的是一对鹦鹉，这对鹦鹉他调教有日，会说"亚父山河，永永崀坐，永永阔阔，扶崀坐"①，果然天王大喜，对之不予追究。一年后，熊万荃把乍浦、海盐两城拱手献与李鸿章，这苦果，不只忠王，连天王也只得硬吞了下去。

最让忠王揪心的还是上海的战事。他没想到英国人和法国人竟然完全扯下了中立的遮羞布，明目张胆地帮起了清军，致使上海各路的推进变得异常艰难。这两个月间，上海的战事处处危象：

先是，在高桥一役中战败的吉庆元部经闵行往南一路退至萧塘镇后，华尔与英法联军一直紧追不舍。萧塘有城墙，且在附近的南桥建有前哨营垒，其难攻较高桥为甚，华尔军追至南桥，遭到防守高桥镇的数百名太平军老兄弟及数千名新战士以简陋的武器还击，暂时被击退，他们主动后撤，趁夜又从松江拉来更多火炮，志在必得。3月1日黎明，华尔军的火炮阵地架设完成，英法联军在何伯、卜罗德亲率下，也出动上千人，分乘舰船七艘，携野战炮十一门，会攻萧塘，清将曾秉忠的船队也驶抵张堰阻援。太平军凭垒死守，远在城外，他们用拆毁房屋的砖石筑起了第一道战壕，战壕背后，是一个三丈宽的插满尖木桩和竹茅的深沟，越过了深沟，还有一道一丈五尺高的土墙，堆满了沙袋、棉花包和装满泥石的棺材。

---

① 客家方言，意为：上帝的江山，天天来坐，永永远远天王坐。

强大的火力压制下，南桥先被攻下，萧塘彻底暴露在了联军火炮的威胁下，太平军的抬枪、小炮、长矛根本无法抵挡，西南炮台先陷，随后华尔命令密集的炮火把土墙轰开了一个个缺口，士兵们架云梯渡过壕沟。战斗进行了五个多小时，太平军不得不弃垒撤退。镇中随处可见一处处令人毛骨悚然的场景，一堆堆死尸筑成临时防御工事，最后这些尸体都火化了，空气中满是焦臭味。

此战太平军死伤七百余人，被俘三百六十人。华尔军首当其冲，死伤上百人，白齐文腹部受到严重刀伤。广富林、高桥、萧塘三战告捷，华尔被朝廷授予从来不曾给过外国人的军事荣誉，奉谕赏给四品花翎顶戴，升为副将，特准正式加入中国国籍。华尔的洋枪队在此役之后正式命名为常胜军，并将全军扩编至五千人，以吴煦为督带，杨坊为会办，李恒嵩为协带。

谭绍光闻浦东吃紧，急令青浦、嘉定守军猛攻泗泾、七宝等处，薛焕不得不召回华尔等部西顾松江。

忠王派常熟守将骆国忠进援王家寺，又命陈炳文部自嘉善、嘉兴、海宁进攻金山。3月9日，陈炳文击败曾秉忠部，攻克金山县，曾部溃退松江西门外仓城。

14日，谭绍光、陈炳文部三路进击。谭绍光率领大军直取松江，清军于宝山、金山卫两路主守，常胜军和李恒嵩部在英军"佛拉默"号战舰配合下迎击谭绍光。双方激战于泗泾镇，太平军战败，转由南翔、黄渡等处进攻七宝，与清将熊兆周、郭太平交战，互有胜负。宝山一路太平军因兵力单薄，且畏惧江面敌舰炮火，队形无法展开，成僵持之局。三路中唯陈炳文一路顺利攻下金山卫，并于16日再破曾秉文部，进至松江城外十二里之天马港。时青浦方面太平军进屯凤凰山，法华、虹桥、徐家汇等处都有太平军营垒，最近的距上海仅十里之遥。

苏州叛乱的萌芽虽已掐灭，但忠王慑于余孽未净也不敢轻举妄动，只派其弟李明成和女婿、素有骁勇之称的名将黄金爱带兵增援，拟分四路进兵：以黄金爱和李明成的主力为西南路，攻泗泾、七宝；刘肇钧、陈炳文为西北路，在李明成策应下合取松江，俟攻克后，计划陈部进攻吴淞口，刘肇钧部自嘉定进屯黄渡；李容发为东南路，取浦东各镇；谭绍光为东北路，由南翔直取上海县城。

各路太平军迅速控制东至虹桥、西至罗家港、南至法华寺的阵地，但这一绝密的进攻计划竟在送往刘肇钧部的途中被清方截获了，这使后面的战局愈加被动了。

第五章

屠场

梅：

此处的坏消息总是对应着别处的欢歌笑语。就如同此刻，我踟蹰在苏州城墙下，无端地哭，无端地笑，任雨水把我淋湿，像个疯子一般呼号着，奔跑着，但在新婚宴尔的你耳中，这檐下彻夜不歇的霖霖雨声，怕也是飘飘仙乐吧。

我军在上海外围接连几次挫败，尤其是高桥一战，不得不撤出浦东，使上海短时间内又无虞了。这意味着上海的那些有钱人——白种人和权贵们——他们的日子又回到了从前的盛筵高张、欢歌狂舞。在外滩的高楼上，在那些围着高墙的花园里，精致的玻璃吊灯下，一道道法式大菜端将上来，杯子里晃动着血一样的葡萄酒。乐队奏着欢快的曲子，水磨大理石上，沙沙移动着细巧的舞鞋、艳丽的锦缎和洋布裙子，从巴黎和伦敦来的最新款的服饰，让这座城的名媛们一个个争奇斗艳。尽管几十里开外就是饥荒、疫疠和流民的哀号，这丝毫不影响上流社会的一次次狂欢。偶尔传来的沉闷的大炮声，他们也毫不介怀，至多是跳舞到天快亮了，吃过消夜，一群人乘着马车到外沿岗哨，远远地望一眼燃烧中的村镇，说笑打趣一番，然后就回去睡觉，为再一个晚上的狂欢养精蓄锐。

即将成为你丈夫的这个美国人——唉，我最不情愿看到的事还是要发生了——从松江回到这座城，立刻被鲜花和美酒包围了。尽管只是几场外围战斗的胜利，但对围城中的人们来说，就如同密布的乌云中射出的几缕光线，他们从中看到了希望，这胜利被无形中放大了许多倍，他已经成为挽救这座城市免于沦亡的英雄，一个手握重兵的大人物，一个战神。他与军界和外交界的许多高官成为密友，道台衙门、将军府、刚成立的海关也延之为上宾。那些以前像躲一坨屎一样躲着不愿与之接近的人，现在至少在口头上都不得不承认，他是在远东最成功的美国人。这个人以前在美洲大陆、在海上所过的野狼一般的冒险生活，也成为一个传奇。他是1862年春天上海社交界最耀眼的明星和宠儿。他身体矫健，能挣大钱，还是个单身汉（脸上的一处伤疤更增添了神奇性），想想看，有多少太太、小姐为之动心！一些喜欢交际的太太们，特别是那些有女儿已届及笄之年的，都争着邀请他参加各种宴会、舞会和茶叙。

在华尔风头最劲的这个时候，你爹爹终于把你嫁给了他，还为你们在上海举办了一场盛况空前的婚礼，这是多么聪明的一着棋啊！他终于可以通过你把这家伙牢牢控制在手掌心了。婚礼上中外来宾云集，上海道台、各国领事、买办大班济济一堂，你爹爹高坐堂中，接受宾客的贺喜和一对新人的屈膝跪拜，那一刻，我相信大老爷的心中丝毫不会为女儿的幸福着想，有的只是一个生意人做成大买卖后的沾沾自喜。他的这个洋女婿，手下兵多将广，巡抚、道台都把他像守护神一样供着，连带着他这个常胜军督带的脸面也大大地有光了。你知道上海的无聊文人们是怎样编排你爹爹、编排你的婚礼的吗？他们编了申江夷场竹枝词教小儿传唱，有一曲是这样的：赫赫宁波杨憩堂，夷场久住姓名扬，头衔二品花翎戴，豪拥家私数百万……

唉，你爹爹现在是上海滩上官商通吃的头面人物了，小姐你却沦为了世人不齿的"鬼妇"！

钱庄里的朋友向我描述3月15日这天你们的婚礼，用了中西合璧一词，说那天华尔骑马穿袍，拜天地、揭盖头迎娶了你。我想肯定是因为你的坚持他才这样做。这么说来，他的心里还是有你的。那天的婚礼后，还举行了华尔和他的副手白齐文正式归化入籍仪式，他在名义上正式成为了大清子民。我做梦都想看到你垂坠的珠帘遮掩着的脸庞，那时的你肯定美丽无比。但这一天到来我却不在你身边。事已至此，夫复何言，我现在唯有祝福你婚后幸福。

雨越下越大了。这笼罩苏州全城的雨，哪天才是个止歇呢？我现在回到营盘，坐在帐门前，看着雨中的黑瓦泛着白亮的光。裹尸布般阴恻的天空下，街道开始沉入黄昏，我把目光返回桌上，一把直尺旁，是一叠写给你却总是没机会发出的信。这个春天，我总在写信、写信，现在，这些信永无发出的机会了。我也要为这无望的爱做个了断了。

随信寄给你的这块牙牌，上面的"切勿相忘"四字，我是用一把缴获的匕首刻上去的，金钩铁画，和着血泪，一并寄与你，此生念想，就此全成空。窗外飘进的雨，有几滴落在了我脸上，像小虫子，缓慢地爬，总有一天，我的心会被蚀空。

陈小羊

1．克星

如果把 1862 年春天上海四郊的战事形容为群狼的混战，现在，一只饿虎也加入了进来。这只饿虎就是曾经攻占天津大沽口的英国陆军司令士迪佛立。

在何伯将军的吁请下，4 月初，士迪佛立率一支两千八百余人的兵马自天津抵沪增援，使本就进展缓慢的战事对太平军愈加不利起来。据称，士迪佛立出发前曾在北京与恭亲王和英国公使卜鲁斯会商，他们达成的一致意见是，上海城和外国租界必须一体防守，只有把太平军从上海方圆百里范围内驱逐出去，上海的安全才能得到保证。

值得一提的是，这支从天津调往南方作战的军队中有一个叫戈登的年轻人，时任英国皇家陆路工程兵队长，日后他将在苏沪战场大显身手，接替华尔担任这支华洋混杂武装的总指挥。

甫抵上海的士迪佛立急欲好好露上一手，于 4 月 3 日，会同何伯、卜罗德率联军及会防局炮勇共两千余名，野战炮十一门，自上海城出动，经小闸、虹桥，与华尔常胜军一千余人在七宝会合。次日凌晨，兵分数路袭击太平军王家寺大本营。

这一日，大雾至八时许才散。英军攻右翼，法军攻左翼，炮兵居中突破。距太平军营盘六百米处，联军大炮开始发威，一下就摧毁营垒六座，太平军苦无大炮回应，只有零星火枪和弓箭回击，眼睁睁地看着敌军冲到阵前百五十米处列队冲锋。随后，守军与充作前锋的华尔军展开了惨烈的白刃战。太平军不敌，被刺刀戳死及赶入河滨淹死者不计其数，华尔率队猛追一个多小时,把缴获的旗帜帐幕全都烧毁。这支太平军也极凶猛,回身与华尔杀成一团,反把华尔赶至七宝。要不是后续的联军赶至,王家寺极有可能再度易手。

王家寺一失,太平军不得不退往南翔镇。何伯随后跟进至罗家港,三次猛攻不能奏效,且被击伤右腿。次日,联军再度展开报复性进攻,太平军退守青浦。6日,谭绍光反攻泗泾,又不利。整个王家寺之战,太平军死伤逾千,联军也折损上百人,何伯小腿肚中一枪,白齐文左肩挨一刀,法尔思德伤得最重,一颗枪弹从胸部射入,左肩胛穿出,几乎不能动弹。

王家寺一战摧毁了我军对上海构成最大威胁的前沿阵地,还被掠去大量军需物品、作战资料,后果堪称严重。事后得悉,其中有署名黄畹字兰卿的致忠王的一封信,详尽规划如何取上海,也一并落入清军之手,清方严查此人下落,得知是正流落此间的上海墨海书馆的王瀚化名所写,嗣后展开的搜捕使这位上海名士饱尝颠沛流离之苦。

以上战斗只是何伯、卜罗德与清方达成的一份作战方案的前奏,根据这份计划,自吴淞长江口起,越过松江,一直延伸到杭州湾,沿上海百里范围内各要隘设法一一规复,尤其是先要把太平军从七个坚固的城镇驱逐出去,上海西北方向的嘉定,西边的南翔、王家寺和青浦,南边的南桥、柘林和七宝,然后把华尔的常胜军指挥部从松江移驻青浦,以控制这七处,打下各城镇后的财物,则由联军、常胜军和清军平分。

4月17日,华尔在他的盟友协助下进攻七宝,很快从五千守军的手中夺取该镇。这座城镇储备有大量粮食和军火,英国兵、法国兵、印度兵和华尔的常胜军把它洗劫得一干二净,以致他们把这座城镇交给李恒嵩副将防守时,李副将伤心地向薛焕巡抚抱怨说，整个镇子像被大水冲过一样，没有一件稍有价值的东西了。一周后，这里掠去的金银、皮货和锦缎出现在了上海的多家典当行里。

他们的下一个目标是嘉定。

27日，士迪佛立、卜罗德率联军三千人，带野战炮三十门自上海猛扑嘉定。华尔率常备步兵两团及马尼拉侍卫队共二千三百余人也自松江出发，坐十二艘平底明轮汽船，在梵王渡一带登陆。按计划，清军副将熊兆周、嘉定同知周士濂部佯攻南翔，姜德、李恒嵩部佯攻罗店、青浦，以迷惑牵制太平军。不久后的江苏巡抚李鸿章的一个弟弟李鹤章也带领一支官军参战。

同日，姜德攻陷罗店，李恒嵩部、曾秉忠部进逼青浦西门，但联军在南翔鹤查山一带被阻，后在炮舰增援下再攻南翔，太平军弃垒撤退，4月30日，各支军队迫围嘉定城下。

嘉定城有坚固的城墙和宽阔的护城河，联军采用惯常战法，一出阵就以火炮猛轰，三小时后，华尔率队用小船架设浮桥通过护城河，在东门、南门攀登城墙。守军从西门和北门出逃，落入李鹤章官军的包围，两千余人被屠戮殆尽，另有一千六百余人被俘房，五十名军官在驻防移交时被吴煦斩首，其余充为劳工。在城内还发现大量银两、粮食及两千余匹战马。经一阵闹哄哄的争执后，三方按约定分赃。不几日，自嘉定至罗店太平军七座营垒，也一一告破。

短暂整编后，华尔准备向青浦下手了，以雪他两年前三次大败之耻。联军派出了两千余人携三十五门火炮参战，李恒嵩、郭太平等部七千余人赶往会合，加上华尔的洋枪队二千名，他们铁了心要吃定青浦的两万名守军。联军这次行动提供了在当时最具杀伤力的武器，一门六十四磅的来复重弹炮，安装在一艘吃水较浅的新下水的法国炮艇甲板上。

5月10日，各进攻部队在广富林会合，次日，合围青浦。英军攻西、南二门、华尔攻东门，参将李恒嵩、林丛文、郭太平等攻北门，小西门水道则由曾秉忠的船队堵截。一小时的大炮轰击后，多处城墙裂开缺口，尤其东门和南门的城墙，都被轰坍十余丈，英军和华尔军越过护城河，太平军拼死抵挡，来往堵杀，护城河下的河水为之漂红。四小时后，东门、南门先行告破，李恒嵩、郭太平等部官军在西门和北门外包抄运动，以截断溃兵退路，守兵几乎全军覆灭，四千名被杀，其余被充作劳工。

四天后，留守松江的法尔思德率步兵第二团一千五百名士兵进驻青浦。在华尔野心勃勃的设想中，这里是仅次于松江的第二大本营，他将以此作为进攻苏州的前沿阵地。苏州是南京的锁钥，一待拿下，他那个在远东建立独立王国的梦想也就为期不远了。

上海外围的战争已经持续了大半个春天，据他自吹，这期间他的军队大捷加小胜共计十来场。每一次胜仗，他都能从他老丈人杨坊的泰记钱庄领到钱业公会支付的丰厚赏金，打下一处小城镇四万元，打下一处重镇十三万三千元，照此计算，这个赏金战争贩子已经大大地发了一笔财。如果有谁希望这场战争永远不要结束，那也只有他了。

就在战火蔓延、燃烧在上海四郊的当儿，期盼已久的援军、华尔命中注定的克星终于到了。那就是合肥人李鸿章率领的淮军。当这支装备奇差、衣衫不整的队伍开进上海时，城里的官民、绅商大失所望，这群脚穿破鞋子、布帕包头、土里土气的乡下人，怎么看都像流入租界的外地难民，怎么指望他们来保卫这座城市？促狭的人把这支破衣烂衫的军队称作"叫花子兵"。

"叫花子兵"的头儿李鸿章，是道光二十七年的进士，时任福建延邵建道。他的父亲与曾国藩是更早的道光十八年的同年，因了这层关系，在他中试之前，就投在了曾国藩门下。大概十年前的1853年，太平军一路东来占领安庆后，工部有一个安徽籍的左侍郎回乡办理团练防剿，看翰林院编修李鸿章是个人才，就提出一个条件，要把李编修也带上。李鸿章回到安徽后不久，就入了曾国藩幕赞襄军务。

李鸿章此番来沪，完全是上海方面顶不住太平军的压力乞援的结果。

1861年10月，一个退职的湖北盐道、苏州人顾文彬从武汉坐轮船来沪，时曾国藩刚打下安庆，他的弟弟曾国荃循长江东进，兵指芜湖，顾文彬便约了刑部一个致仕官员，拿了前任苏州知府吴云的介绍信去找上海道吴煦，提议说，若想保住上海这座孤岛不沉，必得向曾国藩乞师。吴煦说，以前也低三下四求过援，他借口上游事重，就是不发一兵一卒，奈何？顾说，此一时彼一时，目下安庆已下，曾国藩又实授两江总督，没有不救上海之理。于是吴煦答应向巡抚薛焕请示。薛焕正为上海防务焦头烂额，答应可以一试。于是派出回籍的户部主事钱鼎铭（他的父亲钱宝琛也是曾国藩的同年），持薛焕亲笔信，赴安庆恳请曾国藩发兵。是年11月17日，钱鼎铭谒见曾国藩，报告上海战场将怯卒怠，旦夕可虞，说江南士绅盼湘军如久旱之望云霓，又承诺说上海每月可筹饷六十万两，话到激愤处，长跪痛哭不起。故友之子哭成这样子，曾国藩很是不忍，也许让他心动的还有承诺中的六十万两银子，毕竟湘军时常缺饷，是一个让他头痛不已的大问题，但更重要的是，为了日后攻下南京，他早就想在太平天国的另一边部署一支可靠的军队了。从陆路很难穿过太平天国的防区把这支军队运过去，现在机会来了。

于是他告诉钱鼎铭：偏师远涉上海，在兵法上说起来，是奇兵，不是正师，但是情势危急了，不能拿常理来论的。言下之意是他同意出兵了。

看中了上海这块肥肉——"筹饷膏腴之地"，曾国藩最初想派其弟曾国荃领兵东援，但曾国荃一心要攻下天京，建立首功，不愿去上海。随后，他又函请湘军宿将陈士杰出山，但陈士杰也找了个借口推掉了，最后找幕下的李鸿章商量，李鸿章倒是非常爽气就答应了。

二十岁时入都，就向往着三千里外封侯，都三十八岁了，还是个从五品的候补福建延邵建道，李鸿章想要摆脱老师、自立门户，实在是等得太久了！

事不宜迟，一开春，来自合肥西乡三山的张树声、刘铭传和来自庐江三河的潘鼎新、吴长庆四营（淮军四字营）即开赴安庆集训。曾国藩情知他的这个得意门生劲气内敛、才大心细，但还是担心新建的淮军兵力太过单薄，把压箱子的老货都翻了出来，从湘军各部调兵借将。整营拨归淮军的，就有"春"字营（张遇春）、"济"字营（李济元）、"开"字两营（程学启）、湖南新勇"林"字两营（滕嗣林、滕嗣武），以及后到的"熊"字营（陈飞熊）和"垣"字营（马先槐），还有作为"赠嫁之资"的亲兵两营（韩正国、周良才）。湘淮民风，向来强悍，都是些打仗不要命的好兵，尤以从太平军投诚过来的程学启所率"开"字两营，最为凶悍难斗。这番进上海，十四个营约九千人的建制，曾国藩这份"嫁妆"不算薄了。

准备停当，整装待发，于是行文上海方面，预备船只前去运兵，并预备粮饷。吴煦得信，便叫候补知州应宝时去预备船只。应宝时和沪上各大商行素有往来，募集麦肯锡洋行西人轮船七艘，准备分批赴皖运兵。只是他与商行谈的轮船租费实在太高了，竟然要价二十万五千之巨，薛焕觉得太贵，一再压价，吴煦事先拿到了好处，也替应宝时说话，最后定下运兵费为十八万元。

4 月 6 日，李鸿章亲率两千人自安庆登上吴煦派来的英国商船，两天时间就到了上海，抵埠后驻扎在大南门内。至 5 月 3 日，除湘军"熊"字营和"垣"字营走陆路未到，十四营官兵七千人均乘外轮到沪。

对生长于内陆的政治家曾国藩而言，上海或许已是世界的尽头，但对甫入中年的李鸿章来说，这里是他人生的真正开始。

这样一支土不啦叽的部队开进上海，风头正劲的华尔根本没放在眼里。这帮两腿泥巴都还没洗刷干净的庄稼汉，他们懂打仗吗？他们灰扑扑的军服、满是铁锈的梭镖、扛在肩上老掉牙的火绳枪（老半天也放不了几枪），简直是上城来演滑稽剧的草台戏班，怎么看怎么好笑。李鸿章驻扎在大南门外的军营里，风传马上就要接替薛焕出任江苏巡抚，每天前去拜会的、请托的几乎排成长队，按理说他这个三品副将受巡抚节制，比任何人都应该去认个门，但他就是摆谱不去。

要不了多久，他就要为自己的傲慢付出代价了。

李鸿章对华尔和他的洋枪队也没什么好感，在他看来，那不过是一帮外国流氓带着一帮中国无赖，而领头的华尔（他那个副将头衔如何得来着实可疑）不过是一头凶猛而愚蠢的野兽（"蠢然一物"）。令未来的巡抚大人吃惊的是，这伙人装备精良却又如此专恣跋扈，他们拿着高出政府军数倍的饷银，对朝廷官员却根本不买账。更让他不能忍受的是，现任的巡抚、道台居然纵容他们这么干，这怎么可以？

以后发生的一连串事证明，李鸿章率淮军抵沪，给天国这辆向着悬崖狂奔的马车又狠踹了一脚，并将使上海在中国政局中的分量大大加重。

2. 三战上海

忠王在天京终于坐不住了。这两个月来，他奔走天京、苏州两地，既要派兵去上游接应从安庆败走的英王，又要调兵遣将部署对上海的进攻。传来的却全是坏消息，英王在去年9月安庆城破后，精锐丧失殆尽，带着残兵盲目北进，被一直尾追的多隆阿困于庐州，看来凶多吉少。上海的攻势也接连受挫，慕王谭绍光这几个月临时指挥上海战场，因名望不孚，一些部将资历都在他之上，指挥失灵，再加英法联军出城反扑，导致连失嘉定、青浦各城。不久前传来线报，上海宝山一带的清军有向西长途运动的迹象，意图进攻太仓，忠王急忙调回前往接应英王的部队，又抽调南京守军若干，命火速赶往苏州集中，迎接大战。

5月的一天凌晨，大雨滂沱，我们骑马出城，在灯笼、火把的微光中穿过南京高大的南城门。我的那几个新婚的朋友早就度过了蜜月，过了几个月安逸日子后离别亲人奔赴战场，他们都流露出了依依不舍之情。出城后，大路遍布泥泞，战马垂下了头，军士们也都遍体湿透。雨打在脸上，使我们不得不时常要闭起眼睛，耳边响着的全是脚步在泥泞中迈动的巨大的喔喔声，一不留神，前面士兵肩上的矛尖就会戳瞎你的眼睛。

大军经行雨花台附近的几棵大树，我看到它们隐现在早晨灰暗的空气中，如同阴霾背景上巨大的披头散发的鬼影，心里隐隐有了种不安。

此番进攻太仓，完全是薛焕立功心切仓促发动。他得到消息称，自己不久后就要调往北京，巡抚一职将由刚到上海不久的李鸿章继任，于是想在卸任之前好好再露一手，派知府李庆琛率七千人自宝山水陆进袭太仓，进扎太仓东门外板桥地方，意图截断太平军西撤之路，以作进京履新的资本。5 月 15 日，忠王把两万人马分成三路纵队，大军出苏州城，途中接获战报称，前一日，太仓太平军与清军交战，不分胜负。16 日晨，太仓两千名太平军削发佯装投诚，忠王部队绕道后方，在南桥一带截断清军退路，会同诈降的部队夹攻。这是自上海开战以来打得最解气的一仗围歼战，清军惨败，李庆琛等战死，七千人中返回嘉定的不到两百。

不几日，廷命下来，调任薛焕为礼部左侍郎、总理衙门大臣，李鸿章署理江苏巡抚。刚来时惹人笑话的客军一下子反客为主，上海的战局，短短几日就发生了惊人变化。

在浦东方向，我军遇到了真正的劲敌。那边的部队与淮军首次遭遇了。5 月 17 日，刚接手巡抚大印的李鸿章令潘鼎新、程学启等自南汇、周浦出，当北路，华尔的常胜军和联军主力两千五百人自金山方向出，当西路，向只有两千守军的南桥发动猛烈攻击。刚来时英法联军将领和那个华尔对淮军不以为然，各营将领愤愤不平，告状告到李鸿章那里，李鸿章只淡淡说了一句，"军贵能战，待吾破敌慑之"。现在立名沪上的机会来了，他自然不会轻易放过，对付小小的一处南桥，淮军精锐几乎半数出动。

两小时的连续炮击，几乎摧毁了这座小镇的所有地面建筑，每一条街道都在燃烧，当进攻部队以为再也不会遇到有效抵抗，蚁群一般涌向城墙时，突然从几乎炸成齑粉的土墙后面响起了抬炮、火绳枪和少数欧制武器的猛烈开火声，率队冲锋的法国海军司令卜罗德被一颗短枪子弹击中胸部，立时送命。联军阵地那边鼓噪起来，懒散的法国水兵被激怒了，爆发出惊人的战斗力，他们抬来重炮，瞄准城墙的炮眼和枪洞位置不吝炮弹猛轰，砖石土块和着断肢如雨般急落，残余的守军只得夺城而出，向着柘林方向溃退。突进城墙后联军展开了疯狂的屠杀，不只对伤兵枪刺刀砍一个都不放过，连镇里来不及撤走的居民也不分男女老幼一概杀戮。

此战让李鸿章着实吃惊的是联军和常胜军的战斗力，那火炮齐鸣血肉横飞的惨烈场面给他留下了深刻印象，饶是再骁勇的将士，在强大的火器面前也难逃灰飞烟灭的厄运。此后淮军作战时也学会了不平均分配洋枪，而是将它们集中施放的战法，这很快就让他们尝到了甜头。战场上另一幕让他印象深刻的是，硝烟中，华尔这厮手拿藤杖、嘴里叼着一支雪茄，像一条浊水中的乌龙一样穿梭自如，就好像此人天生是为战争而生，是吸食战争这头巨兽精血的一条蚂蟥。这让他觉得暂时还要笼络住此人。但他也知道，洋枪队这个战争机器制造出来的怪胎想要完全控制住不会那么容易，用得好，它是一把收放自如的利器，用得不好，反而会被它所伤，看来日后如何加以裁抑是个大问题。

李鸿章继续向南扩大战果，率兵追至柘林。忠王发数千援兵自金山卫来援，被联军炮火逐回。对柘林的炮击从黎明延续到午时，然后发动冲锋。柘林守军开掘散兵壕对付联军炮击，又在城外挖下无数深坑，覆以木板和泥土，冲在前面的清军马队多有中招。至 20 日凌晨，柘林也陷落了。同日，淮军程学启部袭取航头，太平军溃退新场，又被刘铭传部击败，一直退入南汇城中。淮军攻城，太平军李容发部凭城坚守，清军未能得手。21 日，我军主动放弃奉贤县城。

好像有一只无形的巨手护着上海，战事刚有推进，那巨手就迫使如潮的攻势停滞下来。现在忠王亲自出马，但他在上海的敌人已比三个月前不知强大了多少倍，他的战略底线是不求有功，但起码得在极短的时间里把战局扳回到开战前的态势。太仓得胜后，忠王在西线发动反击，分兵进逼嘉定、青浦。嘉定由英法军四百人和清军参将熊兆周部据守，被围后数日不敢出战，正在柘林方向向南扩展的李鸿章惊闻嘉定被围，急令各线部队停止追击回到上海。24 日，士迪佛立率兵千名，携炮十三门由上海驰援，在南翔遭到阻击。26 日，联军突入嘉定城，救出被围英法军，因畏惧太平军势大，焚城而出，退回上海城。

华尔在攻下柘林后接获军情急报，说松江被数万太平军围困，顾不得休整队伍，即命部下速返松江。李鸿章同时急命原驻塘桥的李恒嵩部、王玉林部退往松江，在南门、北门外扎营，曾秉忠部水师也自青浦前往增援，英军上校蒙哥马利率英军主力进屯广富林，以为掎角之势。

忠王又施展他的拿手好戏，改攻城为打援。6 月 2 日，黄文金、邰永宽部突袭广富林蒙哥马利英军，缴获洋枪四百支。3 日，太平军前锋进至漕河泾、虹桥，与程学启部遭遇，程学启用刚向常胜军学到的一招，集中仅有的数百支来复枪齐射，击退太平军攻势。4 日，一支太平军自七宝前往增援，又被击败，程学启趁

势占七宝。忠王收缩兵力，一边命郜永宽部占领松江城外妙严寺
土山，构筑炮台猛轰并围攻四门，一边暗令大军向青浦方向移动。

华尔的汽轮船总算及时赶到松江，击败郜永宽部，摧毁妙
严寺炮台，保住了他的大本营。但这时的松江城外已不见了太
平军主力。待李鸿章明白过来忠王的意图是攻打青浦，他已晚
了一着。8 日，两万五千太平军分两路进攻泗泾，一路由凤凰山
正面强攻，一路自方家窑由七宝、龙珠庵攻其侧后，守泗泾的
姚绍修、林丛文、郭太平部溃败。太平军占领后，再东进占领
七宝、虹桥、漕河泾一线，连营三十余座，四面合围青浦。

战场瞬息万变，不只华尔慌了神，李鸿章也大吃一惊。青
浦现为常胜军第二大本营，驻有法尔思德的第二步兵团一千五百
人和英军六百人。从松江折返的清将李恒嵩部驻扎河西，以为
城外屏障。城内还有来不及处理的上千名太平军俘虏。李鸿章怕
守军吃重不起，亲自进驻新桥，派程学启的"开"字两营驻虹
桥，王玉林部进屯广富林，以为松江屏障，另派郭松林部和张
遇春的"春"字营随时进袭。但两万余太平军把青浦围得铁桶
一般，任是一只鸟也进出不得，法尔思德无法与外面取得联系。

看情形，拿下青浦是迟早的事了。只是守军的火力过猛，
数次冲锋伤亡过大，担任前敌指挥的护王下令，在城外增筑了
许多座石垒，准备困死守军。城内弹粮充足，要困死对方须得
十天半个月，再加忠王时时催兵，进攻乃常在晚上发动，借着
夜色掩护，我军先头部队数次登上城墙，与守军展开肉搏，常
胜军反击极为凶悍，每次登城争夺都打得血肉横飞。好在我方
势众，即便牺牲十人换对方一人，他们也耗不了多久。

有人建议火攻，设计了一种火筏子，放在运河中顺流而下，
进入护城河后，驶抵城门即引燃筏上火药，从水上炸开城门，

紧跟火筏子的木船上装满了攻城兵士，一待城门炸毁就冲进城内。临阵经验丰富的法尔思德早就思好了对策，他把最好的狙击手都调到了护城河堤边，从堤上射击火筏子上的兵士。没等筏子上的火燃起来，上面的兵士就被干掉了，这些满载火药和棉花包的筏子则被拖入城中，成了他们的战利品。

青浦城总拿不下，外面援军又随时可能突进，担任进攻任务的护王急了，他派使者进城与法尔思德会谈，借此也一探守军虚实。护王的一只眼睛在战场上受伤失明，人称"独眼龙"，法尔思德想出了一个障眼法来糊弄这个"独眼龙"。他把战死的士兵的军服剥下，强令俘虏们穿上，手持竹竿站在自己士兵的行列后面，不能稍动一下，违令者立即处死。

特使带去了非常优厚的投降条件，只要法尔思德同意献城，每个军官都可以携带他足够拿得动的金银，每个士兵已到手的银两也分文不缴。太平军答应后退三里，让出一条让他们通往松江的道路，并保证他们毫发无损地穿过这个地区。法尔思德毫不客气地拒绝了，他大吹守军的实力，就是再打一个月也无问题。护王特使进入城中，本以为看到的会是一群不堪一战的残兵败将，没想到守军阵容还如此齐壮，那些俘虏冒充的士兵手持竹竿，远远看去就像真的枪杆一样，回去添油加醋一说，护王不禁大为气馁。

法尔思德部下军官本就不想死战，他们大多关心的是自己的钱袋子，困守孤城早觉无望，听说太平军方面开出的条件如此优厚，就想投降算了，只因本城最高长官法尔思德上校反对，他们就密谋把上校绑了，答应太平军提出的条件。但他们的计划未及施展就泄密了，一个担任下士的中国人把这一阴谋密告了法尔思德，几个为首谋叛的军官被逮捕。这一下犯了众怒，其他军官送上了一份签名请愿书，要求他们的城防司令释放被监禁的军官，接受太平军方面提出的投降要求。法尔思德一不做二不休，把这些签名的全都上了镣铐，并发出狠话说，即使太平军攻破了城，他要让他们与城俱焚，陪他一起死。

华尔这下急坏了，守青浦的步兵第二团占去了他的常胜军一半精锐，要是就这么不明不白被灭了，手中就无牌可打了，自己在李鸿章大人面前也更加一文不值了。还有一层是他与法尔思德的私谊，在他看来，法尔思德是他手下军官中最能干、最具人脉的，也是他最属意的常胜军的接班人，虽然在指挥作战上他比不上白齐文，但在军中的威望远在白齐文之上。他带上松江大本营的步兵第一团精锐，加上自己的马尼拉卫队，又向何伯将军要来六百名英国兵，几乎倾巢而出，向着青浦方向靠拢。艰难的推进中，不祥的念头越来越强烈，那就是青浦已被攻下，法尔思德全军覆灭了。后来他知道，就在他心神不宁的当儿，法尔思德以为他在松江也完蛋了。

青浦外围，陈炳文、郜永宽等部连败李恒嵩，缴获炮船十余艘，把李恒嵩赶得不敢靠近，各关卡、河道大多落入了太平军控制，驰援的常胜军的舰船、炮艇无法越过广富林一步，只得从陆路推进，遇河还要架设被炸毁的桥梁，速度本就缓慢，再加还要应付小股太平军骚扰，每前进一步都要付出不菲的代价，对此，华尔心忧如焚却又无可奈何。看着一次次遭遇战中己方的兵力一点点单薄下去，他总算明白过来，即使赶到了青浦，自己这点兵力要想守城也是远远不够的，当务之急，就是掩护法尔思德的步兵第二团安全撤退，至于青浦，眼下之计只能忍痛放弃了。

6月10日，前来捞人的华尔和何伯将军抵达青浦城下。炮兵部队轰击近旁的太平军堡垒，掩护步兵第一团渡过护城河，何伯自己率英军四百名殿后，保证后撤之路通畅。行动前，侦察兵已先与法尔思德的城头上的哨兵取得联系，传达了华尔的指令，撤出该城前把炮眼全都钉上起爆，城中房舍、辎重全部焚毁，借浓烟的掩护迷惑敌方，使之辨不清真实意图，直至己方安全撤出该城。

城中响起了接二连三的火炮爆炸声，多处房屋起火，这令人惊愕的突变果然使围城的太平军陷入了短暂的迷茫。在浓烟的掩护下，法尔思德率部冒死而出，与越过了护城河的华尔援军会合。被围十来天，法尔思德带来的步兵第二团只剩下三百七十名。一见华尔，杀红了眼的法尔思德就要求，给他再增加五百名士兵，他要死守这座城。华尔没有答应，认为眼下形势无望，倒反过来劝法尔思德放弃青浦。

一边抗辩争执，一边执意突围，正在此际，要命的事情发生了，风向突然变了，烟雾飘散，围城部队发觉敌军弃城而走，集结大队奋勇猛攻，华尔援军和刚突出来的第二团残部不得不退入城厢，凭隅顽抗，穿过起火的房屋间隙，试图从另一个门撤退。关键时刻，殿后的何伯将军发炮向太平军阵地轰击，掩护突围，华尔带大队从东门突出，奋力杀出一条血路，径向松江方向而去。因沿路河滨上的桥梁悉被拆毁，追军又近，好多突围出来的士兵都在河中淹死了。攀登城头涌入城内的太平军把法尔思德和近百名士兵堵在了城里。

法尔思德带着几个近身卫兵被赶上了一个用作瞭望台的木制塔楼，亲眼看着太平军的散兵像污脏的潮水一般蔓延全城，在他下来登上最高处之前，他栖身的那座塔楼已被头缠布帕、荷枪实弹的太平军士兵围了个水泄不通。几个卫兵还想举枪抵抗，很快就被打成了筛子眼。这个好斗的美国人终于明白，自己只能做阶下囚了。

几天后，一队从上海方向前往松江的商船满载枪支弹药，不知青浦已破，驶近城垣，被陈炳文部截获，为这场围歼战画上了一个滑稽的句号。

战后，苏抚李鸿章奏称："西兵为贼众所慑，从此不肯出击。"

3. 捕鲸人的儿子法尔思德

打下青浦的喜报和英王遇害的消息几乎同一天送到，这真应了我先前所说，每个好消息都对应着别处的哭泣，反之亦然。军中早几日就备下了猪、羊、土制的烧酒，预备着一打下青浦就庆祝一番。连日鏖战，身边熟悉的兄弟一天天减少，这今不保夕的日子都快把人折磨疯了，我们等一场狂饮已经太久。军中好多老兄弟，特别是军帅、师帅一级的军官都见过英王，在英王和忠王的联合指挥下共破江南大营，在他们的心目中，英王和忠王就是支撑天朝天空的两大柱，现在一柱摧折，这庆功的酒宴还开得起来吗？

英王是在这个月初解送北京的途中在河南延津被害的，死法是俗称的剐千刀，即一刀一刀凌迟处死。据说施刑前，钦差大臣胜保还不死心，想劝降他，英王说了一句话，大丈夫死则死耳，何饶舌也，坦然受刑。刑前他这样告诉俘虏他的人：是天意使我如此，我到今日无可说了，久仰胜帅威名，我情愿前来一见，太平天朝去我一人，江山也算了一半，我受天朝恩重，不能投降，败军之将，无颜求生，但我所领四千之兵皆系百战精锐，不知尚在否？至我所犯之弥天大罪，刀锯斧钺，我一人受之，与众无干。

之前，英王丢失安庆后，被天王革了职，他率残兵在清将多隆阿尾随下一路退守至距安庆三百里外的庐州。他准备以庐州为基地，策动北征，进入河南、陕西二省，趁朝廷空虚拿下京城。但在派出几路兵马后，他在庐州被多隆阿和其他湘军部队围住了。庐州粮秣即将告尽，英王率四千部众突破城北湘军阵地，往北疾行，想与靠得最近的一支友军会合。他的目标是两百里外的寿州。那里有个秀才出身、封为太平天国奏王的苗沛霖，英王想与此人合兵一处北进中原。行前，有部下劝他说，苗雨三（雨三是苗沛霖的字）这家伙反复无常，是小人中的小人，而且风闻已投清妖，万不可冒险前往。但英王不听，不知他是过于自信，还是太想找一支友军了，反正他什么防备都没有就去了寿州，而且鬼使神差的，入寿州城时他把卫队留在城外，只带少数几个随从。正当他带着三十余名将领步入寿州城门，吊桥嘎啦啦地吊起了，他们被早就暗投清军的苗沛霖五花大绑着献给了胜保。胜保本想将其槛送北京，途中听说有小股太平军准备劫救，怕万一劫去蛟龙入海，就临时起意，在延津这地方把英王给杀了。

中军大账布置成了灵堂，四处垂挂着白色布幔，前来祭拜的军官们一个个都出去了，只留下忠王一人，守在英王的灵牌前，闭目垂眉，脸有戚容。起了一阵风，燠热的空气稍显清凉，风吹幔动，传来外面将士们饮宴的喧哗。好一会，他睁开了眼睛，看到我还在，问我怎么不出去参加外面的流水宴。

看无他人在场，我以义父称他。我说，我不饿，陪义父为英王守一会灵。

"他那么年轻，几乎小我整整十岁，怎么说走就走了呢？他相貌秀美，几乎一个白衣秀士，我黑不溜秋，长得像一个烧炭工人，可我们却是顶好的兄弟，你说怪吧，人跟人的投缘就是这么来的。"

忠王喃喃着，嘴角浮现出怅惘的一丝笑意："我的好兄弟，他眼睛下方有两个令人生畏的黑色胎记，被敌人称作'四眼狗'，他对清妖作战真像一头凶猛的豺狗！那年我和玉成一起，随秦日纲将军解救镇江，我是地官副丞相，他是冬官丞相，论年纪我大他许多，论官职他却大我半级，我心里暗暗不服。我军与吉尔杭阿、张国梁缠战十余日，无法向镇江推进一步，而镇江又面临弹尽粮绝，我们要是再不赶到就要完蛋了。派出了好几拨人前往镇江联络，不是半途被截杀就是被赶回来，正感无辙的时候，玉成自告奋勇站了出来，说他愿意只身前往，联络镇江守兵。那年他才二十出头，年轻得让人妒忌，平素说话细声细气，没想到竟如此勇悍，只见他出了大营，坐一只小舟，于船头执一杆旗，鼓起帆顺流而下直冲镇江城，岸上箭矢如雨，把帆都射得密密麻麻全是洞，他硬是一个人冲进了镇江城，随后，按照约定，他率军从城里打出，我率大部援兵从外打入，把吉尔杭阿打得大败，连失十六座营盘。算起来，这是我们的第一次合作，那时我就认定，天国大局，非有我与他支撑不可！话说那时，北王还没杀东王，天王还没诛北王，翼王也没离开我们，我这么想是不是太早了呢？

"他封王比我早，好多人都说他运气好，为我愤愤，也有人故意放话，说我妒忌他，其实一点也不，我早就说过，他的才能在我之上，他的气象远比我大。封王后，他每次见我还是从前那模样，阿哥阿哥的叫得亲热，一点也不因为职位高了就盛气凌人。一段时间，天王听信传言对我不信任，在天京拘押了我老母，又派人督我在江北苦战，不许渡江进城，他找到天王为我辩诬，要紧关头还提兵为我解困，唉，这样的好兄弟不会再有了！自去冬苏州别后，我和他约定各提江南江北两路人马，解围安庆，看安庆保不住，鲍超军追我又急，我就提军东顾，去打杭州，说起来，他的死，我难辞其咎啊！"

忠王说到这里，脸上已是泪光闪烁，"时运不济，天丧大柱，独木难支，我的好兄弟落得如此下场，恐怕我比他也好不了多少。"

我劝他不要过于自责，前面还有不知多少大仗要打，保重身体要紧。

"他说得对。大丈夫死则死耳！"

忠王强忍住悲伤，让我替他满满斟了一碗酒，走出帐外。看到忠王出来，全场的喧哗声顿时停住了，只听得风吹动营中旗帜的猎猎声。将官们全都鸦雀无声，看着忠王和他碗里的酒。忠王说："兄弟们，天国禁令不得饮酒、抽烟，把此列入十天条，你们也都晓得，但今天不一样！青浦大捷，我们心中的欢乐，用酒才能庆贺，英王先于我们上了天堂，也只有酒，我们才能为他送行！众将士，斟满你们碗中的酒，举杯！"

他把酒碗一点一点举高，像擎着什么重物一样，尔后，碗沿一侧，在面前洒了一个大大的弧形，满场将官都跟着他，把酒洒在地上，一时间，空气里升腾起了浓烈的酒香。

那天晚上我们喝空了无数坛酒。不知是捷报冲淡了英王的死讯，还是英王的死给此次大捷带来了一丝悲壮之色，那天的酒宴有那么点疯狂，又有壮士一去不复返的悲壮与愤慨。酒是当地农家用辣蓼做引子酿的土烧，酒刚入口，辛辣得让人吐舌，再喝下去，竟像有一条细细的热线从喉咙贯入肠胃，只觉温暖无比，就好像有一双熨帖的手抚慰着你。

整个军营几乎醉反了天，有人高歌，有人大声哭泣，有人伏在马圈边的栏杆上痛苦不堪地呕吐。

终于，不知从什么地方有个低沉的声音唱将起来，行哦，行哦。歌声拖着长长的尾音，忽而高昂入云，忽而宛转下沉，我们所有人都跟着唱了起来，排成队伍，围着营盘沙沙地移动着脚步。行哦，行哦，哦……那是我们在为英王、为上了天堂的兄弟们送行。声浪挤涌着，奔流成一处，汇成巨大的河面，又像是一片生长着的森林，所有的树木随着风都向着一个方向倾斜。

我醒来，已经在草地上睡了一个晚上。头上鼓起了一个包，隐隐作痛，不知是在哪儿摔的。衣服也脏得像在猪圈里打过滚一样。我努力甩了甩头才想起昨晚发生了什么。我记得昨晚和兄弟们一起喝呀喝，然后围成一圈高歌行哦行哦，向着天空咒骂，大笑。我还记得后来下过一阵雨，雨水像鞭子一样抽打着我们灼热的背脊，我们冲进雨中嗷嗷地叫，后来出来了月亮，潮湿的月光照着狼藉一地的营盘，照着狂欢过后东倒西歪的我们。头上鼓起包的位置正是一年前在上海跑马场被弹片划中的伤口，我只觉得身体里的元气正从这个鼓起的包里一点点地流走。

忠王派人来找我的时候，我还是头重脚轻懵里懵懂的痴傻模样。

忠王说，昨天青浦战报送到，他已下达了一道命令快马送出，令护王勿杀敌酋法尔思德。此人守青浦，近两千人马几乎全部打光，兀自不降，忠王很想把这样一员洋将揽为己用，请他来帮助训练部队。忠王给我一个任务，火速赶往青浦，说降法尔思德。忠王说，你可以先到司务官那里预支一笔钱带上，闻听常胜军的军官都是为钱打仗，如果彼有什么要求可以先尽量答应，不必在意钱的数目。

我问忠王，可否带上卫队其他数人同行，万一半途遇上敌军也可缠战一阵。忠王说不必，经此一战，洋鬼子并不敢与我见仗，战则即败，你就放心大胆去青浦吧。

后来我才知道，因天京告急，天王已有数道诏旨召忠王回京，忠王此时已有收缩兵力迅速结束上海战事之意，故不允分散卫队随我去青浦。

在青浦城的一间地下石室里，我见到了这个著名的俘虏，来中国作战前，他是缅因州一个捕鲸人的儿子。

法尔思德上身赤裸着，捆得像一只嘉兴肉粽，被扔在地下石牢角落的一堆稻草上。那里是青浦县关押重犯的地方，青浦打下前，数百名太平军士兵就是被关在这地方。他面目焦黑，一圈漂亮的连鬓胡子被火燎去一半，胸脯和手臂的皮肤一片红肿，鼓着一个个可怕的水泡。他一见到我就拼命挣扎，叫嚷着膀子被绑得太紧了，稍动一下绳子就要勒进肉里去。我命令护兵给他松绑，有人出来阻止我。我这才看清这石室里还有人，那是一个十四五岁的孩子，他手里拿着一支银制的旱烟管，啪嗒啪嗒地抽着。

两年前洋枪队刚成立时，我曾被杨坊派去广富林担任粮草军需方面的联络任务，与法尔思德见过几面。但他已经想不起来我是谁。经我一提示，他一副恍然大悟的样子，眼睛里跳动起了求生的光亮。

我问他胸脯和手臂上的水泡是怎么回事，他的表情突然变得愤怒。他说，那天他被捕后，全身被剥了个精光，然后被带到护王面前要他跪下，他拒绝下跪，士兵们就用竹杖和枪托猛击他的膝盖，他说，只有一只眼睛的护王比他所有见过的海盗还要凶狠，破口大骂他烧了青浦城，还把满满一壶滚烫的茶水浇在了他身上。

我让卫兵给他松绑，穿上外套。那孩子大概是怪我打扰了他猫戏老鼠的虐俘把戏，这时突然叫了起来，他的声音就像所有处于变声期的男童一样，尖锐，粗粝。"这个洋鬼已经被判处死刑了！明天就要点天灯了！他活着已经跟死了没两样了，你们知道什么叫点天灯吗？"他抽着烟，眼里邪恶的光如同跃动的小蛇，"就是把油纸一层一层裹在他身上，然后把油纸点着，他死掉了也一直不断地烧啊烧，一直把他烧成灰！"

我勃然变色，真想抢起手掌给他一个耳刮子，旁边的卫兵悄声告诉我，这男孩是护王陈坤书的儿子。

我让卫兵留在石室，我上去找护王。我想必须把忠王招降此人的意见明确告诉护王，最好今天就谈妥把法尔思德带走。他如果再留在青浦，估计要小命不保。

护王听忠王要留用此人，也就不再说什么。我回去下到地牢，决定与法尔思德好好谈一谈。刚到石室门口，突然传出一声惨叫，那男孩，手里拿着那根银制旱烟管，一口一口吸着，烟斗烧红了发出啦啦声，他把这烟斗掩在了俘虏赤裸的皮肤上。被重新绑在柱子上的法尔思德哀号着，拼命扭动着身子，边上站着的几个兵士咻咻地笑着。当那男孩拿着烟斗再次凑近法尔思德面部时，后者也不知哪来的劲，突然大吼一声，一脚踢翻了他，那男孩怒不可遏地跳起来，随后夺过卫兵的一杆抬枪，向法尔思德抛去，法尔思德头一偏，那支抬枪铮的一声撞在石壁上，枪刺都撞弯了。法尔思德低声道，让主宽恕你。

那男孩听不懂他在说什么，只道不是啥好话，只见他圆睁着眼，眼里几乎要爆出火星来。

我厉声说，大丈夫怎么可以乘人之危？

边上的卫兵帮腔说，他还是个孩子，还是个孩子。

我说，孔子说"己所不欲勿施于人"，你怎么可以这样残忍对待一个手无寸铁的俘虏？

那男孩不屑地撇撇嘴，声音却小了下去，你说的那个孔子，他的庙早就砸了，他的木主牌也早扔进火里烧了。

我叹了一口气，替他把那管旱烟枪捡起来，一字一顿地说，上帝也不会允许你这么做。

我说，他马上就要成为我们的洋兄弟、忠王的贵客了，你如果不检讨犯下的虐待生命的罪行，我就会把你今天所做的告诉你爹，而且你要记住，青浦城不再是战场，它将是我们的小天堂，如果谁还想让这里流血，他所做的一切，上帝会加倍施还于他。

我激动地挥舞着手臂说着这些话的时候，那男孩一声不吭，反倒是法尔思德为他向我求情了。求求你别说了，快把我放下来吧，我的胳膊都要断了，我的脑袋快要裂开来了。渐渐地，那男孩的脸上浮上了一层羞愧之色，他主动上前，替法尔思德解下了绳子。

我没想到法尔思德竟然拒绝了劝降，这个死囚一点也不领情！一开始我以为听岔了，或者是我表述不清他没有领会意图。我说，天国信耶稣，你也信耶稣，我们有合作的基础，忠王麾下就有许多洋兄弟，我就有个英国好兄弟林德利，我们一起并肩作战，驱逐鞑虏，建设小天堂，你有什么好拒绝的呢？

看他倔得像石头一样不开窍，我说：我知道贵军的饷银一向很丰厚，加入我军一定不让你吃亏，钱的问题你尽管提，只要我能做到，一定满足你。

我不提钱还好，一提钱，这个美国佬就激动起来。他说他跟他们（我想他指的是常胜军的外籍军官们）不一样，他们来中国加入战争就是做雇佣军，就是为了赚一票，而他是有信仰有梦想的人，他的梦想就是为了在远东建立一个独立于朝廷的王国，在这个王国里实行的不是中央集权，而是美利坚式的联邦制，这个梦想就是他从遥远的加利福尼亚州来中国的最初原因，也是他加入战争的唯一动力，当初他的上司兼好友华尔就是这样答应他的。

"要是为了金钱而战，我跑过大半个地球来这里打什么仗！人与人之间为什么要相互奴役、相互残杀？说实话，我是一个蓄奴制的坚决反对者，早知道这里的战争如此怪异，如此惨无人道，我肯定留在国内，加入伟大的格兰特将军的北方联邦军，这会儿怕是早就打过密西西比河了，哪里会做了你们的囚犯！"

他说，要么你们放了我，要么就把我处死，要我投降，和你们一样像疯狗一样打来打去，休想。

我被他噎得说不出话来，指着他骂："你就留在这个又小又脏的地牢里做你的春秋大梦吧，你就等着他们把你点成一支大蜡烛吧！"

骂过了气就平了，回去见忠王前，我嘱托护王，暂时勿杀此人，待我禀过忠王再做处置。那个男孩，护王的儿子，竟然也帮着我一起说情，说要跟此人学炮术。护王带我下到地牢里，法尔思德身上的绳索已经解去，却在脚踝处上了镣铐，颈上套上了一个两寸宽的铁箍，用铁链锁在石壁上的铁栓上面。

一见我，法尔思德就像一只黑熊一般咆哮，说求求你们赶紧把我杀了吧。

护王笑笑说，他现在就是有孙猴子的本事，也逃不出去了。

走之前，我又把那男孩叫到一边，送给他一把刀柄镶银的匕首，他欢天喜地地接了过去，我让他记得送些吃的给俘虏，千万别让他饿死了。男孩答应了。

忠王见我空手而返，也大出意料，听了我说了经过，他对法尔思德的刚烈不禁也大为敬佩，他说，都说洋人贪财，只钻钱眼，看来也不尽是如此，且让陈坤书留他一命，打掉他的气焰，有机会了你再去劝他一劝。

不久，护王部调离青浦。不管调防到了哪里，他们都随军带着这个特殊的俘虏。每次部队行军，法尔思德都颈里套着个铁链牵在马后，像一头驴子一样跌跌撞撞被拖着走，没多久，这个健壮得像海盗一样的家伙就被折磨得骨瘦如柴。要不是护王的那个小儿子暗中护着，半夜里给他送些吃的，他早就饿死了。

护王回到苏州后，把法尔思德像大猩猩一样锁在正街的一根柱子上，来往的兵士和百姓都拿泥巴、石块扔他，甚至是去踢他打他，看再折磨下去要出人命了，忠王授意，让我和护王一起再找他谈一次。

这次给他开出的价位是五万元，条件是他同意指挥上海周边的太平军对清军作战。法尔思德拒绝了，护王又把价格提到了十万元。

法尔思德提出，他要用十万元为自己赎身。报告给忠王，忠王对他也彻底死了心，对我们说，好吧，杀之无益，倒不如拿他换些洋鬼子的武器弹药来，告诉他，不要现款，就拿十万大洋的军火来换好了，给他二十天期限，期满还不送来，他只有去死了。

法尔思德给上司华尔写了一封信，我们派人替他送到了松江。好多日子过去了，一点响动都没有，看得出来他自己也有点着急，却装得不动声色。我说，这么久还没动静，看来你的上司放弃你了。他反倒劝我们不要着急，说，十万元不是一个小数，总要有些时间去凑吧，找了钱庄不够，没准他还要去找李鸿章大人商量。

二十天的期限快满了，还是没消息，这时候他也感觉到生存的希望越来越渺茫，性情越来越焦躁，一有机会就向看押他的兵士打听，有没有外国船只驶来。

最后一天期限到了，法尔思德自己都绝望了。这天早晨，一艘赎他的英国船沿着江开来，带来了一百万发弹药、两百支长短枪和几十箱烟土。法尔思德听到消息，流泪说：这只兵舰上的赎身品，其高贵可以赎王侯。

我们带着法尔思德到江边，与军舰上的英国船长见面，并监督卸货，点验枪支。法尔思德颈上的铁箍去掉了，上身还是被俘时的那件红色棉夹克，已经脏破得不成样子，下身给他穿上了我方士兵穿的那种肥大的束着裤管的长裤，再加上胡子久不修剪，那模样就像一个邋里邋遢的农民。

华尔这厮不知道天国禁绝鸦片，还以为烟土这东西值大钱，我们货都没卸下就直接倒进了江里。往岸上搬卸军火的时候，这只船一直没有熄火，我看到船长把法尔思德拉到一边，跟他说着什么，法尔思德摇头拒绝了，那船长气鼓鼓地走开了，不再理他。法尔思德站在岸上，看着最后一箱军火搬上岸。

我问他，船长跟他说什么。

法尔思德气愤地说，船长催我赶紧上船，货卸到一半他就要开船，说剩下的货物拉到上海卖掉，他和我平分这笔钱。

我把这些跟护王一说，他忍着愤怒，走到船长面前，问他要一张照片。他让我把话翻译给船长：要这张照片的目的，是想记住您这位英国绅士的模样，这位绅士居然引诱一个体弱不堪的俘虏只交一半的赎身品就跑路。听了我的翻译，那船长的脸红一阵白一阵的。

船拉响了汽笛，法尔思德一只脚已经跨上了船板，他又抽身回来，走到护王身边那个一直盯着他的男孩跟前。他蹲下身抚摸那男孩的脸。那男孩突然把脸埋在他的肩上大哭，眼泪鼻涕把他那件红色棉夹克的前襟都打湿了。法尔思德不说什么，用力搂着他乱糟糟的头发，眼里也有了泪光。起身的时候，他把眼角的一滴泪擦掉了。

4. 苦夏

战争久拖不决，令人闻之色变的酷暑天气提前降临了。1862 年夏天的酷热是我在上海生活这么多年从未经历过的，《北华捷报》等外方报纸上也说，那是白种人来到上海后遇到的最热的一个夏天。

每天一早就明晃晃挂着的大太阳，几乎把马路晒成了一块烙铁。然后是暴雨，无休止的暴雨。可以把整个屋架都卷走的来自太平洋的台风。城里和军营都流行开了传染病，先是天花、伤寒，后来又爆发了非常可怕的亚细亚霍乱，感染上的人先是腹泻得全身虚脱，再是大口吐血，喉咙如有一只鬼手卡紧，最后因肺充血窒息而死。病魔让死亡变得稀松平常，病魔也不管你是老百姓还是军人，想要带走哪个提起就走，也因此，交战各方士兵们的脾气都变得格外易怒和暴躁。据说这场霍乱还沿着长江、沿着海岸线，一直在向西、向北扩展，最远已经蔓延到了安庆的湘军大营。

忠王心烦意乱，一道道从天京发出的加急诏旨打乱了他的军事部署。按目前战势，上海东、西、南三面已形成夹围之势，英法联军已退缩城中不敢出战，淮军程学启、郭松林各部虽勇，忠王也自信可以吃定他们，这个夏天结束之前，上海应可收入天国囊中。

这个节骨眼上，天京居然又出事了，忠王只能怪自己运气太差了。

自去年秋天攻下安庆后，曾国藩就图谋攻打天京，建立他的不世功业。他要让恭亲王这班朝中大佬们看看，和春、向荣他们没做成的事，湘军要做成它。曾国荃更是把天京看作了他的菜，不容他人下箸，率湘军四万人马自安庆沿长江水陆并进，先克芜湖，再克东西梁山，不到两个月的时间就连下沿江各要塞，5 月 30 日，当我军在三百公里外的松江和青浦与洋兵缠战时，曾国荃所部已进抵天京城下，在城西南方建了十几座营垒，从江边连营直至雨花台。

天王平素深居宫中不怎么理事，一看这阵势惊恐万状，一日三诏严令忠王退兵去解围。忠王却有自己的打算，回奏说：天京防御工事坚固，储备的粮草又足敷两年之用，在这期间只要坚守不出，待他解决了上海一揽子事，必定解围。天王见指挥不动，猜疑之心又起，发下狠话说，若不遵诏，国法难忍。事情到了这个份上，忠王不敢再违拗天王旨意，决定退兵，但苦心经营了大半年，就这么从上海退兵又实在不甘心，故此再次发动攻势，以期速战速决，拿下上海后尽快回援天京。

6 月 17 日，忠王命撤去围了松江近半个月的主力，督率谭绍光、陈炳文、郜永宽等部六万人，自西、南、东三面，分十二路进攻上海。主力一支自新桥出，围攻驻扎于那里的淮军程学启部，一支自法华寺、徐家汇、九里桥等地出，进逼上海。李鸿章兵分三路出战，双方在徐家汇、虹桥、新桥等地决战。

程学启的"开"字二营果然不愧淮军中最为骁勇的一支，我军反复冲杀，营垒终未能破。18 日，李鸿章督率张遇春、郭松林等部驰援，再与我军激战于虹桥、北新泾、泗泾等处，清方外围守军也纷纷回援。双方激战两昼夜，我军终因腹背受敌不支而退。

忠王眼看速胜无望，回救天京的严诏旨又一道道地追着下，于是主动退出泗泾、塘桥等处营垒，把嘉定、青浦、太仓等处的防务交给刚从湖州返回的慕王谭绍光，自率大队回到苏州，准备回援天京去了。

他这时似乎已明白，上海这座城他是进不去了。每一次，都是眼看着快要打下这城了，就会有一股莫名的力量把他牵扯住。他现在明白了，这就是相书上说的势，势在你手，一手烂牌也能打个和局，势抛弃了你，十倍的努力也只能付之东流，眼下大势所趋，他一个人的力量实是无法阻挡。这个酷热不堪的夏天留给他的记忆将只有苦涩。

此后上海战局急转直下。忠王带走了大部主力，有几支实力不甚强的部队又因浙江空虚不得不南撤以顾根本，上海外围几乎没有了可与凶悍的淮军一战的将领，李鸿章终于取得了战场主动权。

但他没有急于发动，这实在是因为天气太热了。明晃晃的大太阳下，世界仿佛陷入了停滞，连牲畜都要中暑的天气，还怎么提枪打仗？英军的海军、陆军两大头目也都离开了上海，何伯将军去烟台疗治他的伤腿去了，士迪佛立将军也去日本度假了，上海进入了短暂的休战期。

大规模的战事停止了，小范围的争端还是在发生，沿着苏州河两岸，淮军、常胜军和太平军时有接触，双方互有赢输，阵亡者的尸体都是直接丢弃在河里喂鱼。潮水低落时，河中的尸体像吹下的木头一样不断向河口外漂流，几小时后潮水涨上来，这些尸体又向上游回涌，就好像大海和河流都拒绝收留这些残破的躯体。在河湾里被冲刷着进退不得的尸体被太阳暴晒，被雨水浸泡，一具一具都腐烂了，爆裂了，如同一只只敞着口的麻袋，把整条河都搞得臭不可闻，臭气随着风向变换散布开来，整个长江三角洲都被一层阴沉沉白晃晃的死气笼罩着。有人说那就是瘴气，大凶之年，就会在大地上飘荡。

河流经过的许多城镇，居民们都闭户不出，用草纸塞住门缝窗缝，可那臭气还是像细蛇一样游进来。许多人家熏起了艾草驱赶异味，可是也没多少效果。在上海的外国人讲究得多了，他们出行都戴上了口罩，并用棉花蘸石炭酸蒙住口鼻。但饶是如此，也无甚大用，这年夏天在上海的外国人死亡人数，是有史以来最多的。

这一期间，在这块死气沉沉的狭长地带上唯一一支还在不断活动的军队就是华尔的常胜军。他们迅速从青浦惨败中缓过了气来，建制从原先的三个步兵团迅速扩充到了六个团（其中一个团为狙击团），外加攻城重炮队、野战炮队两个中队。部队装备也大为改良，步兵团配备滑膛毛瑟枪，狙击团配备更为先进的恩菲尔德来复枪。两个火炮中队共计配备二十四磅榴弹炮三门，十二磅过山炮十八门，三十二磅榴弹炮四门，八英寸口径大炮两门，还有火箭筒、炮若干。三百艘吃水较浅的平底战船之外，又新添螺旋桨型的铁甲汽轮三十二艘，这些汽轮一式都九丈长，二丈四尺宽，船首装有三十二磅重弹炮一门，船尾装有十二磅重弹炮一门，火力配备极强。华尔计划把这支军队扩充到二万五千名，他野狼一般的眼睛已经盯住了苏州。他自信已经没有谁可以钳制他了。

　　李鸿章终于跃跃欲试了，他曾在曾国藩帐下做了九年幕客，此时去掉虚衔、实授江苏巡抚，也算封疆大吏了，但恩师曾国藩衔钦命总督两江，他依然是下属。湘军攻下安庆后一口气都不歇，已进抵南京城下，日夜掘壕围攻，他堂堂一个江苏巡抚，怎么可以容忍江苏省会苏州还在太平军手里？

　　眼下当务之急是把太平军从上海周边地区驱逐出去，再徐图反攻，在前一点上，他与英法联军、与上海绅商支持的常胜军的目标是一致的。对于后者，他认为只要他们愿意服从指挥，他就可以"全神笼络之"，让这群凶残的野狼为他去冲杀。这是他在给曾师的信中言明的策略。

　　到上海这两个月，他看清了上海官商对待洋兵的两个态度，要么是"媚夷"，"失之过弱"，上海道吴煦、候补道杨坊、调任北京的前苏抚薛焕，都是如此。要么"失之过刚"，不懂笼络羁縻之道。他明确告诉曾师，鉴于上海夷场的复杂局势，他的方略是调剂于刚柔之间，对他们既笼络又控制。他提醒说，与其把常胜军看作抵挡太平军的一道藩篱，倒不如看作朝廷的一个潜在威胁，常胜军不比正规的联军部队，他们飞扬跋扈惯了，如果任其坐大，极可能酿成祸端，危及朝廷根本，必须伺机对其加以制抑。对此，他已经另有盘算，目下尚未发动，只是火候未到。

促使他决定在夏天用兵的，另有一事。不久前，刚结束度假回到上海的帝国海关总税务司李泰国先生在英国领事和一个叫赫德的年轻人的陪同下拜访了他，李泰国操着一口纯熟的汉语（这不奇怪，此人十几岁就来中国了，他父亲就是首任驻福州领事），以一种帝国恩人的口气喜滋滋地对他说，这次回伦敦度假，还肩负着一个秘密使命，那就是受恭亲王之托，花巨资在英国购买一支最先进的舰队，现在这支由八艘火轮组成的舰队正在阿思本上校（此人在额尔金首次出使中国时曾任"狂暴"号船长）的率领下，从欧洲开往上海途中，船上还有在欧洲代朝廷招募的六百名船员。李泰国先生告诉他，这支舰队到了上海后，就将加入对太平军作战，直至肃清南方所有的太平军为止，这支舰队的军费开支，将由江海关收到的税银直接支付，至于这支舰队的指挥权，根据与阿思本上校签订的一份协议，将直接听命于皇帝本人，地方督抚如有什么指令，也必须通过皇帝来下达。

直觉告诉李鸿章，精明过人的恭亲王不会同意他们私下签订的这个荒唐协议，大清朝的中枢部门，还没有蠢笨到花钱买了鞭炮，却任由他人去燃放。对于李泰国说的舰队要来上海加入攻打太平军，他表示了礼节性的感谢，但还是明白指出，上海海域一带并无战事，主要战场都是在内陆的几个县，而且目下太平军节节败退，不需要谁施加压力，也可以短时间内把他们打趴下了。

上海已经有一群狼，够让他操心的了，现在如果从海上再来一群，怎生是好？从与李泰国的言谈中，他已经摸清了英国人的真实意图，那就是借此控制中国海军。他向客人建议，舰队不必在上海停留，直接开往天津，与恭亲王交接、洽谈即可。

李泰国受不了他的冷落，气呼呼地告辞了，倒是江海关的副税务司、那个叫赫德的年轻人自始至终执礼甚恭，令他大起好感。李泰国在上海停留了好长时间，据说与太平军方面也接洽过，想把这支舰队转手卖给太平天国，只是谈不拢价钱才作罢。待李泰国一行坐船前往天津，他一边密报总理衙门让他们提防李泰国的阴谋，一边就寻思着，趁曾国荃攻打南京、李秀成抽调大部主力回援的大好时机，应该肃清上海周边了。

对浦东一线，李鸿章并不太担心。李秀成回军苏州后，次子李容发与部将吴建瀛闹不和，吴建瀛索性率近万人马降了朝廷，拱手让出奉贤县城，还击退闻讯前来的吉庆元部，淮军乘势攻陷川沙，太平军在浦东已基本上起不到什么威胁了。

太平军在南线的兵力配备也不是太强。李鸿章调潘鼎新、刘铭传部进驻奉贤，原守奉贤的吴建瀛部降卒千余人进驻柘林，准备进攻金山卫。24 日，吴建瀛部进攻漕泾，摧毁太平军营垒三座，连夜追击至金山卫城外。太平军据城坚守，并招来浙江援军数千，李鸿章调常胜军千余人及李恒嵩部来援，淮军及吴建瀛部自漕泾沿海塘攻东北路，华尔、李恒嵩由张堰攻西南路。7 月 10 日，淮军自漕泾进至南沙，距金山卫仅十五里。

太平军出城二里，跨海塘设阵地，凭险固守，清军凫水夹攻，没什么进展，增兵再攻，太平军丢弃阵地退入城中。清军猛烈攻城，都不能得手，16 日，华尔部投入进攻，以洋炮猛轰卫城，守军抵挡不住，退入浙江境内。

南线一经得手，东、南两路已无威胁，李鸿章遂把目光移向西线的青浦和嘉定。

这是 1860 年秋天以来，双方对青浦的第五次争夺，这个弹丸小城一时成了绞肉机。李鸿章派其弟李鹤章督战，令程学启率"开"字营攻西、北门，滕嗣武率"林"字营攻东门，常胜军攻南门。

8月8日，常胜军由松江趋广富林，扎营过夜。第二天，他们到达青浦近郊，华尔指挥"海生"号舰长用大炮摧毁了南门外所有栅栏，轰倒城垛多处。这支整训后的炮队由意大利人萨托尼上校指挥，火力强度、精确度都今非昔比。法尔思德伤病尚未恢复，用轿子抬着参加（或者说观摩）了本次战斗，因他对此城地形熟悉，被支派去协助萨托尼上校实行炮火打击。

9日夜间，华尔下令把大炮安放在逼近城墙的地方，下令步兵掘壕沟，但前几天刚下过雨，泥土浸透了水，非常潮湿。壕沟挖过了膝头一点，沟中就灌满了水，只得放弃掘壕。华尔下令士兵从附近被毁的村庄搬运碎石，盖以沙包，用以构筑工事。这一夜，"开"字营、"林"字营分扑东、北两门，不能得手，太平军于拂晓出城反击，也被击回城里。

10日黎明，萨托尼上校指挥炮兵，对着青浦南门城墙整整轰击了两个多小时。青浦这座小城痉挛了，每一条街巷都在因阵痛而间歇性收缩，同时伴随着猛烈的爆炸声和扑面而来的气浪。此城在太平军占领期间，城墙加高到四丈，除城头上筑有六尺高花岗石块砌的胸墙外，城墙后面也用大块花岗石予以加固，常胜军炮轰虽然厉害，但也不易把它削去。萨托尼的炮打得准确，他先用轻炮在城墙上掘成一个圆形沟槽，当这沟槽有五尺左右深时，便对准中心用重炮把它轰掉。

炮火轰塌南门附近城墙十余丈后，华尔手挥藤杖发动冲锋。但初次冲锋即被击退，在太平军从城头放射下来的猛烈火力下，冲在最前面的几百名马尼拉兵溃退了，把便桥丢弃在了护城河边。

华尔的侍卫队长马考奈亚重整他的敢死队，军官们冒着城头上短枪和抬枪的火力，把便桥架设好。马尼拉人哇哇叫着发动第二波进攻。这次他们成功了。马考奈亚第一个冲入城内，获得了五百两纹银的奖金。先前炮火轰击的碎石飞出落在壕堑内把它部分填平，使进攻部队容易得多，他们只用几分钟就在护城河上用竹梯架设了便桥。来复枪队把胸墙后面的守兵全给消灭了。

常胜军、淮军蜂拥而入，洋枪队有三个步兵团从城墙缺口冲入，太平军只顶了十分钟就全线溃退。由于李鹤章把青浦城墙都围得结结实实，除了少量守兵从西、北两门夺路而出，大多战死或被俘。

这一战，华尔的常胜军也伤亡惨重，包括萨托尼上校在内的十五名军官阵亡，士兵死二百，伤五百多。虽知李鸿章故意让常胜军充当炮灰，华尔也是敢怒不敢言。

李恒嵩在战前已被李鸿章撤职，程学启接手了青浦防务。忠王此刻在苏州做回援天京准备，分身无术，只得从昆山、苏州、嘉兴等处抽调部分兵力，令谭绍光反攻青浦，以保障苏福省后路安全。

谭绍光提兵杀到，进攻青浦北门，被赶到增援的江南水师提督黄翼升的炮船击退。20 日，谭绍光催调太仓守将蔡元隆部来援，绕过青浦，攻打北新泾。23 日，李鸿章调降将刘玉林往援，刘玉林战死。谭绍光进占法华镇、静安寺，再次进逼至上海县城十余里处。此时清军主力都在外，上海城中仅三千余人。李鸿章急调浦东潘鼎新、刘铭传部和松江华尔常胜军回援，又命李鹤章、程学启自青浦进攻泗泾、七宝两地，以扰太平军后路。27 日，双方在七宝、北新泾、虹桥一带激战，太平军不利，退往吴淞江北岸，被清将黄翼升水师截击，伤亡惨重，北岸七座要垒被摧毁。28 日，谭绍光再次发动进攻，被淮军刘铭传部在法国炮队配合下击败于野鸡墩。次日，谭放弃南翔，退回嘉定，自此再无力进逼上海城。

失去青浦，标志着太平军势力从整片三角洲地区撤退的开始。上海周边百里，只留嘉定还在太平军手里。李鸿章准备拿下苏州然后进攻南京的计划，眼看着就要实现了。

5. 变味的革命

就像下一盘棋，你杀过来我杀过去，到盛夏，太平军占领的上海周边城镇又全都陷落了。虽有我方小股部队在河滨村舍间出没，但只是小股骚扰，失去了战略意义。在淮军强大的防御体系下，忠王到黄浦江边的法式洋楼喝咖啡的计划终成泡影。不止如此，大军一回撤，整个苏福省都危急了，处于湘军围攻之下的天京更是火急火燎。刚回到苏州的忠王脸色蜡黄，每日长吁短叹，他的胃不好，一动气就不住呃气。

终于，各方军队集结完毕，他要领兵前去天京解围了。我也早早准备好了行装，随时准备动身。但行前一晚，忠王召见了我和林德利，告知我们不必跟他去天京了。

听他的口气，对集结在天京城下的曾国荃的四万人马似乎不怎么放在眼里。在他看来，天京城墙高固，又经历过两次江南大营的围困，各种防御设施齐全，待他提兵杀到，内外夹击，湘军必得退兵。让他念念不忘的还是上海。以他的禀性，这次遇上李鸿章这个劲敌，定要好好再战上几场，非分出个胜负来不可。天王催得如此急促，在他看来实在太过小题大做，不可不当回事，也不必太认真。

忠王说，他让我和林德利不去天京，是另有安排。此前几次与敌争战，尤其与英法联军、华尔的洋枪队接战，我方都是吃了重型火器不够的亏。看洋兵攻城，不管三七二十一，先拉出火炮滥轰一通，不光气势慑人，也确实奏效，我方虽有几门火炮，却从来没有拿它们做开路先锋的习惯，是以折损了不少兄弟。忠王的意思是，让我们俩去上海招募一些懂火炮的洋兄弟，带到宁波去，帮助在那里的几支太平军部队攻打宁波城。以目下形势而论，淮军在上海已经坐大，再取上海已不可能，只有把不久前被清兵夺走的宁波再度夺回来，保住了这个唯一的出海港口，天国就不会完，我们在那里可以与洋人做生意，把丝茶卖给他们，再买他们的军火，退一万步说，如若天京有失，我们也可以护送天王从宁波港出海，组建海外军团再伺机反噬。

"这是您的最后一步棋吗？"林德利问。

忠王默然了好一会，说："我主不问政事，只是教臣认实天情，自有升平之局，可是他说的天情在哪儿呢？"

这话我们回答不了。或许忠王根本不要我们回答，他只是在自言自问。但听得出来，他对局势确实是非常悲观。

林德利说他想不去上海，他要随忠王回天京。他说天京城下必有一仗恶战，他愿意带着火炮营襄助忠王一臂之力。忠王虽不以为意，但看他态度坚决，也就同意了。

告辞出来，我问林德利为何不想同去上海。林德利说，这次出来之前，玛丽就怀孕了，他想趁大军回援的机会赶回去看看。

我恭喜了他，打趣说，要不了多久，就会有个金发碧眼的小子叫我叔叔了。

"实话跟你说吧，刚才听了忠王的安排，我有一种很不好的预感。"

"天京遇险也不是一回两回了，这么多年，总是周而复始重复着被困、解围、再被困，放心吧，不会有事的，你们此去，湘军必作鸟兽散。"我安慰他。

"今非昔比了，湘军新胜，从上游扑来，势如排山，李鸿章巡抚的淮军，算是湘军的私生子也罢，嫡亲兄弟也罢，作战凶悍不输湘军，再加他们到了上海后换了大量新装备，更是如虎添翼，若曾、李两家上下夹击，南京就算一时解了围，到最后还是守不住的。"

我觉得天国的前景不应该如此灰暗，却一时找不到合适的理由反驳他，说出来的话自己也觉得有些假大空："我认为世界必定大同，等到驱逐了满妖，洋人只得与我交好，小天堂一定会实现。"

"我记得以前跟你说过，我是抱着看一看革命中的中国的念头来这里的，我一直对你们这个被欺侮和伤害的民族有着深切的同情，来到这里我也确实看到了太平军士兵们作战是多么勇敢，看到了你们烧孔庙、拆祠堂，不断扫除偶像崇拜的努力，我一直以为，建立唯一的真神耶稣崇拜是太平天国的目标，但我现在发现，这场革命有些变味了，我怀疑在帮助的，到底是天国，还是一个邪教？"

"你是说……"

"我是说，原来那个真神根本不是耶稣，而是一个经常要发神经病的独裁者，我们打碎了许多小偶像，又建起了一个更大的偶像去崇拜，到头来全是白忙活。刚才忠王说，我主不问政事，只是教臣认实天情，自有升平之局，我相信他也和我一样震惊和迷惑。"

林德利说，等天京解了围，他就要带着玛丽回英国去了。这话让我大起伤感，就好像这一别再也见不着了一样。他看出了我的怏怏，安慰我说："即使我回了国，我的心还是牵挂着这片正在经受血与火洗礼的土地，牵挂着曾经朝夕相处的你们，我已经想好了，回去后我就写书，把在这里发生的惊人的革命写成一部完整的历史，把英国人、法国人、所有以文明人自许的欧洲各国对别国内政的粗暴干涉写进去，把太平军的勇敢、高尚和无畏写进去，我相信蔓延的战火一定会烧毁帝国这辆旧马车，基督会成为这片土地唯一的真神。"

林德利把美领馆旁边玛丽姑妈家的房子钥匙给了我，叮嘱我到了上海后可以住在那里。他还给了我一些地址，告诉我在哪些地方可以找他以前在军队中的朋友。按照忠王的指示，我还在军需处领了一笔饷银，这些钱除了预支军官们的薪水，还准备向洋商采购一些军火。

到了上海，我熟门熟路找到了黄浦江边玛丽姑妈的房子。那家人前往广州后，又回来过一次处理房产，把这房子卖了，这里新搬入的已是一个旗昌洋行的买办，我只得另找住处。考虑到找林德利介绍的那些水手和退役洋军官方便，我住的是租界区的一家客栈。客栈不大，已有许多住户，但房间看上去还整洁。店老板是个宁波人，长着一张看上去很和善的团团脸，自称是去年底"发贼"围城随着难民潮逃入租界的，用老家卖田的银子盘下了这家客栈。

住了约一个星期，照着林德利给我的地址图见了一些洋朋友，大多是商船水手，还有几个是皇家海军退役军官。他们对加入官军或是太平军倒无所谓，关心的主要还是可以到手多少薪金。他们说，如果钱太少的话，不如去松江投洋枪队呢。还有几个一听说去宁波就没了兴趣，因为那里没有酒吧、弹子房、跑马场，只有一个小小的外国人居住区，连个社交舞会都开不起来。最后有三个退役水兵谈妥了薪金，答应和我一同去宁波。

这一期间，通过一个从前的买办朋友，我还搭上了一个英国军火商的线，订购了三百支洋枪，每支三十两银子，预付了一半订金。因这批军火还在从欧洲运来的途中，我要等待这批枪到了再动身。

不知怎么的，我订购洋枪的消息传了出去，好多买办、洋商，还有领事馆的翻译都来找我谈军火买卖。他们都说我那三十两银子的价格是被狠狠斩了一刀，照目前市面行情，每支枪出价二十二两银子足够。尽管他们都没有搞清我的背景是什么，有人认定我是巡抚衙门专门负责采购军需的，也有人认为我是南京方面的，但都认定我通过这桩买卖赚取了一笔不大不小的回扣，而且更大的买卖还在后头。常常我坐在酒吧里约人谈着事，就会有人过来神秘兮兮地过来问我要不要枪，说他能搞到最新的德国造。还有来约我喝茶、吃花酒的。这些邀请来路不明，暗藏玄机，我都一概回绝了。

我想我是吃了暗亏了，找到牵线这笔交易的买办朋友，让他安排与英国军火商会面，要求重新商谈价钱。那家伙总是找借口不让我见他的上线，逼急了才告诉我说，每支枪他加上了五两银子的回扣。整整黑了我一千五百两啊！我气不打一处来，揪着他就要揍。这家伙告饶说愿意吐出一半来分给我。

这钱我如果装到自己兜里去，良心会一辈子不得安宁，我让他用我名下的七百五十两又加了三十支枪。这件事给我的一个教训是，这洋场界上，所有人想捞钱都想疯了，没有一个可以相信。

随着交货时间的临近，我最担心的是怎样把这批军火带到宁波去。我最先想到的是装扮成一个丝茶商人，包一只船出苏州河，转道杭州去宁波，但这条路线太平光景里尚可，时下风险太多，一是嘉兴已经落入清军之手，途中难保不盘查，二是运河漕帮自朝廷开办海运后断了生路，抢劫沿途客商成了家常便饭，第三，即使闯过前两关到了杭州，此城正遭浙抚左宗棠围攻，还是走不了。只有一个办法了，那就是从海路走，坐招商局的小火轮，从乍浦渡过杭州湾直接进入宁波地界。

拿定了主意，这天我先去招商局打听去宁波的发船日期，随后跟三个愿意跟我去宁波的洋朋友商定了碰头地点。办妥了事，回到客栈已是傍晚时分。店老板一见我就说，刚才有个长得矮矮胖胖的小老头来找你，见你好久不回，留下一封信就走了。我拆开信一看，一页娟秀的字体，只寥寥几行，是邀我到英国领事馆一叙，落款是长洲兰卿。是他！墨海书馆的王瀚。我一下回想起了去年春天与他在盛莫镇上的偶遇。巡抚衙门不是到处缉拿他吗？他怎么还在上海，又约我到英领馆碰头？

从客栈出来，穿过三条马路就到了黄浦江边的美领馆。门口站着两个荷枪实弹的警卫，进去通报了一会，就见王瀚急步迎了出来。一见我，先不说什么，一把拉住我手臂就往里走。

"我知道你有好多话要问我，进去再说吧。"

那紧张不安状，跟去年在盛莫镇时的一身名士派头已不可同日而语。看来，那封被缴获的书信带给他的厄运还没有结束，东躲西藏的滋味不好受。

王瀚住的是英领馆内一幢灰色洋房的二楼，踏着木楼梯上去，开了门，就见窗边转过一个熟悉的人影儿，虽然逆光看去辨不清面目，但我一下就认出了是小桂铃。

她施施然见过一礼，奉上两盏茶，就飘进了内室。王瀚见我吃惊的模样，笑笑说："没错，就是她，林琳，小字泠泠，我一出事，也就她愿意收拾盘缠跟了我走。我这人平生三病，不管到了何处，都不可无酒、无烟、无女人，照你们天国的规矩，杀十回头都够了。"

"看到先生留书给我，我巴巴地就赶了过来，只是有一事不解，我到上海无人知晓，何以先生一下就找着了我。"

王瀚哈哈大笑："你又是招洋兵，又是买军火，只怕这洋场地面上不知道你到的没几个人了！"

我情知他是故意取笑，却也惊出一身冷汗，这些日子委实也太不小心了，万一被清廷耳目侦知行踪逮了去，岂不有负忠王重托？

他很快发觉了我的不安，说："算我多嘴吧，你也别太在意，这几个月我担着通贼的罪名，像兔子一样东躲西藏，神经绷得紧紧的，每听楼下落叶声，也都訇然作响呢。"

"飞花落叶，都是须弥道场，先生这是禅宗至高境，我怎么能及？"

"你少寒碜我，我年幼时每晚都能梦见浮屠佛像，魂能够自动从丹田出入，十多岁后就不行了，眼下我如丧家之犬惶惶不可终日，有这样坐禅的吗？隐姓埋名，每日谈鬼说狐，写《淞隐漫录》，打发这囚犯般的苦日子罢了！"

"先生现为何名？"

"我已改瀚矣，原字兰卿，也改作懒今，一字子潜。"

见他襟前缀有一片白麻布，我正要出语相问，他先说："是家母受不了这担惊受怕的日子，前些天刚故去了。要不是有孝在身，我早就领着你去五马路那边的长三堂子了，哪里还让你来这鬼地方！"

我嗫嚅道："真是不幸，万望节哀。"

他摆摆手："早死早超脱。像我们这样，明知无望，还要在红尘俗世中扑腾，那才是大不幸。朝廷索我甚急，这英领馆也不是久待之地，过些天我就要坐船去香港了，偶然一个机会得知你来上海，故特相邀，也算故人最后一叙。"

"我看了张榜，说先生通贼，有一封呈送忠王的信落在了清妖手里，那么确有其事？"

"这事对外界我是一直不承认的，刚回上海时我还致书道台衙门为自己辩诬，说去岁返苏州城外长洲，只因老母病重前往探望，见太平天国苏福省许多官员，都是旧时相识，于是密相结纳，说以反正，殊不料竟被不明真相的当事者疑为通贼。唉，他们就是不信，我托墨海书馆馆主慕维廉前去与吴煦道台交涉，可恨那吴煦，早年办团练时也算是旧识，这个反复无常、失信无耻的小人，竟耍两面手法，一面书面保证不害我性命，另一面，当得知我潜回上海的消息后即派兵前往书馆抓捕。关键时刻，幸有英国领事麦华佗，墨海书馆前馆主麦都思的儿子出面保我，把我从墨海书馆接到英国领事馆避难。小老弟既然问起，我就明人不说暗话了，那封化名黄畹写给忠王的信，确是出自我之手。"

"先生信中到底所言何事，竟使官府如此大动干戈？"

"这话就要从我们分手后说起了。去年春天，归家探视了家母后，我就依约与艾约瑟神父来到南京，天国第二号人物干王洪仁玕接见了我们。我和干王早年相识于墨海书馆，一起研读过圣经，虽然后来少有往来，但他还记得我，相谈甚洽。南京那种古怪地融合着孔教、基督教义的新政权也给我留下了不错的印象，我似乎看到，如果站在这一边，赢得权位和利禄的机会或许更大些。你应该知道，我来到上海已经十三四个年头了，谋食西舍、贱等赁春的滋味真不是好受的，先前我还梦想着通过投书献策来获得拔擢，给历任苏松太道上书献策，如何平贼乱、平戎祸，代画方略，主意出了一大堆，还走好友李善兰的路子给江苏巡抚徐有壬投过书，陈述我对时局的看法和挽救方略，可这些上书的意见眼看着一条条都在施行，我却还是找不到一条晋升之路，只是一个小小的团练局董事！老民我虽无功名在身，然十八岁就以第一名入县学，被誉为文有奇气，这些年又略窥西洋象纬、舆图之学，不说学富五车，家国之怀未尝一日敢忘，眼看着时事日艰，老民蒿目伤心，无可下手，每当酒酣耳热，抵掌雄谈，往往声震四壁，或慷慨悲歌泣下数行，不知者笑我狂态萌发，又有谁知道我心苦！

　　"在南京的那几天，我突然发现，我的人生如果用别样的方式展开，也可以很精彩，那时的我，正如站在一个四周布满门洞的迷宫中央，我看不清门洞后面的东西，也不知道它们到底是通向天堂还是地狱，权衡得失后，我决定让我的人生在这里转个大弯。这权力场也如同欢场一般，与朝廷好不成，也用不着一棵树上吊死，我就与太平天国好，说不定在这里可以建一番功业呢。可真拿定了主意要实施了，我又犯了难，南京城里禁酒、禁烟，还禁女色，谁家藏有一套烟具都要重加责罚，我要是真在天朝为官了，这苦日子怎么受得了！

　　"于是我想到了忠王，我观此人军中威望，与出走前的翼王不相上下，论谋略，或有过之，在太平天国算得上一个大柱式的人物，一个贤才，于是我想好了，先出奇策投忠王所好，取得他的信任，在他军中先谋得一个进身之阶。其时忠王正在苏州做进军上海的准备，于是我找了个借口离开南京，前去苏州投他，但当我到了苏州，忠王却又到了南京，待我又想去南京找他，家母病情加重了，又听闻苏沪一带即将开战，我就仓促写下一信，陈述了我对夺取上海的方略，我相信忠王只要依计而行，上海必定唾手可得，哪会像现在这样三番两次都攻不下来！果然，战火不久就在苏沪之间烧了起来，眼看着与忠王暂时无缘得见，我就把这封信交给了早年的一个旧友，苏福省的民政官刘肇钧，请他务必代转至忠王。

"信中我告知忠王，应着眼于长远之计，与洋人修好，推翻满清以图中原必得要有洋人的支持才成。至于上海一城，实在用不着匆忙去占，英、法志在通商，仅知自守，并非欲与太平军相敌，对之宁和勿战，应移文英、法，定上海为通商境界，不得容留清兵。先取长江下游各地，设关征税，再溯江而上，规复安庆、九江、汉口，联络石达开，尽收黄河以南，然后封锁上海，待其内变，到时，'明告而严讨之，阳舍而阴攻之，徐以图之，缓以困之'，则上海必将为我所有。

"今年 4 月，眼看着忠王前锋进至王家寺、七宝一线，连营数里，我是既喜且忧，喜的是此去上海不远，进展顺利的话上海旦夕可下，忧的是此举必将大大激怒上海城里的英法联军。果然，英国海军司令、法国海军司令，再加上会防局赞助的洋枪队，全都反扑过来，王家寺很快失守。当时听闻刘肇钧部守王家寺大本营，我心里就咯噔一下，我一下子就想到了托他转交的那封信，会不会还在他手上没交出去。唉，这个草包，领兵打仗果然不行，洋炮一轰，他就兵败如溃堤，把他的指挥所，连同我那封信，全都留给了清军……"

这一番曲折，听王韬一一道来，直听得我悚然心惊。后来发生的事，从邸报和张榜公布的通缉令中，我也约略知晓，这封信先是送到了巡抚薛焕那里，薛焕阅之失色，直喊庆幸，幸亏李秀成没有照此而行，否则东南战局必将改观。再送到李鸿章那里，李认为其书"颇得贼与西人交接之情"，为防贻害，此人必须缉捕归案。

"当时要是先生不去南京，直接随我去见忠王，或把信件托我转交，也就没有这么多波折了。"

"唉，再说无益，也是老民命里该有此劫吧。"

我劝他和我一起去宁波，待攻下此城，忠王必有大用。王韬眼里似有火苗闪现，不一会，那火熄灭了。

"时不我待，大势已去，遭此忧患，老民已精气消亡，才华零腐，武不能上马杀贼、下马草檄，文不能雕琢文字、刻画金石，徒为圣朝之弃物、盛世之废民而已，就别让我这个废物出来献丑了吧。"

"先生说大势已移，敢问这势是什么？"

王韬侃侃而谈："大势运焉，利如破竹，逆势而动，沦亡在即，我说的势，其中心就一个夷字。国初争夷夏之辨，雍正帝还把他与一个叫曾静的乡下学究的辩论编成《大义觉迷录》刊印，让天下士子诵读，因为那时夷是异族，华夏方为正统。本朝历两百余年，此夷已非彼夷，现在是谁得夷人之助，谁就能坐稳天下，是以开埠之后，朝廷一次次与夷人缔结条约，让利于洋人。待到洪杨兵起，一路打到南京，那时洋人先持观望态度，后因广州亚罗号事件，他们一怒之下占了大沽炮台，要到京城换约，直闹到咸丰帝驾崩，重新结了和约，洋人的态度才由观望一转身变为助清。都说洋人重利，他们掂量的就是谁能保证许诺给的好处不落空，掂量来掂量去，他们最后信得过的还是朝廷。

两年前忠王欲取上海时，洋人还是中立态度，现在他们的屁股整个儿坐到了清廷那儿，胜负之势，其实已不用我多说什么了。"

"那么依先生之见，天京还守不守得住？"

"不出三年，危巢必覆。"

说出此话，王韬如老僧入定般，久久不动。我也心下黯然，只恐此去宁波，也是劳而无功，只后悔当时答应忠王过于急切了些，还是前去天京，死生都是壮阔的。

"老民妄言，你也不必过于灰心，或许事在人为，一切都在未知。"

"曾、李两家，都在虎视眈眈，谁得手的把握更大些？"

"曾国荃志在必得，湘军又挟上游胜势，把握最大，李少荃的淮军虽从湘军分蘖而出，火器、阵法更有胜之，亦有实力得之，但顾念李少荃为人，他还要给他老师留一点情面，所以淮军即便横扫苏省，也不会贸然进兵至南京。"

我冷笑："照先生这么推测，太平盛世怕是很快就要到来了！"

"不要动气，不要动气！你我纸上谈兵，如同弈棋，得一子失一子都不要太在意，你说是盛世，我说是乱象之始！"

我也发觉自己失态了，歉意一笑。

"二十年前，洋人刚来中国，满朝都惊呼为三千年未遇之大变局，在我看来，那时谈变局还为时过早，洋人带来的不过是一些新鲜物事，引发一些外在变化，但未动根本，眼下才是变局之始，曾国藩以一在籍侍郎，致今日之势，拥兵数十万，权倾东南，本朝何曾有过这样的先例？雄心勃勃的不只曾氏兄弟，沪上李鸿章、杭州左宗棠，也皆一时枭雄，从今往后，地方坐大，中枢日拙，你说这难道不是乱象？"

烛火噼剥跳动，黄浦江的水汽涌入窗里，显出了初秋夜的丝丝凉意，王韬咳了几声，没抑住，咳得愈发大声，脸涨得通红，整个身子在座位上像只虾一样弓了起来。

内室的小桂铃闻声而出，又拿湿脸的毛巾，又替他捶背，忙活了一阵，王韬终于止住了猛咳，歉意地向我一笑："我且旦夕待死，日后怕是要在药炉火边做生活了。"

我见小桂铃已进去，就劝他："先生累年奔波，此番又要渡海南去，也须戒绝烟酒了，另外，也要续个弦来照顾自己了。"

"此去香海，有她相陪，生活应无大碍。"王韬脸色已回复平常，但语气显得乏力许多，"老民回想此生种种不幸，早岁丧父，十年前丧妻，上月丧母，有兄三人，俱以痘殇，有弟一人，读书未成名而卒，膝下无子，两个女儿，一个出嫁后不久死了，还有一个，生下来就是个哑巴。想我昆山王氏，也算名门巨族，自明末来，七叶相承，五代单传，现在王家这根藤上只剩下我这颗老瓜了，侧身天地，形影相吊，命运对我实在是太刻酷了！我不是生来就好酒、好阿芙蓉、好妇人，只是从中求个安慰罢了。

"我父母死，我不能与之俱死，饮食衣服如故，游戏征逐如故，我妻死，我不能为之不娶，琴瑟好合如故，闺房宴笑如故。而茫茫万劫，永无相见之期，悠悠经年，并无入梦之夕，佛氏谓人深于情者可结再生缘，也不过是一大谎言，人生一世就是一篇大谎言，我被我的功名之心给坑了。"

见他心灰意冷如此，我一时不知如何出言安慰。

"是的，我很怕死，我知道落到官府手里就死定了，所以我不惜借英人之力要出逃香海。我也知道，人活着，就是一团气流，人生则气聚，死则气散，既死后之有无，不得而知，我现在见人死则幸我之尚生，而又惧我之必死，这种心情你懂吗？"

里间响起了轻轻的抽泣声，是小桂铃的哭声。

王韬起身唰一下拉开窗，江风浩荡，一下灌满了整个屋子，远处船上的几粒灯火映在江面上，鬼火一样闪动。

"座中泣下谁最多，江州司马青衫湿。白乐天浔阳江头此句，是悲妇人，更是悲自己啊！"

第六章

危巢

梅：

半年前寄你一牙牌，上镌"切勿相忘"四字，那时就已决意把你从我的生命里抠出去。这么多年，爱你如同爱生命，你就像山岩上的花树，细密的根须扎进了我躯体的每一处罅缝里，生生要把你硬抠下来，那疼痛真有如万箭穿心。但没有办法，上天注定你不是我的女人，我也不是陪你到老的那个男人，打碎骨头连着肉，眼泪和血都只能往肚里吞。

但我还是抑制不住地思念你，思念你是我的宿命！这半年跟随大军遍历苏宁沪，不管到了哪里，我总是习惯性地搜索华尔和洋枪队的消息，打听对面的敌营有没有他的部队参战。我牵念的是你啊，就好像童年的夜晚躺在村场的草堆上，我总试图要从浩瀚的星空中辨认出牛郎织女星，我不放过有关你的一点信息。前月忠王决定回撤苏州前，我们与清妖在虹桥、泗泾激战，俘获了洋枪队的几个军官，我自告奋勇去审问一个下士。那是个中国兵，一个养蚕的农民家的孩子，冲着洋枪队的薪饷高投了军。我对他并无深仇，但那天审问中竟然一刀把他给劈了。唉，罪孽啊。

那下士说驻扎松江城的时候，在沈家湾的华公馆见过你，说你是一个漂亮贤惠的女人。公馆里佣仆很多，还有卫兵轮值，华尔动辄打骂他们，而你对他们特别和气。他还告诉我说，华尔每次出征前，有一个秘不示人的习惯，要把自己的妻子关在屋子里剥去衣衫，绑在凳子上，用马鞭狠命抽，直到浑身见血才停止抽打。据说，那个美国佬老家那边的水手出海前都要这样揍女人，寓意着出门大吉，非常灵验。卫队里有许多人都听到过女人受鞭打时嘶哑的哭喊声。听到这里我的头就嗡地一下大了。我好像看见了那个嗜血的魔鬼，举着马鞭，张牙舞爪地一次次扑向你。那下士还在说，打得最狠的一次，足足打了半个时辰，抽断了两根马鞭，那中国妻子眼见得奄奄一息了，却浑身上下红肿着，没一处见血，最后华尔拔出佩剑去割，方血流如注。我一脚把那下士踢翻，痛苦地抱住了头，大喊，不要说了！他站起来的时候抹了一下嘴角的血，似是不解的模样，古怪地向我咧嘴笑了一下。或许他这样笑是向我讨好，但我当时全然顾不得了，只觉得这笑容说不出的狰狞和邪恶，我疯一般拔出腰刀，兜头劈下，那下士偏身闪避，刀嵌进他的脖子，满屋子血沫喷洒。这是我第一次这么近地看见由我亲手制造的死亡，我扶着墙，没命地干呕起来。

我安葬了那个遭罪的下士。他只是一个蚕农的儿子，为了多挣几个银圆，冒冒失失地闯进了这场战争。他本没有义务来承接我喷射的怒火（我的怒火应该烧向那个嗜血的恶魔）。我向着坟堆恭恭敬敬叩了几个头，请他答应我天大的账到了那边再一起算，在我打死华尔之前，央告阎罗不要勾走我的小命。就从那天起，我又重新拾起了那把枪，给枪管上好油，把每一粒子弹擦得锃亮。它开始变得像我一样饥渴。

现在是同治元年，依太平律是天国十二年，我是在我们的家乡，宁波府城北面山上的一处营房给你写信。上月底我渡海来到这里，跟宝天义黄呈忠、进天义范汝增的太平军会合，按照忠王定下的策略，我们将在这月中旬两路夹击宁波，把这座被清妖夺去的城市重新夺回来。我想好了，等打下了宁波，我就把你从松江接回来，把你安顿在郁家巷的杨家老屋里。我恨你爹爹，他的不负责任把你推入了火坑，我也恨我自己，没能很好地保护你，你满是创伤的身心需要家乡的水去洗濯，去抚慰。老屋久无人住，檐上的瓦松也一定更加郁郁葱葱了。对别人来说，诛尽满妖才会实现天堂梦，对我来说，与你在一起就是天堂。

陈小羊

1. 阿巴克

招商局的小火轮突突地冒着黑烟，从乍浦出发，载着我们渡过杭州湾，尔后，顺着江水回潮，船沿南岸驶向镇海城。天刚刚破晓，船驶入甬江，远处岛屿参差的轮廓和镇海的海岬披上了一层温暖的晨光。成群结队的渔船扬起了风帆，向着内河方向，一大队满载货物的大木排和平底船正吃力地溯江而上。江边一排排连绵不断的冰屋，据说里面贮存的冰块用于给鱼保鲜，也供城里的外国人冰镇葡萄酒用。

我们在离城还有十里的一处河湾卸货下船，黄呈忠派出的一支太平军小分队接应上了我们，一百余支洋枪分几匹马驮运，走乡间小路向着慈溪方向行去。远处淡青色的冈峦柔和起伏，平畴间，由绿转黄的晚稻正在扬花，见惯了上海四郊杀场般的萧瑟，这里的田园风光令人陶醉。

自今年5月宁波城被清妖重新夺去，黄呈忠部就分驻府城北面的余姚、慈溪，另一支太平军由进天义范汝增率领驻扎在南边的奉化。两部都在积极谋划光复该城,但忌惮守城的前海盗、游击将军布兴有的广济军凶悍无比，再加上英国皇家海军丢乐德克的舰艇炮火凶猛，几个月来他们都没有大的动作。

去年冬天，太平军不伤一兵一卒就拿下了宁波城，只是不到半年就又拱手让出，提及今年5月的那次兵败，黄呈忠就目眦尽张，痛心疾首。他脸孔黧黑，个子精干，眼睛有些斜视，要不是缠着黄头巾，看上去就像个精明的小商贩。

"要不是洋人的火炮厉害，十个阿巴克我也不会输给他！"，他说的那个阿巴克，就是朝廷招安的前海盗布兴有。

去年 10 月，忠王自江西玉山入浙境后，即与李世贤部会合，攻下金华，尔后，兵分五路，直指杭嘉湖和宁波、温州，进兵宁波的，即李世贤部的黄呈忠和范汝增。皇家海军司令何伯对宁波的防务一直没有放松过，此前数次训示"遭遇号"舰长丢乐德克，严防太平军占领该城。还特发照会给驻扎在乍浦的太平军，连蒙带吓道："鉴于攻占宁波将严重损害英国及其他外国人之间的贸易，特请求阁下勿进入距该城两日行程之地区内，如发生武装冲突，去岁上海事件，阁下等定然记忆犹新。"丢乐德克按照何伯的指示，向清军提供重炮十二门，架置城上，英国公使卜鲁斯也照会总理衙门，敦促从速布置宁波防御。

宁波城墙长达十余里，全系砖石砌就，平均高约三丈五尺，顶上宽度也足够四马并驱。护城河水系甬江水灌注，最宽处达三十丈。从陆路进击，也只有北门外一条窄道，且筑有栅栏、深沟等防御工事，再加城之东南和东北有甬江这道天然屏障，可谓易守难攻。饶是如此，满城也是风雨欲来前的恐慌，四乡民众如无头苍蝇般奋涌入城，城中居民拖儿带女自东土门、盐仓门出城逃难，城中街衢时见拥堵，一片末日来临般的混乱。

城中基督堂的副主教慕雅德曾这般描述城中乱象："风景之美，没有能超过那些秋高气爽的十月时令，平原上深黄色的晚稻穗子一望无际，远地的冈峦起伏，气象万千，点缀着深秋花木，景色宜人，但是最凄惨不过的是，人心惴惴不安，山雨欲来风满楼之势。我们每到一村，老百姓都要问这类问题，渴望得到回答：'长毛真的要来了吗？''可怕吗？''我们要逃吗？'"

护城河里经常出现断头的尸体，官府说是抓捕到的明正典刑的长毛密探。同驻城中的宁绍台道张景渠和知府林钧联合发布安民告示，说有新式洋炮护城，可保无虞，但还没等他们计议停当，太平军就如潮水般涌到了。先是西北方向浓烟四起，逃来的难民说余姚已陷落，一夜烧毁三千间房屋，姚江水半夜彻红，再是南边奉化方向也是烟尘斗乱，像是有大群马队冲到。令守军始料不及的是，太平军不直走宁波，同时以三路包抄杀到，黄呈忠部经上虞、余姚、慈溪为北路，范汝增部为南路，另一路攻占镇海沿甬江西进。

驻在城中的浙江提督陈世章和宁绍台道张景渠急令和义门和东土门外居民撤回城内，烧毁城门外所有房屋店铺，以防进攻部队以此作为掩护。在皇家海军士兵指点下，守城清军在城头匆忙安装调试火炮，并竖起木制的起重机塔，准备向攻城部队投掷石块和带铁钉的木块。站在城头，不用望远镜也可以清晰地看到太平军马队踊跃，但接下来的一个星期却围而不打，只是遣人送入黄、范两位主将致各国领事的书信，承诺将保护外国侨民的生命财产，不准助清妖作战。

"大军将入宁波，誓克此城，以为四民安居乐业之所"，"如各贵国人民有违命潜助满妖者，亦望贵领事查禁，彼此同守信约，同敦睦谊，所深望也"。

12月9日，限定的七日期限已到，清晨时分，日光未露，紫蓝色的烟雾中，城外山廓的线条渐次分明，太平军发动攻城。城头上的清军摇旗呐喊，击鼓鸣锣，炮手瞄准开炮，但只闻响声隆隆，烟雾弥漫，那些炮弹因个儿太小，不合洋炮尺寸，火药爆炸后铁球都从炮口滚出，落入护城河或城外的空地，对冲锋部队毫无损伤。清军改用起重机塔发射石块和带铁钉的木块，太平军举着大匾牌，外覆以蒲团，很快就冲到了护城河下，竖起云梯攀登。他们的动作像野猫爬树一样迅疾，城头掉下的木石只让少数士兵轻微擦伤，开战不到一小时，太平军就从南北两路突入城内，守军脱下军服，夹在逃难的人群中纷纷逃命。

战斗期间，英国军舰"勇敢"号一直游弋在北门外江面上，把七十二磅重炮瞄准城中，预备着太平军一进攻江北岸的外国人居住区就予以开火。但太平军冲到江边就停住了，冲突没有发生。另有从广州来的一队清军战船冲到，系游击参将布兴有率领，偏着船舷向城中发了一阵排炮，见无济于事也顺流退走了。提督、道台、知府等一干文武官员渡江逃入江北岸的英国领事馆，在外国军舰护卫下逃往舟山。

苏抚薛焕得到消息非常愤怒，说"宁波之事，竟决裂至此，道府航海而逃，不为一日之守，实令人发指"，但薛焕也无可奈何，人家上头有巡抚王有龄罩着呢，用不着他这个外省官员指手画脚。

太平军打下宁波城后即兴兴头头地造田册、设门牌、收赋税，打算把这里打造成稳固的后方基地，又在甬江口设天宁关，向进出境的外国商船征收关税，有不按章纳税的，即收缴货物。英领事夏复礼出面向驻军长官申诉，说洋商过关时常受虐待，在城中街头行走莫名其妙会遭到石头投掷，安全得不到保证，以停止贸易相威胁。逃到舟山的张景渠等人更是做梦也想着反扑宁波。当时正是忠王大军在上海四郊与联军拉锯般激战的时候，曾国藩一只眼睛顾看着安庆，另一只眼也紧盯着东南，他认为宁波也应像上海一样，借洋兵助剿，在给朝廷上的奏片中明确提出上海、宁波应一体防御："宁波、上海皆通商码头，洋人与我同其利害，自当共争而夺之。"

正如得来容易，失手也很快，半年后清军反攻成功，一是借了洋兵的威，再是布兴有的广济军出了大力。

我还年幼时，就经常听大人说起"绿壳"。村里有小孩半夜哭闹，大人一说绿壳来了或者阿巴克来了，小孩就会惊恐地闭嘴，停止啼哭，因为传说中的绿壳常常打着尖利的呼哨，风一般来去，杀人越货无恶不作，喜欢炒小孩的心肝下酒吃。在我们那一带，形容一个人很凶狠的样子，就会说你这个人像绿壳，或者，你这个人眼神像绿壳一样凶。

横行于浙闽沿海的海盗船之所以有这么古怪的一个名字，是因为这些船形如蚱蜢，船身漆以绿漆，看上去就像一只只横行海上的绿色蚱蜢。那些以凶猛好斗出名的广东海盗，一手提着酒壶、一手提着刀剑火枪在海上呼啸来去，追逐着商船和女人，官军水师拿他们一点办法也没有。据说起初，广州、香港周围的海域是这些绿色蚱蜢的天然牧场，但打我懂事起（那时已经是 19 世纪 40 年代），这些绿色蚱蜢沿着漫长的海岸线曲折北上，蔓延到了长江口外，他们的巢穴集中在浙江沿海的舟山、象山港一带。这些广东海盗比起四十年前他们的祖先，装备更精良，也更凶狠、狡诈、贪婪，他们的首领就是臭名昭著的海盗头子"阿巴克"。

"阿巴克"本名布兴有，和他一起从事冒险事业的是他的弟弟布良泰，人称"阿郎泰"。传说布氏兄弟手下有一千多号人，上百艘"绿壳"，还有一艘装备有重吨位火炮的"金宝昌"号。这样一支武装船队的战斗力是积贫积弱的政府军望尘莫及的。他们成群结帮抢劫商船、渔民，有时也对落了单的洋人下手。最早来宁波传教的美国北长老会教士娄理华，就是在从乍浦回宁波的途中被海盗抓住后淹死的。还有一个在宁波城里很有名的传教士丁韪良，据说从宁波去普陀与在那里度假的妻子会合

时，也遭到过海盗的袭击，他们抢走了牧师的鞋子和手表。正
当他们要劈开牧师的脑壳时，上帝保佑——这帮水手中一个听
过布道的认出了他（不然也就没有日后的京师同文馆总教习了）。
发了善心的海盗们在详细询问了如何看手表刻度的问题后，留
给他一只较小的船和一坛酒，靠着这些，他在海上漂荡了三天
后回到了陆上。

咸丰元年九月，"阿巴克"带着他的海盗船队入侵江苏海门，
直逼至黄林洋。定海、黄岩、温州三镇清军水师抵挡不住，海
门被占十日。污水一般涌入的海盗洗劫了所有商铺，放了一把
火，带上俘获的女人和物品，又向宁波府的石浦港开进。当时
的浙江巡抚常大淳命令宁波知府罗镛急赴象山县剿灭海匪。罗
知府故意慢腾腾地上了路，如他所料，等他赶到，海盗们已经
潮水一般退去了。于是罗知府奏报大捷，谎称自己如何如何卖力，
如何如何想尽办法募船募勇，总算把海盗打败了。常巡抚相信了，
下拨给他一大笔银子劳军。可事实上，知府大人连海盗的毛都
没碰上一根呢。

过不了多久，阿巴克的海盗船卷土重来，且来势更猛，罗
知府那个蹩脚的谎言就穿帮了，巡抚想不到鼻子底下都有人敢
骗他，震怒之下，严责宁波知府尽快消灭海盗。可闹了几十年
的"绿壳"那么容易消灭吗？罗知府进退两难，有个高人指点
他，海盗头子布兴有其实早有归顺朝廷之心，他这次闹得这么凶，
其实也是为自己做一个晋升之阶，抚台大人催得这么紧，眼下
不妨先请个中人和布氏兄弟谈谈招安的事。

海盗开出一个很大的价钱才肯投降，这笔价钱有多大？反
正宁波府出了不够，还要省里出。布兴有还要求给他一个官职，
常巡抚也同意了。能不动兵戈把为祸海疆多年的"绿壳"平下去，

再大的价钱省里也肯出的。布兴有得到了承诺，如果他带着他的船队归降，他将会被授以六品顶戴。受降仪式在十月份举行，巡抚大人也专程从杭州赶来。布兴有带着浩浩荡荡千余人的船队开到宁波海域，他的坐船"金宝昌"顺着甬江一直开到了府城。这艘时人称作"活炮台"的大海盗船让官军水师可开了眼，这艘船和英国的五百吨级船一样长，一样高，船身漆成黑色且带有一道红线，装载有大批火炮和人员。布兴有上得岸来，伏地请罪。巡抚大人自然不免安慰一番，经过烦琐的仪式正式授以六品顶戴。于是闹了多年的"绿壳"海盗一转眼成了政府武装，编入大清海军的正式序列。受降仪式上一件小小的意外是，巡抚大人带着大群随从登舟时，前海盗们发炮相迎，把他吓得差点儿掉下海去。

布氏兄弟纵横四海多年的"金宝昌"号后来分配给了定海水师，这就像自己的女人被人家抢去，阿巴克恨得牙都痒了，却又毫无办法。定海水师久不出海，船上的器具都朽坏了，这些老爷们又不会修，就一直搁着。布氏兄弟又抢了回来，修饰一新。官司打到省里，巡抚怕惹急了广东人，最后不了了之。

阿巴克的船队那时候都泊在宁波近郊的内河，部下放任惯了，积习难改，常常上岸骚扰，做些打家劫舍的勾当。他们在宁波城内盐仓门附近有一家大商行，转手赃物。直到新任鄞县知县段光清到任，此人手段厉害得紧，前海盗们才不得不收敛了些。段知县怕他们在岸上再惹出什么事来，命令布兴有带着他的船队，开到海上为商船护航。就像骑手想念草原，前海盗们也想念大海多日啦。

这是一支一百二十人的小型护航船队。每名兵勇月给口粮十二两银子。开始的时候省里的巡抚不同意这么做，因为这要花去一大笔银子。官军水师都是些吃干饭的，省里每年拨给水师十万元的巡洋经费，可是他们的舰艇从不出洋，空领库款，从没有抓获过一个海盗。无奈之下浙江巡抚规定，实行监督制度，以后水师出洋，移知该管各县，用船几艘、带兵丁多少，一定要县里查验，开具清折，方能领到经费，捕到了海盗另行奖励。话说布兴有带着他的缉查小队，出洋十余日，就抓获了十七名海盗、两艘盗船，还用火炮打死多名海盗头目，己方只是损失了几名兄弟。这怎不让抚台大人喜煞，拨给口粮的事也不反对了。就这么着这些从了良的海盗们终于吃上了军饷。不久，鸦片商人、怡和洋行在宁波的代理人丹·帕德里奇船长的"宝得来"号船被舟山的一帮海盗劫走了，布兴有带着他的船队赶去，因对方是舟山海盗，他们一点情面不留，一阵狠扁，夺回了商船。他们也为道台带来了四个人头和七八个犯人。这些犯人都被钉在木板上，钉子钉在拇指和食指之间的肉上，像抬猪猡一样抬进了宁波城。

　　话说距今十年前的宁波港，真的一点也不比现在的黄浦江码头逊色，那时候的人经常看到这样的热闹景象：无数满载货物的帆船停泊在甬江口，它们有的刚从北方抵达，有的将远航南方的福州、广州等港口。摆渡船在其间来往穿梭。时时响起的鞭炮声和锣鼓声，不是欢迎一艘货船到港，就是祝愿一艘即将起航的船一路平安。阿巴克的绿壳船队虽然打下了一块地盘，但还不是最出风头的，那时候最出风头的是附近海域上大群游弋着的挂着葡萄牙国旗的三桅帆船。这些葡萄牙水手——腰间插着左轮枪和酒瓶子、全世界都臭名昭著的恶棍——是被当地商人雇来护航的（顺便他们也在公海上做些敲诈勒索的勾当），他们的头目之一是一个曾经让人劈开过脑袋的叫恩卡纳考的水手，他直接听命于后来担任葡萄牙驻宁波领事的 J. F. 马奎斯船长。

源远流长的海盗传统，使得一种护航系统应运而生。本来嘛，国家出钱养着军队，捕盗这样的事，水师自然责无旁贷，但他们自己几乎也像强盗，以鄞县知县署理宁波知府一职的段光清就这样说：从前水师巡洋，商贾往来平安，渔人出洋捕鱼亦蒙其惠，每年渔人孝敬水礼，所以报其功德，然营中援以为例，竟成陋规。如果真的能让盗匪绝迹，即便每年要交巡洋费数万串，老百姓也就认了，可是夷祸中国以来，水师之势日衰，钱还照拿，活儿却不给你干了。海盗横行，清朝的水师又不顶用——你总不能请另一个强盗给你管家门吧，商家便出钱雇佣广东水手或外国武装帆船护航。

最早的时候这笔业务是隶属于英国皇家海军的，当然也有别的国家配备有火炮的商船参加，像"斯派克号""孔子号"等英国商船都接过这样的生意，护航要收费，他们每和海盗打一仗就要索取一笔不菲的费用。后来这业务就有些走样了，一些没有商业信用的家伙把普通商船宣布为海盗船，横加勒索，把那些船上的货物说成是合法的掳获物予以瓜分。大概到了 1848 年后，此笔业务基本上落入了葡萄牙人之手。大批亡命之徒、走私贩子、强奸犯、性倒错者、敲诈勒索者蜂拥而来，他们有的来自葡萄牙本土，有的来自果阿或马尼拉。

编入了大清帝国海军的阿巴克的船队，为商人和商船保镖、护航正是其业务，这难免与葡萄牙人的生意构成竞争，官府解决这冲突的态度是"以贼制贼"，支持布兴有与葡萄牙人进行竞争——说白了，你们都不是什么好鸟，去争个你死我活吧。东西方的海盗在北纬 30 度线附近的海上狭路相逢，其结果不难

无数满载货物的帆船停泊在甬江口，它们有的刚从北方抵达，有的将远航南方。

预料。

下面发生的事，用当时在宁波城里的丁韪良牧师的话来说，是"一场充满血腥味、没有任何高尚行为的戏剧"。

1854 年 4 月，宁波渔民以每个汛期五万元的高价，雇佣了葡萄牙人的三桅帆船为他们护航和保卫渔场。阿巴克手下的广东水师为了从对手那里夺回这笔有利可图的生意，发动了一系列火拼。

先是有一个葡萄牙人被暗杀，随即，两个广东人被报复性杀害，尸体几天后被海浪送回了岸边。不久，葡萄牙人悄悄地从澳门派来一艘科尔维特式轻巡航舰，该舰于 7 月 10 日抵达宁波，它得到的命令是消灭广东人的水师舰队。为了躲避攻击，布兴有的平底帆船退入了内河，停泊在宁波城的盐门附近。攻击者无视这种庇护权，强行逼近，短距离开炮，要将它们轮番击沉。

炮弹嗖嗖地飞过沿河人家的屋顶，一瞬间人们都以为葡萄牙人炮击宁波城了。死神离人们是如此之近，一个在街上行走的姑娘被炸断了腿。一颗二十四磅重的炮弹落到了道台衙门，幸运的是没有爆炸。有消息说，阿巴克的手下要抓城里所有的欧洲人为人质，或者杀了他们复仇。恐慌笼罩了在宁波的外国人社区，他们在英国领事馆的枝形吊灯下通宵研究对策，却拿不出一个可行的办法。传教士们和领事馆官员找到了这座城的最高军政长官宁绍道台，道台大人否认了这一说法。马奎斯船长要求中国人对打死的葡萄牙水手做出赔偿，同时提出以后不得为难葡萄牙的三桅船，并要布兴有画押具结。

阿巴克手下的这些前海盗们找到了另一种报复方式，等到科尔维特式轻巡航舰结束炮击，他们集合起残部，尾随而至。

葡萄牙人把三桅帆船停泊在葡萄牙领事馆前面的一个河湾摆开阵势。布兴有带着那些如狼似虎的部属乘着潮水上涨靠近了敌船，拔刀跳上了敌船的甲板。这下葡萄牙人的大炮再也发不出威力。士兵们被赶到了河岸上的一个坟场，他们在那里负隅顽抗。他们在逃跑时不是被砍死，就是被子弹击中后背。有三四十人被俘虏，双手缚住后扔进了河里。还有一些人被驱赶回他们的三桅船，船被拖到沿江上游一些的地方，前海盗们架起一把火，把他们烤成了人干。葡萄牙领事馆也遭到了洗劫，前海盗们爬上屋顶降下了葡萄牙国旗，幸亏一艘前来调查这一冲突的法国战舰"卡布里休斯号"驶来，才使葡萄牙人免遭灭顶之灾。

"卡布里休斯号"离去后，葡萄牙双桅船"蒙德哥号"带着十二艘三桅船溯江上驶，向道台要求归还被俘的船只，及解决其他事宜。得到的答复还是老一套，就是要求两个护航船队自行解决争端。于是广东人和葡萄牙人又摩拳擦掌，准备继续战斗。后来因为英国海军出面干涉（他们当然也是为了保护本国利益），葡萄牙人才不得不起锚前往上海。

如果追溯历史，这并非是葡萄牙人在宁波港遭到的第一次大屠杀。一次更为可怕的复仇行动曾于三个世纪前降临在位于甬江口的葡萄牙人居住地上。那时候，葡萄牙人在一种虚假的幻觉中以为自己是全世界海洋的主人，从马六甲海峡到远东，到处都是他们的三桅船，在宁波，葡萄牙人也从事着贸易和海盗的双重职业，巧取豪夺加上敲诈勒索，两者都生意兴隆，赚得钵满盆溢，直到某个月黑风高的夜晚，一群有着绝顶武艺的蒙面人把他们统统消灭。

有三个广东海盗，一个姓温，一个姓陈，一个姓郑，他们看到布氏兄弟吃上了军饷，也来投诚。道台很犯难，不收吧，正规水师无用，三个海盗头子都是广东人，布兴有碍于同乡情面也不一定肯去捉拿，收了吧，养不起。三个盗首一商量，把三艘大船缴上去，每艘留几十名水手，其他都遣返了去。于是他们也入了朝廷水师。道台养不起那么多人，禀告上司批准，让他们去金陵城下的江南大营帮着打南京城里的太平军。可是江南大营那边又以口粮太重，把他们打发了回来。前海盗们成了一个踢来踢去的皮球，回宁波途中忍不住手痒又做了一票生意。这次他们打劫了一个福建商人，连船带人扣了起来，等拿到了赎金才放他走。这个福建商人也是个有路子的人，后来也到了宁波，冤家路窄，在一次宴会中，他认出了这三个水师头目就是打劫自己的海盗。这个精明的商人没有当场发作，回去后他告诉所有福建商人，要注意这些广东水师，那可是一群不折不扣的饿狼呐。

东门一带福建水手最多，福建商船大多泊于桃花渡江中，这儿是他们的地盘，他们和广东人结下了梁子，一看到广东人踏入他们的地盘，总是不放过凌辱的机会。有一次，布兴有的一个手下出东门办事，被福建水手一阵乱棒赶了出去。福建水手说，我们闽商八帮，再加家丁一帮，共有九帮，在宁波城里加起来有好几千人，他们广东人在城里的不过几百人，何不一鼓作气把他们赶出去，烧了他们的船，这样我们的气出了，海上也太平了。于是他们各执器械蜂拥入城，驱逐起了广东人。广东水师可都是海盗出身，一个个都不是省油的灯，这些剽悍的前海盗操起兵器赶出城门，两相猛斗，一会儿就有几个福建水手被砍翻在地。道台大人出衙弹压，但见广东人放炮，福建人放枪，烟火弥天，对面不能辨人。还有好多人在街上哄抢。道台下命令后抓人，总算止住了抢劫。

福建商人一纸诉状告到了巡抚大人那里，新任的浙江巡抚是他们的同乡。他们说：我们说起来算是大人的同乡，却一点好处也没有沾到，现在的海盗，大多都是布氏兄弟的党羽，除去了布氏党羽，那么海盗也就绝迹了，大人为什么厚于布氏兄弟，薄于同乡？巡抚把信交与道台看，让布氏兄弟停止与福建水手交火，着布兴有来省。道台担心布兴有不知官场礼仪，跟上级顶牛，让一个典史陪着去省城，也好有个提醒。新来的巡抚问了投诚经过，布兴有都一一直言相告。巡抚说，你是个实在人啊，这就回宁波吧，不要再与福建水手争斗了，日后我还要保举你。布兴有回到宁波，把手下招进了内河北斗河。道台对客商们说：水师既不堪用，广东人你们又不信任，以后商船护航一事，我们就自己筹划吧。后来，走南线和北线的商号各出三万吊钱，雇用洋人兵船护洋（走北线的商号还打算出钱买一艘洋船护航）。福建水手看沾不到什么好处，也就回去了。行至石浦，他们的船遇上了一艘护航的洋船，正一口鸟气没处出，就开足了马力进攻。福建人的船炮位很大，击中洋船，打断了一个外国水手的脚。洋人从最初的打击中反应过来，迅速校正炮位，对准盗首坐船开火，一下把它击沉了，其他船呼啦一下跑得干干净净。洋船到了宁波，道台上船检阅，一圈看下来，道台叹道：妈妈的，夷人船炮，其在水面，真无与为敌也。

广东海盗，随布兴有招降的称"旧帮"，后来的又叫"新帮"。新帮的人特别横，因为商号雇了洋船护航，他们在海上断了生路，就都来到了宁波。他们的头目是一个叫高成的惯盗，此人还有个大号叫九丁。

开埠以后的宁波，五方杂处，商船辐辏，货船入港，九丁的海盗船也常常混入。把船偏激在三江口后，九丁的人就上岸作案。开始的时候，他们把窝做在妓院里，控制了老鸨和妓女，然后讹诈嫖客。那些游春者不敢声张，只好吃暗亏。后来他们就胡天胡地起来，三五个人一小队，怀揣短刀，大白天的公然在大街上掳掠人口，私刑勒赎，多者千金，少则数百贯。一时间搞得人白天也不敢上街。原先担任捕盗任务的布氏兄弟，此时为了防堵太平军，被调到杭州驻防去了，九丁的人马更加胡作非为起来。

驻扎在宁波的浙江提督陈世章，也是广东人，九丁不知通过什么渠道打通了关节，认他做了义父，这样他就可以时常出入官衙了。外人奈何九丁不得，恨九丁，更恨提督。告状纸雪片一样飞到了总督和巡抚的案头，总督责问巡抚，巡抚责问道台，此时的宁绍台道张景渠是巡抚王有龄从苏州带来的，信上的话也骂得凶：提督糊涂，难道你做道台的也袖手旁观？你快拿了我的信给提督看，让他赶紧把九丁办了，如再狐疑，我先参了你这个道台，再加他提督。

道台拿了信像拿了块烧红的烙铁，给提督看吧，如果他真的是九丁的后台，那城中不就乱了套了？不给他看，又怎么捕获九丁？

在宁波筹措军饷的浙江按察使段光清——杭州失陷，布氏兄弟拼死护着他杀出重围——参谋道：不把信给提督看，总督巡抚那里也交不了账，要他看了信就把九丁抓来，恐怕了也不太现实，姑且不论提督是不是九丁的后台，就是他手下的兵丁，恐怕也早就被九丁收买了。还是先拿总督和巡抚的信去探探虚实，看看提督是什么态度，提督虽然是个武人，不太知道检点，但也是个在官场混久了的，武官中他还算是个要脸的，想来会有一个态度，然后，不让他手下的营官知道，以免通风报信，差布氏兄弟率领二三十个兄弟把九丁抓了来。

张道台不放心：布氏兄弟不也是广东人吗？会不会走漏了风声。段光清说：布氏兄弟与九丁面和而心不相洽也。

张道台虽是个理财好手，与武人打交道总有点怵，再说提督是省里的官，话说重了说轻了都不行，就请按察使大人能否走一趟。

按察使大人带着巡抚的信去见提督，闲谈了一会，让提督屏去手下官兵，说有要事相商。按察使大人问：城中有个叫高成的，大人认识吗？提督答：都是广东人，怎么会不认识？按察使说，高成在外面做下的事，大人不可能都不知道吧，可是因为大人和高成有来往，外面说你什么的都有，现在总督和巡抚大人都有信写给道台，你不妨一看。提督看完信，汗流浃背，咬牙顿足骂道：高成就是我老子，我他妈的成了高成的儿子了，我不杀高成，我不为人！按察使大人劝他尚要忍耐，不要走漏了风声，否则狗急了跳墙，就不好收拾了。他咬着提督的耳朵说，你只要依计如何如何，说得提督一个劲点头。

到了中秋，九丁来到提督署拜贺，提督不露声色，一边和他吃着茶果一边赏月，酒吃到半晌，布兴有带着手下兄弟来了，提督陡地变了脸色，指着九丁高声责骂：你在宁波的名声太坏了，搞得我也难以做人，你做下的丑事连总督和巡抚都惊动了，你自己去跟道台大人说清楚吧。是夜一更时分，月亮在宁波城中洒下银子般的光泽，布氏兄弟押着九丁送入道台衙门，城中尚有赏月不归的，都不看月亮来看杀人，一边说，这个人老早该杀了！高成被杀后，他的手下都逃散了，宁波城里没有人再敢挑战布氏兄弟的威势。

让阿巴克恨得牙痒痒的一件事是，太平军不费吹灰之力攻下宁波时，他正带着船队护送一队商船去了广州，错过了交手的机会。等他把那边的生意交卸好，他却进不了宁波城了。他的好多生意都在城里，店铺、货物，还有女人，突然一下子全都不是他的了，这怎么让他咽得下气？

到三四月份，张景渠道台跟洋人商定的借兵助剿已有眉目，大队洋舰已经开到，占据了甬江上的有利位置："斑鸠"号停泊在北门外，"遭遇"号停泊在盐仓门外，"勇敢"号和"茶隼"号停泊在下游。还有法国炮艇"恒星"号和清军水师的"孔夫子"号正在赶来途中。阿巴克的船队都是木船，火炮吨位不大，但他攻城心切，被安排在了最前沿位置的江面上，一抬头就能看到北门的城堞了。

这期间双方都憋着劲没开火，但摩擦还是时有发生。江北岸的外国人社区时常有人被不明来历的子弹击伤，据辨认，子弹来自对岸的城厢方位。英国军舰"斑鸠"号舰长克莱祺向海军司令何伯将军打报告说，城里的太平军持完全敌对态度，他的船停泊在离英国领事馆不远的一处河湾，离城墙较近，屡次遭到城头上士兵的开枪射击。

另据前方观察哨报告，太平军已经修筑好一座高大的花岗石炮台，装配六十八磅重弹炮，这座炮台俯临江北岸的英领馆、教堂、邮局等重要设施，还控制了甬江水域，所有停泊的舰船都在射程范围之内。丢乐德克舰长以英方代表的身份发去一函，表示如若清军发动进攻，他们不会进行任何干涉，但太平军必须把城头上瞄准舰船和领事馆的炮台自行撤除。这个要求遭到了黄、范两位主将理所应当的拒绝，随后丢乐德克声称，如果太平军发炮时有一星半点沾着了英舰，他们就要开火还击，炮击城厢。

到 5 月初，英方把所有商船都撤往下游离城五里开外，眼看着这仗就要打起来了。炮声先自镇海方向传来，张景渠、陈世章调阿巴克的广济军先打下了出海口的这个县城，然后溯流而上向府城进发。5 月 10 日清晨，阿巴克率领的船队到达宁波城外，穿插进入英国军舰的锚地，随之向着城堞发炮。起先，守军没有发炮还击，怕弹片误中英舰，城头上只是放射排枪还击。事后据英方声称，有两颗子弹射中了"茶隼"号的船尾，他们"纯粹出于自卫"，被迫参与了战斗。

几乎约好了时间一般，停泊在北门外甬江上的英舰"遭遇"号、"斑鸠"号、"勇敢"号、"茶隼"号，法国炮舰"恒星"号和清军水师"孔夫子"号同时发炮，把成吨的炮弹向着城墙倾泻。接二连三的爆炸声中，城墙上碎石飞扬，一片火海，士兵们一个个倒在了血泊中。守军的重炮也开始怒吼了，炮弹在江面上击起一条条巨大的水柱，如同蛟龙出海。

阿巴克的海盗舰队都是木船，动力不足以向上游穿插，英舰"茶隼"号在战场上负责拖带任务，因目标过于显眼，成了活动的靶子，城头上的炮火都向它集中发射，很快，"茶隼"号主樯顶打断，甲板上的索具被毁，舰身被弹片穿了六十八个洞，船体倾斜严重，不得不冲破江面上铁索连成的封锁线，沿支流上驶，停泊在了战场一侧。

其他舰船在江面上往来行驶，变换队列，合力向城内猛轰。先是"斑鸠"号把北门的大炮打哑，然后"遭遇"号发射的开花弹摧毁了盐仓门城楼上的主炮。炮击至下午 3 时，守军的炮位几乎全部打哑，几无还手之力。阿巴克和张景渠道台率领头缠白色头巾的广济军千余名，迎着涨潮，从三江口直攻和义门，强行登陆，丢乐德克舰长率领的第一冲锋队数百名英军也开始架设云梯登城。

主将进天义范汝增试图挽回败局，提着一支猎枪改造的双筒枪，亲率四百余名亲兵冲上城墙堵截。守军藏身在城墙下的坟墩里，用长矛挑落云梯，还从城墙上往下投掷大量石块、火球、臭瓦罐，迫使一些冲在前面的清军兵勇跳水逃命，还有一些躲进了死角的茅厕里，进攻部队拥堵在城墙根下，无法展开队形，一时伤亡大增。布兴有跳脚大骂，嘶哑着嗓子敦促部下调整队形重新发动攻击。裹着白色头巾的前海盗们试图从城墙缺口处拥入，城内太平军迅速在缺口处打上木桩，填充瓦砾和沙包。英军在城墙一侧成功竖起了五架云梯，法军上尉耿尼刚攀上城墙，就被一枪击落，第二个冲上去的是个皇家海军水兵，口衔一把左轮手枪，挥着长剑，也被一枪击中头部掉下。杀红了眼的阿巴克和丢乐德克率部众最早攀上城头，与范汝增的亲兵混战在了一处，双方展开了肉搏，一时间城门内外屋宇震荡，血光飞溅，天地皆作暗色。战至傍晚五时，太平军不支，黄、范两位主将也身负重伤，残军自西门和南门突围而出，向慈溪余姚方向撤退。阿巴克的手下像群狼一样涌入已经空了的城中。受损后在战场一侧观望的英舰"茶隼"号再次上驶，绕到西门外，开炮轰击太平军调集的舢板和民船。惊惶中，又踩死、淹死无数兵士和百姓。

激战过后，城郊到处是被践踏的庄稼、冒烟的村庄和四处游荡眼光发绿的野狗，城市内河充斥着泡胀的尸体和停滞不动的污秽，桥梁和路面上的石方，多半已被抬走，去加固城墙和筑造路障，空荡荡的城几乎成了一座死城。次日，英国领事夏复礼主持了把攻克后的宁波移交给张景渠道台的仪式，丢乐德克被任命为此城最高军事统领，负责节制阿巴克的广济军和法军上尉勒伯勒东（接替战死的耿尼）率领的一千名法华混合军（"常捷军"），舰长不无伤感地说：

"我曾经听说宁波兴盛时期的境况，当时它被称为中华帝国的首要商业城市之一，而今天，1862 年 5 月 11 日，人们可以设想，毁灭之神曾经在府城，正像在四郊一样，竭尽破坏之能事，整个城郊，连同那里富裕昌隆的商行，以及成千上万的房屋，尽数夷为平地，而在城内，一度拥有人口五十万，如今连一个人影也瞧不见，确实它已沦为一座死城。在许多通过生死搏斗从太平军手里收复城市的历程中，我发现到处都像在宁波一样，有一只魔手在摧毁一切，把平民百姓赶出他们的家园，使城市沦为废墟。"

此战让清军缴获炮械无数、粮食数万石，俘虏和来不及逃走的伤兵都砍了头，阿巴克手下的海盗们到处搜劫，一个个浑身缠满了细软和银两。不久后上海出版的一份英文报纸《中国邮报》报道说："叛军由西门退去，于是海盗入城，他们于数小时内所破坏的较之叛军占领宁波的五个月内所破坏的要多得多"，"复职的道台忙于砍下他所捉到的不幸叛军的头颅，要不然的话，就把他们处以酷刑"。

2. 塔楼上的狙击手

黄、范两将虽然丢了宁波城，手下还有万余人马，时刻想着要克复宁波，但在我到来之前的几个月里，他们的运气似乎不太好，英舰"斑鸠"号如同游动哨卡一样停泊在离城数里外的甬江上，扼守住了向府城进兵的道路，他们几次行动都因对方发觉而告吹。

想不到后来他们居然把余姚城也给丢了。8月初，丢乐德克指挥的混合舰队，加上勒伯勒东的常捷军和阿巴克的海盗兵，把他们赶出余姚城，一路撵到了牟山湖以西，靠近上虞的一个山坳里。余姚城墙以坚固出名，城中心又有一座百余米高的小山扼住江面，实是易守难攻，何以会丢呢？黄呈忠说是敌兵势众，丢乐德克却说，他们的舰船开到时，看到城中太平军所竖绚丽的旗帜，就如同"一片广袤的郁金香园地"，为他们提供了现成的打击目标，轻而易举就拔去了所有防御堡垒。

此后有过几次规模说大不大、说小不小的拉锯战，双方互有进退，但丢乐德克把太平军死死压在了宁绍之间狭长的平原地带，不让他们咸鱼翻身。

按照我这次带来的忠王给出的两路出击、围攻宁波的战略部署，此次反击分南北两路，北路由黄呈忠、范汝增率领，从余姚、慈溪出，南路为梯王练业坤，从新昌、嵊县的山地出击，攻下奉化城后由南向北进攻宁波。黄呈忠部火枪配置不强，我提议新装备的一百余支新式洋枪不必分发到营，全都集中使用，再调集各营所有火器成立火枪营，得到了黄、范等将官的一致赞同。有人还提议，附近农民都逃亡了，满地成熟的夏粮无人收割，几场秋雨后许多谷子都倒地腐烂了，趁这次发动攻势可以把这些稻谷都抢运走以充军粮。

约定的全线反击时间为中秋过后。9月11日，黄呈忠、范汝增部从牟山湖以西大营出击，先攻余姚。此战开始颇为顺利，经两小时鏖战，我军先头部队一度突入城墙，紧逼秘图山下的县衙，但在该城即将得手之际，敌方火力突然增强，冲入城中的士兵无一生还。探子报，敌方有上海援军抵达，所持全是连发式火枪，凶悍无比，黄、范两位主将看再打下去也无望夺城，于是停火计议，决定直接绕过此城，趁夜色掩护，向东急行。

退兵前，沿江布下小队疑兵鼓噪，使守军不敢出城追击。黑暗中，大队人马掉头东去，不打火把，凭着月光照路前行，马蹄都缠上了竹箬叶，马头都戴上了竹制的嚼子，不让发出一点声响。天刚破晓，我们已横穿近百里县境，站在原野上，已远远可以看到晨色熹微中慈溪县的城墙。

我们顾不得又饿又累，决定趁敌不备发动攻击。兵士们从稻田中跃起，惊得吸饱了一宿露水的蚂蚱和飞蛾漫天飞舞，冲在最前面的如排浪压向城门，一些早起的菜农吃惊得张大了嘴久久不能合上。或许他们真的以为，这满野突然冒出来的飞扬着的彩旗、奔跑着的黄头巾，都是乘着天上的云下凡的天兵天将。几乎没遇着什么抵抗，大军从西、南两门突入县城，占领了攻击宁波的第一个桥头堡。第二天，我们又向前进击二十余里，拿下了府城北面的庄桥镇。要不是英舰"遭遇"号驶到，担心截断退路，我们早就冲到宁波城下了。

从余姚方面最后撤回的小分队报告说，我们昨天攻打余姚遇上的强劲火力是从上海驰援的华尔的常胜军一部，率队的是副统领官法尔思德，兵力约五百人，全都配备新式来复枪。据悉另有大队增援部队，将在近日内由华尔副将亲自率领开赴宁波。

一听到这个消息，我几乎感觉到了抱在怀里的那把枪在不安地打着滚，像是要脱离我的怀抱跃出来。我握了握它，枪管凉得有些咬手。我悄悄对它说：他来了，他终于要来了！

　　李鸿章早就想对常胜军动手了。常胜军纪律松弛，一上战场有如群狼扑食，每打下一城，索要赏银、饷银之外，还大肆劫掠，搜抄官署，如此目无纲纪，怎不让他这个巡抚忧虑？在他看来，这支雇佣军是上海的一个毒瘤，如果不及时摘除，必将使上海时局糜烂至不可收拾。薛焕虽已上京，一些要职还是上海帮占据着，尤其苏松太道吴煦，更是暗里事事掣肘，令他大光其火。常胜军的后台，明里是本城的钱业公会，实质就是上海帮势力，制抑常胜军，就是他打垮上海帮的重要一着。

　　但是刚实授江苏巡抚时，李鸿章带来的淮军还不够强大，太平军对上海又志在必得，他还用得上这支部队来对付忠王，再加洋枪队的战绩摆在那里，皇上对华尔又是颁荷包又是升副将，动手剪除的机会还不成熟，他还须等待机会。7月一过，上海周边地区基本肃清，淮军也已反客为主，他的时机终于来了。

　　前宁绍道台张景渠丢了宁波，又坐船外逃，虽后来在联军帮助下反扑成功，夺回该城，还是被继任的浙江巡抚左宗棠以失土之罪奏请朝廷削了职，新任道台史致谔，刚刚丁忧起复，在帝国官场向有能员之誉，但史道台的运气不太好，他刚到任宁波不久，接到的首个战报就是慈溪县丢了。

　　这史致谔官阶不高，资历却是极老的，与曾国藩、与李鸿章的父亲李文安都是道光十八年进士，且又同为京官有年，交谊极厚，是李鸿章不折不扣的父执辈人物，接到史致谔十万火急的求援请求，他李鸿章怎么也不可能袖手旁观。再加上前些日子曾国藩曾从安庆来信，要他相机增援浙江的左宗棠，按左季高的孤傲性子，不到十万火急，绝不肯张嘴求人，李鸿章于是决定，让华尔去！或胜或败，都是两全其美。

　　接到巡抚衙门的调兵命令，华尔自然不敢不从。不去，不正好给人家一个裁撤你的理由吗？虽然明知李巡抚这一着别有用意，华尔也不胆怯，在上海附近跟太平军接仗无数，罕逢敌手，宁波小地方，那几个长毛还不是让他像打兔子一样追着打，还嫌打不够呢。杨坊对洋女婿此去也有些担忧，他担心的是华尔一走，自己在上海就要失势。但是牵挂着宁波城里购置的财产邸宅，觉得华尔带兵去一趟也不是坏事。

前去巡抚衙门辞行，李巡抚的话说得极为漂亮，亲口许诺此行可预支饷银三万五千两，洋枪队官兵一律发双薪，并许每攻下一城即给假三天。算一下，也能发一笔不小的财呢。

像每次率军出征前一样，出发前华尔检阅了他的部队。一些外国军官从上海跑到松江来参观，华尔带他们游了全城，其中有一个叫斯密特的美国军官日后这样回忆："我从未见过副将像那天下午那样高兴，无疑他觉得十分荣耀，能够让这几位军官看到这几千他亲自教练出来的中国兵，而且他们在疆场上业已表现出他们能够抵挡十倍于他们的太平军兵力……可怜的副将！他没想到那次检阅是他的最后一次，官兵们也没有想到那天晚上是他们最后一次看到他们敬爱的副将，然而，事实的确如此。"

在把松江防务交给白齐文后，9月20日早晨，华尔率一千名洋枪队兵勇、一百名马尼拉侍卫坐船抵达宁波城下，和法尔思德带领先期抵达的五百名士兵会合。天气极为糟糕，下了快一星期的雨让城内城外的大路全是泥泞和水洼，史道台让远道而来军服还在滴水的援军在城中稍憩至雨停再出战，华尔不让，稍做休整就换乘小型兵轮沿江上溯至大隐、丈亭一带驻防，船队还在行进，就仗着武器精良不断对姚江北岸太平军阵地进行炮击。

　　次日凌晨雨仍不止，华尔求战心切，决定不等天晴了，冒雨进剿慈溪县城。他麾下的一千五百名常胜军全部出动，另有阿巴克的广济军一千名，勒伯勒东的常捷军五百名，余姚方面的守军也拨出四百名向下游靠拢。火力配备最强的军舰"遭遇"号因姚江水位太浅无法上驶，留在半途接应，吃水稍浅的小型炮艇"勇敢"号和"孔夫子"号随进攻部队一路上驶。波格乐上尉率"勇敢"号殿后，在城北老桥处负责接应从大隐方向赶来的华尔，滂沱大雨中，舰上炮手看到有一队穿着鲜艳服装的人马正沿河岸跑来，以为是太平军士兵，正要开炮，靠近了才发现是华尔的部队，雨太大，他们越野行军时都披着色彩艳丽的新毯子。华尔上了"勇敢"号，和丢乐德克一起计议进攻计划。

　　远山笼罩在雾气中，雨如箭镞一样向着大地攒击，早晨八时许，就有隆隆的炮声从南边传来。惊惶的村民躲入江两岸高大的芦苇丛，有一些抱着木板游过江面逃进城来。他们带来消息称，大队官军正越过田野，从东、南两个方向包抄而至。

　　很快，江面上出现了船队，冲在前面的是两艘炮艇，紧随其后的是沿着江面密密排开的阿巴克的绿壳船。船上炮口绽开一朵朵白色的烟雾，要好一会，隆隆炮声才传至耳边，离城五里的鹳浦是阻敌第一道防线，看来已经遭遇上了。不到一小时，守卫部队抵挡不了猛烈的炮火，倒旗掉戈撤了回来。紧随着溃兵，大队官军和常胜军鼓噪着掩杀过来。江面上，敌舰"勇敢"号也驶抵城墙，对着西门猛轰。

　　见来敌如此迅猛，怕被包围吃掉，黄呈忠主张趁敌包围圈尚未合拢，让城别走，向来路退却。范汝增不同意，他说按照约定，梯王的部队应于近日出新昌嵊县拿下奉化，向宁波城进发，我们就是付出再大的代价，也不能功亏一篑。

炮弹带着犁破空气的咝咝声，接二连三在城墙下爆炸，腾起一股股黑烟。射进内城的几颗，让半条街像骨牌一样接二连三倒了下去，幸亏雨势大，冲起的火光很快就被浇熄了下去。我和范、黄两位主将率火枪营登上西门城墙，这里受到的攻击最为猛烈，我们刚上城墙，一发炮弹正好命中城楼，轰塌的一侧檐角哗哗掉落下来，把跑在后头的几名士兵埋在了里面。

雨势略小了些，从千里镜看出去，城东数里外的江面上，一群英国兵正在集结登船，那只火力最猛的兵舰"勇敢"号转了个弯后，向着下游府城方向开去。这几乎要让我们欢呼雀跃起来，一定是南线的进攻发动了，不然英军主力舰不可能刚开战就脱离战场。但是把视线往回收，城下的局势却让我们乐观不起来，阿巴克手下的海盗们已经靠岸登陆，正扛着云梯举着弯刀，呼喊着向各门突进，城头一放枪，他们就卧倒，枪击一停止，他们就又奔跑，那模样就像一群发了疯的泥猴一般。西门的炮火现在小了下去，主攻此门的常胜军和常捷军似在调整进攻队形，向着南门方向运动，城墙和对方阵地之间，只剩下双方狙击枪手互射的叭咔叭咔的单调枪声。

哨子来报，梯王昨日已攻下奉化，正在开向宁波途中。丢乐德克率英军坐"勇敢"号已撤出战场回援宁波，留在这里攻打县城的主要是华尔和阿巴克的部队。

西门外的大队常胜军已移向南门方向，此地压力稍减，范汝增命火枪营急速调往南门增援，正要收枪转移阵地，我突然看见战场一侧一个小土坡下，一群士兵簇拥着几个军官正对着我方城墙方向指指点点。

目光穿过雨幕，我辨认出那个穿着披肩、一手举着藤条一手拿着千里镜向这边窥探的军官正是从松江赶来参战的华尔，他正跟在边上站成一圈的军官们说着什么，嘴里还衔着一支早就让雨水给打熄了火的吕宋烟。他一边站的是卫队长，马来亚人马考奈亚，另一边是法尔思德。他身后不远，士兵们正用力推动着陷在泥泞里的火炮。我擦了擦脸上的雨水，没错，就是他。

我按捺着狂跳的心，向着城楼最高处的瞭望塔跑去。这是多好的机会呀。这里的视野还不是最佳，小土包左侧的一棵老柳树不时晃眼。我要找一个最佳的伏击位置。已在杭州城下战死的刘大年告诉过我，狙击前先要掩藏好自己，不要以天空为背景，不要爬得过高，但为了一枪命中，我什么也顾不得了。

塔楼的半边已被前一轮炮火摧毁，枪垛位置蜷伏着一个士兵的尸体，我把他拖开，伏在被雨打湿的断砖上。我把自己成功地藏到了塔柱的阴影里去。从这里望出去，天地一下子旷远起来。

我把快要焐热了的那支来复枪端平，脚边放上三颗让鞋底摩擦得发亮的黄铜子弹（这弹壳是杀伤力最强的穆尔索姆开花弹的弹片制成的）。我从容不迫做着这一切，就像是来参加一个重要的宴会。但当我举枪瞄准，我发觉手抖得厉害。

我知道我不能屏住呼吸，不能让手臂的肌肉有丝毫僵硬，我也知道不需要去想什么，而只是做我自己想做的事情。

"呼！"手指扣动扳机，那巨响如同打雷一般响在耳边，巨大的后坐力使我一震。小土包前的几个人丝毫没有觉察到空中有一粒子弹正在向他们中的一个飞来。或许那粒不争气的子弹已经在空中改变方向陷入了满世界的泥淖中。这真让人羞愧。

我抹去虫一样爬在脸上的雨水。揉了揉发痛的右眼。因长时间的充血它似乎要爆炸开来。我努力要让大脑纯净空白不去想什么事，可它现在真的像一张白纸，你要想事也想不了。去嗅一嗅，嗅一嗅你的目标。雨声中有细若游丝的声音响在我耳边。我闻到了雨水的气息、血的气息、狼的气息、烧焦的动物毛皮的气息。我还听见那个声音说，你最大的敌人不是猎物而是风，不要让风充当不驯服的子弹的同谋。焚烧的旗帜、烟、树木、草、雨点，这个世界变得如此轻飘飘，似乎在离我远去。我的手指终于又搭上了冰凉的扳机。

那个人，准星里的那个人，如同被我远远控制着的提线木偶，随着枪响，他举着千里镜的那只手垂下去，按住了小腹。他刚才还趾高气扬挺着的身子这时像一只虾一样痛苦地弓了起来。离他最近的两个军官出手搀扶，他蹒跚了几步，便一头栽倒在泥土里。

小土丘下一阵忙乱，军官们大呼小叫着，刚才抬运火炮的一群士兵拥上来，七手八脚抬起他，转往阵地后方。

还没等我收拾枪支跑下塔楼，对面土丘下刚刚安装好的几门火炮怒吼了。几处火光闪过，三四米宽的城墙顶就被腾起的黑烟吞没了。塔楼的支柱嘎啦啦向着一边倒去，爆炸的气浪把我高高地掀了起来。从空中落下时，我看见了城头火光中奔跑的人影，看见了满地黑压压的人群就像厮杀着的蚂蚁一样搂抱着滚作一处，我还看见阿巴克的手下挥舞着雪亮的马刀、一个个大张着黑洞洞的嘴巴攀上城墙，但我却什么都听不见了。

我们最后还是没能守住县城，去完成忠王交给的南北两路夹击宁波的任务。华尔受伤倒下的消息如同一剂猛药，让常胜军如同一群疯狗一样不要命地乱冲，他们在法尔思德指挥下用开花弹轰开了南门，伙同随后涌入的阿巴克的海盗们与我方士兵展开了肉搏。城陷后展开的巷战中，每条街巷都堵满了双方士兵的尸体，流淌的血水和着雨水，使县城成了一个水汽蒸腾的屠宰场。黄呈忠和范汝增两位主将都杀成了血人，后者的一只胳膊被砍得只连了一层皮，但他们在率残部突围时还不忘从瓦砾堆中把我刨出，用担架抬着向西退却。

这一战，我们留在战场上的尸体达三千具以上。

从奉化方向开往宁波的梯王的部队一直冲到了府城南门外，闻听北线失败，又见丢尔德克的舰队于奉化江上布防严密，不得不原路退回。

当我这个忠王特使躺在被雨淋湿的担架上，昏昏沉沉穿过泥泞的田野时，华尔正被他手下亲信的几个将官们抬到返回战场的"勇敢"号炮舰上，躺在船尾的一张吊床上，处于半昏迷状态。"勇敢"号开足马力驶向府城，受伤者一会儿因伤痛大呼小叫，一会儿又人事不省。他小腹处渗出的血把床都染红了，炮舰上的助理医师也束手无策。船长波格乐上尉看情形不大对头，趁他清醒时建议写好遗嘱。因为这几年华尔攻城略地，赚下了不少钱。船长认为他有义务提醒伤者，万一他死了如何处理这笔巨大的遗产。

波格乐船长日后回忆说，当他说出这话，足足有两分钟时间华尔没有说话，就好像没有听见似的。然后，伤者无可奈何地摇了摇头，用左手无力地做着手势招呼船长和证人靠近吊床。短短一句话，他说得无比艰难，停顿数次："上海道台欠我十一万两，泰记钱庄欠我三万两，总共十四万两。樟梅——我爱妻——得五万。其余由我弟和我妹平分。何伯将军、蒲安臣公使，我请他们任我的遗嘱执行人。"

人都要死了，唯一记挂的还是钱。这倒也符合此人一贯的行事作风。

船长记下了这份遗嘱，然后和水手长科尔特一起签名做证，让华尔签字时，他已因体力急剧衰弱无法握笔。

"勇敢"号到达宁波府城时，已近黄昏，雨已经停了。"遭遇"号的医务长欧文医生前来诊治，发现子弹是从伤者的小腹穿入，深深嵌入了脊椎骨下面的筋肉里，必须马上手术。他们把已经昏迷说胡话的伤者从舰上移到城中的英国教会医生巴克先生家里，两位医生决定施行手术，把嵌入骨头深处的那颗子弹取出来。

手术施行了八个小时，这个过程中，伤者一直在摇头，他一边骂娘，一边吐露不连贯的命令，就好像他还在战场上冲杀。天快亮的时候，他死了。

他忠诚的部下们要把他的尸体拉回到松江去安葬。但他们征集来的一艘汽船的船长很不配合，故意不重新装填燃料就出发了。船到杭州湾海域时，煤烧完了，汽船失去动力在海面上随波逐流。最后，他的手下们把船上所有木头部分全都拆下扔进火炉里，才让汽船再度动了起来，木头烧完之后，他们又把船舱里的五十桶猪肉也丢进了锅炉里，终于烧出了足够的蒸汽动力，让这艘载着尸体的船开回到了海湾北岸。

华尔死后，驻守松江的白齐文接任了常胜军管带，因白齐文也是美国人，李鸿章对之很不放心，想安插一个英国人进去，他与英国陆军司令士迪佛立商量的结果是，后者推荐了自己的参谋长奥伦上尉前去松江担任副管带。

白齐文自然很是不满。和他的前任一样，这个冒险家也有着在东方建立独立王国的梦想，他怕英国人来了多事。

10月底，白齐文率部倾巢而出，参与攻打嘉定城。嘉定是忠王回撤后太平军在上海周边地区唯一据守的城市，守军不及五千，在强大的炮火攻击下很快告陷。受忠王之托料理上海战场的谭绍光闻讯，急令听王从杭州、堵王从湖州前往收复，另从苏州调集了炮船一百余艘、民船千余只，在三江口环筑营垒。11 月 4 日，各部进至白鹤港、张堰一线，击败了淮军程学启、黄翼升部。李鸿章见久攻不下，先后调李鹤章、郭松林部增援，再调白齐文的常胜军。11 月 12 日，李鸿章亲自出马督战，与太平军会战于黄渡。太平军沿吴淞江列阵，谭绍光率偏师列于江北岸，陈炳文和嘉兴守将邓光明率主力列于南岸。李鸿章分三路先攻南岸，陈炳文部不敌，被迫退往北岸，谭绍光督兵再战。白鹤港一战，被毁营盘两百余座，自己也被洋枪队击中落马，只得率残部退往昆山。此后，太平军兵锋再未进入上海境内，上海之役至此可说完全落下帷幕。

白齐文已经答应了李鸿章，这一仗结束就率部开拔帮助曾国荃部攻打南京，但前提是，他的部队开拔前所有军饷必须到位。一向负责常胜军粮饷调集的泰记钱庄这时却称，钱庄因坏账陷入困顿，周转困难，暂时调不出头寸，这事极有可能是杨坊见华尔战死，上海周边又趋于太平，就不想付这笔钱。白齐文气愤异常，转而向道台衙门讨要，早就知道了事情底细的吴煦也只是打哈哈，一副爱莫能助的样子。钱不到手，白齐文就迟迟不出动，只是在松江周边挖掘战壕，修筑道路，做出在此长期固守的姿态。

这帮雇佣军本就是看在钱的面子上才打仗的，眼看着西历新年已过，饷银还迟迟不到，他们就觉得新的统领太无能了，官兵们吵吵嚷嚷怨声载道，有人开了小差，有人密谋哗变，白齐文就像坐在一个一触即发的火药桶子上，随时都有可能会被炸飞掉。看这样下去无法收场，1 月 4 日那天，白齐文带了一群军官和卫兵，坐火轮船开到上海，闯进泰记钱庄向杨坊强行讨要军饷。争议中发生了口角，白齐文一拳揍在杨坊脸上，把他的鼻血都打出来了，然后，他手下那帮士兵把钱庄里仅存的四万银圆席卷一空，坐上停泊在黄浦江上的火轮船开回了松江。

李鸿章闻讯大怒，即命撤去白齐文常胜军统带一职，并悬赏五万大洋要他人头，常胜军管带一职，着由奥伦上尉接替。部队缩编到三千人为度，饷银由海关筹拨。这一事件也给了李鸿章一锅儿端掉上海帮的机会，以克扣军饷、侵吞公款的罪名，奏请把苏松太道吴煦和候补道杨坊一并革职。因还有一笔费用要他们赔付，革后暂时留用，以观后效。

白齐文自觉闯下了祸，本来有些惴惴然，回到松江得知自己被革职的消息，勃然大怒，出告单声称，其系奉旨统带常胜军，革留与否，均应听候御旨定夺，李鸿章小小一个江苏巡抚有什么权力剥夺他的职务？

这时候吴煦摇身一变，站到了李鸿章一边，声称坚决拥护巡抚的决定，以种种事实指控白齐文犯有叛国谋反罪。他说，李巡抚是朝廷钦命的一省最高军政长官，省内文武官员自得听命于他，他们的升降、去留自然都是巡抚大人说了算。士迪佛立有心保白齐文一命，也想把这支武装抓在手里，遣特使来到松江，劝白齐文不要与巡抚硬顶，主动承认错误放弃职务。

白齐文无奈交出了兵权，但他不服，放出话说要前往北京申诉。

这时的奥伦上尉接到了巡抚衙门的兵符调令，要他率兵攻打太仓城。后来的事实证明，这个人就像俗话中的大壳花生，看起来牛逼哄哄，其实一点也不顶用，太仓之战是他指挥的第一场，也是最后一场战斗。

率部驻定太仓的是会王蔡元隆，此人向以敢打硬仗著称。奥伦不明对手底细，没做任何侦察，抵达太仓城下后就构筑火炮阵地，狂轰数小时。炮击一停，就催队攻击南城墙。他先前认定，太仓城墙下没有护城河，只有一条干涸的水沟，但进攻部队冲到城墙下时却傻了眼，那护城河宽达数丈，还新灌了水，根本无法蹚过去。架桥工具没有预备，只得把云梯放倒充当便桥，一部分士兵攀过去冲到了对岸，更多的却在河的这一边挤在一起，成了城头上抬枪和弓箭的射击目标。奥伦急忙下令先头部队回撤，但城头已放下吊桥，大队太平军呼啸着杀出。此时唯有炮火掩护，方能有效组织撤退，但要命的是两门三十二磅的野战火炮却在此时陷入了泥沼，进退不得。战斗几乎风卷残云一样结束了，大约有五百具常胜军尸体丢在了太仓城下，其中有四名外籍军官。

攻城不架桥的奥伦成为一个笑柄，他灰溜溜地离开了松江，接替他的也是一个英国人，陆军工兵营少校戈登，一个鼻子高挺、蓝灰色眼睛的英格兰人。此人曾到克里米亚参战，两年前又参加过攻占北京城的战斗，不久前又测绘了上海周边百里的地形，在接下来配合淮军克复苏福省的战斗中，被李鸿章寄予了厚望。

白齐文在北京也不是一无所获。他躲进了美国驻华公使蒲安臣家里，送了一大堆礼物费心巴结公使夫人和她七岁的女儿。他在上海所遭受的委屈得到了外交使团的同情，英国公使卜鲁斯前往总理衙门帮他说好话，美国公使更是到处游说，申明事出有因，责罚过重，敦请朝廷让他复职。但恭亲王认为，总理衙门不便将一省巡抚在职权范围以内所做的决定强行撤销，只同意把这个问题发回上海再做处理。于是，白齐文在一位总理衙门官员的陪同下，又信心满满地回了上海。

白齐文带来了卜鲁斯致士迪佛立将军的一份公函，该函件称，白齐文完全是抚台大人阴谋和嫉妒的牺牲品，要求将军主持公道，尽可能地运用他本人的影响力，使白齐文官复原职。但李鸿章根本不买总理衙门的账，说白齐文惹出的麻烦已让吴煦、杨坊蒙受耻辱，此人又桀骜不驯不服管束，已不可能把这支部队的指挥权交给他，而戈登办事得体，极得军心，正是统领常胜军最合适的人选。为了让白齐文彻底死心，李鸿章奏请朝廷授予戈登总兵之职，并颁四品顶戴花翎。不数日，朝廷照准。

白齐文大失所望，此番羞辱他怎咽得下气，于是做出了一个让人大吃一惊的举动，他跑到上海邀集了三百多名外国水手，偷了一艘炮艇，到苏州投了慕王谭绍光。

3. 被攻占的炮台

我醒来了。睁开眼，看着微风吹拂摆动的藏青色蚊帐和屋顶的檩条，我以为是在年幼时的乡下，刚从一场午后的梦里醒来。帐子外晃动着一个身着褐色的影子，走进来，我看到一张满是皱纹的老人的脸。他画了一个十字，低声说，上帝保佑，你的命够大的。我想起身，可是全身的骨头散了架似的，一点也不听使唤。手肘上了夹板，也动弹不得。我问，这是什么地方？

老人自我介绍姓马，世代居此，让我可以叫他马神父。马神父说，此地名叫它山村，因村后有山名它山，东去府城三十里。他把我稍稍抬高身，喂我喝药。沉沉躺下，浑浑噩噩，脑子里像有成千上万只蜜蜂在嗡嗡。等到再度醒来，残阳把天色涂抹得一片血色，最后几缕光线穿过石窗，如利箭一般射进来，随后，好像坚冰嘎啦啦地融化，这些日子里发生的事又在脑海中一一浮现。

打中城楼瞭望塔的那一发炮，让我躺了整整三天三夜都没有醒来。他们七手八脚把我从瓦砾堆中扒拉出来时，我的一只脚被一块巨石压着，已经血肉模糊。那支枪被炸飞了，弹片还把我的右手齐腕削去。黄呈忠、范汝增两位主将率残部潮水一般退往绍兴，途中他们把我安置在这个山村小教堂。他们给教堂执事留下了话，让我伤愈就去绍兴会合。

他们都自顾不暇了还要照应我，这当然是因为我忠王特使的身份。但这种临难也不丢弃同类的做法还是让我很感动。

这么偏远的村子里怎么会有一个教堂？马神父说，别看这教堂不大，那也是他凭着对主的爱，耗去了二十年时间亲手建的，墙和屋顶，用的全是采来的石料，为了建这座教堂，妻子离开了，儿女不与他来往，村里人笑话，都不能更改他向主的决心。

此地出产的它山石，材质紧密，不易碎，好多地方造牌坊、庙宇都要用到，马神父早年是一个石匠，经常走南闯北，为官府押运石料，有一年他走水路送石料到府城，在府桥街听了一次浸信会娄理华牧师的布道，回去就决心造教堂了。

"牧师曾经答应我，等到教堂建成，他会来这里做一次讲道，可惜跟我说了这话不久，就被万恶的海盗给杀死了。"

娄理华牧师被海盗淹死一事，我小时候也听村里人说起过，却没想到我疗伤的这个山村小教堂，竟然是他传教事业的一个善果。冥冥之中，我感到了主的恩典无处不在。

马神父采来的草药很灵验，一段日子后，我已能下地一瘸一拐走动。手上的伤口结了痂，齐腕处就像一截烧焦的木头。这只手，再也不能使枪，不能提笔写字了。

村子所在的地方临河枕山，房子随地势高高低低，外墙都是条石砌就，屋顶也不用瓦，只把一层一层的石片垒上去。一个非常清幽宁静的所在，只因兵荒马乱，村民差不多都跑光了，十室倒有九室是空的，竹篱笆上的丝瓜、茄子熟透了也没人摘，全都风干了，透着一股子死气。

小教堂里还住着十来个老妇和孩子，他们有本村的，也有外村逃来的，跑不了远路，他们就托庇在这里。每天马神父讲道时，老妇们缝补，小孩们瞪着乌黑晶亮的眼睛，压低了声音嬉笑打闹。我刚来时他们都很好奇，趴在床沿上打量，时日一久，他们也都见怪不怪了。我坐在教堂通风的长廊上，孩子们就在近前的坡地上戏耍，妇女们在河边浣洗衣服。不远处的田野，庄稼都被过兵时踩得东倒西伏着，狼藉一片。更远的江面上，从府城方向开出的兵舰突突地冒着黑烟向上游开去，看情形是丢乐德克的舰队去参与攻打绍兴。

再过些时日，外出的村民陆续回来了，托庇在教堂里的妇孺也差不多都走了。冬至一过，年关也近了。宁静的山坡，绿意已然褪去，苍黄的树叶落尽，满山萧瑟。老百姓的习惯，再怎么兵荒马乱，还是要守在家里过年。我这才发觉，又一年要过去了。

身体在渐渐恢复，但我的精神一直消沉着。就好像在城头上打出了那一枪，身体里的支柱就被抽去了，整个人都瘫软了下来。我讨厌这该死的战争，它让我的双手沾满了血，让我手掌残损成了一个废人。绍兴方向已有官军去不得，忠王又不知在何处，难道我就在此隐姓埋名度过余生么？

西北风的劲道一天比一天大，吹着满是罅隙的山墙，就好像整面墙都在打着呼哨。教堂空空旷旷冷得像冰窖，为了取暖，马神父生了火堆。两个人看着柴片噼剥燃烧，风一大，火星子就到处跑。外面，雨和雪粒，无声无息扑进枯黄的草堆里，一会儿工夫就积了一层白。

我告诉马神父我要走了。我要去松江找一个女人。马神父说，知道留不住你，你有事就去办吧，如果哪一天没个去处了，就回这里来，石头教堂虽然很小，不管你走到哪里，只要你心里有它，主的恩宠就无处不在。

再次来到松江已是第二年春天。通过了城门下清军哨卡的盘问，我就径往城南的沈公馆。距上次来松江已快一年了，此城几经易手，我不知道小姐是不是还住在这里。我想即便你搬走了，也应该可以打探出行踪。我只有一个念头，那就是找到你，带你一起回西城桥老家。去年秋天宁波之战，慈溪城下一枪打死了华尔，我不知道对她是好事还是坏事。原本很坚固的一些想法，现在都变得不确定起来，心里也愈加忐忑。不管怎样，她的余生应该由我来保管了。我的一只手已经废了，但我还有力气可以养活她。经历了那么长的离乱，我和她都已是满身的伤，两个受伤的人在老家的青山绿水间耕田织布，也算是一个不错的结果。

城里除了巡逻的清军兵勇，没有见到常胜军的一个军官和士兵，那些洋人、马尼拉人，还有他们那种夸张艳丽的军服，好像一下子全绝迹了，这让我稍感惊异。走过孔庙旁的一个树林时，看到一个簇新的祠堂门口，聚集着好多人，天井前香案点着四根大红蜡烛，香烟缭绕着，在一位司仪的吟咏声中，一群官员在一只神龛下面三跪九叩，献上全羊、猪头、果钱等祭品，俄顷鞭炮响起，鼓吹班子吹吹打打，锣声震耳。我远远看神主牌位上蓝底金字，依稀是"同仇敌忾"四字，再走近看，神主牌位前一只玻璃镜框装着一张相片，那厮不是华尔是谁？

粗黑眉毛下的一双眼睛，依然野性未驯死不认输的样子，留得极长的两鬓，几乎与黑髭连在一起，那唇线分明的嘴巴紧闭着，半笑不笑，像是在嘲讽每一个近到他跟前来的人。

我听到一老一少两个官绅模样的人一边行礼如仪，一边交谈。

老者说："朝廷敕建的华副将祠堂今朝落成，过来拜上一拜，沾点灵气。"

年轻一个说："还别说，这祠堂刚开建就灵验了呢，我家老太爷痰喘三日，都快要别过气去了，我来叩了三个响头，捐了几文银子，老太爷就脚健手轻了。"

"华副将跟长毛打了那么多仗，逢打必胜，求他保平安自然最妥，他被长毛枪弹打死后，你没见白衣白马送他回松江的盛况吧？副将尸体在城外下了船，还眉目如生，棺材放在炮车上，一边厢卫队拉着，一边厢乐队奏乐，城里的商店全都停了业，洋枪队从官长到士兵全都着丧服，辫子上扎白带子……"

"我岂有不知？这次松江给华副将建专祠，是李鸿章大人专折上奏，说了许多好话，朝廷照准，才交部从优议恤，不然为一个洋人建祠，本朝何曾有过这样的先例？"

"他早就改中国衣冠了！如此说来也不算破例。"

"循例当破！本朝迭经忧患，先是夷狄来扰，再是长毛之乱，幸有曾大人、李大人等一帮书生，多难救国，引洋兵为奥援，好多循例早就该破了！"

我上前说了一句叨扰，问他们华尔墓建在何处。他们说就在祠堂后面的矮围墙里面。大的一个墓，葬着华尔，小的一个，葬的是华尔养的那头花白狮子狗，这只狗在华尔死后不吃不喝，生生饿死了，就葬在近旁陪主人了。

官员念毕一篇又长又臭的颂词，堂前天井放起了焰火，随从们在收拾供品，仪式结束了，我穿过祠堂，来到一个月洞门前，看到了围墙下的一堆圆坟，墓石上有一联，想来出自城里某个学究之手，写的是：海外奇男，万里勋名留碧血；云间福地，千秋庙貌表丹心。我对着那个坟堆啐了一口，妈的，我们还在地狱里煎熬，你倒在这里装神弄鬼！

就在我来到松江的前一个月，驻守此城的常胜军已经撤走。戈登率部打下福山、太仓后，又会同淮军程学启部趁势攻占了通往苏州的要隘昆山，把昆山作为了常胜军的大本营。沈公馆已换了主人，现在住的是本城驻军的最高长官，淮军"开"字营的一个参将，门口警卫森严，我一走近去，就有两个兵勇晃着枪，大声呵斥着过来驱赶。找遍了大半个城，也没打探到小姐的半点儿消息。我推测华尔死后，小姐不可能跟随常胜军总部迁去昆山，她是像风中的转蓬，落入了松江的市井街衢，还是被华尔的哪个部下带去了某个地方？华尔有一些忠心耿耿的随从，交付他们办这事不是没有可能。我在城中到处乱走乱闯，口里不住念叨着樟梅樟梅，看到模样近似的女人就跑上去打量，一些大户人家把我乱棒打出，一些好心人看我是个残废，又像是受了刺激，给我吃一顿剩菜剩饭再打发走。有一小队巡逻的兵勇怀疑我是细作，一路跟了我好久，把我逮到营房打了一顿，见问不出什么，他们像拖死狗一样把我丢在了城外的大路边。

天国的版图就像一张被秋风吹得蜷缩的树叶，一个个重要城市和集镇不断丧失。太仓丢了，昆山丢了，常熟丢了，天京正遭受曾国荃的湘军持续不断的围攻，苏州也是自顾不暇。沿途经过的一个个镇村，到处是废墟和焦土，那些不久前还是战场的田野、河滨，成堆成堆腐烂的尸体长久无人掩埋，都长出了白花花的蛆。即便有成百上千的尸体可供撕咬，成群结队游荡的野狗也永远是一副吃不饱的样子，瞪着绿光四射的眼睛到处窜来窜去。那些劫后余生的人们，一见生人就畏畏缩缩，眼里闪烁着老鼠一般警觉的光，满脸梦魇般的惊恐。

"那火龙船突突地冒着黑烟，尖声怪叫着，吐出一条条火舌，真像是地狱里来的恶龙，它游过的地方，树木、房子全都燃烧了起来，甚至河水也都在熊熊燃烧……"

"长毛一走，鞑子就来了，为凑足人头，镇上好几百人都拉去砍了头，河水都一片血光，有七个长毛头目被押送到清军营地，每人剥光衣服，绑在一根木桩上，弓箭手轮番向他们射箭，一个个射成了刺猬。然后凌迟，用刀片挑下一片片肉，那几具身体一直都在痛苦扭动，挨了三天，刽子手才用一把鬼头刀挨个儿砍下了他们的头颅。"

来到苏州城下时，我已经听了一耳朵凄惨的故事。身上的衣服褴褛得遮不了体，鞋子也早就弄丢了，我这副模样出现在忠王府的大殿前时，忠王一下子没有认出我来。我叫了一声义父，话都堵在嗓子眼说不出来了，只是看着他傻笑。他啊的一声，认出了我，一把过来拉我，握住的却是我的一只残手。

我检讨夹击宁波计划的失败，我絮絮叨叨地说慈溪城下那一仗，好几次他想打断我，却又不忍心。他抓住我残手的伤疤细细察看。我说完了，忠王长叹一声，你随便找个地方安生过日子就行了，怎么还要找来？我说我过来就是要看一眼忠王殿下，看一看我的兄弟们怎么样了。

一个护卫进来禀报，随后领着两个全套制服的洋军官进来。

我一看为首那洋军官有些面熟，细一看，是常胜军的白齐文。

白齐文走后，忠王说："没错，他就是接替华尔的洋枪队统领白齐文，另一位是他的副手马敦，白齐文被李鸿章夺了官职，一肚子的不平，跑到北京申诉不成，就抢了一艘火龙船跑到苏州投了谭绍光，我让谭绍光交给他一千人马训练，他嫌不够，要求给他一支军队，还要求有独立的统率权，我没有答应他，让他带好这一营人马就够了。他刚刚还说大话，说要把整个洋枪队都拉过来，你说我能相信他吗？不过他建议我们放弃苏州，撤出南京，集中力量去攻打北方，这倒是个不错的主意。"

还有个军事会议等着忠王，我提出告辞。

"去见见你的好兄弟林德利吧，他也来到了苏州，我让他组建一支忠义军拱卫苏州，或许你可以助他一臂之力。"

这次匆匆一见，我总觉得忠王脸上有一种拂之不去的忧伤，想来形势急迫，他快要被压垮了。

林德利到南京后，带着一帮洋兄弟一直在帮助防守江岸炮台，就在一个月前，他驻守的九洑洲炮台遭到清军船队偷袭，他的妻子玛丽、好友埃尔全在那次偷袭中丧生。我见到他时，他还没有从丧妻之痛中走出来，抱着我大哭："我的玛丽死了！哦玛丽，我的心都碎了！"

去年他告诉我玛丽怀孕的消息时，有多欣喜啊。回想起两年前刚认识他们时，玛丽楚楚动人的模样，我一阵心痛。

林德利说："玛丽一死，这个伤心地我是一天也不想多待了，柏拉图说，只有死者才能看到战争结束，我真担心到我死了，这场内战还打个没完没了，我想回欧洲，临动身了，看着忠王强自支撑着力挽狂澜，我又不忍心了，我不能中途撤下这场伟大的宗教战争，我答应了他，在苏州组建一支新军助他做最后一搏。"

从林德利时断时续的叙述中，我知道了从上海战场撤出后，忠王这大半年来吃的不少苦。先是去年8月接天王诏书后，忠王即率军从苏州出发，分兵两路，一由秣陵关，一由板桥、善桥，向曾国荃扎营的天京城下雨花台而去。大军包围湘军营盘五六十里，扼住了曾国荃的攻势，猛攻四十余天，始终破不了清营。都十月天了，部队还着单衣，天京城中又无粮，忠王于是提出一个"进北攻南"的打法，即从长江北岸进攻上游，迫敌不得不调南岸的军队去救北岸，调下游的军队去救上游。天王看他久不能解围，此时已革了他的爵位。于是去年10月底，忠王大军昼夜赶渡，冲过江浦、浦口，一路攻克安徽含山、巢县、和州。忠王的计划是，大军打算从六安、英山、霍山疾趋湖北麻城，攻下武昌，然后进取荆州、襄阳。但半途军粮垂尽成了这支远征军最大的困扰，开始还可以买谷种救急，到今年3月，大军进抵六安、寿州，正逢青黄不接，再无粮食可购，忠王不得不下令回军。这时他们仅剩的军粮只够回程一半之需。

更要命的是，这年的雨季提前了，接连的暴雨使长江水位骤涨，冲垮了道路，近江岸的镇村一片泽国。清军只需少量运动部队再加上炮艇，就像赶鸭子一样赶着太平军到处跑。从天京传来的坏消息也是一个接着一个，5月初，曾国荃在一次偷袭行动中拿下了人称天京"罩门"的雨花台，封锁了天京南城门，雨花台一失守，城内惊慌，天王派数路差官捧诏召忠王回京，忠王只得拼尽全力率领着这支疲惫之师蹚过无数沼泽向着天京方向赶，他的前锋、后队和两翼不断遭到清军袭击，数千士兵则在过沼泽时陷在了里面再也走不出来了。

对那些有幸没把性命丢在半途的士兵来说,更大的威胁还是渡江。在忠王残军到达之前几天,清军就开始不断轰击天京城下各炮台,试图控制江北岸,不让这支疲惫之师入城。无数清军炮艇,"快蟹""长龙"和轻巧的舢板抢风下驶,一艘接着一艘,依次开炮轰击太平军阵地。

"我驻守的九洑洲炮台,此处江面十分狭窄,宽度不过百八十米,一过此处,江面就立即阔大起来,这里的炮台有不少重炮,但大多生铁铸造,炮身笨重,炮口又窄,还不能移动,差不多只能做摆设,吓唬吓唬敌人,后来我终于找到了五六门炮是真正有用的,其中包括一门英国海军的三十二磅炮、一门十八磅炮,还有几门良好的中国铜炮,当时大约有三十几艘欧美商船停泊在南京城下,我就设法组织了一支二十几名的志愿兵,他们愿意帮我一起来守卫这些炮台。

"当忠王大军的前锋抵达江北岸时,我们立即在炮台就位掩护,同时准备好了能找到的所有舢板、船只,准备运载他们渡江。然而当这支饥饿困顿的军队一在江岸集结,几乎所有的清军炮艇都冲上去向他们轰击开了。我所看到的对岸的悲惨景象使我永远也不能忘怀。炮弹不断在这些骨瘦如柴的人们中间轰隆隆地爆炸,人群因为过于密集,许多在前排的士兵和马匹被后面的挤满江中,被江水冲卷而去。那些筋疲力尽的将官和士兵从倒在地上的同伴们的尸体中挣扎出来,迎接他们的又是劈头盖脸的炮火。那些已经载上士兵冲到江心的船只,因为载人过多,有的被巨浪打翻,也有的被激流冲走,冲到了我方阵地炮火掩护不到的地方,一些清军炮艇专门在下游截获无法抵抗的船只,把俘虏的头砍下,把尸体抛下江中。天啊,人怎么可以如此残忍地对待自己的同类啊!

"因船只太少，忠王大军整整渡了三天三夜才渡完，那几天一入夜，九洑洲炮台及下游三里整个江面都被曳光弹照彻着，整条江都成了火龙一般。本来忠王回师的人马还有三四万人，渡江一役，折损过半，未及过江的老弱及病号无一幸存。我的'英太'号接忠王渡江，船到江心，看着满江浮沉哀号的士兵，忠王一脸掩饰不住的悲戚。

"当最后一批军队趁着夜色掩护渡过江，次日清晨，数不清的清军炮艇蔽江而来，据估计约有三千余艘，一齐开炮轰击。江面上，炮声不住地隆隆作响，火光闪耀，一缕一缕的浓烟缭绕在船帆和绳索的周围，江岸各炮台全都笼罩在了弥漫的浓烟之中。至黄昏时分，和州、江浦、浦口、下关一带的炮台全线失守，只有九洑洲和对岸的几个炮台还在我们手里。

"几天后，江面上的清军炮艇少了下去，向着上游和下游退去，我想，这么多船只拥挤在九洑洲和对岸炮台之间狭窄的江面上，他们的损失肯定也不少。零星的炮击还在持续，与其说是有什么战略企图，倒不如说更像是不甘心的恐吓。但我还是提醒守军不要松懈夜间的防卫，一个太平军将官满不在乎地说：'我防守这些炮台有十二年了，只要天父不离弃我们，我还可以再守十二年以上，不让这些衙门鬼近前一步。'这种过度的自负马上就要让我们付出代价了。

"6月27日——那个日子我至死也不会忘记——前半夜一切如常，江面上时而腾起一片红光，响彻大炮的轰鸣和子弹尖利的呼啸，到了子夜时分，一切的喧嚣全都沉寂了下去，江面被夏夜死一般的宁静笼罩着，我们的大木船'英太'号也掩蔽在炮台投下的影子下静静停泊着。我和我的战友们满身火药味，疲惫得全身的骨头要散架了一般，我右额的头发被烧掉了一绺，此时只觉得头皮一阵阵发紧。四周万籁俱寂，只有望楼上哨兵的竹梆声和着江岸的蛙鸣声，催人昏昏欲睡。

"我不知道睡了多久，突然，船舷一侧响起的剧烈的爆炸声把我惊醒了，我和埃尔冲上甲板，天刚刚破晓，曙色未启，但周遭发生的景象已无需天光照亮。整个江面和两岸炮台，全都笼罩在了一片红红的炮火照耀之下，炮台外沿、上游和下游宽阔的江面，到处布满了排成密集阵线的黑压压的炮艇，交织着飞来的炮火在空中织成了一张炫丽的光网。阵地上猝不及防，江边大多炮台炮未上膛，加之炮身笨重，不及迅速还击。等到我们压低炮身装上几发炮弹，清军的第一波攻击已经过去，江上黄色的急流吞没了一些被击中的船只和士兵，破碎的船板和帆篷顺着急骤的江水冲至远方。第二波船队又黑压压迅疾杀到。

"我的目光穿过被晨风吹散的烟雾，看到下江处数百只清军炮艇已经划入一处江湾，一些花布包头的兵勇嘶喊着冲向江边的小炮台和停泊在那里的外国商船。不一会，大队兵勇登陆，纵火焚烧占领的那些小炮台，江边哭喊一片。有三艘大帆船负责防卫秦淮河口，他们也在同一时间遭到了攻击，船上火光熊熊，那些尚未完全苏醒过来的士兵扑通扑通往江里跳。

"我看这情形，要是再不走怕就要葬身火海了。藏在炮台下的'英太'号过于笨重，无法逃脱轻便小艇的追击，幸而后面还系着一只旧帆船。我搀扶着行动不便的玛丽，带上埃尔和几个最亲密的战友一起上了轻便的旧帆船。割断绳索，帆一吃满风，疾速向下游方向漂去。

"这时已经有几艘清军炮艇的兵勇从船的另一侧登上了'英太'号，他们发现了我们的逃跑企图，迅速调整炮位向我们开火。由于太匆忙，那些炮弹都没有击中我们，只是在船体周围激起巨大的水柱。四周笼罩在一团火海之中，浓烟遮蔽了刚刚升起的旭日，隆隆的炮声使得大地都在为之摇撼，枪弹呼啸着，如炒豆般响成一片，在空中喽喽地蚀出一道道明亮的弧线。这战争的风暴，这狂暴毁灭的场景，当我们身处中心看去竟有一种惊心动魄的美。

"旧帆船顺水而下，离开'英太'号已经有几锚链的距离了，求生的欲望使我们找出船上所有的桨加紧划动。突然，江面上一阵急风，把我们周围的浓烟全都吹散，这让我们一下子暴露在了江心。我看到许多炮艇急忙掉头向我们追赶过来，不住向我们发射火炮。那些船只吃水不深，火炮口径小，我们的帆船就好像绕着一道道腾空而起的水柱在穿行。一艘离我们最近的炮艇投过来几个连在一起的臭瓦罐，企图焚毁我们的主帆，我一脚踢落几个，它们都在落水的瞬间爆炸了，船体重重一震，溅起的水柱把甲板全都打湿了。我一把拉起我亲爱的妻子，准备把她送入下舱，这时，从追来的另一艘炮艇射来了一阵排枪，我看到我忠实的朋友埃尔中弹倒在甲板上，身子痛苦地扭曲着，随后我听到了玛丽的一声惊叫，我的胸口一热，也倒在了甲板上。

"我不知道我昏迷了多久，当我的知觉恢复过来的时候，我看到在我的好友身旁，倒卧着我最亲爱的妻子的尸体，她被一排枪弹射穿了。她的血，顺着倾斜的甲板流入了江中，她原本红彤彤的脸蛋，变得像一张纸一样苍白。"

4. 火龙船

在不久后太平军对无锡大桥角清营的一次军事行动后，白齐文竟然率部叛逃了！

那次进攻，白齐文率"高桥"号助战。开头颇为顺利，他们绕过了清军正面防线，在侧翼俘获了十五艘清军小型炮艇，但还没来得及高兴，"高桥"号上的弹药库突然起火爆炸，炸毁了船头，船上好几人受了重伤。白齐文指挥手下卸下船上的火炮，占据有利地形继续向清军营盘开火，把清军轰出壕沟。正当他们乘胜追击时，他俘获的一艘炮艇又爆炸了，这艘炮艇上载有汽轮上撤下来的伤兵，又架有六门大炮，储满了火药，爆炸巨大的冲击波不仅把伤兵们送上了天，还殃及其他四艘靠得较近的炮艇，十二人当场炸毙，二十余人身负重伤。有云这连续两场爆炸是船中官兵酗酒所致，白齐文本人也经常喝得醉醺醺的。

白齐文投到苏州时带来的一百余名追随者，除了几个职业军人和炮手，大多是流浪在码头的流氓水手，有关这支乌合之众和他本人放荡不羁的传言，各种各样的传说版本都有，苏州城自上而下，一直对他们不怎么信任。有说白齐文曾经带了一笔巨款，跑到上海去招募兵员采购军火，来来去去多次，也没见他带多少新兵，只是带回来一箱箱的白兰地。还有说他有一次喝多了与部下口角，竟然拔抢把对方击成重伤。更令人生疑的是，据说他们常在夜间偷偷越过防线，前往戈登军营会见他们的旧友。

"一旦见不到大笔的薪俸，不能放开手脚抢劫，他们就失望了，就愤愤不满了，白齐文当然不是堂吉诃德，不会毫无金钱报酬地去为名誉而战，去为光荣而战，或者去为一个广大国度的政治自由和宗教自由而战。"

林德利犹自愤愤不平，"他曾向忠王提出，他想带一支独立的太平军武装，完全归他个人管制，真是丧心病狂！我还听说，这人喝多了酒就发狂病，与部下斗殴的事也做得出来。他曾向戈登吐露过一个野心计划，他们合兵一处征服中国。真是个不折不扣的野心家，我敢断定，他来参加天国军队就是抱着投机的心理，想要浑水摸鱼大大捞一票。"

这一仗之后，白齐文灰溜溜地回到苏州，就暗中与戈登接洽，准备反水了。他把部队驻扎在城外，预备着戈登的轮船来接。慕王谭绍光觉察到了白齐文部的异动，趁他还没来得及走，在城东门截住了他，命令他返城。慕王问："洋兄弟为什么不满意天朝？"白齐文答："因为他们没有得到足够的薪金。"慕王说："这一点我们将来一定可以满足他们，不过，凡有洋兄弟想要离开的，也悉听尊便。"

白齐文见慕王这么说，也就回了城，没想到就在当天夜里，驻扎在城外的马敦率军官八人、兵士二十六人冲卡而出，径投戈登而去，还射杀了试图阻止他们的两个哨兵。慕王闻讯大怒："这些人参加我们的军队是出于自愿的，体面的，如果他们实在要走也可以体面地离开嘛，可是他们这样偷偷摸摸地跑到满妖那里去，他们自己丢脸不说，把我的脸也给丢尽了。"

他怀疑留在城内的白齐文部四十余人还有什么阴谋，下令停止了他们的食品配给。

白齐文再次向慕王请求准他的官兵离开苏州。慕王同意了，说天国对外邦之人的政策，向来是来去自便，不诱之使来，亦不禁之不去。将白齐文手下要离开的官兵三十四人，厚给盘缠，还派人备船，发给路凭，把他们送赴南浔，至于志愿留下的，仍相待如初。没想到白齐文在跑到南浔的第二天，就以旧疾复发为由，向慕王表示准备回上海就医。慕王答应他从清军防线内的宝带桥下船去上海，行前，还替他担心，说，恐怕李妖（指江苏巡抚李鸿章）会杀你。白齐文说，戈登会保证我平安到上海。

于是慕王派卫队，又用他自己坐的轿子把白齐文送到清军第一道防线，还写了一封信给戈登，希望戈登保护白齐文平安到达上海，信中说："洋官白齐文身患重病，回转上海医治，路经贵处，恳祈劳心饬令轮船护送，庶免妖卡阻拦侵害。"

这一下可把白齐文这家伙感动得不轻，临上船了还拉着慕王的手，一再说自己丝毫没有背叛太平军的意念，只是伤病复发要去上海诊治一段时间。慕王含笑说，欢迎他伤好后继续投效太平天国。白齐文说他会认真考虑慕王的意见。但没有人把他说的话当回事。

白齐文这一走，林德利组建忠义军的计划不得不提前了。本来林德利还在担心，经此一变，忠王对外籍军人的信任就要大打折扣，组建新军的事他都不好意思向忠王提了，没想到忠王爽快地签署了对他的委任，还给了他一笔不菲的活动经费。林德利决定尽快赶往上海招募兵员，忠王同意了，并且说，一支从嘉兴方向来的太平军刚刚收复吴江，从那里去上海可以不必绕道太湖，省去路上好多时间。忠王希望我们这次去上海，能够设法弄来一两艘火龙船，协同守城部队作战，因为"高桥"号爆炸后，我军水上力量的薄弱一下子暴露了出来。苏州水道纵横，我军旱道能争，没有汽轮船能与敌水师接仗，总是吃大亏，眼见得戈登的"海生"号汽轮天天在城外放炮，实在太过嚣张。

林德利问，"苏州是不是还守得住？"

忠王不说是，也不说不是，只模棱两可说了一句，"一切有天父天兄担当。"

我和林德利面面相觑，问，"我们完成任务后，到何处找忠王殿下？"

忠王答："待你们走后，我欲自提一军，屯扎苏锡之间的马塘桥，取掎角之势，以保苏州安全，再说我也不习惯在被围的城里过夜，你们完成任务后可到马塘桥寻我。"

"苏州由何人驻守？"

"还是慕王。"

"谭绍光能当此重任吗？"

"慕王年轻是不假，但他经过多次大仗历练，论指挥才具，在我帐下已是数一数二，再加辅佐他守城的有宁王、康王、比王三个王，四个天将，还有三万余天国将士，我相信他必会与苏州城共存亡。"

我和林德利告辞出来，对忠王驻到城外让谭绍光驻守苏州的做法感到不可理解，难道有什么力量迫使他这么做吗？还是他意识到了什么，才做出这样匪夷所思的决定？

"我觉得，苏州的陷落只是一个时间问题了，忠王似乎准备放弃了。"我说出我的担忧。

林德利沉默了好一会才说："看目前战局走向，淮军越来越坐大了。东路，程学启部加上戈登的常胜军，由吴江、常熟直指苏州而来，兵力不下两万；西路，郭松林等部西进江阴、无锡，兵力也在两万左右；再加上南路的鲍超，占了平湖、乍浦。不光苏州岌岌可危，整个苏福省都要丢了！"

"如此危局，忠王怎会不知？"

"天王封他真忠军师，就是要用所谓的忠孝大义缚住他的手脚，你知道忠王是怎样出天京来到苏州的吗？忠王回天京后，苏州已被淮军围城，杭州又遭左宗棠攻打，两地告急，日日飞文前来，忠王三番四次奏请去救苏、杭，天王都不准。到最后，天王总算同意他出城了，却要他助饷十万元，还要把家人都留在天京，限四十天内必须回头。忠王变卖了家产，把老母的首饰都拿去当了，才凑足这十万元保证金，出城来救苏州。"

我不再说什么，心里却在滴血。也真难为了忠王，他的肩上担着比我们所有人都要重的职责，他所受到的猜忌又是如此之深。在天京城里那个端坐龙椅的人眼里，什么苏州杭州，只要他屁股底下那一方地安全就行了。这哪是一个脑子正常的人该有的想法？

靠两个人的力量想要拉起一支军队真不是件容易的事，再说有白齐文叛逃的教训，物色人选还要考校人品，我们到上海快两周了才找到十余人。这些人里有曾在法军和英军服役的，也有刚从外国来的水手，他们普遍对太平天国持同情态度，我们从中挑选了十四人送到苏州去。

每次看到江面上汽轮船喷着浓烟突突突地驶过，真像一条条火龙。这船要是我们的就好了，守住苏州城就多了一份胜算，林德利总这样对我感慨。那些汽轮船的吨位都很大，甲板上站满了士兵和水手，我们没有人手，也没有开船的机械师，要想夺船根本不可能。忠王在苏州好像预见到了我们的困难，派来了两个懂得舰船操作的军官来与我们会合，我们这边又找到了六个广东水手。

有一艘汽轮船进入了我们的视野。这艘叫"飞而复来"号的汽轮船隶属于淮军水师，沿着苏州河开来回上海休整，停泊在清军营盘上游五六里处。从远处观察，这艘汽轮船应是纯英国货，船头有一门三十二磅旋转炮，船尾安有数门十二磅榴弹炮，火力配备很强，而且看样子船上许多水手都上岸未归。派出去侦察的一个广东人带来的消息是，船上只有值勤的两个英国人和几个清兵，所有的军官和水手都上岸去了。林德利的眼睛霎地亮了，他扬起手臂狠狠抡了一下，就是它！

我们从一个码头雇了一只船，决定立刻采取行动。所有人都带上了用得上的武器，左轮枪、大号双筒手枪、匕首和砍刀。我们的计划是，我们的木船逆着退潮慢慢划过汽轮船的边上，由我陪同林德利上船和两个值勤的英国兵谈话，其他人藏身在木船里，子弹上膛，刀匕在手，一见我们发出信号就跳上船来，迅速制服清兵和水手。

我们的船慢慢靠了上去，林德利立在船头，和汽轮船上的两个英国军官搭上了话。他们俩一个是大副，一个是炮手，他们说这艘汽轮船属于一支在太湖作战的舰队，船长叫马加尼，曾经是皇家海军的一个随军医生。他们这番来上海是来装货，同时把几个在太湖俘虏的太平军首领引渡给清军。林德利说我们要前往昆山去找戈登，问能不能行个方便搭他们的船去。话说着，我们已经跳上了船。

船上除了这两个英国人，大致还有十三四个清军兵士、一个马尼拉水手和七八个雇工模样的人，他们凑成两堆在玩牌，还有几个在打瞌睡，我估摸着发起突然袭击的话，我们十个人足够对付他们，那几个雇工则不会拼死去帮他们。林德利和两个英国人谈得火热，好像是在听他们吹嘘作战业绩，我和他交换一个眼色，林德利近前一步，两个英国人正好被我们夹开，我正要向埋伏在木船里的几人发出信号，幸而回头一望，不由吓出一身冷汗，只见两艘小船正向汽轮船方向驶来，距离我们不足两百米。

先跳上船来的是船长、机师、军需官，接着跳上来的是七八个马尼拉水手。幸好我们见机得早及时收手，要不然陷入众敌之手，这会儿已没命了。林德利再次向船长重提了搭船的愿望，不知怎么的，那个船长一上来就认定林德利是哪家报馆的记者，极为爽快地同意了，只是吩咐说，他们的船凌晨一时要出发，务于前半夜上船。林德利表示了感谢，于是我们就下了船。

回到木船上，我建议取消这次行动，汽轮船上一下子上来这么多人，我们对付不了。林德利沉思了好一会，还是坚持要动手，他说苏州危在旦夕，我们抢了这艘汽轮船回去，没准还能帮上大忙。当下计议停当，我和他一起进城继续找帮手，其他人原地休息待命。

幸亏我们出发时忠王给了一笔经费，用这些钱我们在码头上招揽到了五个人手。时间仓促，人品是来不及考校了，只要有力气听招呼就行，谈好了条件是他们协助我们夺取一只清军船只，我们付给他们一笔丰厚的报酬。我们雇了一只小船，先付了一半定金，于是这五个亡命之徒就和我们一起动身前往苏州河上游，与等在那里的人会合。

抵达江岸，天色已暗，"飞而复来"号汽轮船还泊在原地，如一只巨兽静静地蹲伏在江中。江潮已退，月亮隐藏在镶着银边的云层后面，正在渐渐西落，江面烟霭茫茫，黯淡的星光笼罩在蒙蒙水汽中，能见度很低。我们十余人分乘两只小船，在夜幕中向泊在江中心的大船划去。

估摸着约一刻钟，我们就驶近了汽轮船。船上的轮机已经发动，烟囱在冒烟，汽管在喷气，看来开船前的准备工作已经就绪。水手们大多还在酣睡，除了每道舷门有一个哨兵，似乎没其他防御。这是行动的最好机会了，否则等到水手们起来开了船，夺船代价就大了。我和林德利分率两船人马，一队从船头右舷登船，一队从左舷登船。我们约定能不开枪尽量不开，否则附近营盘的清军听到就麻烦了。

铁钩只发出轻轻的一声响，就勾住了汽轮的左舷，我这边的几个广东水手猫着腰，咬着刀背，如同灵巧的猴子一般翻过舷墙，几个站岗的哨兵和甲板上的一个马尼拉人还没来得及反应过来就被刀尖抵住喉咙，他们乖乖地摘下枪，没发出一声叫喊。那早起的七八个伙夫看到我们在船上突然冒出来，最初的惊愕过去后，表现得出奇地配合，一点也没声张，该干吗还是干吗。右舷一侧，林德利带的一队人马也已得手，他派人守住舱口，令其他几人去解锚缆，自己则亲自提着枪带着那几个新来的帮手，把船长、大副和炮手从舱内逮出来押到了甲板上。

这几个欧洲人刚才还在睡梦中，一下子被黑洞洞的枪口指着全都懵了，不知是寒冷还是害怕，光着大腿的船长不住地打着哆嗦。有几个清军兵勇想反抗，被那几个亡命之徒手起刀落放倒了，其他人立即表示屈服。锚缆已经解开，从苏州来的两个洋兄弟正要开足马力前进，这时一只小舢板驶近了船边，那是船上的机师去岸上风流快活了半夜回来了。他一上船看到这阵势，马上见风使舵地答应替我们效力。我们也答应了船上的俘虏，只等船到苏州，就释放他们。

没想到不放一枪就迅速控制了这艘船，我只觉得心跳得厉害，都快要蹦出嗓子眼了，船一开动，只觉得背上都是冷飕飕的汗。林德利也格外兴奋，黑暗中，他的一双蓝眼睛发着光。船突突地驶动了，突然船尾传来扑通一声，我们闻声跑去，是那个马尼拉军需官趁看守不备跳船逃跑了。有人举枪想射，被林德利制止了，一转眼，那个人影已向岸边游去，消失在了芦苇丛里。

"此人必定跑去报信，满妖获知消息，定会追来，或设卡拦截，我们须尽快驶离此地！"林德利跑去驾驶舱，要机师把船速提到最大马力。

果然那个逃走的马尼拉军需官回去一报告，附近清营的官军就沿着河岸出动了。汽轮船上火炮弹药充足，就是来再多的官军也讨不着好去，让人比较犯怵的消息是，清军从英国皇家海军那里要来了一艘兵舰，满载着水兵，正从黄浦江起航直追而来。兵舰的航速、火炮吨位自非汽轮船可比，要是被它追上就死定了，我们只能沿着河道没命地往前开。从上海到苏州到处是河滨汊港，再加上光线昏暗，好几次我们都迷了路，驶入了岔道。最危险的一次迷途，我们驶入了去昆山的水道，差点给戈登的常胜军总部自动送上门去了。

总算有惊无险，天亮时分我们来到了太平军的一处据点。那地方叫三里桥，停泊着许多插着各色旗帜的木头舢板，镇口的巡逻哨一发现我们船上机轮锅炉冒出的浓烟，就把我们当作偷袭的清军紧急示警，只见红黄布帕包头的兵士在芦苇丛后急速移动，向着汽轮船的两侧包抄过来。沿途那些可怜的村民从茅舍中冲出来，携带着农具和粗陋的家当，全都争先恐后地向着堡垒跑去，有些人抄近路跳进水里竭力要游到对岸去，他们连滚带爬，在淤泥中挣扎。这时，几支架在炮垒上的重抬枪向我们开火了，我怕误会闹大，站在船头的甲板上拼命地喊，子弹啾啾地射在甲板上，我不得不退了回去。林德利取出了一面杏黄旗帜，让水手们赶紧升上去，又催机师把汽轮船驶到岸边停下。

一个面孔晒得黑黑的老兵带了两个护兵向我们走来。我和林德利登岸向他说明，这艘汽轮船是我们刚从清军那里抢来的。

岸上的兵士和百姓知道了缘由，全都欢呼起来，喊着火龙船火龙船，胆大的几个小孩还跳上甲板抚摸着炮身。那个老兵说，防守此地的兵士不足一百人，如果是清军来犯，他们已经做好了拼死一战的准备。我问他见了这个铁疙瘩为什么不跑，他回答说："不怕，老天兵懂得为何而死！"我们肃然起敬。

经过了三里桥，即抵平望小镇，此地守军将官满怀好奇地参观了汽轮船后，让兵士抬来了一筐筐煤、柴和大米，因为此地已是我军在这一带的最后据点，往北即是围攻苏州的清军阵地了，他们派了一个熟悉地形的人上来，引导我们另觅水道，但我们驶入的支流全都过于狭窄，汽轮船无法通行，只得顺着运河一直往南开，绕道经过嘉兴城，驶入了通往太湖的河道。

但接下来的路程，不是水面太窄，就是桥洞太低无法让汽轮船通过，我们的汽轮船就像一个巨人行走在袖珍的盆景园中，我们都觉察到船底已经硌着了河底的淤泥和乱石，船身多处撞伤。好几次，水手们不得不下船去清除河底的木桩和其他障碍物，遇到阻碍通行的桥梁，我们就把它轰毁。好几座美丽的桥梁，就在我们炮火下化为了齑粉。

随后我们终于驶入了太湖，由此前往苏州，有两条水路可走：一条是经东山和吴江，一条是经由太湖北端的河道至无锡，再由无锡转至苏州。前一条水道已落入清军控制，可供我们走的只有太湖北端唯一的一条水道了。所幸此处河面甚宽，几乎没费什么周折我们就到了无锡城下。在这里我们得知，不久前，忠王已出苏州胥门，经光福灵岩撤到了马塘桥一带。守将派出信差去马塘桥报告我们到来的消息，还帮我们拆毁了河道上的一座石桥，以便汽轮船直行无碍，直达马塘桥。

5. 失苏州

马塘桥地处苏州与无锡之间的战略要冲，有水道直通该两城，西去太湖不到五十里，从这里既可支援苏锡两城，又可侧击清军向运河任何地点的进犯。忠王把苏州防务交给慕王后选择此处扎营，可见他根本不想放弃苏州，只是战局倏忽变化，他又要顾及天京安危，才不得不扎营城外便宜行事。

"飞而复来"号快到马塘桥，我们远远就看到忠王带着一帮随从在岸边迎接。这艘几乎从天而降的船可把他们给乐坏了。忠王登船视察，把这艘船命名为"太平轮"，当即颁给两万银两作为奖金，并命人火速撤除前往苏州的河道中的桥梁、木桩等障碍物，以便"太平轮"驶往苏州助战。

我们信守诺言，从这笔奖金中抽取部分遣散了俘虏。大副和炮手志愿加入太平军，就留下了，上海码头新招的五个帮手，也跃跃欲试要求参战，没准是想去苏州捞一把。考虑到正是用人之际，林德利也答应他们留下。这一念之差，致使他后来在上海遭到抢劫，差点丢了性命。

忠王前夜带着四百名侍卫刚从苏州督战回来，眼眶深凹，好像几天都没合眼了，头发和衣服都向外散发着硫黄和硝烟味。他说谭绍光真是好样的，苏州的健儿们好样的，硬是抵挡住了戈登的常胜军和程学启的"开"字营对娄门的数次狂攻。"娄门是苏州城的锁匙，清妖和洋鬼子动用了四十六门大炮，再加上汽轮船助战，轰击了一天一夜，栅寨周边的泥土都被炮弹犁了一遍，圣兵们一步未退！现在有了太平轮就好了，我们也可以让清妖尝尝开花弹葡萄弹的滋味了!"

当夜忠王设宴,既为庆功,也是欢迎前来投效的洋兄弟。正要开席,随从来报,有几个从苏州来的兵士,带来消息说苏州已经陷落。

忠王佯自笑道:"这怎么可能,别是误传军情吧?苏州城防御坚固,兵精粮足,我带来马塘桥只八千兄弟,苏州守城的还有三万余,慕王坐镇指挥,再加纳王郜永宽、康王汪安均、宁王周文嘉、比王伍贵文等人辅佐,还有久经杀阵的三十五天将为之冲杀,怎会转眼城陷?纯属无稽之谈!"

其他将官也纷纷宽慰,忠王命哨子去探,消息确凿方可来报。

不一会,几百个苏州方向来的溃兵来到马塘桥,证实了这个不幸消息。说是纳王、宁王、康王、比王早就暗中投了清妖,趁慕王不备,把他在娄门城楼杀死,随后程学启部清军大队入城,捕杀慕逆余党,后来不知怎么的,这几个献城投敌的王也被清军杀了,城中的两广老兄弟遭到清军和降兵的共同剿杀,拼死突围才跑出了三百余人。许多兵士突围时都带着妻儿,行动大为不便,为了不让妻儿被俘受辱,半途中不得不忍痛杀死了自己的亲人。

几百个满身血迹的军士,身上染的不知是敌人的血还是亲人的血,他们撕心裂肺哭喊着,齐刷刷扑倒在中军大营外,一个个悲伤如狂,痛不欲生,请求忠王发兵夺回苏州。有一个两司马全家老小都给杀了,仅他一人逃出,他哭得数度别过气去,趁人不备,竟然一把夺过侍卫的刀抹了脖子。

刚才坐在帐中还谈笑风生运筹帷幄的忠王,一见此状,脸上涌上一阵不知是激动还是愤怒的红潮,突地张嘴,哇地吐出一口鲜血。他单薄的身子晃了晃,两边侍卫赶紧去扶,他一把甩开，仰头长叹："苏州一失，亡国之期不远矣！绍光早一步赴了天堂，我等随后也好赶去了。"

"绍光，是我害了你啊！"忠王放声大哭，众将也陪着垂泪不止。待平静下来，他说前日苏州督战回来，就有一种不好的预感，觉得此城必守不久。

"娄门退敌后，与慕王交代了守城细节，我兀自不放心，又找郜永宽、汪安均、周文嘉等人交心。绍光是广西人，郜、汪、周俱是两湖人，军中两湖两广兄弟向来不和，已成积习。我劝这几位王消弭门户之见，尽心辅佐，这几人嗫嗫应承着，但看得出是不大服气的，甚至隐约有献城的意图。我有心把他们处置了，又怕伤了十多年的兄弟和气，于是跟他们讲，'主上蒙尘，其势不久，尔是两湖之人，此事由尔便，尔我不必相害，现今之势，我亦不能留尔，若有他心，我乃国中有名之将，有何人敢包我投乎？'话说到这个份上，都已是图穷匕见了，他们也必能领悟我的意思，若是熬不下去，他们尽可以或走或降，只要兄弟间两不相害就好。他们让我宽心，回我说，'我等万不能负义，自幼蒙带至今，谁敢有他心？如有他心，不与忠王共苦数年。'看他们一个个赌咒发誓，恨不能把心都剖出来，我就信了，当夜离开了苏州，但回来路上心下还是隐隐不安，没想到才过一天，这帮狼子野心的家伙就出尔反尔，为了一己荣华，向着自家兄弟开刀了，我真悔不该当初啊！我见势如此，不严其法，以致铸成大错，就知死期近了！"

逃回来的两广籍兵士越来越多，他们说起苏州城的陷落，无不伤心欲绝，恨不得马上就杀回去屠尽清妖。把他们的种种说法拼凑在一起，我约略搞清楚了苏州失陷的经过：

就在忠王苏州督战回马塘桥的当天晚上，早有叛意的纳王郜永宽等人就串通好，搭上了淮军"魁"字营副将郑国魁这条线，在北门外的阳澄湖边会见程学启和戈登，如同谈生意一样商议苏州城的出卖与购升。郑国魁是许多年前郜永宽打庐州时结下的兄弟，换过帖子，投清几年已做到了副将，又与巡抚同属皖籍，由他牵线双方都信得过。戈登当仁不让为这场谈判居间担保。几经讨价还价，郜永宽这方面需要做的，一是把此城拱手献出，二是生擒"忠逆"或斩"慕逆"首级来献，以示诚意。因忠王此时已出城（是不是郜、汪等人念旧情不忍加害呢？这个我想破脑袋也想不明白了），慕王坐镇指挥，郜等表示，谭木匠这个死硬分子，坚忍凶狡，留着本是个大麻烦，一起事，必提此人脑袋来见。

郜永宽代表其他几位没到场的王，也提出了他们三方面的要求。一是献城降清后，苏州城的水旱八门中，阊、胥、盘、齐四门还须他们原班人马驻守；二是要求保留二十个营的编制，并启奏保诸王、众天将为总兵、副将等官职，指明哪个省任职，他自己不求军职，只要求携带财物回乡；第三项要求是受翎不剃发，继续保留他们自己的服饰发型。

听了这三项要求，程学启作为巡抚李鸿章的全权代表全都爽快地答应了下来，丝毫没有不快的表示。当然他心里明白，这里的应诺全不作数，这三条要求近乎要挟，没一条在巡抚大人那里能通过，眼下夺城要紧，先答应下来再说。戈登看两厢都无异议，也乐得做这个现成的保人，于是商议停当，约定四日动手。

十二月四日一早起，清军和常胜军就对苏州数个城门水陆路环攻不止，为纳王等献城造势。近午时，郜、汪、周、伍诸王镇守的西、南、北等门皆告陷落，谭绍光大为震怒，召诸王穿戴朝冠朝服到娄门城楼商议，听他训话。这几人都是凭着军功才爬到今天爵位的，资格很老，早就看不得年轻得多的广西佬谭绍光爬到他们上面指手画脚，对丢失城门的指责很快演变为激烈的争吵，这几人又是有备而来，伺机要取慕王头颅，言语间更是有意冲撞，特别是那个汪有为，慕王更是气愤得恨不得拔刀相向。

混乱中，有人说合，有人拉扯，慕王的胳膊被人拉住了，腰被抱住了，几乎动弹不得，到这时，他还以为是兄弟们吵闹，直到后背一阵酥麻过后的剧痛，看到亮闪闪的刀尖从胸前顶破黄布龙袍刺出，看到握着刀柄使力的康王汪安钧那张因惊惧而变形的脸，他才知道给出卖了。而此时，两个贴身护卫已被砍翻在地，平素和他称兄道弟的这几个人，都拿枪使刀地对准了自己。

慕王中刀冲出城楼大厅，跌落城墙，立时气绝。两广老兄弟闻讯赶至，愤愤不平，被指为慕逆死党遭到砍杀。这时天色已暗，各营乱成一片，部分守军冲北门而出，淮军"开"字营、"魁"字营及黄翼升的水师开入城中弹压，再次捕杀不肯降的太平老兵千余名。

五日清晨，郜云宽等提慕王首级来到淮军大营，正式受降。首级验视无讹，郜等各归营中，等待朝廷册封。他们在正式成为朝廷命官之前还有一堆的事要做。近三万兵士，除去已杀和逃亡的约五千，按保留二十个营的规制，近一半须遣散或安置。戈登参加受降仪式后去了昆山，他们也是事后才知道。一直忙到六日下午两点，他们才接到去巡抚衙门接受封赏的通知。郜、汪、周、伍诸王及天将共八人，加上一队随从，刚进到原为忠王府的巡抚衙门工字殿口，就遭到了程学启埋伏下的一队伏兵的屠戮，无一幸免。

据说，李鸿章事后得知程学启自作主张的屠俘行为，大光其火，骂程学启，你也是投降过来的，何至于做出这样的事来。但也有说，李巡抚一早就参与其事，程学启明里答应郜永宽的三个条件暗里决定杀之的骗降计划一出笼，李巡抚怕杀降不祥，没有答应，他犹豫了三个晚上，终于下此决断。因为传言黄翼升的水师马上要被调到南京前线去了，留下半城太平军在那里，终究是个隐患。

只有这场谈判的居间担保人戈登给蒙在了鼓里。得知苏州杀降的消息，这个英国绅士"深感耻辱和极度伤心"，认为他的荣誉遭到了玷污，他拿着一支火铳跑到苏州，到处叫嚷着李鸿章出来，他要与之决斗。没找着李巡抚，他就跑到昆山，发誓说他和常胜军再也不会出来帮他们打仗了。李鸿章说戈登如此小题大做，实在是"煦煦妇人之仁"，不足成大事，但老成谋国的李巡抚在发往京城的捷报中，奏请褒奖的四人名单中还是把戈登放在第二位。

不数日，皇帝颁布上谕，表彰克复苏州的诸高级官员，称李鸿章自简任江苏巡抚以来，"悉心调度，谋划万全，叠下坚城，战功屡著"，着加恩赏加太子少保衔，赏穿黄马褂，以示优奖；黄翼升、李朝斌、程学启等赏给云骑尉世职，交部从优议叙；最后提到戈登带队助剿之功，"洞悉机谋，尤为出力，着赏给头等功牌，并赏银一万两，以示嘉奖"。

北京方面也风闻了李鸿章与戈登之间的矛盾，希望他们能够尽释前嫌，握手言和，同时给李鸿章加发一道密谕，让他筹措奖励戈登的一万两银子，让戈登见他的情。"此次克复苏城，戈登竭其全力，奋勇作战，特着李鸿章传谕嘉奖。赏银一万两，着即由李鸿章筹措，并送达该总兵收执。据悉海外诸国早有定星式样之功牌，因此，赏给戈登头等功牌，着即依照该项式样变通制办。钦此！"

李鸿章让自己的外国助手马格里把这一万两银子及功牌给送到昆山。戈登把马格里臭骂一顿，就差没把礼品给扔出去。他说这一万两银子他不能要，也不想要，由于攻占苏州后所发生的情况，他不能接受任何皇帝陛下赏赐的东西。

"自苏州克复之后，形势变更，自问无功可言，焉能滥膺上赏，虚靡帑项。"功劳都是你李大人的，得，你们自个儿玩去吧。

一向骄傲的他，实在是不胜悲哀。自从执掌这支军队，他一向不愿意承认雇佣军的角色，但事实告诉他，他就是个雇佣兵，一直都是。

6. 战争尽头

苏州一失，驻守马塘桥已无意义，忠王决定退往无锡。那里还有两万守军，再加上常州护王陈坤书的两万人马，足可以抵挡一阵，西可顾及天京，东进可收复苏福省。但淮军东西两路合击，无锡和常州城下已有大量清军步兵和水师集结，他们挖掘壕沟，控制河道。要从马塘桥安全撤退，须得把这股清军驱赶出去。

我和林德利自告奋勇担任了驱逐敌军水师的任务。除刚刚缴获的"太平"号，忠王拨给十五艘小型炮艇和一千名兵士交我们指挥。我们的任务是堵截敌水师舰艇，截断水师与步兵之间的联系。是日，天将破晓，大雾弥漫，我们率"太平"号及十余艘炮艇悄悄向敌水师移动，停泊在了与运河平行的一条小河的石桥边。河的一端连接运河，另一端通向一个数十公顷大的湖泊。清军的七十余艘炮艇就泊在这里。

如果蓦然驶入敌阵攻击，虽能轰沉它一部分炮艇，但好汉难抵群殴，"太平"号极有可能遭到毁灭性的打击。我们计划先派几艘小型炮艇攻击湖口的敌人，然后佯装不敌，诱使敌艇沿着小河追赶，再让占据了有利位置的太平号的火炮收拾他们。为了实施有效打击，我们把所有火枪集中在一起，在河湾两岸埋伏了上百名狙击枪手。

将近中午，湖面上的水汽飘散了，能见度很好。我们派去扰敌的炮艇开火了。清军一看只是小股骚扰，仗着船多兵广，二十余艘炮艇死死咬住我们依次追来。眼看着敌船越来越近，一声令下，"太平"号从隐匿处驶出，三十二磅的大炮怒吼了，冲在最前面的几艘炸了个稀巴烂。敌船一见情势不对，马上调整队形，后敌变作前队，向着湖口方向且打且退。黄翼升的这支水师训练有素，尽管突然遭到打击，队形也不散乱，而且船尾大炮的还击非常有力，我们这边的好几艘炮艇都中了弹。

"太平"号冲到小河通往湖口的喇叭口时，遭到了敌方炮火的猛烈打击。敌艇迅速分作三队，一队被我们尾随追来的到了湖内迅速摆开一字阵，以舷炮向我方攻击。两边各二十艘炮艇，也急速调整炮位向我们开火。湖内顿时炮火纷飞，打成了一锅热粥。他们配备的大多是六磅、十二磅、十八磅的最新英式火炮，跟我们这边的十余艘小型炮艇根本不可同日可语。忠王调给我们的那些炮艇，船上火炮都非常粗劣，根本无法冲入场中厮杀，只能在湖口外做个看客。我们索性让这些小船都留在喇叭口外，让他们看"太平"号与敌厮杀，给他们的任务是负责接管俘获

铁巨人遭到了侏儒们的围攻……

的敌方船只。

"太平"号就像一个铁巨人遭到了侏儒们的围攻。其实这些敌艇也不算小，每艘约有三十个兵士。他们鼓噪着，大喊着，有的船上竟然还有锣鼓，打得震天价响，却没有一艘敢冲上前来，只是远远地发炮。我们看准了敌方的唯一退路只是右翼船队后面的一条小河，于是决定先把他们的中路船队解决掉。因为我们向中路杀过去的时候，左右两翼的敌艇炮火都会顾忌伤到自家人。尽管如此，我们向中路敌艇冲去时，还是有无数葡萄弹和臭瓦罐纷纷飞来，幸亏打得不准，"太平"号才没受到多大损害。船头主炮施发的炮弹不断落在密集的敌船中。咣！咣！咣！满目只见到燃烧的火光、冲天而起的烟团。很快，敌艇中路退却了，水兵把船划近岸边，弃船逃跑。敌艇左队恐被截断，也窜入其间溃逃。我们的炮艇早在喇叭口等得不耐烦了，这时纷纷驶入接管清军丢弃的船只，把它们一一拖回。

但右路的敌艇这时已划入后面的小河，取得了一个可以越过低洼地向我们猛烈开火的位置，他们的每发炮弹几乎都对我们构成巨大的威胁，有几发还直接命中了汽轮船的甲板。我们不得不暂时丢下溃退的敌船，转而去小河收拾他们，但他们的抵抗实在顽强，"太平"号上的炮火无法把他们驱上岸去。最惊险的时候，有三艘敌艇竟然全速向我们冲来，船上的水兵一边大声呐喊着，一边快速装弹开炮，看情形是想撞上"太平"号，登上船来与我们肉搏。刀光闪动着，我都看到了他们狂热的眼睛里饥饿般的光芒，突然，"太平"号上的旋转炮射出了猛烈的葡萄弹和霰弹，随着接二连三的轰轰声，那些呼喊、刀光、仇恨的目光全都在水面上消失了。

在这条河里我们俘获了八艘炮艇，前面还有十艘逃了一阵后，水兵们也都弃船跑了。远处，炮声也小了下去，看来忠王亲率的八千马步兵已经击退清军追击向着无锡城进发。我们打扫完战场，还没来得及拖走俘获的炮艇，河道两边的土堰后面突然冒出来大队清军士兵。他们手中持着的都是性能很好的滑膛枪，子弹啾啾地飞来，船上的简易工事被打得像筛子一般，跑空的子弹打得铁甲板铮铮作响。第一拨枪声一响我就觉得肩窝一麻，明白自己中弹了。

那是刚与忠王大军交战退下来的"开"字营淮军，怪不得装备那么好。我们船上的大炮不知向何处发射才好，因为到处都是向我们开火的清兵。担心前路已被截断，我们顶着飞蝗一般扑来的子弹，驶入另一条小河，向着湖内退去。多亏我们预先埋伏在河湾的狙击手冲到，帮我们堵住追敌，要不然，我们真要捡一堆芝麻丢一个大西瓜了。

幸亏那颗子弹穿过充作简易掩体的木箱子后已是末势，弹头没入到肩胛骨没有炸裂，但也痛得我够呛。进入无锡城后，看了伤口，好几个营中医官都束手无策，他们说子弹钻得太深了，无法取出。后来忠王派人找来了一个郎中，他用一种特殊的手法，把长纸捻插进伤口，一直捻到子弹所在的位置，再开刀取出。完事后他往我肩窝贴上一个膏药，说过了三五天，他再来换一次药，伤口就没事了。

但还没等到郎中来换药，我就被忠王勒令离开此城。林德利也接到了同样的命令。侍卫来传忠王口谕，我们都以为自己听错了。

忠王大军一入无锡城，从苏州方向追至的大队清军就开始合围此城，见此情形，忠王决定主动放弃无锡，经常州府退守丹阳，与驻守溧阳的侍王李世贤部互为呼应。我们去找忠王，要求随大军一起行动。忠王没有同意。我们再坚持，他的脸板了起来，说尔等如再不走，只有乱棍打出了。

我磕了三个头，他始终背对着我。当我准备转身离去时，看到他把脸侧过来，那双眼睛里流露着友爱、忧虑和不忍离弃的沉默请求。我一直仰着头走，走出营中，走出城门。这十二月的天空，好蓝啊，蓝得让人恍惚。我生怕泪水淌下来就要决堤。

冬日的乡间尽皆荒芜，举目望去，低洼的平原上尽是新坟和成堆的废墟，立着不倒的只有那些死气沉沉的石牌坊，但走近去看，石柱上也是烟熏火燎，弹痕累累。林德利要去上海坐船回国，我们出城不久就分手了。

"我一直在指责英国政府，指责他们首鼠两端，指责他们为了丝茶贸易、为了不失去远东市场对太平军疯狂屠戮的行为，指责他们以自由、公正之名，所图全是肮脏的私利，现在我突然醒悟到，我这样指责他们，用一句中国老话来说其实是五十步笑百步，我又比他们高尚多少呢？加入革命军以来，我总是以为自己站在正义的一方，我所从事的是加速这场民族战争和宗教战争的伟大事业，但现在我迷茫了！我都不知道为什么在卖命打仗。为了帮助这个国家？为了那个看不见摸不着的天堂梦？还是为了钱？一个英军军官告诉我：'我们总是踩着涌浪前进，在北方，朝廷是涌浪，在这里，叛军是涌浪，所以我们把他们两个都踩在脚下。'他错了！彻底错了！作为一个外国人，来到中国，只要他介入了这场内战，不管他站在哪一方，不管他是为金钱而战还是为梦想而战，全都是错误的！这场内战对这个国家是一场阵痛，它就像一个生命痛苦的裂变，有它自然而然的进程，任何试图干扰这个自然进程的做法都是极端错误的，甚至是有害的。忠王赶我们走，是怕我们命丧此处，他的苦心我怎会不知！所以我要从这场战争中抽身了，我要回去了，我不是怕死，对我这样一个寻求梦想的人来说，死不算什么，我只是觉得在这片土地上的所作所为毫无意义，中国不需要我们，我在这里的生活、厮杀毫无意义。"

"你说的有意义的人生又该是怎样的？"

"记录这场战争，尽可能忠实、客观地向世人呈现这场内战的实质，告诉他们，对这块土地上人民最大的尊重就是不介入、不干涉，让他们自由地走完这段充满血与火的演变过程，这就是我要做的。我回国后第一件要做的事就是写一本书，记录下忠王，还有你们千千万万天国将士们的奋战，记录下我在这片土地上的亲身经历，我已犯下太多的罪行，我去写这样一本书就是对自我的救赎。"

"你看到战争的尽头了吗？"

他坚决地说："是的，离结束不远了，我看到飞蛾们向火扑去，但又深觉这一切毫无意义，他们只是在履行一种职责，一种赴死的仪式。这个老大帝国暂时是安稳了，它为自己挣得了苟延残喘的时间，三五十年内是不会有大的动荡了，但沉疴渐深，以后的变革势必会激起更大的动荡，你若不信，我们可以打个赌。"

"赌什么？"我笑了，"算了吧，等到了你说的那一天，恐怕我们都不在这个世界上了。"

战局到 1864 年初春，正如冰澌雪消一般，宜兴丢了，溧阳丢了，金坛丢了。这几场战役，戈登和他的常胜军都冲到了最前面。年初，因苏州屠杀战俘事件感到自身名誉受到玷污的戈登盘踞在昆山的时候，担任海关总税务司的罗伯特·赫德出来充当和事佬了，这个熟谙帝国官场规则的英国人像春秋战国时的纵横家一样，运用三寸不烂之舌，把苏州的李鸿章和昆山的戈登重新捏合到了一起。戈登接受了抚台大人的解释，他的军人荣誉丝毫无损，抚台大人也对这个洋人提着枪要来拼命的威胁付诸一笑，他们又重新携起手来。

当苏福省的这些城镇风吹落叶般纷纷告陷的时候，在南线，李鸿章最得意的骁将、淮军程学启部包围了运河边上的另一座军事重镇嘉兴。3 月 20 日，经过几昼夜的激战后，一半以上守军阵亡，听王陈炳文中炮身死，余部退往太湖边的另一座城市湖州。但他们也让清军付出了一点代价，屠夫程学启在攻城发动前一刻测试护城河水位深度时被一颗流弹击中头部，在病榻上拖延了一些时日，终于殒命。

在为程学启请恤的一封奏折中，李鸿章说，枪弹打入程学启的脑部，程一度昏厥、人事不省，抬回医治后渐有转机，但意识陷入混乱，一度狂言乱语，并拒绝服药，后经延请内外科医士，吃了数剂药剂，言语神气稍为清楚，但因头部枪弹无法取出，数日后伤口腐烂，"时有髓流火毒贯喉"，六日滴水不入。临死前，程让家丁给自己穿上了不久前赏穿的黄马褂，"望阙叩头，旋绕室行走数步，见案上有茶，举杯至口，不能下咽，凄然泪下"，最后，大呼心事未了，脑浆迸流而死。

在这之前一周，杭州已被左宗棠攻克。四月暮春，溃退的数万太平军和追至的清军胶着在了常州一线。四月二十七日，在常胜军强大的火炮协助下，清军渡过浮桥，攻进常州府，在经过一天一夜的白刃肉搏后，常州陷落，负责防守此城的护王陈坤书拒绝投降，被李鸿章下令处死。

至此，通往天京的南面道路被全线打通。除了忠王率部回防天京，其他各路太平军无法抵御清军进袭，又不能冲破湘军的围城大军以解天京之围，在侍王带领下陆续向南方撤退。

自从苏州那次龃龉后，被天王封为护王的陈坤书与忠王失和，有迹象表明，他是动过降清的心思的，但苏州那些杀降给了他当头一棒，从此铁了心不做此想。陈坤书人称斜眼，出身广西山地的他身材瘦小，却体格健壮，城陷时，陈坤书如疯了一般挥舞着长柄大刀冲杀，十几个清兵花了九牛二虎之力才擒住他，扭送到李鸿章面前，李鸿章问他降否，陈坤书说，要不是洋鬼子出力，抚台大人的全部军队加起来也不能从他手中夺下常州，他拒绝投降，李鸿章看他忠勇，也不折磨他，砍了脑壳了事。

打算独吞天京这块肥肉的曾国荃，像土拨鼠一样沿着天京高大的城墙已经打了整整一年的地洞，有做两江总督的大哥在上面罩着，任何人都不会染指他即将到手的猎物，李鸿章的淮军不会，戈登更用不着再向天京方向开进。因苏州屠俘事件引发国内民意支持下降，再加上眼看着远东这场最大的内战即将尘埃落定，英国政府出于战后利益的盘算，做出了召回在华作战英籍军官的决定，戈登快快回国，李鸿章趁机遣散常胜军，割除了严重威胁战后和平的这个毒瘤。

7. 鲜血梅花

我一直没有放弃寻找杨樟梅。这个春天，我像一只失魂落魄的老狗寻找旧日的主人一样，一直在战场外围逡巡。所经行的地方，农田荒芜，村舍一片焦土，到处都是蹂躏过后的惨状，无数尸体壅塞道上，那都是逃难途中饿死的，还有一些活着的，则睁着冒绿光的眼睛，等着身边的同伴死去，以便从他们身上取下仅有的一点食物。

他们说，那些死去的人，到了晚上都会一起拥到河边喝水，一村庄一村庄的人，咕嘟咕嘟，可以把半条河的水都喝干。还有人说，那些烧毁的房屋，半夜里那影子还迎风立着。我走过的好像是一个个鬼村和鬼城。

没有一个人见过我在找的这个女人。不管我怎么描述这个女人的容貌，他们一律都是摇头。或许战争的惊恐让每一人的脸相都失去了原来的特征，也或许，生存的艰难让他们对周围人视而不见，只是凭着一种本能让自己活下去。我只能凭着运气瞎撞一气，而我从来不是一个被好运眷顾的人。

有一次，我像中了魔怔一样跟着一个女人的背影穿过大半个荒城，我快她也快，我慢她也慢，就是无法看清她的脸。后来，她迈入一个破败的大门，在一堵照壁后面消失了。我循着若有若无细细的哭声，一个个厢房找过去，看到她已经把自己挂在了梁上，下面是一条蹬翻了的矮凳子，一只腕上滑落的打碎了的玉镯子。这个女人在料理了所有亲人的后事后，也随他们去了。

还有一次，我在城里跟着一顶官轿跑了数里路，直跑得脸色发白差点背过气去。因为轿帘掀动的片刻，我看到轿里有一张妇人的脸一晃而过，像极了我一直在找的杨樟梅。轿子如同浮在水上般轻捷前行，我喊着梅，梅，跌跌撞撞往前追。两个跟在轿子后面按着腰刀的清军兵勇回转身来，噼噼啪啪把我一顿好揍，打累了，他们把我像死狗一样扔在了路中央。

我还跑到上海，找到了杨樟梅的哥哥。曾经在上海滩上声名赫赫的杨家败落了，泰记钱庄已经倒闭，伙计全都跑了，不争气的长子杨公子成了一个大烟鬼。自从华尔死后白齐文从松江带人冲击钱庄殴打了杨坊，杨坊的二品顶戴被革，暂留军营差遣，经办粮米调运，他的家底已败得差不多了。在五马路的一家妓院里我找到了杨公子，他一听我问起他妹子的下落，像见了瘟神一样，拼命把我往外推，我没有这个妹妹，你一定搞错了！什么洋枪队什么华尔，你在胡诌些什么啊？我统统不晓得！

一个在攻打嘉兴城时被砍断手掌的前湘军兵勇在苏州河边的棚户里开了一家面店，那是个江西人，忠王大军入赣时他入了军，后来投到了清营。我们伤残的部位几乎一模一样，不同的是我的右掌是被弹片炸飞，他则是在攻城时被昔日的太平兄弟用大刀齐刷刷切去。我们都是从战争这个绞肉机里出来的，共同的遭遇使我们惺惺相惜，在陪我喝了几杯酒大骂了这场狗娘养的战争后，我讲了一路寻找小姐的故事，他说，这个女人，很像是他的同乡上司在松江城外掳来的一个美妇。

他的这位上司，是淮军"魁"字营的一位营官，降清前是会王蔡元隆手下的一个头目，凭着不要命的劲头陷阵冲杀，挣得了钻天燕的爵位。那时候已经滥封王侯，各种官帽满天飞，他那个爵位根本不值什么钱了。这位爵爷极为好色，每到一镇一村，总以趁乱掳掠民女为乐。这也是太平天国后期军纪松弛，要是以前的话，对照"十天条"，他就是有十个脑袋也不够砍。此人受过几次责罚后，就发狠带着手下一帮兄弟投了清营。

我问，这位钻天燕现在何处？

他说自己在嘉兴受伤离开军营后，就再没见过这位爷，"魁"字营后来参加打湖州、常州，如果此人福星高照，应该也升官了吧。

一想到小姐可能被这个清军营官掳去，我恨不得马上找到此人，探个究竟。但这会儿天京围城正急，挤在江苏全境的各营人马加起来不下几十万，要找此人无异大海捞针。面店老板说出的一番话让我眼前一亮，他的这位前上司特别喜欢画画，战前在老家就是一位丹青好手，到了军营还喜欢画上几笔，行军打仗没地方作画，就在墙上涂抹，他住过的地方，大多都留下了他的画作。

当我换了一双眼睛重新回到被战争的洪水洗劫过的城镇，我发现自己好像进入了另一个世界，一个与残酷的现实世界形成强烈反差的色彩艳丽的世界。一路上我看到了那么多画，有的绘制在那些侥幸没有被战火烧毁的大户人家的照壁和大堂里，有的就在寻常百姓家的墙、门、梁、枋上，也有的出现在断壁残垣上，被刮去，被涂抹，被烟熏，但还是影影绰绰残留着。画里有龙虎、鸳鸯、荷花、牡丹、蟠桃、灵芝，有五子登科、鹿鹤同春、孔雀牡丹图、柳荫骏马，还有写实一般记录的山川河流和血淋淋的战争场面：战马，流民，着火的村庄，各种形状的尸体，林立的战船、旗帜，怒吼的火炮，山冈，田野，望楼，惊惶地斜着身子飞翔的鸟儿。

这些画儿的下面都没有落款，不知何人所作。一路上有人告诉我，有些画是太平军中主管绘事的绣锦衙的画工们画的，也有些不知是谁随手涂抹的。这么多画，哪些是我要找的那个从前的钻天燕现在的清军营官涂抹上去的？茫茫人海，这样去找一个人我自己也觉着毫无把握。

有一个晚上，我投宿在一个叫平望的小镇，一个房客告诉我，镇上有一个李姓大户的住宅，太平军的一个王住过，湘军的一个将领也住过，那个宅子的明堂四壁，有一幅不知何人所画的人血梅花图。我心下一凛，赶紧跑去找那户人家，刚迈入院子，就觉着一股血腥气迎面扑来，全身的汗毛都竖了起来。

宅子主人是一个布商，刚逃难回来，重新开张了生意，那间明堂是用来堆放布料的。他说夜间盘货时，看到四壁的梅花图案觉得很恐怖，细看点点花瓣，竟像是人血画上去的，就买了一担生石灰，把四壁的画都涂抹了一遍，但那梅花还是依旧映出来。

"现在只有一个办法让那些梅花消失，那就是把这间屋子拆了。"屋主人无奈地说。

主人端了烛台，陪我细看那画。石灰的腐蚀下，整面的壁面有许多已脱落、褪色，显得斑斑驳驳，但整面墙的梅花图，还是气势撼人。墨染的老树虬枝，如同被缚着的手臂，竭力向空中舒展，像是要挣脱什么。满墙花瓣，或含苞，或盛开，或从枝头飘零，全都鲜血一般红。我凑近去看，烛影无风自动，竟觉得那血红的花瓣漫天飞舞，自茎叶的勾连处，自花瓣深处，似有丝丝缕缕带着哭音的女声传出。

那无数殷红的花瓣，全都化成了记忆中小姐的脸，在我面前打着旋，飞舞着。我试图穿墙而入，扑入这血红的花海，与它们融为一体，但冰冷的墙把我隔开了。我伸手往墙上去抓，去抠，屋主人以为我发了魔怔，大呼小叫着出去喊人。我的手指甲开裂了，残破的手掌又渗出了血，我的全身沾满了血和灰，还是够不到一朵梅花。我一次次聚集起全身力气，向墙撞去，希望它像神话中的那样应声而开，但奇迹没有发生，墙纹丝不动，一次次地把我弹开。我扶着墙壁蹲下，蹲在墙根，大声哭泣，只觉得这个世界在飞快转动。

在小镇的一家客栈昏昏沉沉躺了好多天，我的脑袋就像夏天干裂的河床一般，我双眼赤红，两腮凹陷，耳中满是嘎啦啦的石头撞击声。我要用布条把头一道道缠起来，它才不会爆裂开来。但我还是时常会在梦中惊叫、大喊。我梦见西城桥老家的油菜花地，梦见郁家巷的阁楼，我还梦见雨后泥泞的跑马场，小姐骑着一匹小马，我跟在后面追，而最后，总是无数干燥的石头像一颗颗炮弹飞来，把我们掩埋，堆成一个大坟。我想这世界已是一个大坟场，而我正躺在这陌生的屋檐下等待腐烂。

有一天我突然想起了我曾经养过伤的它山村，那个青山绿水间的石头教堂从记忆的迷雾中一点一点清晰了，非常奇怪，回忆起那个场景的一刻我的心里一片清凉。我想起教堂执事马神父说的一句话，石头教堂虽然很小，不管你走到哪里，只要你心里有它，主的恩宠就无处不在。这个声音越来越宏大，变成了对我一声声的召唤。主啊，我是一个在荒野上走失得太久的孩子，现在的我身无分文赤贫如洗，我收拾行装重新走向你。

我的行囊只有一个被铺、一只落缺的粗陶大钵、一根打狗的棍子。所有人都把我看作一个乞丐，但在我的内心，翻滚着的是《圣经》使徒列传里一个个英雄的名字。我去我的它山，就好像亚伯拉罕去找他的迦南。过了枯水期的运河重又变得忙碌，数不清的帆船载着丝茶、载着大米整日整夜穿梭不止，带着泥腥味的河水裹挟着水草、枯枝哗哗地拍打着堤岸，也冲刷着记忆，它如同清除淤积的污垢后汩汩流动的血管，向世人宣示患着重病的帝国挤出最大的疗疮后庞大的身躯正在一点点地恢复热力和生气。黑暗消退了，金色的阳光正透过云层的边沿重回人间，我僵冷的内心在一点点苏醒。

在嘉兴城下的一段河道，一队运粮的官船正趁着东南风扬帆北上，督粮官正是我旧日的主人、曾被李鸿章弹劾削去官职留营效力的杨坊杨老爷。这时的大老爷又重新戴上了红顶子，在江苏捐输报劾银五万两后，李鸿章奏请上谕，开复了他的原官，这一趟差，他是督办运解十万石大米驰赴天津。

这是我从钱庄偷跑出来投太平军后三年多来第一次见他。当年那个精神头儿十足的洋行买办，已成了一个暮气沉沉的官员。他老多了，头发几乎全白了，脸上皮肤松弛，挂在脸颊上都没几片肉了，他笑的时候嘴角一牵，就露出上牙床的一排金牙。他说前年华尔死后，白齐文从松江带了一帮兵痞打上门去讨要军饷，把他的牙齿都打落了，从那以后就镶上了这排金牙。

说了他的牙齿，他又问我手上的伤。对此我并不想多说什么，敷衍应付了过去。他又说这几年丢了官败了家，还要拆东墙补西墙纳款捐输，以前生意场上的朋友都躲着自己，做梦都想着东山再起，听得我都絮烦不已。

大老爷说，早年他做洋行买办的时候，以为自己有钱就很了不起，跺上一脚上海滩就要晃上几晃，再加精通外贸，在行会中位置显要，与洋人交情又好，更以为自己了不得，现在才知道错了，这年头厉害的不是什么商人，而是官，哪怕你是个红顶商人，见官还是矮上三分。泰记钱庄倒闭、家业败落，说起来是因为闹长毛，说到底全是因为陷进了上海帮和湘淮帮官场争斗的角力场，这场权力争逐中上海帮落了败，自己也连带着做了一个牺牲品。

"薛焕入了军机，位高权重，上海又是他的发迹地，他在上面说几句话，不就逢凶化吉了吗？"我说。

"他是上海出去的，更不好开口啊，再说这年头的军机处也不比从前了，恭亲王执掌中枢，虽然圣眷隆盛，但大乱之年，平捻、剿匪诸事全都要地方大员出力，中央也不好催得过紧，上头不问情由要强做，地方也敢给你碰硬钉子，两下都不好看。"

官场这么多的机关门道，我还是第一回听说。心想，李鸿章任江苏巡抚后，上海帮受打压一蹶不振，这次又狠敲了杨坊一笔，他一定是恨之入骨，没想到杨坊一说起李鸿章语气里全是发乎内心的尊崇，他说巡抚大人已发话，这趟差使办下来，奏报吏部议准加一级，还要加派他巡视海塘的差，巡抚大人给了他这么大面子，他没齿不忘。

"我年事已高，身体也一日不如一日，常常心悸、胸闷，觉得透不过气来。儿子又不争气，你留下来帮我吧，我一定会给你谋个好前程。"

看他早年在生意场中如蛟龙一般生猛，经此挫败后竟成了一个低三下四的官迷，我心里很是不屑。但也不想把话说得过于决绝。我说，我已是一个残废，只想找个地方了此余生，官家的事实在没有兴趣去瞎掺和。

他长叹一声，说："我知道，你还因为小女樟梅的事记恨我。说实话，自从你到我府上，见你忠实、勤快、脑袋瓜子又好使，比犬子不知上进多少倍，又与小女两小无猜，我是动过招你入赘继承衣钵的念头的，可是世道的变化我们哪能料想到？同治元年后，长毛对上海志在必得，危难之际，同城行业公会出钱雇洋人守城，我作为商会领头人自然义不容辞，对军务、后勤多有赞襄。城一陷家也就毁了啊，换你在我的位置，你又该怎么样来做？华尔能征善战，数度让上海转危为安，但他这支洋枪队实在太难控制了，稍一不慎就会反噬自身，为了把这支关系着上海安危的武装牢牢控制在手里，我才做出了这个千不该万不该的决定，把樟梅这孩子给了华尔！华尔已死了快两年了，樟梅不知身落何处，估计大半也是死了，告诉我，我要怎么做你才不记恨我，才会继续回到我这个可怜的老人身边来……"

但对这个没有老去而生命已经衰败的男人，我已经没有了恨。以前我是多么崇拜他啊，如同尊敬爹爹一样尊敬他，把他视作一生努力的方向去追随他。但现在我只是可怜和厌恶。我当然不会对他说，是我一枪干掉了华尔，我的这只伤残的手就是代价，我也不会告诉他，我一直在寻找她女儿的下落，直到我看到那幅鲜血梅花图……

8. 上帝终于把他等待的那个人送来了

我又回到了它山村。远远看到它山下石头教堂尖顶上的十字架，我在路中央跪了下去。我亲吻着荒草覆盖的泥土，泪水洗净了天空，也好像洗净了我污秽的肉身。

马神父染上了疫病，我回来不久后就去世了。那年冬天我养好伤离开后，经历过激战的甬绍平原爆发了瘟疫，疫情来势凶猛，成千上万百姓和家畜感染后无药医治都死去了。而且此病几乎无药可解，从发现染病到发作，基本上挨不过三日五日，患者就大口吐血死去。宁静的它山村也未能幸免，百十来人的村庄减少了一半人口。马神父是在救治灾民时染病的，他说当他有一天突然发觉自己不久于世了，就拖着病体坐到教堂前的山冈上去等，他自己也不知道要等的是什么，当他远远地看到跪在路中央大哭的那个人，他知道，他的等待有了结果，上帝终于把他等待的那个人送来了。那个侍奉主的石头教堂，他必须交到一个人的手里。

马神父是在临死前的平静中跟我说这番话的。这一过程中，他的脸色由淡红而紫红，先如煮熟的虾的颜色，最后涨成了秋天里开放的鸡冠花。他的遗体和那些染病去世的村民一样，都是在村后山脚下火化的，骨灰装入石瓿，埋在他亲手建成的教堂的一侧。

去世前他最后做的一件事是正式为我施洗。现在我的教名叫陈保罗。保罗是神的使徒，主耶稣通过他告谕世人，不管经历什么样的磨难，要有信、有望、有爱。

深秋的山色红黄斑斓，天空一碧如洗，所有花草正在抓紧时机在冬天到来之前绽放它们最后的美丽。有一天早晨我去钟楼，竟然在石窗台上看到了一只松鼠。见我走来它也不跑走，褐色的眼睛瞪得圆圆地看着我。没有了战争的世界多么好啊，万物各归其位，都有着它们恒定的位置。

十一月的一天，下了第一场雪，有客远来，带了天京城沦陷的消息。三个多月前的七月十九日，天京城在经历了长达两年的围城后终于被曾国荃的湘军攻破。这一消息经邸报已发送至各省各府州县，它山村并不偏僻，这天大的消息这么晚才进到我耳中，只能说我与外面的世界隔绝太久了。

说的是曾国藩的第九个胞弟曾国荃，督率数万湘军围城近三年，城中粮绝，军民皆以百草发酵制作的一种叫"甘露"的东西为食，城中能打的几支队伍都拉出去到处找吃的去了，所赖金陵城墙高大坚固，曾国荃虽围得铁桶（他因此得到了"曾铁桶"的雅号）一般，一时还是得不了手。湘军营垒坚固、号令严肃，擅打阵地战和运动战，但攻城缺少好炮，实是他们的一个软肋。但曾国荃拒绝杭州的左宗棠和苏州的李鸿章来插手，因他早就将金陵城看作了自己的禁脔，不许他人分功。

曾国荃没有大型火炮，采用了最笨的土办法，地道攻城，不住地在金陵城墙下开挖，往里填塞大量火药。但守军在城楼上分辨草色就发现了下面的地道，往里熏毒烟、灌沸水，把地道炸塌阻断，因为挖地道未免伤损草根，草枯渐成黄色，黄绿相间的草色下必是地道所在。就这样挖了大半年，炸药花去数万斤，工兵死伤一两千，那城还是攻不进去，曾国荃急了，怒火攻心，肝病发作，动辄骂人，趁着城里老天王病死、幼天王洪天贵福即位的乱档儿，曾国荃顶着一年中最毒的大太阳发动了最疯狂的攻击。这次他学乖了，一边在钟山顶上的天保城架起三组巨炮日夜轰击不止，让城内的哨探无法登高望草色猜地道，一边重新拾起一条废弃的地道，从一处叫龙脖子的山坡下一路挖过去，连挖十五天一直挖到城墙下，填塞上数万斤火药，预备着用这个大爆竹来孤注一掷了。

"你道这个大爆竹有多厉害？"来客一脸神秘，"地道顶部填装了三万斤火药，用巨石堵住，其间留一小洞安放引线，那引线，系用碗口粗的竹子相接而成，内装桐油浸透的数匹大布，蜿蜿蜒蜒，一直伸到他的中军大帐。七月十九日，准确地说是同治三年六月十六日午后，这个大爆竹炸响了，你道怎的？那真是天崩地坼的一刻！先是地底下隐隐若有雷声，响了有一刻钟之久，忽而这声响静止了，当众人皆以为这是个哑炮的当儿，突然间霹雳砰訇，天地作色，但见二十余丈的城墙好似脱离了城基，轻飘飘随烟向着天上飞去，那块盖住地道口的巨石，被爆炸激起的巨大的气浪冲到了两里地外，一下压死了数百人……"

听他说到此处，我几乎讶叫出声，急切地问："那忠王呢？他冲出城了吗？"

"你说的忠王，他们叫忠逆李秀成，他已经就义了，他死在城陷半个月后，其间经过，你且听我慢慢道来。"

"苏、锡失守，秀成退屯丹阳，此时他已知天京不可再守，想回京劝天王让城别走，侍王李世贤驻兵溧阳，劝他不要回京，别作他谋，他不听，得悉李世贤要带兵前来逼他去溧阳，李秀成轻骑连夜回京。李秀成向天王奏陈应立即放弃天京，取道江西、绕湖北，据西北以图中原，说到情切处甚至请死于殿前，只求天王能早做决断。那天王真是鬼摸了头，竟然连责带骂，说什么，'朕奉上帝圣旨、天兄耶稣圣旨下凡，做天下万国独一真主，何惧之有！不用尔奏！政事不由尔理。尔欲出外去、欲在京，任由于尔。朕铁桶江山，尔不扶，有人扶！朕之天兵，多过于水，何惧曾妖者乎！尔怕死，便是会死！'啧啧，你看他，这个人是不是一直生活在幻觉中啊，都被人围得铁桶一般鸟儿都飞不出一只了，他还在说什么铁桶江山！

"真是忠王这号给取坏了，秀成这人愚忠，见说天王不动，他也不愿在临危的黑暗时刻弃主出走，只得留天京死守了。但他还是做了一个眼，传令李世贤领军去江西就粮，到明年江南秋收后回救。此时城中守军约万名，大多都是伤病号和饿得迈不开步的，能战的只有三四千名，粮草又告断绝。官军围攻一天比一天急，从东门到北门沿城掘地道攻城，秀成指挥守城军向外挖出去，截断了几十处快挖到城墙的地道。硬挺了几日，钟山上的天保城失陷，天京正式被围。再几日，天王病死——也有说是吞金自杀的——秀成扶幼天王嗣位，这时城外的另一制高点地保城又失陷，官军使了个障眼法，明里打炮不止，暗里日夜挖掘地道，因炮火猛烈，这时城中的哨探已无法登高辨认草色，太平军也就不能展开反地道战。

"六月初六日，午刻，震天动地一声响，龙脖子地道的大爆竹被点燃，二十余丈城垣转眼轰塌，官军李臣典、萧孚泗率登城队突入城中，第一批入城的湘军兵勇手持地图，直奔天王宫。秀成率众领奔向缺口，无奈官军如狂潮般涌入，抵挡不住，守城军陷入了混乱。此时，幼天王洪天贵福和他的四个妻子、两个弟弟茫然站在宫里，宫中护卫早就逃得一个都不剩，忠王带一队亲兵冲到，带上他们，想趁乱冲出城门，但试了几个城门都给挡了回来，于是他们躲到城西清凉山一座废弃的庙里暂避，剥下官军尸体的衣服换上，预备待天黑后穿过东门附近的城墙缺隙跑出城外。

"幼天王的那两个弟弟出城时落在了后面，被官军乱刀砍死，其他冲出城的，或骑马或徒步，冲过孝陵卫等处营寨一路向南狂奔，只想尽快逃离这座已被烈火吞噬、已成人间地狱的都城。落日时分，他们有千余人往东冲过城墙突出城来，秀成立即分为两队，前队护卫幼天王急走，他率领后队抵御追兵。见幼天王的马跑不快，他就把自己的坐骑、一匹强壮的雪青色战马让给幼天王。秀成换乘的这匹是劣马，再加血战一天一夜，这马已乏力，跑着跑着他就落了单，到天色微亮，他身边只剩两三个亲随。此时人和马都已累乏不堪，于是秀成走上方山顶上破庙内，席地躺卧下来，想等体力稍有恢复再继续赶路，躺下前，他把捆在身上的金银细软和珍珠宝物吊在了树杈上。

"山脚下的村民得知天京失陷，趁机也想出来捞上一票，他们料定必有逃出来的大官、宫女在山上躲避，于是天一亮就上山搜寻。秀成正在山顶破庙里，迷迷瞪瞪间，忽见一群人走上山来，他本能地跳将起来，掣刀在手，起脚便向山下跑，那些挂在树上的金银细软都没来得及取下。众人追到，识得是忠王，一齐跪下。秀成便和众人一起转回破庙，要把金银细软取来分与众人。不料这帮村民追秀成下山时，另有一帮人来到破庙，已把秀成挂在树上的银两和珠宝尽皆掳去。

"村民为掩护秀成逃出，劝他权且剃发。秀成不肯，说：我为大臣，国破主亡，若不能出，被获解送妖营，有死而已，若果有命能逃出去，现在剃了发，难以对我官军。禁不得众人苦求不止，秀成只得答应剃去一些，于是村民便找了个冷静地方把秀成藏起来。

"话说这群村民中有一个愣头青，下山访知抢去秀成细软财宝的，是村里另一拨人，便打上门去要和那帮人均分。那帮人不肯，两拨人便拨拳使棒打成一团。抢着银两宝物的说：'这种珍宝，天朝大头目方有，你们问我分此物，必获此头目。'这时，从金陵城里追来的一小队官军开到，问明情由，便上山搜捕，秀成于是被逮住，五花大绑着解到曾九军营。那曾九痛恨秀成死守金陵，害他死伤无数，一见秀成押入，便失心疯一般，猛地扑将上去，拿尖刀往秀成身上乱戳乱刺，刺罢犹不解气，又命手下把秀成身上肉一片一片地细割，顿时满身血肉模糊。秀成喝道：'曾九！你我各扶其主，你生什么气？且兴灭无常，今天偶然得逞，就发疯了吗？'众将劝住，曾九口里犹自恨恨不已，命将敌酋好生看押，等总督大人到后再行处置。是夜，曾九手下一个营官，早年入过太平军的，潜入牢房找到秀成问：'何不早降？'秀成答：'朋友之义尚不可渝，何况受其爵位！'又问：'汝今计安出？'秀成答：'死！'说出这一字，再也不开口。"

听到此处，想着忠王受苦的情状，我只觉胸胀气闷，心口疼痛难忍。

"这么说，忠王是让曾铁桶给杀了？"

"尚未。此事还有下文，你且宽心再听我言。话说秀成被捕五天后的一个夜晚，两江总督曾国藩从安庆赶到，未及更衣，就要人提秀成来见。曾九深知这个又是哥哥又是上司的脾气，也就不劝他休息，命人大张旗鼓安排过堂提审。曾国藩抬手阻止，说用不着劳师动众，也不用带左右随从，他只想一个人去会会此人。曾九担心兄长的安危想说什么，被曾国藩微笑着阻止了。

"这天晚上，身着便服、胡子灰白的总督大人在牢中待了足足两个时辰，他和秀成一起谈了些什么无人知晓。事后有亲随说，总督大人气咻咻地从牢里出来时，脸色发白，面上表情愤怒、惊愕皆有之，衣服的前襟和后背都是汗涔涔的。嘴里不住念叨着什么，细辨像是'此贼甚狡'四字。

"天朝覆亡早成定局，李秀成一个囚徒还能掀起多大浪花？那一夜他到底说了什么话让修炼得近乎圣人的总督大人如此惊惶无着又恼羞成怒？一个说法是，秀成在狱中劝曾国藩在金陵坐天下当皇帝，他如此这般解说天下形势，说东南半壁无主久矣，曾氏兄弟手握湘军，四省厘金，络绎输送，各处兵将，一呼百诺，长江三千里几无一船不张曾字旗帜，此时他老曾登基称帝，实是水到渠成，曾帅若有此意，他李秀成愿为马前一卒。只有傻子和圣人，不会为这样的开天辟地伟业动心，但很不幸，秀成那天晚上努力要去诱惑、说动的那人，就是后者。终于，成为一个圣人的念头压倒了那个强大的诱惑，当然，老于世故的曾国藩也在怀疑，这个狡狯异常、诡谲多谋的天朝王爷会不会是设了一个局，用三国里姜维的诈降计来引诱自己上钩，最终的目的还是图谋复国？

"他无法在短时间内搞清这个事情的真相到底是什么，面对这个阶下囚晶亮的眼睛，他也无法保证自己对那个光芒四射的诱惑一直保持无动于衷，对这个囚徒他真的有点怕了，他怕的或许是内心里隐藏着的那个念头突然变大，变得挡也挡不住，坏了自己清名一世的修为……这个不世出的英才，杀之可惜，用之可惧，那就速速杀了吧，也算是永远掐死了心底里小虫一般蠢蠢欲动的那个念头，'免致疏虞，以贻后患'，一了百了。他杀死这个囚犯，实际上是杀死自己内心的一个欲望。

"总督大人最后的慈悲是给这个囚徒留下了八天时间去写一份自述，回忆他一生的起落，去叙他尽忠的志节，但这份传说中的自白书在秀成受刑后就消失不见了。有一种说法是，因其中语多犯忌，总督大人把它隐匿下来了，他要把这份供状修改到挑不出一丝毛病，才会上呈朝廷。"

我提出异议，既然总督大人会见忠王时没带一个随从，他们说的那些话，岂非空穴来风妄自猜想？来客嘿嘿笑着，说道听途说而已，在下姑妄言之，客官就姑妄听之吧。

"还有一个说法，不知你信也不信？有人说，在金陵受凌迟死去的是忠王的一个替身，真正的忠王未死，有人在湖州府见过他，骑着那匹通体雪白的雪青马。"

第七章

尾声　天国来信

梅：

　　这封信写给已在天国的你。写信的时候我是在小教堂的钟楼，临窗的一张石桌上。这是尘世间离你最近的位置了。

　　我的右手已经残损，再也握不住一管笔。这是这场惨烈内战留给我的创伤。更大的创痕看不见，在心里。现在为了给你写这封信，我费了半天劲才把笔绑在腕上。才写几个字，已痛得额头直冒汗水。

　　从马神父手砌的石窗望出去，早晨的小山村正在一点点醒来。太阳在东山冈吐露湿润的光线，淡青色的早炊烟火升起，小巷里响起了孩子们奔跑的脚步声。视线沿着灰色的屋脊线伸向远处，村口的小河波光潋滟地向着通向外面的唯一一条官道敞开，羊儿在滩地上吃草，三两只小狗在撒着欢儿奔跑。做晨祷的村民正沿着村中小道三三两两向教堂走来。我今天准备给他们讲的是旧约里以扫和雅各的故事。

　　回到这个小村转眼间一年光景过去了，但我总有一种感觉，就好像已在这里住了好几辈子了，这里的石头，游鱼、水草、土狗、鸡鸭、小巷、青山的倒影和淳朴的村民，就好像都是上辈子都熟稔了的。似乎我想要的生活，造物主都全集结在这里了。民间的美真有着让人坠入的危险，而我的小教堂是这一切的中心，它赋予了世界以秩序，让事物散发出了本来就有光芒。

有时，我也会想起战争中的这三年，我和一群来自天南地北的头缠红黄布帕的兄弟们被信仰牵引着、迷惑着，梦想着经过血与火的洗礼在人间建立起一个天堂，但一切都背离了初衷，如同一个残酷的玩笑，所有仰天追着光线奔跑的人都陷入了阿鼻地狱里。而你，现在是真的在天堂里。那里风轻云淡，人民和平地生活在一起，那里没有战争，没有流血，只有赏不尽的如画美景，饮不尽的甘甜美酒，你都不知道我有多羡慕你！

已经安息的马神父穷毕生精力建起的这个小教堂，是我抵御凶险世界的古堡。这里的每一块石头，石头与石头的罅缝里，都刻进了对上帝的爱。苦难开启了我的悟性，现在我正在领悟这爱，学习这爱……

昨夜这里刮了一夜北风，早晨起来看到地上一层微白，晚上不知什么时候竟然下过细雪了。我现在好奇的是，天堂里会不会刮起冷风，那里会下雪吗？

写满了这页，我就把这封信烧掉，好让你读到它，知道我对你无时无刻不在思念。卿卿如晤，你我虽阴阳两隔，穿过文字背面，我们还是能在梦里相见。

永远爱你的　陈保罗

2013 年 8 月 22 日初稿

2014 年 2 月 10 日雪后修改

2014 年 12 月 28 日，再改

跋

二十一个词

01. 破题

盛夏某日，正式动笔。一个乱世，由此破题。一个多么溽热的夏天，台风迟迟不来，又闷又湿，如在笼中。

开始的结构方式，还是一种编织的技艺，如同回到手工时代。小说家欧茨说，给形象找到语言，给想象以形式和结构，看似平常，做来却大是不易。

02. 叙事

对我来说，存在着这么一种叙事：它吸引着你义无反顾地投身进去，而不管会带你到何处去，就好像看一部侦探电影，你只是看它种种的演绎，最后凶手是谁并不重要，重要的是那个叙事流动的过程。

03. 细节

整个 9 月，我成了一个战争史爱好者，详细搜罗 1860 年代初三次上海之战的双方人数、火力、战法、行军路线，每次小战役的胜负。在史景迁的《太平天国》里，我还找到了一张当时的战场形势图。我需要细节的精确，而不仅仅是史实的真实性。

04. 延宕

观望、逡巡、迁延、突围，每天只写五百字，只为了不中断。可是到 12 月突然写不下去了。在浙江丽水一处山村里，和小说家 L 就这个小说有过一席交谈，突生烦躁，感到前景黯淡。

主要还是这种结构方式有问题。历史小说要时时警惕过分拘泥史料带来的羁绊，可是这几个月，我简直是在写一部战史而不是一部小说，我的本意可不是成为一个普鲁塔克。

05. 收信人

2013 年 1 月 2 日，我得郑重地记下这个日子，对这部正在行进中的小说而言，这个日子是一个转折点。把原先设想中的第三部分"书信"提了上来。在传统书信几乎绝迹的今天，用书信来结构全书，让叙事者去倾诉、去回忆，文本一下子变得舒缓了。这种流水般的舒缓和慢，才是文学的。

这些信，在寻找它们新的收信人。而读者，就是今天的收信人。

06. 战争与爱情

战争，爱情。这个小说的两大元素。禁欲时代，把人分男营、女营，而性却以一种变异的方式存在，更显妖娆和葳蕤。读读马尔克斯的《霍乱时期的爱情》吧，你就会相信，爱情真的不只是苦丹巴杏的味道。

07. 贯通

入夜，还是雪细碎的沙沙声，天地皆作一色。有了微信、微博，现在人再也没了写信和等候信件的耐心，以书信这种当今几乎绝迹的文体来结构小说，滞住的时光有了贯通之感。一天工作后，在窗口打开里尔克晚期书信集《穆佐书简》带给我莫大的宁静与喜乐。里尔克说："我觉得我们时代的厄运之一，乃是时代潮流迅猛湍急，正将这类内心的自白从书桌的抽屉、从房舍席卷而去，卷至已被无数伪劣和功利的半吊子产品所淹灭的公众面前。当真正的佳作随此浪潮飘向公众时，人们却没有时间和能力对真品给予应有的关注并予以接受，因为人们正喜欢耸人听闻的或简单诱人的东西。"（里尔克致诺娜·普彻尔－维登布鲁克，1921 年 9 月 25 日）

08. 轻盈

下了一整天大雪，整个城通往外面的高速公路全部封道，市区积雪最深处二十厘米。时间仿佛滞住了，整个世界沉入了水底。午间读几页《穆佐书简》，继续写小说，第一章始成。走上街头，呼吸着清冽的空气，降临的是一种创造过后平静的喜悦。有一种地洞式的写作，也有一种雪天木屋式的写作，前者直接通向我们内心的黑暗，后者是在有意识地奔向世界的光亮部分。雪天的光亮，让被市嚣包围的整座城变得轻盈了。

09. 蚂蚁的方式

这个冬天，我将用罗伯特·勃莱说的"蚂蚁的方式"度过。冬天的"蚂蚁的方式"，就是受伤并且想生活的人的方式：呼吸，感知他人，以及等待。

10. 气息

3 月的第一天，清爽而湿润的雨的气息。这雨好像在跟冬天说着最后的告别；天空低垂，万物寂然，那失败而又被宽恕的事物，更远地退入影子中，别了冬天，别了旧年。读信，写信，游泳，我一整天的工作。

11. 祛魅

《躁动的帝国》里，英国伦敦政经学院国际历史学教授文安立说："纵使中国试图重新参与外部的世界，它因为发展而产生的诸多内部冲突，也使得它被拖回与外界隔绝的泥淖中。"

一部近代史的叙述，革命叙事一手盖天，遮蔽了现代性叙事，也模糊了我们与外部世界的关系。一个历史小说作家写作的意义，就是不断祛魅，不断打鬼。

12. 气味

有一些句子总是有着恒久的熟悉的气味，比如奥布莱特《老虎的妻子》开头第一个句子："在我最久远的记忆里，外公的头秃得像块石头，他总带我去看老虎。"熟悉的气息一下子就让我想到老马尔克斯。我好奇，未来的读者读到这个小说第一章的第一个句子："梅：昨夜我梦见你……"，会有什么奇妙的联想？

13. 互为证明

小说家 Z 在美国，多年踪迹全无，突然在微博上发声："对中国历史无记忆的集体型的个人耻辱和文化传统断裂的个人耻辱，在人家以为寻常的时刻，我会哭——自我耻辱地哭。"这是我看到的对"耻"最直接的表达。然后说到了非虚构，我肯定了她这些年这么做的努力。黑暗中走在相邻路上的人，有时互相招呼，也是互为证明吧。我这样告诉她："在非虚构方向上的挖掘，是小说叙事精神的延续，也是对文学本身的丰富。"

14. 三重奏

重新进入 1862 年春天。权力之争是这个小说的外在的架构，小说的内里写的是现代性转型的艰难，同时它还应该有一个爱情小说的外衣。这是这个小说的三重奏。

小说时间：1860—1864，远及 1850 年代初上海开埠的初期景象。一座城的旧日浮世绘，也可作前一部晚清题材长篇小说《赫德的情人》的前传来读。现在，我把这个小说的叙事称作现代性叙事，它展现的是现代性降临前夜的种种曲折和波澜。

15. 现代性叙事

现代性叙事是相对于革命经典叙事的一个概念。近代中国，后者遮蔽了前者，长久以来，革命意识形态话语成为主流，而事实上，现代性的建立，应是循序渐进，温和地改良，血与火的革命是最坏的选择。

在汉学家费正清主编的《剑桥中华民国史》中，1800 年是区分十八世纪繁荣、进取、自信的中华帝国与十九世纪崩溃着失去秩序的近代社会的一个分水岭，一个现代性建立的起点，如此则把近代史的开端从外力撞击回应模式下的 1840 年提早了四十年。接下来他划分了现代性之于近代中国的四个时期：1800—1864；1865—1911；1912—1930；1931—1949。

之所以把太平天国覆灭的 1864 年作为第一个阶段的分界，部分是采用了孔飞力的观点，孔飞力认为，地方武装湘军和淮军的次第兴起说明，在 1864 年后权力的非集中化成为大势所趋，成为咸丰朝以后中国社会的普遍特征，这标志着传统国家的崩溃。中国的政治和社会已经不能按旧的模式重建，不能用旧的王朝循环周期论来解释，整个国家和社会都面临着新的权力分配。

这个小说的时间结束于 1864 年，正是乱象丛生、希望与绝望并存的一个重要年份。现代性降临中国所走完的第一个阶段，其特征是以曾国藩、李鸿章为代表的地方名流和绅商阶层的兴起。这是传统中国政治格局所不能容忍的，但他们的影响延续了半个多世纪，直至王朝解体。

在这个意义上，2011年出版的《赫德的情人》在故事时间上承续了现在这个小说，它描绘的是外国力量对中国政治的渗入与影响，把这个1864年结束的故事又往后推到了1911年。

16. 编年体

我在这个梅雨之夜想象着一百五十年前夏天的泥泞、酷暑、疫疠、战事。我像个勤勉的编年体史家一样，记录下人名、地名、地图、双方参战人数及伤亡人数。我一会儿是个战史记录者，一会儿又是个陷入爱情绝望泥沼的写信人。但最终，我回到了我。在"理想主义"餐厅与两位律师谈现实主义及现代性回来，月圆之夜，花湿露重。

17. 机械师

每天机械地坐下，打开屏幕，继续前一日的工作，现在我就是个机械师。写长篇真是懒人干的懒活。就像打一个坑洞，每天前行几米，这黑暗让人绝望，看不到光在哪里。

有关太平天国战史的叙述：大陆方面有罗尔纲、汤志钧两位先生，台湾有郭廷以。有关美国人华尔在苏松太道吴煦和候补道杨坊赞助下招募洋枪队抵挡太平军进入上海一事，中文记载都十分简略，有阿本德的《华尔传：西来的战神》、兰杜尔的《"常胜军"建立者与首任领队华尔传》、安德鲁·威尔逊的《"常胜军"：戈登在华战绩和镇压太平天国叛乱史》三书，都是根据回忆录、调查记录、私人日记、往来信札以及一些手稿写成，有的作者还与华尔、戈登有交往。

18. 第七封信

开始一个新长篇，就好像被抛进一个深海里，总害怕游不回来。下午的坚持和交流还是必要的，又找到了新章节的方向。就好像我的朋友、《北京晚报》孙小宁说的，她的作者大部分是写长篇的人，只要进入长篇状态，就心无旁骛，好像一头扎到深海的感觉，她为他们觉得幸福。她说，写长篇的人不容易自杀，因为每天总有事情要完成，而它经年累月，还完不成。我说的确如此，我们都是苦役犯，还是文了身的。

六封信已经写就，第七封信应是写往天堂。

19. 视角

近日看到新书介绍，史景迁的学生、耶鲁大学的裴士锋教授出版了从内战视角看太平天国的著作《天国之秋》。另一学者梅尔清（几年前曾写有《清初扬州文化》），新著《浩劫之后：太平天国战争之遗产与十九世纪之中国》[①] 则是从民间史和日常生活史的角度写太平天国，主要采用的是两个清代乡绅余治和张光烈的材料铺陈开去，对地方志、日记、诗文的开发，依然是梅尔清的拿手好戏。天国史曾是显学，简又文、郭廷以、罗尔纲都是大家，今则寥寥，好像国人都在刻意忘记这个曾经的噩梦。

当席卷南方数省、延时十有四年、致死二千万人的太平天

---

① 本书英文名为 *What Remains: Coming to Terms with Civil War in 19th Century China.*，尚无简体中文版。

国进入最后几年时，大洋彼岸的美国发生了南北战争。对当时的世界秩序制定者英国来说，这两场战争几乎同样重要，因为美国和中国是当时英国最大的两个经济市场，美国的棉花关系着英国的纺织业，中国的茶叶则塑造了英格兰的舌蕾。两个市场中任何一个的丧失，都有可能使大英帝国的经济陷入停滞。开始的时候，英国人在这两场战争中都是中立的，但到后来，英国人采取了干预太平天国维持丝茶出口稳定的政策，而对美国内战则保持中立，因为英国政府意识到，南北战争不论谁输谁赢，美国人还是要卖棉花的，而太平军占据沿海口岸，已经严重影响了中国的茶叶出口，并进而影响到了它自身的经济稳定。因此出现了这样令人啼笑皆非的一幕，刚刚在北方焚烧了皇家园林颐和园的英军到了南方则与政府军结成了同盟，一起来对付太平天国。

普拉特的一个观点是，十九世纪的中国不是一个封闭体系，它已经通过贸易融入了世界体系，加入了全球化，那场战争爆发时，有数千名外国人住在香港和上海，中国的这场内战与世界彼端的欧美有着千丝万缕的联系，受到外界的即时关注。他的另一个观点是，英国人以对太平天国的干预，保证了它在美国内战上的中立态度。美国内战是在完全没有干涉的情况下，按着其历史规律走完全程的，而中国则不同，它的历史被外力干预了。日本伊藤博文有一句话，大意是，太平天国叛乱时，满清已是山穷水尽，英国人的介入使它至少多存活了五十年，但这样做事实上阻挡了一个正常、有益的自然历史进程，它加大了后来的动荡程度，使之更加暴烈，拖得更久，造成的后果是推迟了中国的现代化进程。这句话我希望能让小说中的人物林德利说出。他是一个英国人，原先是皇家海军的一名士兵，后来因同情太平天国加入了太平军，他把太平天国运动看作一场宗教革命和民族革命，指责英国政府对中国革命的干涉是抱有不可告人的经济目的。战争让他迷惘，最后他选择了退出，因为他认识到，无论是英国政府，还是他本人，介入这场内战都是一个错误，他的天堂梦结束了。

有关太平天国的叙述总是与二十世纪的中国政治纠缠在一起。孙中山、毛泽东、蒋介石，各人都有各人的表述和行动。尽管很难脱离各种外衣的意识形态去讨论这段历史，但取一个尽可能客观、中立的视角还是必要的。内战（civil war），按国际法的惯例，是指某国之内的某种势力用武装对抗政府，而其他国家公认其为交战的一方。相对于以前界定太平天国时的"叛乱""起义""革命"等词汇，这个概念更中性，可以更准确描述这场内部战争的规模和力量消长，而不站在任何一方说话。

20. 坛子轶事

一则人血牡丹壁画的旧闻，使这个小说的"寻找"有了一个结局，主人公心爱的女人成了一幅鲜血梅花的壁画。

台风夜，写李秀成被执一节。这几个月，晚上很少工作了，晚上写兴奋了，第二日白天就没了精神。今天白天连着夜晚推进了四千字，几乎冲刺。另外想到，小说最后可附一节"见证与文献"，会很好读。

像一只坛子最后的收口，这活儿，是细微的，也是丰富的。这是一个小说家的坛子轶事。

21. 雾夜行车

小说的最后八百字，是叙事人在山村教堂里写一封发往天堂的信，几乎像一朵宁静圣洁的小花。下午四时半，关电脑，下楼，正好淋着一场雨。这场名叫"潭美"的台风带来的雨几乎把我全身都淋透了，但心底里却是欣悦的。

八十二岁的小说家多克特罗打过一个比方，"写作如同在雾中开夜车，虽然只能看到车灯照到的地方，却可以这样开完全程"。这几年里，我就是这样的一个夜间驾驶员，开着远光灯也只能照到百把米外。现在我终于把车子从大雾中开出来了。回头一看，车子穿过来的地方好大一片黑，我走出后，它又合拢了。但肯定已有什么事情在暗暗发生。

图书在版编目（CIP）数据

买办的女儿 / 赵柏田著 .—— 杭州：浙江文艺出版社，2022.1
ISBN 978 - 7- 5339 - 6295 - 1

Ⅰ.①买… Ⅱ.①赵… Ⅲ.①长篇小说－中国－当代
Ⅳ.① I247.5

中国版本图书馆 CIP 数据核字（2021）第 249096 号

策划统筹	曹元勇
责任编辑	李　灿
营销编辑	耿德加
责任印制	吴春娟
装帧设计	人马艺术设计·储平

买办的女儿

赵柏田　著

出版发行	浙江文艺出版社
地　　址	杭州市体育场路 347 号
邮　　编	310006
电　　话	0571-85176953（总编办）
	0571-85152727（市场部）
印　　刷	上海盛通时代印刷有限公司
开　　本	889 毫米 × 1240 毫米　1/32
字　　数	321 千字
印　　张	14.25
插　　页	4
版　　次	2022 年 1 月第 1 版
印　　次	2022 年 1 月第 1 次印刷
书　　号	ISBN 978-7-5339-6295-1
定　　价	69.00 元（精装）

一本书打开一个世界

欢迎订购、合作

订购电话：0571-85153371

服务热线：0571-85152727

KEY-可以文化　　浙江文艺出版社　　天猫旗舰店

关注 KEY-可以文化、浙江文艺出版社公众号，

及浙江文艺出版社天猫旗舰店，随时获取最新图书资讯，

享受最优购书福利以及意想不到的作家惊喜